milly lacombe

# O ANO EM QUE MORRI EM NOVA YORK

um romance sobre amar a si próprio

2ª edição
1ª reimpressão

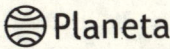

Copyright © Milly Lacombe, 2017
Copyright © Editora Planeta do Brasil, 2017, 2022
Todos os direitos reservados.

*Preparação:* Thaís Rimkus
*Revisão:* Isabela Talarico e Opus Editorial
*Diagramação:* Maurélio Barbosa | designioseditoriais.com.br
*Capa e ilustração de capa:* Maria Júlia Rêgo

Dados Internacionais de Catalogação na Publicação (CIP)
Angélica Ilacqua CRB-8/7057

Lacombe, Milly
  O ano em que morri em Nova York: um romance sobre amar a si próprio / Milly Lacombe. – 2. ed. – São Paulo: Planeta do Brasil, 2022.
  256 p.

  ISBN 978-85-422-2008-7

  1. Ficção brasileira I. Título

22-6259                                         CDD B869.3

Índice para catálogo sistemático:
   1. Ficção brasileira

Ao escolher este livro, você está apoiando o manejo responsável das florestas do mundo

2024
Todos os direitos desta edição reservados à
EDITORA PLANETA DO BRASIL LTDA.
Rua Bela Cintra 986, 4º andar – Consolação
São Paulo – SP – 01415-002
www.planetadelivros.com.br
faleconosco@editoraplaneta.com.br

*Para Titi, que nunca me deixou ter medo
de entrar na floresta, e para Paola e Ana,
que me fizeram ver a trilha.*

Abri os olhos e vi a completa escuridão que me cercava. Estava de cócoras, em uma tenda minúscula, rodeada por outros vinte corpos que, como o meu, suavam naquele espaço aquecido por dez pedras incandescentes, colocadas bem no centro do pequeno ambiente para fazer com que o calor alcançasse temperaturas cada vez maiores. De tempos em tempos, alguém jogava um pouco de água sobre as pedras e, então, delas saía um vapor escaldante. O calor ficava ainda mais forte e sufocante. Senti minha pele grudar na das duas pessoas ao lado, e isso me causou uma irritação brutal. Levei as mãos ao rosto para estancar o suor, mas elas estavam imundas, porque o solo era de uma areia grossa e escura e minha pele suada fazia com que tudo grudasse nela. Melada e suja, encostei a testa no chão. Comecei a chorar, mas por sorte ninguém podia me ouvir, uma vez que todos estavam entregues a uma cantoria estranha. Tudo o que saía de mim eram lágrimas, irritação e desespero. Desespero por sufocar naquele calor absurdo, por perceber meu corpo colado ao de desconhecidos, minha pele lambuzada de uma desagradável mistura de suor e areia, por estar sozinha como nunca tinha estado antes, por não ter mais uma casa, por não saber onde estava minha alma, por não saber o que estava por vir nem quem era aquela mulher de cócoras no meio de uma tenda às margens do Tapajós.

As lágrimas saíam de um lugar desconhecido, fundo e dolorido. O que eu estava fazendo ali? Como pude deixar Paola me levar para aquele lugar? Fazia um mês eu morava em Nova York, tinha mulher, um casamento sólido de nove anos, livros na estante, roupas no armário, uma rotina que me oferecia a ilusão do controle. Agora estava na Amazônia, completamente sozinha, chorando de cócoras, suando como nunca antes, suja de areia e terra, meus livros amontoados dentro de malas na casa de minha irmã, em São Paulo, as roupas amassadas em outras malas, minha alma fragmentada e em lugares desconhecidos. O que teria acontecido? Por que não estávamos mais juntas? Por que nosso relacionamento tinha passado por isso? Por que tinha topado me mandar para o meio da Amazônia com pessoas que achavam adequado dormir em redes, comer apenas grãos, amontoar-se daquele jeito pouco civilizado em uma tenda de lona, inundada de um calor absurdamente estúpido, e cantar músicas xamânicas, grudando pornograficamente umas nas outras? Uma angústia inédita me invadiu e, quando puxei o ar para tentar sobreviver uns minutos a mais, tudo o que senti foi um bafo quente e meu rosto queimar.

Mas a história não começa assim. Preciso voltar ao momento em que decidi ir embora de Nova York; preciso voltar para o dia em que deixei minha vida para trás, duas semanas antes de me encontrar sufocando em uma tenda de lona no meio da Amazônia.

# PARTE 1
# A MORTE

"Isso é morrer? Isso é tudo? Isso é tudo aquilo que temi
enquanto rezava contra uma morte dura?
Oh, isso eu posso suportar! Posso suportar!"
(Cotton Mather, 1663-1728)

# Nova York, 24 de junho de 2015

São nove e meia de uma noite clara e estrelada de primavera. Estou no avião, sentada, e é como se apenas metade de mim estivesse aqui. Ao meu lado, um casal voltando das férias na Califórnia fez escala em Nova York, onde passei o último ano e meio da minha vida. Estão vendo fotos no celular e rindo. Devem ter mais ou menos setenta anos. Como estão casados há tanto tempo? Pelo que já passaram? O que enfrentaram? Será que estão juntos porque, ao contrário da gente, não desistiram?

O calor no avião me faz suar. O comandante avisa que o ar-condicionado está com problemas. E se o avião não sair por questões mecânicas? Será um sinal para que eu não vá? O que estou fazendo aqui? Larguei minha casa e sua pele em nome de quê? Será que é cedo demais? Será que eu deveria ter lutado por você? Por nós duas? Pelo relacionamento?

A aeromoça passa pelo corredor e peço um copo d'água. Sinto vontade de perguntar o que houve com o ar-condicionado, mas percebo que iniciar um diálogo vai exigir de mim uma força que não tenho. Desisto e, quando ela vem com o copo, agradeço baixinho e em inglês, mesmo sabendo que ela fala português.

Todos ao lado parecem calmos e relaxados. Em pé no corredor, uma mulher tenta fazer caberem no compartimento de bagagens a mala de mão e uma sacola. *Por que ela comprou mais coisas do que era capaz de carregar?*, penso, ao ver a dificuldade com que ela ergue a mala lotada de tranqueiras. Sinto raiva da mulher e vontade de levantar e atirar as coisas dela na pista. O rapaz da fileira de trás se levanta para ajudá-la; eles começam a conversar e sorriem. Certamente ninguém aqui está passando pelo fim de um relacionamento. Há pouco tempo, eu era uma dessas pessoas que ignoram como são felizes, uma dessas pessoas que ignoram que a felicidade talvez seja apenas a ausência de angústia.

Passei nove anos inundada pela certeza de que o nosso era o maior amor do mundo e, como tal, impenetrável e indestrutível. Mas eu estava enganada. Talvez ele não fosse o maior amor do mundo, como supúnhamos. Talvez fosse mais um desses amores ordinários, que terminam invadidos por uma pessoa que nem protagonista é e que, por isso, sai da história antes mesmo de a dor começar, como um mosquito da dengue, minúsculo, insignificante e frágil, mas capaz de causar estragos antes de bater asas.

Experimento uma solidão que só conheci nas madrugadas da minha infância, quando ia dormir na casa de uma amiga e, luzes apagadas, entendia que não poderia sobreviver àquela noite sem minha mãe no quarto ao lado. Não havia chance de respirar sem esperar que a porta fosse aberta e ela entrasse para ver se eu já tinha pegado no sono, me dar um beijo de boa noite, mesmo sabendo que eu fingia dormir para ver se ela ainda assim se abaixaria para me beijar e ajeitar meu cobertor.

Nessa época, em uma casa estranha – que era o que a casa de alguma amiga representava à noite, embora, durante o dia, enquanto brincávamos, eu não visse o ambiente dessa maneira –, a noção de não ter minha mãe por perto me desesperava. A noite trazia todos os fantasmas, e me restava apenas pedir que os pais da tal amiga ligassem para minha mãe para que ela fosse me buscar.

Só havia uma coisa pior do que minha mãe não me buscar: era ela ir me buscar.

Ela chegava sempre muito brava, dizia que eu precisava aprender a dormir fora de casa e que o grude teria que acabar, que ela não me buscaria mais tarde da noite, que aquilo era uma vergonha para ela e especialmente para mim, que no dia seguinte falariam disso na escola, que eu seria motivo de deboche, que minha irmã caçula, exemplo de todas as coisas corretas, nunca tinha feito aquele papelão. Eu, no banco do passageiro ao lado dela no carro, numa época em que crianças não eram obrigadas a ficar no assento de trás, escutava tudo de cabeça baixa sem dizer nada e, mesmo constrangida, preferia estar ali com ela enfurecida a permanecer no quarto estranho. Eu ficava feliz, mas não demonstrava, até porque não era uma felicidade completa, era uma felicidade cheia de culpa e de medo, uma felicidade parcial, porque eu dependia do olhar e do afeto exclusivo de outra pessoa, uma felicidade dependente, uma felicidade que mais parecia uma prisão, mas que era onde eu sabia existir, onde eu me reconhecia. É perfeitamente possível que nos adaptemos a uma vida de cativeiro, porque as mesmas paredes que limitam também protegem, como escreveu a inglesa Jeanette Winterson.

Foi assim – uma vez eu li – quando os homens que lutaram pela Revolução Francesa entraram na Bastilha para libertar os presos políticos que estavam ali fazia décadas. Eles abriram as portas, tiraram as algemas e as correntes que os prendiam a camas duras e disseram aos prisioneiros que podiam sair da escuridão e do confinamento, pois daquele momento em diante passariam a ser livres. Mas eles não queriam mais sair, porque tinham se acostumado à escuridão, às correntes, às paredes. Não sabiam como lidar com a vida sem limitações, com a claridade, com o dia, com o mundo livre. Dentro deles havia apenas vazio, que é o que fica quando a alma desocupa o corpo.

Era esse o vazio que eu sentia no avião naquela noite de primavera em Nova York – um vazio ainda pior, porque não tinha para quem telefonar, não tinha quem pelo menos tentasse me resgatar daquele lugar estranho e frio. Era a solidão absoluta, a que eu sempre temi sentir, a que eu acreditava que jamais me alcançaria. Um tipo de solidão que tinha sido feita para os outros, não para alguém que, como eu, nasceu com o talento para ser amada e desejada.

No avião, penso em você e, em seguida, nas madrugadas em que minha mãe me buscava na casa de uma amiga, na imensa solidão que eu sentia, e fico ligeiramente encucada, porque você e minha mãe se parecem em muitas coisas, como, por exemplo, no controle que gostam de exercer sobre mim e sobre o que eu faço ou, mais importante, deixo de fazer. Talvez nosso amor não fosse assim tão perfeito quanto a fama de perfeito que ele adquiriu. Escuto minha irmã dizer que queria um relacionamento como o nosso, escuto amigas comentarem que nunca viram duas pessoas que se amassem tanto e quero pegar todas essas pessoas e esmurrá-las. Elas não sabem de nada. Eu não sabia de nada. E agora é tarde.

Tento disfarçar as lágrimas olhando pela janela. Vejo a lua cheia lá fora e me lembro de Harper Pitt, personagem do seriado *Angels in America*, e de seu monólogo final, que sempre me impressionou pela beleza e poesia. Lembro que quando vi a cena pela primeira vez estávamos nas montanhas, naquela casinha que alugamos, deitadas em frente à lareira, e Harper estava sozinha em um avião que cruzaria o continente americano. Pensei que, como ela, eu também nunca tinha ficado sozinha. Na hora em que vi a cena, senti uma espécie de inveja e achei aquilo estranho e descabido, porque a verdade é que eu não queria ficar sozinha, não queria nunca ficar sozinha porque não havia sido feita para isso, mas não pensei muito sobre a sensação que me invadiu quando vi Harper Pitt pela janelinha do avião, dizendo:

> Voo noturno para São Francisco, perseguir a Lua pela América. Deus! Faz anos que não viajo de avião. Quando atingirmos trinta e cinco mil pés, teremos alcançado a troposfera, o grande cinturão de ar calmo. Jamais estarei tão perto da camada de ozônio. Sonhei que estávamos lá. Vi uma coisa que só eu poderia ver por causa da minha impressionante habilidade para ver essas coisas. Almas se levantavam da terra, almas de pessoas mortas, de pessoas que morreram por causa da fome, das guerras, da praga; elas flutuavam como paraquedistas ao contrário. E as almas deram-se as mãos, trançaram os tornozelos e formaram uma teia, uma grande teia de almas. E as almas eram moléculas de três átomos de oxigênio e repararam a camada de ozônio. Nada dura para sempre. Neste mundo, há uma espécie de progresso dolorido. Sentimos saudade do que deixamos para trás e sonhamos com o que está por vir. Pelo menos, é o que acho.

Olhei outra vez a lua, tão cheia e tão branca. Se alguém pudesse ver, da pista, meu rosto enquadrado através da janela do avião, eu era Harper Pitt. Seria uma noite linda, não fosse a mais triste de minha vida. Pitt voava para uma nova vida, e eu, para minha morte.

O avião está partindo, o ar-condicionado parece ter sido ligado, acho que não haverá o esperado sinal para que eu fique. Paola me escreve pelo WhatsApp, e eu penso que já deveria ter desligado o aparelho, mas não desligo e leio a mensagem. Ela manda eu não ir embora de Nova York, manda eu voltar para você, diz que a vida é curta, que é só isso, que eu deveria abortar essa babaquice, esquecer a traição e simplesmente retornar sem pensar em mais nada a não ser em nosso amor.

Respondo que você precisava ficar sozinha, ver a vida sem mim, conhecer outras pessoas, mas ela envia apenas: "Não embarca, não embarca, não embarca, não volta para cá". Depois escreve: "Por favor, não embarca, não embarca, por favor, por favor, não embarca, não faz isso com vocês, não seja orgulhosa, vou desligar porque estou na aula de leitura de auras".

Outra mensagem chega. Agora, de minha irmã: "Força. Momentos difíceis, de grande tristeza, resultam em transformação, evolução. Amores de verdade se libertam".

Não quero me libertar de nada, não quero me transformar em nada. A pessoa que eu era estava ótima para mim. Meu relacionamento, invejado por todos, era lindo, até não ser mais. Era, aliás, o que eu fazia de melhor na vida, talvez meu talento único: conquistar pessoas, fazer com que me amassem e jamais me deixassem. Nos demais âmbitos da vida – profissional, financeiro e social –, eu tinha questões a resolver, mas nesse, não, nesse eu reinava. Quem deixava as pessoas era eu. Dessa vez, no entanto, apesar dos nove anos de casamento, nada em mim queria se afastar de você. Eu tinha chegado em casa, minha casa era sua pele, e nela me deixei ficar.

Eu só queria sair correndo daquele avião, viver uma cena de amor de aeroporto, dessas típicas de comédias românticas. Fantasiei que você apareceria também correndo e não me deixaria embarcar, diria que me amava, pediria desculpas, juraria ficar comigo para sempre, declararia que ter me traído foi a pior coisa que fez na vida, que beijar outra boca fez você sentir náuseas e ver como não poderia viver sem mim. Nada disso aconteceu, e eu embarquei. Agora, aos quarenta e quatro anos, estava sozinha no mundo, à deriva pela primeira vez, sem ter uma casa em São Paulo, sem saber o que fazer da vida, sem uma fonte de renda estável, sem nada.

Quando disse a você que estava de partida, logo depois de descobrir a traição, me senti como uma abelha-operária que, ao picar alguém, morre, porque o ferrão, preso na pele da pessoa, arranca as vísceras do inseto assim que tenta ir embora. Sua mais poderosa arma é aquela que a destrói. E a minha, meu enorme orgulho, um que via você me implorar para ficar, acabou me matando. Você não me mandou embora, é verdade, mas também não insistiu para eu ficar. Ou insistiu, só que não tanto quanto meu orgulho julgava apropriado?

A diferença entre mim e a abelha, além da anatomia e da produção de mel, é que ela não tem a capacidade de escolher não picar e age por instinto, e eu poderia ter escolhido não morrer.

Ou morrer teria sido ficar ao seu lado mesmo sabendo que nada seria como antes? Se meu instinto me mandava ficar, talvez eu estivesse exercendo certa liberdade ao optar pelo caminho oposto – isso se, por liberdade, entendermos, como pediu Kant, o oposto de necessidade; se, por liberdade, entendermos possuir a capacidade de escolher não seguir nosso instinto, que é o que nos separa do resto do mundo animal e vegetal. Agi por achar que este era meu dever: ir embora; afinal, existia nisso uma enorme liberdade, a liberdade que falta a uma maçã, que, madura, não tem como resistir à força da gravidade e cai no solo. A coitada da maçã não pode dizer: "Hoje não vou ceder à gravidade, hoje não vou cair". Ela simplesmente cai. Mas eu posso escolher não ficar, não aceitar o chifre. Lembro que minha mãe ficava brava com algumas guloseimas que ela mesma comprava: "Não vejo a hora de essa goiabada acabar para eu parar de comê-la". Era dar muito poder à goiabada e pouco à capacidade de controlar nossos instintos.

Se meu instinto mais animal era o de jamais deixar você, se você era uma necessidade, então seria natural supor que, vivendo como escrava desse instinto, eu exerceria minha liberdade agindo de outra forma que não fosse aceitando a necessidade de você, e isso significaria ter a coragem de tirar meus livros da estante, minhas roupas do armário, colocar tudo em malas e ir embora. Agir por dever e contra meus instintos, essa era uma experiência nova para mim.

O avião se prepara para decolar e dentro dele está tudo o que tenho na vida: roupas, livros, objetos, meu corpo e o que restou de minha alma. *Tarde demais*, pensei, *tudo acabou*.

# São Paulo, junho de 2015

Voltar a São Paulo, depois de quase dois anos fora, não foi tão difícil quanto eu supunha. A cidade pareceu até mais agradável que antes: havia agora ciclovias, radares que passaram a limitar e civilizar a velocidade nas ruas, mais estações de metrô e mais bares e restaurantes. No entanto, ter que explicar a todo o instante o que me trouxe de volta passou a ser extenuante. No começo, envergonhada, dizia apenas que decidimos passar um tempo longe. Depois, como notei que as pessoas me olhavam com alguma compaixão, entendi que "um tempo" não cola, nunca colou, e eu estava soando como um demitido que tenta parecer demissionário – embora no caso dele exista pelo menos um fundo de garantia a ser recolhido; no meu, no dos abandonados, no dos chifrados, não existe nada parecido, nenhuma recompensa moral. Esse "tempo" é a saída semântica dos covardes e dos traídos.

O chifre é a derradeira fronteira da desmoralização, uma estrada para longe desse lugar chamado dignidade. Depois disso, você está reduzido ao mundo das bactérias, dos seres desprezíveis – ainda que as bactérias não sejam desprezíveis, muito pelo contrário; elas são essenciais à vida na Terra e, mais do que isso, são nossas ancestrais. Foram elas, afinal, que começaram toda essa palhaçada.

Se eu fosse religiosa, seria hora de culpar Eva, que comeu a droga da maçã mesmo sabendo que não devia fazer isso e, assim, nos atirou neste inferno, onde as pessoas traem umas às outras, onde todos andam com máscaras e fantasias, protegidos de si mesmos, de seus sonhos e do mundo. E a serpente dedou a pobre Eva, dando sequência a acontecimentos trágicos.

— Castigo, desçam à Terra para passar milhões de anos pagando pelo que fizeram — disse a voz da bondade suprema.

Adão foi poupado, claro. O homem branco raramente leva alguma culpa. Mas desce você também, Adão, porque precisamos de um macho para tocar esse barco. E esteja criado o patriarcado. Vão agora, seus imundos. O que foi feito da serpente, aliás? Preciso de um amigo religioso para me explicar isso e dizer também quem começou a putaria toda, se Adão e Eva tiveram apenas dois filhos homens – e, ainda que tivessem tido mais filhos e filhas, é inescapável a noção de que, se viemos mesmo deles dois, alguém começou a putaria. Ah, danem-se todos. Eu, que não sou religiosa, culpo mesmo as bactérias. Por causa delas estou aqui, sozinha, com esta dor inominável. Resta a pergunta fundamental, a mãe de todos os questionamentos: por que existe alguma coisa em vez de nada? Era melhor haver nada.

Minha irmã Ana, que vai hospedar meus cacos até que eu encontre um endereço para chamar de meu, tem seis filhos. "Quem tem seis filhos?", eu me pergunto, sempre que me lembro da quantidade de sobrinhos. Ela mora numa casa espaçosa, na qual não é possível curtir dignamente uma fossa porque, além das seis crianças, com idade entre cinco e quinze anos (os gêmeos Bruna e Marcelo, cinco; Francisco, oito; Estela, onze; Antônio, treze; e Paulo, quinze), existem babás, cozinheiros, motorista, piscineiro, jardineiro. Entre as residências de IPTU elevadíssimo, esse é o metro quadrado mais movimentado do mundo. Ana tem um ateliê de guloseimas naturais e orgânicas; como gosta de lembrar minha mãe, minha irmã "deu certo na vida". A parte do "ao contrário de você" fica implícita na frase, de maneira forte e imponente.

Chegar a São Paulo e ficar na casa dela era natural, até porque a outra opção seria voltar para a casa de minha mãe, e não acho que haveria no mundo quantidade suficiente de antidepressivo que me fizesse suportar essa opção. Minha mãe e eu passamos a ter um bom relacionamento desde que ela superou minha homossexualidade, mas, antes disso, ao saber que a primogênita era gay, permaneceu três anos sem falar comigo, como se o tratamento do silêncio e do desprezo pudessem fazer com que eu reconsiderasse minha sexualidade, como se fosse possível reavaliar o comprimento de meu cabelo ou a cor de minha pele. "Vou ficar sem falar com você até sua pele de sardas adquirir uma coloração jambo" ou "até seus olhos verdes se tornarem castanhos". Uma lógica imbuída de preconceito.

Na tarde em que eu disse finalmente a ela que sou gay, ela gritava coisas como "vou me matar" e "vou matar você". Como ela é italiana e, dizem, tem algum parentesco com Mussolini, eu sabia que entre as duas opções citadas ela ficaria com a segunda. Então, naquela noite, eu me tranquei no quarto – porque ainda morava na casa dela – e telefonei para minha irmã, que já estava casada com Carlos, para dizer:

— A mamãe vai me matar nesta noite. Eu contei que sou gay.

Em uma família normal, essa frase faria com que todos rissem e com que o mais lúcido dissesse: "Deixa de bobagem". Mas minha realidade sempre foi bastante específica, e minha irmã disse:

— Sai daí. Vem pra cá. Corre.

Não fui porque já estava trancada no quarto, imaginando minha mãe com uma faca do lado de fora. Depois ri dessa imagem estúpida. Minha mãe jamais usaria uma faca. Ela era muito esperta para isso. Nunca se incriminaria. Era óbvio que ela optaria por colocar fogo no apartamento e sair, dizendo a todos que eu não tinha conseguido escapar, "que enorme perda: minha filha mais velha, totalmente heterossexual, morreu queimada". Seria ao estilo Joana d'Arc, eu sabia. Liguei outra vez para minha irmã e avisei que, se eu morresse queimada, não teria sido acidente. Mas Ana estava dando comida para um filho, outro chorava sem parar, Carlos gritava alguma coisa como "você sabe onde colocamos a Novalgina? A febre do Antônio está aumentando", e ela desligou, desejando-me sorte.

Foi pouco depois de eu sair do armário que uma lenda a meu respeito ganhou fama. Ainda atormentada com a ideia de que minha mãe me mataria, inventei um curso na Califórnia e, do aeroporto, num desses momentos em que, sem motivo aparente, a vida nos inunda de amor, mandei uma mensagem para amigos que se preocupavam comigo e com minha segurança, que conviveram com minha mãe, dizendo: "Não quero que chorem, não quero que se preocupem mais comigo. Estou bem, pensei muito e vou me amar. A gente se vê um dia". Só que na correria, escrevendo pelo celular com os olhos cheios d'água, escrevi "samar" em vez de "amar" e não notei quando o corretor ortográfico mudou "samar" para "matar".

Como, minutos depois, embarquei num voo de doze horas, quando cheguei a Los Angeles a notícia de que eu tinha tentado me matar já havia se espalhado, e eu nunca mais consegui desmenti-la por completo – ao menos não para todos os que souberam por terceiros. Então, passou a pairar sobre mim o véu do "ela já tentou se matar, coitada". Quando notei que seria impossível desmentir totalmente, criei uma história de como eu havia tentado, porque parece ser uma curiosidade universal o "como você tentou se matar? Corda? Remédio? Arma? Lâmina de barbear?". Eu dizia que tinha tomado muitos remédios antes de entrar no avião, porque sonhava em morrer na troposfera, mas que eles estavam vencidos e eu não percebi; então, ao acordar viva já em Los Angeles, cidade dos anjos, o que eu achei que era um sinal divino, decidi viver.

Acrescentar uma tentativa de suicídio à minha biografia estava longe de incomodar. Alguns dos artistas que eu mais admirava no mundo tinham se matado, como David Foster Wallace e Virginia Woolf, sem falar de Proust, o mais genial dos escritores geniais, que, embora não tenha se matado, passou anos trancado em um quarto, praticamente sem comer, apenas escrevendo. Por tudo isso, eu não ligava de entrar para uma lista com nomes como esses. Havia a diferença de que eles tinham alcançado o objetivo e eu não, mas o fracasso me caía tão bem que era natural que eu não tivesse sido bem-sucedida nem na tentativa de me matar. E eu levaria algum tempo para entender que não precisamos morrer fisicamente; levaria um tempo para perceber que basta ter coragem para morrer espiritualmente, que outra vida se faz possível dentro dessa mesma vida e, portanto, no mesmo corpo.

A presença condescendente de minha irmã não me consola muito, porque ela parece mais chocada do que eu com o fim de meu relacionamento. Nem o fim do relacionamento dela a deixou tão perturbada, acho. Até porque ela, agora, aos quarenta e dois anos, estava saindo mais, conhecendo pessoas diferentes, tendo outros relacionamentos, alguns com rapazes mais novos do que ela. "Ah, me deixa", dizia, quando eu ameaçava criticar. Depois, eu me arrependia, porque ela tinha engravidado com vinte e três anos, casado na sequência e vivido como a tradicional e estereotipada mãe de família até o dia em que Carlos disse que ia sair de casa, depois de dezessete anos de casamento. *Então*, eu pensava, *nada mais justo do que ela ter a juventude que não teve*. E a verdade é que ver minha irmã feliz era um conforto. Sua separação tinha sido devastadora e houve dias em que achei que ela jamais se recuperaria. Seis filhos, uma história de vinte e cinco anos entre namoro e casamento, batendo os quarenta anos... Eu realmente cheguei a acreditar que ela desistiria. Mas, de alguma forma, minha irmã se reencontrou e seguiu em frente. Era agora uma mulher mais bonita, segura, madura e feliz. Poderia acontecer o mesmo comigo, então? Pensava essas coisas durante o café da manhã, cercada de sobrinhos hiperativos, uma irmã que me olhava com compaixão, sem fome diante de uma quantidade colossal de comida e sem vontade de estar ali. Um ano antes, minha vida era completamente diferente e eu não fazia ideia de que havia no mundo dor como aquela que agora eu sentia. Teria, finalmente, a infelicidade suprema me alcançado? Por que eu estaria imune a ela, se ela parecia rondar todos a minha volta?

Durante muito tempo, fui feliz. Mas a inescapável tristeza – porque toda a vida é feita de muitas tristezas compartilhadas, como a morte de alguém que se ama, e de pelo menos uma grande tristeza que é apenas sua e, por isso, difícil de ser compartilhada, e é a essa que chamo de inescapável – chega como chuva de verão: numa hora, tudo o que existe sobre sua cabeça é o céu azul e imponente; na outra, você olha para cima e só enxerga ventos, nuvens e tempestade, e não se lembra sequer de ter visto o céu escurecer. A minha foi assim: deu as caras na forma de temporal, com escuridão, trovões e raios depois de muitos dias de céu azul. Era inverno no Hemisfério Norte, o que deixa a tristeza ainda mais imponente, porque, com a noite caindo às quatro da tarde, os monstros crescem e ganham garras.

Os primeiros meses do inverno 2014/2015 em Nova York, para onde Tereza e eu tínhamos nos mudado em setembro de 2013, não foram dos mais frios – pelo menos não se comparados aos de 2013/2014, quando cheguei a sair de casa com a sensação térmica de menos vinte e sete graus Celsius, o que, em nome da verdade, já nem é tão diferente de menos dez. *Vai ver*, pensei enquanto andava cheia de casacos pela primeira avenida em direção ao sul da cidade, nesse meu primeiro inverno nova-iorquino, *que frio é como dinheiro: chega uma hora em que uma pessoa não pode ter mais do que a outra, porque tudo o que uma pode comprar a outra também pode*; por isso, vivemos com a ilusão de que o sujeito que tem quinhentos bilhões de dólares é mais rico do que o que tem quatrocentos bilhões. No entanto, o absurdo é que alguém tenha tantos bilhões neste mundo em que, além de ser impossível gastá-los, mesmo que comprasse um jatinho novo por mês, ainda existem aqueles que morrem de fome. Eu pensava nessas coisas enquanto andava pela rua usando quase todas as peças de inverno que tinha em meu guarda-roupa, o que não deixava mesmo muita possibilidade para que eu sentisse frio.

A caminho da ioga, numa manhã de fevereiro de 2014, pensei que estava em Nova York fazia cinco meses e só agora tinha me entendido com a cidade. As primeiras semanas foram de estranhamento total, aquele que se tem quando decidimos tirar o amante do anonimato e ter com ele uma relação oficial: se antes, vendo-o esporadicamente, tudo parecia encaixar, quando damos ao amante uma conotação oficial de repente nada parece adequado, o relacionamento anterior ganha cor e a gente se pergunta por que diabos trocou um pelo outro. Foi assim que São Paulo, cidade que nunca me encantou e de onde zarpei para uma temporada em Nova York, deixou em mim saudade.

O barulho, o lixo acumulado nas ruas, os ratos pelos trilhos do metrô e pelas calçadas, as sirenes constantes, o tumulto, as filas nos restaurantes: Nova York não é uma cidade para amadores, e ela e eu demoramos a nos entender. Mas agora tudo em mim era felicidade e amor, um tipo de segurança que, em relacionamentos verdadeiros, só a rotina oferece. Era uma época em que eu ainda não sabia que segurança não existe, que se trata de uma ilusão em que ficamos confinados com a falsa impressão de estarmos protegidos, como um dia estivemos dentro de uma barriga.

Mas, assim que a cidade e eu nos entendemos, tratei de criar uma rotina que me permitia viver em segurança e feliz: saía de casa cedo, passava pelas irmãs mexicanas que vendiam o jornal *The New York Times* na esquina da avenida 1 com a rua 14 – elas, ao me verem, já estendiam o jornal, e eu, sem parar de andar, pegava com a mão esquerda e dava os dois dólares e cinquenta, separados na noite anterior, com a mão direita –, seguia a pé para a ioga, tomava café da manhã no Jack's Wife Freda, meu lugar preferido e que ficava bem na saída da aula, no Soho, um daqueles estabelecimentos onde todos já sabiam meu nome e eu nem precisava mais fazer o pedido, porque meu iogurte com granola e grapefruit chegava à mesa quase comigo. Ali, numa mesa de esquina, eu lia o jornal inteiro, voltava a pé para casa, dava uma arrumada na cama e na sala, tomava banho e começava a trabalhar. Tinha a sorte de ter um trabalho que me permitia estar em qualquer lugar do planeta e que, embora não pagasse muito, me premiava com certa autonomia.

Conferia e-mails, lia alguns artigos que me chamaram a atenção no Twitter e, então, me dedicava a escrever. Escrevia para revistas no Brasil e pensava em começar o livro que prometi que escreveria em Nova York –

promessa que fiz quando soube que passaria uma temporada por lá. Seria meu quinto livro, mas o primeiro de ficção e, quem sabe, o primeiro a vender alguma coisa, embora ter a esperança de ganhar dinheiro escrevendo em português e para o mercado brasileiro seja como viver de comercializar barbeador para uma tribo talibã. De qualquer forma, como nasci sem talento para qualquer coisa que não fosse conectar palavras e dar significado a elas, era o que me restava: sentar e escrever.

Tereza, que ao contrário de mim tinha múltiplos talentos e escolheu colocá-los a serviço das leis, foi contratada por um escritório de advocacia em Nova York e me proporcionou a chance de viver na cidade. Quando ela me perguntou se eu toparia mudar de país, eu disse "sim" na mesma hora, porque, trabalhando e ganhando miseravelmente como frila, bastava pegar meu computador e empacotar algumas camisetas e calças jeans que eu estaria pronta para me juntar a Tereza e a todos os saltos e roupas muito finas que ela levaria.

Existe certa liberdade em ganhar uma miséria, e achei que ao menos eu deveria aproveitar o lado bom que vem com a falta de estabilidade financeira. Foi assim que Nova York virou uma realidade para nós duas. Encontramos um apartamento lindo e aconchegante no East Village, na esquina da rua 16 com a primeira avenida, e Tereza o decorou, como sempre fazia com as casas nas quais moramos, de forma a deixá-lo ao mesmo tempo simples e sofisticado, estabelecendo o que seria um lar em poucos dias. A localização era ideal, porque ela poderia ir a pé para o escritório na Union Square e não dependeria de metrô, que em Nova York é abarrotado no inverno e insuportavelmente quente no verão.

A renda da casa seria praticamente a de Tereza, completada com meus frilas, que eu pretendia fazer a despeito de dedicar tempo ao livro. Éramos boas com essa coisa de dinheiro, porque entendíamos que o bolo tinha que ser um só e que haveria fases em que ela colocaria mais, outras em que eu colocaria mais, e assim seguiríamos. Víamos casais dividindo contas bancárias e a do restaurante e não nos imaginávamos fazendo isso.

Mas nada convida mais à procrastinação do que uma página em branco; diante dela, eu tinha ímpetos de faxinar a casa, de lavar a louça, de arrumar as camisetas no armário por ordem de tonalidade. Escrever é noventa e nove por cento procrastinação; por isso, tornou-se bastante comum que, uma vez diante da terrível página em branco, eu desviasse minha atenção para o Twitter ou para a leitura de qualquer outra coisa que justificasse a enrolação. Tinha dias que lamentava não estar no Facebook, porque certamente seria um riquíssimo instrumento de enrolação e esvaziamento da mente. Mas o hedonismo do Facebook me causava tédio e irritação, embora eu fosse bastante ativa na viagem de ego do Instagram, outra farta fonte de tédio e irritação, um espelho para as piores qualidades de homens e mulheres: a falsa alegria e a cagação de regra, que eu tanto criticava e das quais, contraditoriamente, me fartava.

Os dias passavam assim; por volta das seis da tarde eu dava o expediente por encerrado, mesmo que nenhuma frase tivesse sido escrita, e ia para o sofá ler um livro, até que Tereza chegasse, eu servisse duas taças de vinho e fizesse o jantar. Falávamos sobre o dia, dançávamos na sala, ríamos de alguma coisa que um amigo tinha feito ou dito, víamos um seriado na televisão e íamos para a cama, onde namorávamos antes de pegar no sono, abraçadas. Pela manhã, colocávamos o despertador para bem cedo para namorar um pouco mais antes de levantar. Durante nove anos, nunca saímos da cama sem passar muitos minutos nos cheirando, beijando, abraçando e lambendo. Pensando em retrospectiva, a gente se cheirou feito bichos desde o primeiro encontro. Todos os dias, muitas vezes, cheirávamos cada canto do corpo da outra sem deixar escapar um centímetro de pele ou de mucosa. Nossa relação era indestrutível e representava uma dessas fontes de segurança da qual eu me lambuzava. Ríamos à toa, fazíamos amor sem hora marcada, namorávamos e dávamos beijos longos e molhados todos os dias. Um dia perfeito, aliás, era quando ficávamos grudadas do raiar do sol até ele se pôr. Por tudo isso, amigos invejavam nosso casamento, éramos modelo e motivo de citações entre lésbicas, gays e héteros.

*Como a vida poderia ser melhor?*, eu pensava todas as noites. E pegava no sono agradecendo ao universo, numa época em que eu ainda não sabia que os agradecimentos mais nobres são aqueles feitos enquanto tudo está de pernas para o ar e você acha que não vai passar pela tempestade, mesmo que, no fundo, naquele lugar que acessamos poucas vezes, mas cujo acesso, por mais rápido e breve que seja, é capaz de nos levar ao êxtase, saibamos que existe uma nobre razão cósmica para tudo, especialmente para as dores mais profundas. Naquela época, eu ainda era movida pela felicidade dos ignorantes e pensava que uma vida plena era uma vida calma, de rotinas, prazeres singelos ao lado de um amor eterno. Naquela época, eu ainda não conhecia os espinhosos caminhos de nosso labirinto espiritual.

Numa tarde gelada em outubro de 2014, meu segundo inverno na cidade, andando para o supermercado, ajeitei o cachecol para cobrir a boca, mas deixei o rosto exposto porque descobri que o ar frio me causava uma espécie de prazer, um prazer que, depois de machucar um pouco, deixa uma sensação boa. A vida, eu estava prestes a descobrir, tem dessas coisas. Por exemplo: dependendo do tamanho da dor que nos arrebata a alma, podemos pegar uma faca bem afiada e, devagar, cortar a pele da perna para ter a ilusão de que a dor física anula a emocional. O corte precisa ser executado lentamente, de modo a fazer com que o sangue escorra como a lágrima que cai sem pressa pelo rosto, porque só ao sentir a dor em sua totalidade temos a sensação de que alguma coisa é expurgada da alma, como uma ferida que espremos para que ela possa se livrar das bactérias e, assim, se regenerar. O prazer é imediato, mas dura alguns poucos minutos antes que o desespero volte a bater e seja necessário fazer um novo corte.

Eu ainda não sabia de nada disso naquela manhã fria. E faltava pouco tempo para o dia de minha morte; só que a gente não tem como perceber essas coisas, então não havia maneira de entender que eu estava nos últimos meses de existência enquanto aumentava a música no iPhone e andava gingando pelas ruas – outra qualidade da cidade que finge não ver demonstrações inusitadas de pedestres aparentemente ensandecidos. Em Nova York, você pode dançar na rua, plantar bananeira na calçada, gritar para os céus numa esquina qualquer e ninguém o abordará nem pedirá que fique quieto. Talvez porque você não signifique nada, talvez porque o ritmo alucinado e tenso da cidade dê vida aos esquisitos e às suas esquisitices e, a eles, todos já estão acostumados. Talvez porque o nova-iorquino simplesmente tenha muita pressa.

Tudo começou com um telefonema. Um desses acontecimentos que não têm significado quando ocorrem, mas que, se fosse num filme, seria aquele instante em que a câmera fecha no objeto ou na ação aparentemente insignificante para deixar claro que aquilo importa e deve ser observado, porque lá adiante vai fazer diferença. Como o filósofo alemão Schopenhauer escreveu: "Acontecimentos que parecem inteiramente banais se mostram fundamentais na composição do roteiro de sua vida".

Era fim de tarde, outono de 2014, e as cores impossíveis de ser descritas de tão contrastadas. Viver em uma cidade que tem as quatro estações muito bem definidas sempre foi um sonho. Acho que lugares assim se relacionam com o tempo de maneira mais poética do que, por exemplo, uma cidade como o Rio de Janeiro, que se vangloria de ter apenas uma estação. Viver em uma cidade de quatro estações nos permite dizer frases como "eu a conheci no verão passado" ou "vimos essa peça de teatro no último inverno".

Nessa tarde, decidi interromper um pouco mais cedo a procrastinação e, antes de fazer as compras do jantar, ir até minha livraria predileta, que ficava em Alphabet City – gosto de entrar em livrarias e ver as novidades; é uma paixão como a que meu pai tinha por farmácias. Mas, também por razões levemente mórbidas, as livrarias são espaços que me levam a ter obsessão pelas coisas que estão morrendo. Não que eu ache que elas vão acabar como os dinossauros, de uma vez e para sempre, mas no ritmo que a Amazon domina preços e a distribuição no mundo livreiro, com a mesma desenvoltura que gigantescas corporações se apropriam de tudo, é bastante provável que elas passem a existir com a frequência de um mico-leão-dourado.

Pensei que, na volta para casa, eu aproveitaria para comprar um aspirador, porque o nosso, uma porcaria barata emprestada por um amigo, tinha pifado. Como uma das regras da economia moderna é "quebrou, joga fora, compra novo", não havia outra coisa a fazer. Úrsula, a ucraniana que de quinze em quinze dias me ajudava com a limpeza da casa, tinha recomendado um aspirador de trezentos e oitenta dólares, alegando que seria para a vida inteira. Tentei argumentar que, além de eu não ter esse dinheiro para gastar em um aparelho que basicamente suga poeira, de todas as coisas com as quais eu sonhava em me relacionar a vida inteira, o aspirador não era uma delas. Mas Úrsula falava um inglês precário, eu não falo ucraniano e, então, nunca saberei se ela entendeu.

A Saint Mark's Bookstore é especialmente aconchegante porque é pequena e tem uma curadoria afinada de títulos de economia e política; e eu achava que deveria estudar esses assuntos, uma vez que o romance que ainda nasceria de mim teria, talvez, um economista como personagem. Eu estava sentada num banquinho folhando *Seventeen contradictions and the end of capitalism*, de David Harvey, quando o celular tocou. Olhei a tela e vi o nome. Receber telefonemas provoca em mim uma cadeia de sensações. A primeira pode ser entendida como curiosidade. Quem seria? Por quê? O que teria acontecido? Depois vem a acentuada queda da curiosidade seguida de uma espécie de tédio que me faz querer entender por que alguém precisa telefonar, se e-mails e mensagens podem perfeitamente comunicar qualquer coisa, de demissões a falecimentos e declarações de amor. O tédio, então, dá a vez a uma pequena raiva de pensar que só pessoas muito carentes telefonam antes de mandar mensagens de texto, e essa gente nunca me interessou. Um simples "pode falar?" bastava, e eu geralmente responderia: "Estou na rua, correndo de um lado para o outro. Podemos conversar por mensagem?". Isso encurtaria a cadeia de sensações e me pouparia a raiva. Estranho que, mesmo sendo tão avessa ao telefone, eu era aquela amiga procurada para dar uma força quando as coisas ficavam ruins. Amigos de muito tempo sabiam me seduzir para atender rapidamente. Como para mim as coisas nunca tinham ficado muito ruins, e mesmo quando ficaram dei um jeito de resolver sozinha, eu era apenas o polo receptor de problemas, para os quais tentava encontrar soluções. Quando falo em problemas, deve-se entender que são problemas do coração, porque a verdade é que não há outro tipo de problema na vida e que todos os outros, até as doenças mais graves, machucam menos.

Nesse dia, vendo o nome de minha ex-mulher na tela, achei que devia atender e saí da livraria, porque não suporto pessoas que se entregam a conversas de telefone em lugares pequenos e silenciosos. Quando acontece, sou aquela que olha com cara de "não é possível que você vá falar ao telefone aqui" e balanço a cabeça em negação, mania que é ao mesmo tempo incontrolável e detestável. Nunca obtive nenhum resultado com isso, a não ser aumentar minha produção de suco gástrico.

Para lésbicas, ex-mulheres são como alicerces indestrutíveis, uma conexão com o passado e um porto seguro para a vida, porque não há nada mais sólido do que um amor que, sem ter mais tensão sexual e possessividade, tendo sobrevivido a dores e traições e se refeito nesse ambiente, se transforma em alguma coisa infinitamente mais forte do que a "melhor amiga" ou a "irmã". Algumas pessoas adquirem a conotação de lar para a gente, e toda a lésbica tem uma ex que é como aquela casa para a qual sempre se pode voltar. Simone era isso para mim.

Assim como Manuela tinha sido.

Manuela foi meu primeiro amor, uma relação que, entre idas e vindas, durou quase dez anos: de meus dezesseis a meus vinte e cinco anos. Depois, viramos melhores amigas, e ela era o colo para o qual eu voltava quando algum problema surgia. Mas Manuela morreu muito cedo, em um acidente de carro na rodovia dos Tamoios, em São Paulo, quando dirigia para passar um fim de semana na praia, pouco antes de completar quarenta anos. Ao receber a notícia de sua morte, eu estava em casa, sozinha, porque Tereza tinha ido a um show com amigos. Era sexta à noite, e eu caí de joelhos no chão e gritei o mais alto e profundo que um ser humano já gritou. Depois disso, foram quase seis meses de luto, dor e prantos. Tereza ficou ao meu lado, mas eu não a via, eu não a enxergava, eu não a desejava. Não sei como ela suportou minha ausência, mas o fato é que ela esperou que eu voltasse; de fato, um dia voltei e, pouco mais de um ano depois, embarcamos para Nova York.

Então, sem Manuela, Simone era meu porto seguro. Depois de ficar rica, aliás, ela achou que deveria me ajudar a ganhar dinheiro, coisa que eu era claramente incapaz de fazer sozinha, então me contratava para editar textos para sua agência de comunicação. Por isso, aquele talvez fosse um telefonema de trabalho que eu precisava atender.

— Pode falar?

— Posso. Tô numa livraria, mas saí para atender. O que houve?

— Não houve nada. Que mania de achar que todo telefonema implica alguma revelação. Queria saber se você pode reler um texto que fizemos aqui e que precisa sair ainda hoje. O cliente é novo e tá na pressão.

— Manda que vejo pelo celular. Mas já outro cliente? Como essa empresinha cresce...

— Pois é. Quem diria, né? De historiadora a empresária de comunicação. Esse negócio poderia ter sido seu também, se você não tivesse me chifrado e me abandonado.

— Aham, aí eu não estaria flanando por Nova York hoje. Aliás, lembra quando você não estava nem aí para dinheiro?

— Eu sempre liguei para dinheiro. Quem finge não dar muita bola para isso é você, e a questão é que, quando estávamos juntas, eu nunca ganhei dinheiro. Ou ganhei e você gastou, mas tanto faz, porque agora você é problema da Tereza. Ah, deixa eu pedir uma coisa: me passa o telefone de sua ginecologista?

— Mas e o seu?

— Tô um pouco cansada dele, que fala muito e examina pouco. Aí, fazendo ioga outro dia, senti uma dor estranha debaixo do braço e achei que era hora de investigar.

Ainda sem ter ideia de que esse corriqueiro telefonema representaria o começo do fim da minha vida, compartilhei o contato da ginecologista e editei rapidamente o texto que Simone me mandou. Pensei que gostaria de fazer outras coisas na vida com a facilidade com que editava textos, entrei outra vez na livraria e depois fui comprar o tal aspirador, que eu desejava que não fosse meu relacionamento mais duradouro. Com isso em mente, comprei outra geringonça de sessenta dólares, torcendo para manter com ela uma história de no máximo dois anos, que era nossa previsão de retorno ao Brasil.

Andar a pé por Nova York é tarefa arriscada. Como as ruas estão sempre lotadas e há uma combinação de pressa com a atitude "não consigo dar um passo sem checar a tela de meu celular", são comuns colisões entre pedestres. Coisas simples, como caminhar em bom ritmo pela calçada e lembrar que esqueceu o guarda-chuva em casa, podem causar danos. O pedestre que para de andar de repente a fim de dar meia-volta leva inevitavelmente um empurrão. E o cidadão que esbarrou vai culpá-lo por ter parado bruscamente e manifestar isso com bufadas e xingamentos. Então, na eventualidade de lembrar que esqueceu alguma coisa em casa, o recomendado é desacelerar o passo, mover-se para um dos extremos da calçada e olhar sobre os ombros até estar seguro fazer meia-volta. Depois de colidir com uma dúzia, você aprende a andar com a barriga contraída e os braços levemente abertos, o que para lésbicas como eu nem é tarefa penosa. Algumas lésbicas gostam de abrir o cotovelo para apoiar a mão na mesa, o braço na janela do carro ou na perna. O cotovelo lésbico revela tanto quanto a munheca do homem gay. Mas o fato é que, fazendo isso, você mantém uma pequena órbita, evitando que a colisão o derrube e tornando possível uma volta para casa sem novos hematomas. Aprendi o macete logo nas primeiras semanas na cidade e o mantive até o dia em que soube que morreria. Nesse dia, deixei de me proteger, mas demorei a entender que não precisar mais de proteção pode ser entendido também como liberdade. Parece que aprendemos as melhores coisas quando estamos de saída.

Pouco mais de um mês se passou depois daquele telefonema e quase nada mudou em minha rotina, mas a verdade é que a transformação já tinha sido iniciada e eu ainda não sabia, porque não temos como saber quando um pequeno acontecimento desencadeia grandes mudanças até que elas atinjam você. Então, até ser alvejada, eu levava a vida como sempre, sem saber que havia uma bala com alvo certo vagando pelo mundo e pronta para me abater bem no meio da testa. A ideia do livro ainda estava em mim, mas, diante da falta de frases que formassem algum conteúdo, me entreguei a mais frilas e esqueci o romance. Passava o dia sozinha em casa, lendo, estudando e escrevendo. Parecia a vida perfeita, mas eu estava prestes a ver que era isso o que ajudaria a me matar.

Com o isolamento em Nova York, meu relacionamento ganhou ainda mais cumplicidade, e tinha dias em que eu achava que éramos uma única pessoa. Falávamos as mesmas coisas, queríamos ir aos mesmos lugares, dizíamos que nos amávamos várias vezes ao dia, trocávamos mensagens carinhosas ao longo da tarde, até que Tereza voltava do trabalho. Sempre que nos reencontrávamos, sorríamos por algum tempo.

— Você conhece outras duas pessoas que fiquem tão felizes em se rever dia após dia? — perguntava Tereza depois de me abraçar, de me cheirar e de beijar todos os cantos de meu rosto.

Enquanto ela fazia isso, eu repetia, sufocada:

— Você precisa aprender a se controlar, Tereza.

Ríamos. Era mesmo muita sorte encontrar um amor como aquele. E, não que fosse necessário, mas ela era a mulher mais bonita do mundo. Alta, cheia de curvas perfeitas, rosto forte, cabelo longo e levemente ondulado, pele cor de mel. Uma morena que, como diria meu pai, fechava indústria e comércio. E tudo isso dormia em minha cama, agarrada ao meu corpo, noite após noite, dizendo que me amava.

Nosso relacionamento tinha começado da forma mais arrebatadora possível. Numa noite fria de maio de 2006, nos vimos no hall de um teatro em São Paulo. Estávamos ali para prestigiar a estreia da peça de uma amiga comum. Quando a vi chegar e andar em direção ao grupo de amigos em que eu estava, senti meu corpo tremer e, na mesma hora, soube que estava enrascada. Talvez nossa alma tente indicar com alguma antecedência acontecimentos importantes, mas nosso corpo não sabe interpretar esses avisos e apenas se contorce.

Tereza não era gay, ou não se relacionava com mulheres até então, e eu fui tomada por uma inexplicável tristeza antes mesmo de ela chegar ao grupo e nos cumprimentar. Semanas depois, descobri que a emoção não bateu só em mim naquela noite, como normalmente acontece quando estamos falando de amores verdadeiros, dado que o amor é uma lei da natureza, uma energia e que, como tal, acontece em dimensões que não acessamos facilmente, ainda que algumas histórias não se concretizem. O amor é, como eu li num adesivo, telepático.

Depois dessa noite no teatro, começamos a nos corresponder por e-mail, e ela disse que gostava das coisas que eu escrevia e que sempre me lia. Menos de três meses depois, Tereza e eu estávamos morando juntas no apartamento dela, em Perdizes. Cheguei para ficar uma noite e nunca mais saí. Apenas aceitamos nos deixar guiar pelo coração.

Nossa primeira noite de amor foi uma daquelas em que anjos descem à terra e se fartam de cantar e dançar. Se o ato de fazer amor é mesmo capaz de encher o universo de luz, certamente colaboramos com uma quantidade enorme de energia para todos os seres da Terra naquele primeiro encontro.

Quando, depois de meses de trocas intensas daqueles e-mails, o que estávamos sentindo ficou evidente para ambas, tivemos que tocar no assunto e decidir o que fazer: se nos afastaríamos de vez ou se encararíamos a situação. Ela não tinha muita coisa a perder, porque estava solteira e poderia se entregar a uma aventura homossexual, mas eu namorava Bia fazia pouco mais de um ano e tinha deixado Simone para me relacionar com ela, então foram dias complicados esses durante os quais passeamos pela fronteira que separa a moralidade do tesão maluco.

Depois de muitas conversas, algumas tensas, outras tristes, combinamos de nos ver em um hotel nos Jardins para finalmente entender o que sentíamos. Eu cheguei antes e, sem saber o que fazer, liguei a televisão e me deitei de roupa na cama. Fiquei ali, olhando para o teto, sentindo uma mistura de tesão e nervosismo. Meia hora depois, ela bateu à porta. Estava com uma calça jeans de cintura baixa, uma sandália de salto muito alto e uma regata. Era domingo e ela tinha vindo direto de uma viagem para a praia – estava bronzeada e com o cabelo, muito negro e longo, como tem de ser: despenteado. Não nos abraçamos, talvez porque as duas estivessem tensas, e eu voltei para a cama enquanto ela fechou a porta e jogou as coisas sobre a mesa. Durante um tempo, fingiu procurar alguma coisa na bolsa, o que foi bom, porque entendi que ela estava tão nervosa quanto eu.

Como ela nunca tinha ficado com outra mulher, eu queria ir devagar para não a assustar, mas, vendo que ela jamais encontraria aquilo que não estava procurando na bolsa, resolvi me manifestar:

— Vem cá.

Ela levantou a cabeça e foi. A partir daí, apenas os animais se manifestaram. Passamos muito tempo nos cheirando e nos beijando e nos apertando, quase sem fôlego. Aos poucos, tiramos as peças de roupa até ficarmos apenas de calcinha. Como era a primeira vez dela, achei que não tirar a calcinha seria uma boa tática, mas até hoje não sei por que fiz isso, já que o amor que estávamos sentindo era tão profundo que não era o gênero que iria nos afastar, mas eu só soube disso algum tempo depois.

Encostar minha pele na dela foi eletrizante, e ficamos sentindo os corpos em contato, provocando atritos entre partes variadas – rosto com rosto, peito com barriga, peito com costas, barriga com bunda e todos os outros cantos de pele que pudessem se encostar e causar eletricidade. Nossos pés se esfregavam sem parar, minhas mãos tocavam cada canto do corpo dela, e eu me deixava levar por suas reações, que é sempre a melhor maneira de fazer amor com uma mulher, porque elas nos conduzem por gestos, sons e vibrações. Não havia pressa, uma vez que naquele encontro tudo era clímax. Quando afastei a calcinha dela para beijá-la, pude sentir Tereza completamente encharcada e pulsando dentro de minha boca; a sensação me causou um prazer que eu ainda não conhecia. Quando ela subiu em mim e, com uma das mãos me tocando, gozou sobre meu peito, eu gozei com ela. Usávamos o corpo para alcançar as partes mais fundas de nossas almas, e a vontade era apenas a de nos fundir, de morrer uma dentro da outra.

Vimos o dia amanhecer enquanto ainda nos esfregávamos, nos cheirávamos e nos amávamos. E por quase um ano fizemos amor desse jeito animal e passional, gemendo e testando posições sem sequer pensar no que estávamos fazendo. Eu brincava que podíamos escrever mais um volume do *Kama Sutra* e que deixaríamos as pessoas chocadas e encantadas. Noites de amor como essas nos libertam do ego, porque o prazer é tão transcendental que você esquece que há um "eu" e apenas se permite morrer dentro de outra pessoa. E, sem muita reação para tudo aquilo que sentíamos, chorávamos, transbordávamos por todos os poros e nos abraçávamos antes de começar tudo outra vez.

Depois de um ano, ainda que o tesão não tivesse perdido a intensidade, tivemos que começar a dormir por noites inteiras e o ritmo sexual diminuiu, até encontrar conforto em uma periodicidade bimensal – o que para lésbicas é uma boa média, já que o sexo entre duas mulheres exige bem mais do que o heterossexual, porque não há na relação a conveniência do "tirou, meteu, gozou". Levar uma mulher para a cama é levar o dia de trabalho, medos, traumas, sonhos. Transar com uma mulher é transar com uma multidão e, diante da lotação, tem noites em que apenas carinhos, beijos e explorações corporais variadas bastam. Explicava isso a minhas amigas heterossexuais casadas quando elas reclamavam do marido que queria transar várias vezes por semana. Relacionamentos lésbicos não comportam o "tá, vem e acaba logo com isso porque amanhã acordo cedo". Ou fazemos com a alma ou não fazemos e apenas pegamos no sono abraçadas. Por isso, a frequência com que lésbicas casadas há muito tempo transam é menor do que a de um casal heterossexual – e a lógica invertida vale para casais de homens gays, que mantêm a frequência elevadíssima.

Mesmo tendo descoberto o nirvana sexual, a fase não foi das mais felizes, porque tive que resolver minha relação com Bia. Meu comportamento típico: casada, me apaixonava por outra mulher e emendava relacionamentos. Não me orgulhava disso, tampouco me incomodava, porque havia em mim certo talento para reparar as coisas com a ex, e eu sempre achei que isso bastava, guiada pela arrogância de que, bastando para mim, bastaria para a outra pessoa.

Desde então, Tereza e eu estivemos grudadas, sem que houvesse muitas crises pelo caminho nem longas separações por viagens de trabalho. Eu a vi evoluir como advogada, ela me viu pedir demissão da revista em que trabalhava para tentar a carreira como frila e me apoiou na decisão, mesmo sabendo que as contas sobrariam mais para ela. Não tínhamos muito dinheiro, mas isso nunca pareceu ser problema. Ela sabia que eu não ligava para isso e não se importava em ser aquela que colocava mais dinheiro para dentro, mesmo sendo sete anos mais nova. Às vezes reclamava que gostaria de viajar mais e conhecer outros lugares, e que eu não parecia me importar com isso; no entanto, as queixas duravam pouco e eram interrompidas quando eu a abraçava e beijava, dizia que a amava. Ela ria e a gente acabava dançando na sala.

Juntando aqui e ali e diminuindo as saídas para jantar, conseguimos comprar um apartamento em Pinheiros; mobiliamos, fizemos um pequeno escritório para mim em um dos quartos, compramos um carro, vendemos e compramos um maior, viajamos para a Europa, os Estados Unidos e a Argentina, e a cada dia que passava nos amávamos mais, a ponto de amigos não aguentarem a melação, o grude e a devoção. Meu relacionamento era o ambiente mais seguro do universo, até deixar de ser. Tereza entendia e respeitava minhas esquisitices, e eu adorava o jeito dominador dela. Construímos um ambiente em que vivíamos bem, ainda que vez ou outra minha inaptidão para as coisas práticas se chocasse com a exuberante capacidade dela de lidar com as tarefas mais penosas do dia a dia. No tempo em que eu realizava uma tarefa mundana, ela executava trinta e cinco. Não era incomum que me telefonasse no meio do dia e eu, notando a voz irritada e já me sentindo em dívida, perguntasse:

— O que foi que eu não fiz hoje?

Três episódios ilustram bem essa nossa diferença e a braveza de Tereza, que, em nome da verdade, sempre me soou erótica.

A primeira grande adaptação de nosso relacionamento foi em relação ao ar-condicionado. Tereza não gostava e eu não imaginava viver sem. Então, depois de muito implorar, consegui autorização para comprar e instalar um no apartamento dela, que foi nossa primeira casa. O acordo é que só fosse usado em noites escaldantes. Fizemos isso e nunca tivemos problemas, até o dia em que cheguei em casa por volta das seis da tarde e ela já estava lá, o que era raro. Era uma das noites mais quentes do ano, e eu fiquei feliz quando lembrei que tinha vencido a negociação pelo ar-condicionado; mas, ao abrir a porta de casa, vi que a noite seria longa. Fui recebida com a frase:

— Estou muito gripada. Hoje não vai dar para dormir com ar-condicionado.

Porque eu já conhecia a força de uma sentença da Tereza, apenas balancei a cabeça como quem concorda e verbalizei a obediência, dizendo:

— Claro, claro.

Foi assim que, mesmo sob uma temperatura que beirava os cinquenta graus Celsius, deitamos sem ligar o aparelho que teria deixado o quarto como a antessala do paraíso. Tereza dormiu quase imediatamente, e eu sei disso porque a respiração dela mudou antes mesmo que eu começasse a suar, o que aconteceu em menos de trinta segundos.

A fim de sonhar um pouco com a brisa que ainda não entrava pela janela, adotei a atitude de não me mexer. Assim, imaginei, estancaria o suor e, quem sabe, eu conseguiria dormir. Tereza se mexeu uma única vez, para puxar a coberta sobre seu ombro, sinalizando não dar bola para os sessenta graus Celsius no quarto.

Lembrei-me das primeiras noites naquele apartamento tão pequeno e quente. A gente fazia amor até o dia nascer e suava torrencialmente. Não havia ar-condicionado, apenas um ventilador que não resolvia nada. Interrompíamos nosso desespero carnal apenas para tomar litros de água. Passaram-se alguns anos, e agora a situação era outra. Como eu não parava de transpirar, fiquei de barriga para cima olhando para o teto, respirando lentamente para tentar estancar o suor. A meu lado, Tereza dormia fazendo aquele barulhinho que sempre me deixou com vontade de beijá-la no meio da noite, mas não naquela, em que eu estava comprometida a não me mover. Foi quando começou a chover. Fosse eu minimamente religiosa, teria agradecido a Deus pela graça alcançada. Com a janela escancarada, o vento entrou e eu, por fim, peguei no sono. Sei disso porque, quando acordei, no meio da noite, Tereza estava em pé do meu lado da cama, como uma assombração.

— Por que você está fechando a janela? — perguntei, tentando manter a calma.

— Você não viu que está chovendo? — respondeu, quase tão seca quanto o quarto depois de uma noite com o ar-condicionado ligado.

Sim, eu tinha visto e só não saí pulando como um pardal da manhã pelo quarto porque meu objetivo era dormir antes de o dia nascer. Não tive tempo para a réplica porque Tereza foi ao banheiro. Mas pensei: *se ela fechou a janela, é porque vai ligar o ar-condicionado, claro.* Só que ela voltou para a cama e simplesmente se deitou. Em choque, tentei questionar a atitude insana, ainda que docemente:

— Qual é a ideia? Deixar a janela fechada sem o ar ligado?

Então, a fúria verbal de Tereza passou como um raio pelo quarto.

— Ideia? Não tem ideia nenhuma! Estou gripada, sem respirar direito. Não tem ideia!

Recolhida em meu lado da cama, tentei manter a calma, porque, era evidente, ela perceberia que a temperatura do quarto, sem ar e com a janela fechada, chegaria aos cem graus. E, diante dessa constatação, ligaria voluntariamente o aparelho. Por isso, foi em estado de terror que notei a respiração funda dela: Tereza dormiu outra vez. O grande milagre é que eu também dormi. E eu só sei disso porque acordei, ainda de madrugada, com ela me chamando.

— Você não está com calor?

Com calor, eu estava quando deitei. O que sentia naquele momento é o que deve sentir um pedaço de ferro minutos antes da liquefação. Ainda assim, eu tinha conseguido dormir, até ela me chamar.

— Vou abrir a janela — avisou.

A chuva lá fora tinha se transformado em dilúvio e, como a janela fica do meu lado da cama, é natural que, ao abrir a janela, chova em mim. Mas não consigo dizer "não prefere ligar o ar?" e deixo Tereza se levantar e abrir a janela. Como previsto, começa a chover em mim. Mas, ainda assim, é melhor do que o calor de antes. Então, mais uma vez por milagre, durmo. E eu sei disso porque ouço, ainda de madrugada, Tereza me chamar. Decido fingir que estou em um sono profundo – e certamente estaria, se minhas costas não estivessem tão molhadas por uma mistura de chuva e suor – e só respondo quando a ouço dizer meu nome pela décima vez.

— Tem água na mesinha aí?

Tem água na mesinha, no chão do quarto, nas minhas costas, mas, por instinto de sobrevivência, não dou essa resposta. Em pânico, percebo que a garrafa não está em minha mesinha, onde deveria estar.

— Vou buscar pra você — digo, na esperança de que um gesto tão altruísta faça brotar nela a consciência de que só o ar-condicionado nos salvará.

Mas Tereza está impressionantemente ativa para alguém tão gripada e, antes que eu possa secar minhas costas e me levantar, já está de volta com a garrafa d'água. Sou salva pelo despertador. Tereza sai da cama sem me dar um beijo, e eu queria um beijo não apenas porque o beijo dela é o que me faz existir, mas para ela notar como eu estava salgada de suor.

Devo ter dormido enquanto ela tomava banho, porque, quando abri os olhos, Tereza estava em pé, de costas para mim, completamente nua, revirando calças no armário. Fiquei ali olhando-a mexer nas roupas; ela percebeu que estava sendo olhada e se virou. Sorriu, abaixou e me beijou, sussurrando desculpas pela noite mal dormida. Eu a puxei para a cama e fizemos amor.

Algum tempo depois disso, a gente conseguiu juntar dinheiro para dar de entrada no apartamento dos sonhos. Antes de nos mudarmos para lá, Tereza decidiu fazer uma pequena reforma, e eu só entenderia depois que as palavras "pequena" e "reforma" não podem ser usadas combinadamente porque a única relação entre elas é a contradição.

Lembro que estávamos paradas no meio da sala vazia, olhando ainda embasbacadas para o apartamento e emocionadas com tudo que viveríamos nele, quando ela me fez uma pergunta para a qual eu não tinha resposta.

— Quantas tomadas você quer na sala?

Eu não fazia ideia. Diante da resposta, Tereza fez cara de poucos amigos. Tentei me concentrar para pensar sobre o questionamento estranho. Não era uma missão simples, porque, além de eu nunca ter pensando sobre isso, a pequena reforma já tinha começado e havia pó e pedras por todos os lados, pedreiro, marceneiro e as respectivas equipes indo e vindo, o eletricista debruçado sobre o parapeito da janela fazendo contas. E eu, parada no meio do caos, fazendo cara de quem pensava. Nunca tinha refletido muito sobre tomadas. Nunca, aliás, tinha construído uma casa com outra pessoa. Morei em casas já construídas, com todas as tomadas previamente alocadas. Mas, pelo olhar fulminante da Tereza, entendi que seria necessário contabilizar as tomadas que eu queria na sala. Forcei uma expressão de quem estava raciocinando ainda mais, na tentativa de ganhar algum tempo, e ela, que não precisava ganhar tempo, disse:

— O sofá vai ser bem aqui, tá vendo? Então, quantas tomadas aqui? Uma de cada lado?

Aliviada, eu só disse que uma de cada lado estava ótimo.

— Mas e se você estiver sentada aqui e quiser ligar o computador e carregar o celular, por exemplo? Uma é pouco. Tá vendo? Por isso preciso que você me ajude a pensar. Quatro, então? Duas de cada lado?

Em minha cabeça passou a palavra "benjamim", mas eu disse apenas:

— Isso, quatro está ótimo.

— E os circuitos? Como você acha que devemos fazer?

Eu não fazia a menor ideia do que ela estava falando, mas sabia que não era hora de confessar ignorância. Então, me entreguei ao jogo.

— Não sei. O que você acha?

— Acho que temos que poder acender a luz da sala quando estivermos no corredor. E temos que poder apagar a do corredor quando estivermos na sala.

— Isso. Isso.

— O que mais?

Eu não sabia o que mais. Tínhamos escolhido tomadas e circuitos. O que faltava?

— Assim está ótimo — disse, e comecei a ir em direção à porta.

— Não acabou, espera aí. Você pensou como vamos fazer no quarto?

— Pensei e cheguei à conclusão de que quero ter luz no quarto — respondi, sabendo que agora fazia uso do que meu pai chamaria de a coragem da ignorância.

Tereza me eletrocutou com o olhar. Tentei matutar como poderia ser o quarto no quesito iluminação, mas, antes que alguma ideia brilhante acendesse, ela disse:

— Temos que poder apagar a luz do quarto quando estivermos deitadas na cama. Estamos falando de circuitos independentes, entende?

Não entendia, mas depois que ela explicou eu pensei: *Claro, claro*. Como não tive a astúcia de dizer isso antes? Outra vez me preparei para sair, mas ela me puxou pelo braço e disse baixinho em meu ouvido que não havia gostado do eletricista.

— Como assim? — perguntei, apavorada porque a obra estava andando bem, e trocar de eletricista estava fora de cogitação.

— Não gostei da energia dele — respondeu ela, séria.

— Bom, se a energia do eletricista não é legal, temos um grave problema — eu disse. Mas ela não riu da piada. Só falou:

— É hora de escolhermos a cor das paredes. Que cor você quer?

Claramente, aquilo não teria fim.

Eu não me importava, mas não sabia como dizer isso sem parecer que estava dizendo um "tanto faz" meio "foda-se". Porque, de verdade, não era um "tanto faz" meio "foda-se". Eu simplesmente não sabia, nunca havia pensado sobre a cor das paredes e, sob pressão, não teria nenhuma ideia genial.

Tereza me olhava, um bico de poucos amigos se formava, e eu sabia, porque já a conhecia bastante bem, que aquela era uma boa hora para dizer alguma coisa, qualquer coisa. Queria dizer que tanto fazia porque tudo o que me importava era construir um lar com ela. Queria dizer que nunca tinha sido tão feliz. Queria dizer que meu sonho mais impossível, um que quando eu tinha dezesseis anos parecia tão impossível quanto chegar ao horizonte, estava prestes a se realizar e que, por isso, nada mais importava. Pensei em falar essas coisas, mas o barulho das paredes indo abaixo era colossal. Ainda assim, tentei. Só que, bem quando estava prestes a gritar tudo isso, o pedreiro passou por mim carregando um saco de detritos e o pó me fez engasgar. Não pude falar, e Tereza ainda esperava uma resposta. A única que saiu de mim, aos sussurros e entre tosses, foi o "tanto faz" que tentei evitar. Ela me apedrejou com o olhar.

Saímos dali andando pela rua, ao anoitecer; ela de bico, possessa com o que considerou ser displicência minha. Precavida, andei um pouco atrás, meio passo talvez, mas o suficiente para constatar a imponência dela. Não me cansava de olhar Tereza. Mesmo depois de anos, eu ainda ficava abobada ao lado dela. Então, disse a única coisa que me passou pela cabeça, a única coisa que era, para mim, realmente certeza:

— Eu te amo, Tereza.

Ela parou de andar e olhou para trás. Depois de uma fração de segundos, sorriu e me abraçou. Nessa hora, eu soube que tudo ficaria bem. Mesmo que, no final, eu tivesse que comprar um benjamim.

Um dia, a obra acabou, e nós conseguimos nos mudar. Tereza fez um escritório lindo para mim, e eu ficava ali dentro trabalhando em meus frilas. Os primeiros meses naquele apartamento foram um encanto, e estávamos as duas muito felizes. Até que uma manhã ela abriu os olhos e avisou que não tinha dormido nada bem. Eu, que havia dormido como um recém-nascido, fiquei ligeiramente tensa, porque conhecia aquele tom de voz e tinha noção do que estava por vir. E, de fato, antes do café da manhã, a notícia caiu sobre a mesa como uma baguete de duas semanas atrás:

— Já sei! Vamos trocar de quarto!

Então, Tereza explicou a decisão, ainda que não precisasse, uma vez que ela pareceu bastante certa daquilo: o quarto que dava para os fundos e que usávamos para guardar as roupas e nos trocar era bem menos barulhento do que aquele em que dormíamos. Disse que a rua de trás não era tão caótica nem frequentada por caminhões de lixo e de caçambas como a da frente. Eu não disse nada, até porque estava com taquicardia e tentando respirar lentamente, e Tereza, talvez acreditando que eu precisasse de mais argumentos, avisou que não dormia bem fazia semanas por causa da zona na rua e que isso não era vida, que não era justo e que estava com uma dor de cabeça gigantesca por causa da falta de descanso adequado. Evitei mencionar minha falta de ar diante da iminência de uma mudança de quarto e apenas balancei a cabeça, concordando. Por ter algum conhecimento de como ela doma a vida, sabia perfeitamente que mudar de quarto não significava apenas pegar nossa caminha, nossos livrinhos e o aparelho de televisão e dar três passos em direção ao outro cômodo.

De fato, em questão de segundos, Tereza, já bem mais animada por eu ter aceitado a mudança, justificou minha taquicardia.

— Já que vamos mudar de quarto — disse —, podemos descascar as duas paredes e deixá-las no concreto, como fizemos com a da sala. Podemos aproveitar a vinda do pedreiro e pedir que ele tire aquele armário embutido com o qual você implica desde sempre e, claro, contratar um pintor para deixar tudo bem bonitinho. Ah, sim, e o eletricista, porque o ambiente parece não ter todos os pontos de luz e tomadas para se transformar em um quarto de dormir. — *Qual era o problema dela com tomadas?*, pensei. — Aí tem o técnico do ar-condicionado, porque o verão se anuncia e você não vai conseguir ficar sem. A persiana, você lembra, também terá que ser trocada.

Saltitante com a ideia da mudança, ela terminou o café, pegou a bolsa e as dezenas de sacolinhas que arrastava para cá e para lá todos os dias, contendo tudo aquilo que não cabia na bolsa, me deu um beijo e saiu sem notar que a essa altura eu já estava pálida, gelada e ofegante.

Sozinha na mesa, comecei a me conformar com a ideia de que uma nova obra teria início e que eu, que trabalho em casa, participaria do processo na íntegra. E já que o mundo se divide entre os que amam obra e os que detestam, e Tereza e eu estávamos em lados opostos, tomei para mim aquela dor de cabeça que ela deixou para trás.

Em duas horas, Tereza ligou para avisar que já tinha falado com o pedreiro e com o eletricista e com o pintor e com o homem da persiana e com o do ar-condicionado, e que tinha comprado o material necessário antes de chegar ao trabalho e que no dia seguinte os caras começariam a aparecer. Ela fez tudo isso enquanto eu lia o jornal, o que apenas confirmava minhas suspeitas de que, suficientemente motivada, Tereza poderia dominar o mundo.

No dia seguinte, como prometido, os rapazes chegaram e entraram e quebraram e sujaram e me perguntaram dúvidas de última hora. Para todas elas, respondi do mesmo jeito:

— Eu não sei, eu realmente não sei, moço.

Em seguida, ligava para Tereza, que sempre sabe das coisas. Ela tinha me pedido para, de tempos em tempos, dar um pulo no quarto para ver se tudo estava caminhando conforme suas ordens. Eu ia, mas não sabia avaliar, até porque não tinha entendido as ordens, então acabava só falando com eles sobre o Corinthians. Saía, ligava para ela e dizia que tudo corria muitíssimo bem; à noite, quando ela chegava, percebia que as coisas não iam assim tão bem: colocaram massa onde não era para colocar, taparam buracos que não eram para ser tapados e instalaram tomadas em pontos errados. Ela me explicava tudo com calma, e eu não entendia nada, mas balançava a cabeça fazendo que sim, porque até minha ignorância tem limite e ele está exatamente no ponto em que sei quando não posso discordar do que Tereza diz.

A obra que ia durar três dias já tinha passado do oitavo; eu agora trabalhava com o cabelo todo duro e armado, cortesia do espesso pó que me cercava, e com a pele meio avermelhada, porque no meio da zona Tereza se lembrou do cara que lixa os tacos do chão e concluiu que o trabalho dele se faria necessário. Eu disse ok, porque não havia outra coisa a ser dita, mas logo descobriria que o pó que saía da atividade do lixador de tacos era vermelho como o solo de Marte.

Agora eu estava como aquelas figuras que foram vistas correndo quando as Torres Gêmeas desabaram. Enquanto isso, meus contratantes me cobravam textos, e eu dizia que estava com bloqueio criativo. Mas a verdade é que estava no meio de uma neblina densa e mal enxergava o teclado. Ainda assim, não podia mais escapar, porque Tereza acreditava que minha presença na casa era fundamental para o bom andamento da obra, e, além disso, eu estava apegada aos rapazes com os quais tomava café e comia bolo na cozinha e falava da rodada e do campeonato. Talvez eu tivesse alguma culpa pelo atraso das coisas.

À noite, Tereza voltava para casa e ia conferir a obra. Vendo as paredes expostas, emocionava-se. Pessoas que gostam de obra conseguem captar duas coisas que nós, os normais, não conseguimos: beleza em meio ao entulho e o dia em que tudo terá fim. Em meu mundo, obras não têm fim.

Não conseguia projetar o dia em que meu cabelo voltaria a ser sedoso e macio e minha pele estaria menos avermelhada. Enquanto Tereza admirava a obra, eu admirava Tereza, seu corpo e suas costas largas. E, nessa divisão fundamental que estabelecemos para a vida, a gente se enxergava. Naquela noite, ela se deitou sobre mim, disse que me amava e, antes que eu conseguisse balbuciar qualquer coisa, contou que teve uma ideia para ampliar a cozinha. Senti a falta de ar voltando, mas estava rendida com o corpo dela sobre o meu. Tereza, então, beijou minha boca, minha bochecha, minha testa, meus olhos, meu pescoço e foi descendo por meu corpo. Nessa hora, que importância tinham as paredes? Pode quebrar toda a cozinha, Tereza.

Mas, na época, eu ainda não sabia que a maior coragem do mundo não era pular de um penhasco com um paraquedas nas costas, cobrir jornalisticamente os bombardeios em Gaza ou se voluntariar para combater o ebola na África. Na época, eu ainda não sabia que a maior coragem que alguém pode ter na vida é dizer "eu te amo" sem saber o que escutará em retorno. O grande mergulho no vazio.

Quase nove anos tinham se passado desde o nosso primeiro encontro, e a gente seguia grudada. Ainda que ela passasse quase dez horas do dia no escritório e eu ficasse em casa, a gente se falava muitas vezes para combinar o jantar, rir de alguma coisa que um amigo tinha feito ou para que ela me contasse sobre algum caso. A cumplicidade que tínhamos fazia com que um universo só nosso fosse criado quando estávamos juntas, e ninguém mais tinha acesso a ele. Como acontece com as melhores histórias de amor, demos vida a um lugar que só nós duas conhecíamos: era um mundo inteiro apenas meu e dela, dentro do qual existíamos e nos amávamos. Ao lado de Tereza, a noção de que o amor era o mais forte elemento da vida se fazia clara como nunca antes.

Nesse processo, talvez depositemos em um quarto escuro pequenos traumas e mágoas acumulados ao longo dos anos, aqueles sobre os quais evitamos falar porque machucam muito ou estão travestidos de "isso não foi nada, esquece". Talvez mesmo os relacionamentos que se mostram mais intensos e perfeitos não sejam imunes a esse tipo de cômodo dentro da casa.

Em novembro de 2014, pouco depois daquele telefonema de Simone, recebi a notícia de que Tereza iria a Berlim. Seriam apenas oito dias, mas ficar sem ela uma semana parecia uma eternidade. Por outro lado, sem ela eu poderia fazer coisas que com ela não dava para fazer, como ver *Cosmos* até tarde e ler com a luz acesa na cama. Estávamos em Nova York fazia pouco mais de um ano, e essa seria a primeira viagem dela a trabalho. *Menos de dez dias não matam ninguém de saudade*, pensei. Era, na verdade, a primeira dica de que alguma coisa estava prestes a acontecer.

Foi num domingo à noite que ela embarcou, e eu, sozinha em casa, me servi uma taça de vinho e liguei a televisão sem saber direito o que queria ver, mas deixei na TNT, que passava *Dr. T e as mulheres*, com Richard Gere, filme que conta a história de um ginecologista e das muitas mulheres que o cercam. Mais uma dessas lavagens cerebrais de Hollywood que não ensinam nada e só fazem entreter – mas, mesmo sabendo disso, assisti, inerte. Nessa hora, querendo puxar conversa com alguém, decidi mandar uma mensagem para Simone e saber se ela tinha gostado da ginecologista. Ela respondeu que havia marcado a consulta para a manhã seguinte, depois de muito enrolar. Desligamos, me livrei de Richard Gere e dormi vendo *Cosmos*. No dia seguinte, ainda pela manhã, Simone me ligou quando voltava da ginecologista.

— Ela encontrou alguma coisa em meu peito.
— Como assim?
— Me pediu para fazer mamografia e ultrassom ainda hoje.
— Como assim?
— Não sei também, mas deve ser exame de rotina. Não tem nenhum caso de câncer na família. Não tenho por que ficar assustada, mas marquei para hoje.
— A mamografia do ano passado não mostrou nada?
— Não fiz no ano passado nem no retrasado. Lembro que na última delas meu ginecologista viu algumas calcificações, mas disse que não era nada. Sei lá. Vamos ver, não custa investigar.

Filha de pai hipocondríaco, sou assustada com casos médicos por natureza, então não esqueci o telefonema depois que desligamos. Esperei algumas horas e telefonei de volta.

— E aí?
— Parece que as calcificações são estranhas. Indo para a biópsia agora.

Ninguém escuta a palavra "biópsia" impunemente. Nessa hora comecei a tremer. Claro que a chance de não ser nada era maior do que a de ser alguma coisa, e claro que, mesmo que fosse, ainda assim haveria muitas coisas a serem feitas, mas meu corpo foi inundado por uma sensação de desespero que tentei disfarçar para ela repetindo que obviamente não era nada grave, que ficaria tudo bem, que não havia o que temer e mais uns quarenta clichês que visavam mais me acalmar que tranquilizar Simone. Lá pelo trigésimo sexto clichê, ela me interrompeu e disse que mandaria notícias.

Fiz pouca coisa nesse dia e tentei não criar drama por antecipação; falei com Tereza à noite e não contei sobre Simone. Ela tinha chegado a Berlim muito cansada, passou por reuniões chatas, e eu achei que ela não precisava de uma preocupação a mais, até porque não devia ser mesmo nada, estavam apenas investigando, por precaução. Antes das oito, peguei no sono no sofá e acordei às cinco da manhã. No celular, já tinha uma mensagem de Simone. "É câncer." Nada além disso. Não é, de fato, a forma mais sensível de comunicar que você está doente, mas prometi que não reclamaria e comecei a fazer perguntas e pedir para telefonar, mas ela disse que estava indo ao oncologista e que me ligaria depois.

Foi nessa hora que me dei conta de que estava com o pescoço travado e mal podia me mexer. Sozinha em casa, eu comia pouco e, diante da notícia do câncer, uma fraqueza enorme me consumiu. Com esforço, levantei-me e fui fazer um café. Tentei olhar para a situação da forma mais otimista possível, esforçando-me para me livrar da sensação absurda de saber que câncer não era uma coisa que atingia apenas outras pessoas, essas que aparecem na televisão, nos jornais, amigos de amigos. Câncer, afinal, era mais ou menos como a Austrália, esse país cuja localização é tão improvável que a gente se pergunta se ele existe mesmo.

Quem sabe era um câncer bonzinho e tudo se resolveria logo? Esperei o café ficar pronto encarando a máquina e notei que respirava ofegante. Olhei o relógio: ainda não eram seis da manhã para mim, mas já era meio-dia na Alemanha. Onde a Tereza estaria? Por que ainda não tinha me ligado, se me ligava todas as manhãs quando viajava? Mandei uma mensagem perguntando se podia falar e encarei o telefone esperando a resposta dela, que era sempre muito rápida. Nada. Fui até a sala, tentei pegar um livro, mas as linhas passavam por meus olhos sem que eu percebesse o texto. Peguei mais uma xícara de café, a respiração ainda acelerada. Por que Tereza não me ligava? Deitei no chão da sala de barriga para cima, tentando me acalmar. As sensações passavam por mim sem que eu as reconhecesse. Não era normal sentir aquilo. Medo, claro, mas havia alguma coisa a mais. Fechei os olhos e tentei buscar o que estava sentindo. Angústia. Mas existem nuances de sensações que temos dificuldade em reconhecer e esse era precisamente o caso. Armazenamos dores e memórias de traumas em ambientes remotos que ficam em nosso universo interno, e quando, por algum evento cotidiano, esse ambiente é acidentalmente iluminado, os traumas e as dores se comportam como baratas que, ao perceberem que as luzes foram acesas, tentam voltar para a escuridão desesperadamente, mas aí já é tarde, porque já as vimos. Ao emergirem, dores e traumas perturbam e incomodam, ainda que não se permitam revelar, e ficamos tentando entender quando já sentimos aquilo.

O que eu sentia naquele instante não me era de todo estranho, embora, circunstancialmente, eu nunca tivesse passado por nada parecido. De trinta em trinta segundos, pegava o telefone para ver se Tereza ou Simone tinham escrito. E, de trinta em trinta segundos, era inundada por adrenalina ao perceber que ninguém tinha escrito nada. Qual era a memória dessa angústia? Por que ela me parecia familiar? A qualidade das dores é que elas, ao não serem reconhecidas, ganham em monstruosidade. E a crueldade é que, depois de serem reconhecidas, ganham ainda mais em monstruosidade, embora possam ser olhadas de frente, o que faz com que deixem de ser anônimas e entrem no rol das coisas familiares, no qual é possível começar a despi-las. Dar à dor um rosto, uma voz e um nome é o primeiro passo, mas é também um passo colossal e dolorido que, muitas vezes, incomoda menos quando evitado.

Um jato de adrenalina me varreu da cabeça aos pés. Eu sabia exatamente que angústia era aquela. Aquela era a réplica da aflição que eu sentia quando era criança e minha mãe saía de casa. Foi uma época da infância, quando eu tinha por volta de sete anos, que bastava eu saber que ela sairia para entrar em desespero. A noção de que ela não voltaria mais me dominava. Minha avó me colocava no colo e tentava explicar que minha mãe tinha ido ao supermercado ou ao banco ou buscar meu pai no trabalho (meu pai nunca dirigiu), mas nada me convencia. Eu estava sendo abandonada, ela nunca mais voltaria e, diante da evidência, só restava me jogar no chão e espernear. E eu fazia exatamente isso, para desespero de minha irmã, que, mesmo muito pequena, percebia que alguma coisa estava errada comigo. Nunca vou me esquecer de sua expressão ao me dizer que eu era maluca, o que ela fez antes de entrar em seu quarto e brincar de boneca. E eu pensava: *como ela pode existir sem a mamãe por perto?* Em dias mais controlados, eu não me atirava ao chão, mas ficava de pé no sofá olhando pela janela da sala para conferir quando o carro de minha mãe entraria na garagem. Era capaz de passar horas assim. Ninguém entendia meu desespero, e, vendo o rosto de minha avó, eu sabia que só havia uma coisa pior do que minha mãe nunca mais voltar: era ela voltar. Porque minha avó contaria sobre o escândalo e minha mãe me pegaria pelo braço e me arrastaria até o quarto, onde começaria a gritar e, dependendo de minha reação, a me bater, até que meu pai visse o que estava acontecendo e mandasse ela parar "de bater em criança".

— Ela está maluca. Isso não pode continuar — dizia minha mãe a ele.
— Não importa. Bater, não. É covardia, ela não pode revidar — respondia ele, com a boca franzida, que era a boca que ele fazia quando estava muito bravo e precisava conter a braveza, característica herdada por minha irmã.

Ainda que eu detestasse que ela gritasse comigo, sem falar nas ocasiões em que me batia, quando minha mãe saía eu era outra vez inundada pelo desespero do abandono e me descontrolava, mesmo sabendo que na melhor das hipóteses – a de ela voltar – eu me daria mal. O que ninguém entendia é que tanto fazia, porque ela voltar significava não ser abandonada, e diante disso uma surra não era nada.

Nessa época, eu frequentemente sonhava que estávamos em casa, e minha mãe dizia que precisava ir à garagem pegar alguma coisa no carro. A gente morava no sétimo andar e eu lembro que pedia para ela não ir à garagem, para não me deixar. Mas ela ia mesmo assim, e eu ficava no hall do elevador vendo a seta indicar que ele descia. A seta parava e, mentalmente, eu contava os passos dela até chegar ao carro, pegar o que quer que fosse, voltar para o elevador. Nessa hora, a seta indicava que o elevador estava subindo. Quando ele chegava, eu abria a porta e via apenas a cabeça degolada de minha mãe. Eu acordava gritando.

Agora, outra vez e mais de trinta anos depois, estava eu ali, deitada no chão, revivendo o abandono. Manuela já tinha ido, Simone estava indo, Tereza não falava comigo. De repente, tudo ficou frio e escuro. Peguei o celular e não tinha mensagem de ninguém. Mandei uma para Tereza. Ela nunca deixou de me acordar nas poucas vezes que dormimos separadas: ligava, mandava WhatsApp, e-mail... Algum tipo de contato ela fazia. Justo hoje que eu precisava tanto falar.

Por fim, ao meio-dia, ela apareceu. Pediu desculpas, disse que tinha saído com o chefe e outras pessoas, foram a um bar, ela dormiu tarde e acordou em cima da hora. Como era muito cedo em Nova York, decidiu não mandar mensagem e entrou numa reunião que não acabava nunca. Estava saindo naquele instante e me ligou para ver como iam as coisas.

O chefe dela, um homem de uns setenta anos, era uma espécie de figura paterna com quem ela estagiara logo depois da faculdade, e que tinha ensinado a ela quase tudo o que ela sabia. Foi ele quem a convidou para trabalhar em Nova York. Só que o fato de ela ter ido a um bar, bebido e voltado tarde era história nova. Quem mais teria ido com eles? Não perguntei porque não gostava de parecer invasiva; engoli o rancor e contei sobre o câncer de Simone. Do outro lado da linha, ela chorou. Desligamos com a voz dela ainda embargada, e a angústia não me deixou. Mesmo assim, consegui fazer ioga e manter um pouco da rotina e, com ela, a ilusão de segurança que estava prestes a me escapar.

Os dias seguintes foram estranhos. Enquanto Simone ia a médicos e fazia exames, Tereza me parecia distante – não só por estar em Berlim. Demorava a telefonar e, quando fazia isso, estava sempre correndo e ocupada com outra coisa, dizendo que precisava desligar. Teria sido sempre assim e eu agora, extrassensível, precisava de mais? Ou alguma coisa tinha mudado? A solidão tinha começado a incomodar, ainda que, tecnicamente, não fosse bem uma solidão porque a cada instante entrava em cena um novo fantasma.

Eu falava com Simone muitas vezes ao dia, e tentávamos acalmar uma a outra. A ideia de perdê-la era inconcebível e toda vez que isso me vinha à mente eu chacoalhava a cabeça como quem tenta se livrar de uma ideia incômoda arrancando-a à força do cérebro. A mente, eu estava bem perto de entender, é um excelente servo, mas um senhorio cruel. Viver em um mundo que não contivesse minha ex-mulher, ou nenhuma delas, era uma noção absurda, inominável. Simone era meu porto seguro, aquele que um dia foi representado por minha mãe e depois por Manuela. Eu não estava preparada para perder um outro porto seguro.

Na quinta-feira, quando Simone me disse que, entre todos os medos, o mais real àquela altura era ficar careca, decidi que cortaria o meu em solidariedade para que ela visse que perder o cabelo não era nada. Não que eu tivesse especial apego a meu cabelo, mas ele era longo, pouco abaixo dos ombros, bonito e ajudava a compor meu rosto, que é pequeno. Era liso a ponto de eu não precisar pentear – nunca penteei – e sempre foi elogiado; parece que havia nele um brilho raro. Eu costumava ajeitá-lo ao sair do banho e depois deixava que ele seguisse seu destino, que era sempre bastante parecido com o do dia anterior. Ainda assim, eu gostava dele, uns dias mais, outros menos, mas gostava.

Esperei que Tereza ligasse para saber o que ela achava da ideia, porque ela sempre amou meu cabelo e passava muito tempo mexendo nele, dizendo que ele era macio, cheiroso e delicioso, mas, outra vez, ela estava fora de alcance. Não ligava, não respondia mensagens... Eram quase oito da noite no Brasil, madrugada em Berlim, quando, aflita e precisando de ar, decidi sair para caminhar; passei em frente a um barbeiro no Saint Mark's Place, na esquina com a Broadway, que fica aberto até a madrugada e, por impulso, entrei. Dez minutos depois, eu tinha na cabeça apenas uma penugem, não mais meus longos fios. A primeira impressão foi a pior possível, e a primeira sensação também, porque fazia muito frio e minha cabeça congelou enquanto eu voltava para casa. Ao mesmo tempo, senti um quê de prazer: o de mostrar a Tereza que tipo de coisas aconteciam quando ela sumia de mim. Se ela tivesse me dado alguma bola, ligado, dito que estava com saudade e que me amava, a carequice talvez fosse evitada. Esperava que, com a atitude, ela se sentisse culpada e percebesse que não poderia mais me abandonar.

O prazer durou poucos minutos e foi substituído pela certeza de que ela me amava por causa do cabelo e, diante da falta dele, pararia de me amar. Respirando como um cachorro eufórico, entrei em casa e me joguei no sofá depois de tirar uma foto do novo visual e mandar para meus sobrinhos em São Paulo, que certamente iriam rir. Eu gostava de fazer com que eles continuassem achando que eu era a tia maluca, a tia que não vivia sob as mesmas regras das outras pessoas. Por isso, desde sempre, minha homossexualidade nunca foi segredo, e a primeira vez que Estela, ainda muito pequena, me perguntou por que eu vivia com uma amiga e não tinha me casado, expliquei que na vida há mulheres que gostam de homens, homens que gostam de mulheres, homens que gostam de homens e mulheres que gostam de mulheres – e que eu era uma dessas. Ela pareceu bastante satisfeita com a explicação.

Outra vez, acordei antes das seis e peguei o celular. Uma mensagem de Tereza dizia que ela estava entrando em uma reunião e me ligaria quando pudesse. Não tinha ficado claro para ela que eu precisava de atenção? O que eu precisaria fazer para deixar isso mais evidente? O distanciamento dela me causava mais dor. Teria sido sempre assim e agora eu, aflita, exigia mais dela? Eu não conseguia chegar a uma conclusão e tentei me convencer de que sempre havia sido assim, ela estava mesmo muito ocupada e eu, mais carente, exigia uma atenção que ela agora não podia me dar. Sem saber com quem falar, liguei para minha mãe pelo Facetime, que era como nos falávamos desde que tinha chegado a Nova York. Minha irmã atendeu.

— Para onde eu liguei? — perguntei, confusa.

— Para o celular da mamãe.

— E por que você está com ele?

— Estou na casa dela. Vim deixar o Francisco e o Marcelo porque a Estela tem apresentação de balé e a mamãe vai ficar com eles.

— Deixa eu falar com ela rapidinho.

— Ela não quer falar com você.

— Oi?!

— Ela disse que não quer ver você careca, que você fez isso só para irritá-la.

— Jura? Que maduro. Diz para ela que eu ligo daqui a seis meses então.
— Desliguei puta e indignada, o que era um sentimento novo para esses dias de aflição e melancolia.

Não era, como vocês já sabem, a primeira vez que minha mãe me rejeitava. Tampouco era a segunda. A primeira rejeição foi quando, aos dez anos, escrevi para a escola uma redação que elogiava meu pai e contava sobre a cumplicidade que havia entre mim e ele. Ele era de fato meu melhor amigo, alguém que me tratava de igual para igual – ao contrário de minha mãe, sempre autoritária e cheia de regras. Meu pai não ligava se eu me vestisse como um moleque, se eu não penteasse meu cabelo, se eu só quisesse jogar bola e falar do Corinthians. Ele achava que essas qualidades faziam de mim uma menina diferente e, por isso, especial. Minha mãe via em minhas esquisitices apenas caos, horror e provocações. O texto ganhou a nota máxima, e a diretora da escola enviou uma cópia para meu pai, que, desde então, até o dia em que morreu, andou com ela no bolso da jaqueta. Isso criou um clima entre ele e minha mãe e, claro, entre mim e ela. E, como o assunto sempre foi tratado com sigilo e nunca jogado abertamente à mesa, passou a ser um fantasma em nossa vida.

A rigidez de minha mãe comigo era dez vezes maior do que a dedicada a minha irmã, que cresceu no padrão social imposto a uma menina: bonecas, roupas de princesa, utensílios de cozinha e brinquedos que simulassem a beleza de se tornar a dona de casa perfeita e mãe, coleção de papel de cartas, que num mundo ideal seriam escritas para algum príncipe. Vale dizer que, como era esperado, minha irmã se casou cedo e teve filhos lindos, de fato a melhor parte dessa história porque meus sobrinhos eram pessoinhas encantadoras com as quais eu tinha uma relação de puro amor, afeto e respeito.

A segunda rejeição foi na noite em que eu achei que ela iria me matar porque contei que era gay. Essa aconteceu logo depois da morte de meu pai, e não é que a notícia fosse surpresa, afinal ela me viu nascer e crescer rodeada de chuteiras e carrinhos Matchbox e roupas do Batman e do Super-Homem. Claro que nada disso é indicação definitiva de que a criança amará pessoas do mesmo sexo quando crescer; ao mesmo tempo, se assim for, não é mais dado ao pai ou à mãe que estiveram presentes durante a infância dessa criança o direito de se mostrarem estarrecidos, chocados, bestificados. Minha mãe não recebeu esse memorando.

Se querem saber mais detalhes dessa história trágica, estávamos no carro dela, eu dirigindo, voltando para casa depois da cremação de meu pai, que morreu de enfarto aos sessenta e cinco anos numa tarde fria de julho. Eu tinha vinte e sete anos, namorava escondido fazia um e começava a pensar em morar com Raquel, um relacionamento de certa forma breve para padrões lésbicos e que antecedeu minha história com Simone. Raquel e minha mãe se conheciam, e ela a tratava decentemente, o que era quase uma novidade na trajetória de minhas "melhores amigas", que sempre foram maltratadas por minha mãe, ao contrário das amigas de minha irmã, tratadas como celebridades. Talvez porque minhas amigas fossem sempre bichos-grilos comunistas, e as de minha irmã, socialites superfemininas. Minha mãe tinha uma queda por colunas sociais e gente rica; sempre foi dessas pessoas que acha que virtude e saldo bancário andam de mãos dadas.

Não éramos ricos, mas frequentávamos os ricos porque meu pai era editorialista de um dos maiores jornais da cidade e conhecia pessoas importantes, e porque Loli, uma de suas irmãs, era educadora, tinha um colégio – um dos melhores da cidade, no qual a gente estudava de graça. Não fosse por Loli, não teríamos estudado decentemente.

Saber que um dia eu precisaria sair do armário para minha mãe teve, durante anos, efeito parecido com aquele que sentimos quando pressentimos que as constantes dores de garganta nos levariam a tirar as amígdalas. Era inevitável que esse dia chegasse e que eu fosse passar pela agrura, a menos que eu morresse antes. Minha mãe é siciliana e herdou todo o temperamento de seus ancestrais. Mas, ao contrário da cirurgia para remoção das amígdalas, essas coisas de contar para a mãe que é gay a gente não planeja, e, quando me vi presa no maior congestionamento do mundo com ela a meu lado, agora definitivamente sem meu pai, entrei em desespero. Assim, comecei a amaldiçoar o trânsito da avenida Santo Amaro às seis da tarde.

— Como você reclama — disse ela, sem virar o rosto para mim.

— Você acha? Conhece alguém mais que reclama assim? — perguntei, referindo-me, obviamente, a todas as lições sobre amargura que ela me dera ao longo dos anos.

— Conheço. A Norma.

Norma, a amiga que nunca casou, aquela que minha mãe chamava de "solteirona".

— Ah, claro, e a Norma reclama da vida porque, coitada, ela nunca se casou, né?

— Exatamente. Mulheres que não namoram e não se casam viram solteironas e reclamonas.

Nessa hora, carro em ponto morto, lembrei que durante o velório e o enterro eu não a tinha visto derramar uma lágrima. Será que ela não tinha chorado a morte de meu pai? Essa perspectiva me encheu de raiva – e foi movida pela raiva que retruquei sem pensar:

— Não sou solteirona e não acho que exista problema nisso, ainda que não seja meu caso.

Estávamos entrando em águas nunca antes navegadas, e as duas tinham ciência disso. Por esse motivo, acho que ficamos alguns segundos em profundo silêncio, até que ela disse:

— Quem não tem namorado e não se casa é solteirona, e isso é uma das maiores desgraças da vida.

— Não, mãe, não é. Desgraça é se casar com quem não se ama. E eu não sou solteirona, para de me chamar de solteirona!

Tendo percorrido com o carro uns quinze metros desde que a discussão começou, jurei a mim mesma que, se ela me chamasse de solteirona mais uma vez, eu diria o que era de fato. E assim que fiz a promessa comecei a rezar para que ela não falasse mais nada até chegarmos em casa. Por isso, foi com horror que escutei o que ela disse em seguida.

— Para mim, você vai ser para sempre uma solteirona.

Então eu disse as palavras mais difíceis que já pronunciei na vida:

— Não, mãe, eu não sou solteirona. Eu sou gay.

Seguiu-se à declaração um segundo infindável de silêncio, um segundo que, em algum universo paralelo, durou muito – na verdade, ainda não acabou. Então, ela fez o que, entre todas as reações que eu havia antecipado, era a única que não estava na lista: abriu a porta do carro e saiu andando pela Santo Amaro no meio dos carros. Atônita, não tive reação e, em choque, observei minha mãe caminhando pela Santo Amaro, em velocidade bastante maior do que a dos carros, ainda que estivesse andando como um zumbi. Em segundos ela já tinha sumido de vista enquanto continuávamos parados naquele inferno.

Com taquicardia e sem poder abandonar o carro para correr atrás dela, procurei meu celular na bolsa, mas a bolsa estava escondida debaixo do banco, que é o que qualquer paulistano mais ou menos safo faz ao sair de carro pela cidade a fim de, assim, evitar que um gatuno a leve. Eu, tremendo, não conseguia encontrá-la tateando e me contorcendo.

Meia hora depois, cheguei em casa esperando ver minha mãe para conversarmos, mas ela não estava. Era a primeira noite sem meu pai, e entendi que eu havia feito uma enorme besteira. Perambulei pela casa como uma maníaca, ligando para o celular dela e escutando cair na caixa de mensagens. Telefonei para minha irmã, que havia se casado fazia pouco tempo, e expliquei o que tinha acontecido. Minha irmã sabia que eu era gay porque eu tinha contado a ela três anos antes, e eu imaginava que, tendo mais acesso a minha mãe, ela pudesse ajudar, como de fato ajudou. Ela me lembrou de uma coisa em que eu ainda não tinha pensado.

— Você acha que ela pode ter se matado? — perguntei.

— Claro que não. A mãe judia se mataria. A mãe italiana mata o filho — lembrou, inteligentemente, minha irmã, que, embora mais nova, é bem mais lúcida do que eu.

Formada em Física e Administração pela Universidade de São Paulo e pela Fundação Getúlio Vargas, ela é extremamente lógica e tem raciocínio rápido. Nessa época, logo depois de o primeiro filho nascer, tinha montado um ateliê de doces e ainda dado um jeito de estudar teologia, talvez para balancear o outro lado da mente. E foi assim que ela descobriu o judaísmo e se encantou tanto que começou a respeitar feriados, rituais e costumes – além de passar a frequentar a Hebraica com amigas. Eu me referia a ela como "minha irmã judia".

Outra vez, Ana tinha total razão. Minha mãe estava demorando a voltar porque tramava meu assassinato. Quando entendi isso, corri para o quarto, peguei uma mala e comecei a jogar tudo ali dentro. Queria sair correndo antes de ela voltar. Mas, ao fechar a mala, escutei a porta da sala abrir. Fiquei na mesma posição em que estava e comecei a hiperventilar; senti os passos dela vindo em minha direção.

— Você é uma vergonha para a família. Uma vergonha! — disse ela, parada na porta do quarto. — Ainda bem que seu pai morreu antes de saber dessa desgraça. Eu tenho vontade de me matar. De me matar!

Talvez ela tenha percebido que havia em minha expressão quase um alívio diante da percepção de que ela era, provavelmente, mais judia do que italiana. Foi quando os ancestrais falaram mais alto, e ela completou:

— Não! Não! Tenho vontade de matar você! Matar você!

Foi nesse instante que me lembrei de minha tia dizendo que meu avô, pai dela, que eu não conheci porque morreu durante a guerra, era compadre de Mussolini. Era isso. Meu destino estava traçado. Ninguém é afilhada de Mussolini impunemente. Quando escutei os passos dela se afastando, corri e me tranquei no quarto. Liguei outra vez para minha irmã, que ainda estava às voltas com crianças chorando, para dizer que minha mãe ia mesmo me matar.

— Sai daí e vem dormir aqui. Quer conversar com o rabino? Eu ligo para ele agora, quer?

— Que rabino? Do que você tá falando? Não vou dormir aí porque minha raiva é maior do que o medo e eu quero que ela pague pelo crime que está planejando. Vou morrer e virar mártir gay. Ela é maluca. Você notou que ela não chorou a morte do papai?

— Não? Acho que chorou, sim. Lá no velório eu acho que vi a mamãe chorar.

— Não, ela não derramou uma lágrima. Deve achar que ele deixou seguro de vida. E, me matando, vai ficar com minha parte. Tudo tramado. Você tá entendendo, Ana?

— Olha, é uma noite triste, a gente vai passar por dias ruins. Bem ou mal, ela viveu com o papai por mais de trinta anos, e você fez a besteira de contar justo hoje. Agora vai ter que segurar o rojão. Fica calma, vamos conversar com o rabino amanhã. Talvez ela não queira de fato te matar. Agora tenta dormir um pouco porque amanhã temos que ver inventário e outras coisas chatas. E tranca a porta do quarto, porque vai que... Né?

Ela desligou antes de me ouvir dizer:

— Que rabino? Que rabino?

Amigos me perguntam como ela voltou a falar comigo, e eu não lembro, só lembro que houve um Natal, quando eu já estava morando com Simone, em que minha irmã e meu cunhado disseram que eu deveria levar minha namorada para o jantar. Eu fiz isso, mesmo apavorada. Minha mãe estava a fim de ceder, e ajudou o fato de ela ter gostado da Simone e de ter se sentido meio culpada por ter reagido friamente a minha falsa tentativa de suicídio. A partir daí, pouco a pouco voltamos a nos falar e a conviver. Agora, quase uma década depois, ela me rejeitava outra vez. Na cartilha de conduta de minha mãe, ser gay tinha passado a ser aceitável, mas a careca era inconcebível.

Em Nova York, trancada em casa com meus fantasmas, pensei que menos de uma semana antes eu era feliz e mergulhada na mais plena paz, e que agora estava um trapo, me sentindo completamente abandonada e implorando por atenção, mas sem conseguir fazer com que alguém me desse o que precisava. Exigir isso de Simone era absurdo, por motivos óbvios. Mas esperava que Tereza, ou até minha mãe, me acalmassem. Sem elas, eu ficava entregue a meus demônios e à força da mente perversa, que só é feliz se puder criar as mais emaranhadas histórias e tramas, porque sem isso ela é coadjuvante. Minha mente estava fazendo isso comigo.

Dominada por esse tipo de raciocínio, comecei a imaginar Tereza com outra pessoa em Berlim, uma ideia que nunca havia me passado pela cabeça. Até então, a confiança entre nós era monumental, somava-se à confiança no amor dela por mim e, finalmente, em meu taco, o que era apenas uma faceta de minha arrogância. No entanto, em questão de dias, nada disso existiria mais. E minha mente logo construiu um mundo vazio de Manuela, no qual Simone estava morta, Tereza se via feliz com outra mulher, minha mãe não falava comigo e eu era uma pessoa financeiramente fracassada, moralmente falida e irremediavelmente sozinha.

Agora minha cabeça justificava o contato escasso imaginando a traição. Quem, aliás, estaria com ela nessa viagem, além do chefe? Eu não sabia, nunca perguntei. Era natural que ela tivesse encontrado alguém interessante e bonito, homem ou mulher, e estivesse tomando um drinque e rindo sem sequer pensar que eu estava sozinha e sofrendo em Nova York. Lembro que, antes de me mudar para a cidade, fui ver um documentário no Brasil chamado *Elena*, um filme lindo e sensível que contava a história de uma brasileira que, aos vinte e poucos anos, morando em Nova York, teve depressão e se matou. Eu via, chorava e pensava: como ficar deprimido em Nova York? Tantas coisas para fazer, uma cidade tão rica... como Elena conseguiu? Pobre Elena. Agora eu estava na sala, olhando para a vista que me mostrava o Empire State e me sentia imperialmente triste. Eu entendi Elena.

O telefone tocou, e eu vi que era Simone. Depois de ir ao mastologista, ao oncologista, ao nutricionista, ao cirurgião plástico e de fazer dúzias de exames, ela estava pronta para a primeira fase da químio. O procedimento para o câncer dela era fazer meses de químio – ou um pouco mais, dependendo de quantos dias de intervalo precisasse tirar entre as sessões. Primeiro ela faria a químio vermelha, mais forte, depois a branca, mais fraca; então, esperaria um mês e retiraria o peito. Não era um câncer altamente invasivo, mas a chance de Simone ter ficado com ele por alguns anos e de o fato ter sido negligenciado pelo antigo ginecologista era grande. O cabelo cairia vinte e um dias depois da primeira dose de químio. A voz dela soava triste, mas calma, ao me contar tudo isso.

— Você sabe que, se alguém pode passar bem por essa aventura, essa pessoa sou eu, né? — disse para mim, talvez percebendo minha angústia.
— E não há de ser mais dolorido do que ser traída — emendou, rindo.

Aproveitei o gancho para contar a ela sobre meu cabelo, ao que ela desligou para me chamar pelo Facetime e me ver. Depois de rir durante alguns minutos, ela quis saber o que Tereza tinha achado.

— Ela ainda não viu — respondi.
— Como não?

— Ela está na Alemanha e deve estar muito ocupada, porque mal fala comigo.
— Ciúmes, a essa altura?
— É…
— Deixa de ser boba. Vocês são muito grudadas, desgruda um pouco, deixa ela em paz. E vamos combinar que, se alguém merece um chifre, esse alguém é você.
— Isso, assim você me tranquiliza muito.
— Mas você contou pra ela que ia raspar?
— Não…

Outra vez, entendi que fiz uma besteira. Tereza era mesmo muito apegada a meu cabelo, e eu talvez tivesse colocado tudo a perder.
— Você é maluca? Ela é brava. Vai matar você.
— Vem cá, não é possível que ela esteja me traindo, é?
— Você não tá me perguntando isso seriamente, tá? Eu tô com câncer! Câncer! Tudo é possível. Tudo!

Saber que ela ainda tinha a capacidade de ficar brava comigo me deixava, de certa forma, calma. Era melhor do que ver Simone triste, pequena e insegura.

Simone disse que precisava desligar porque Lúcia, a namorada, tinha chegado. Foi assim que fiquei eu sozinha com meus fantasmas, que eram mais e mais numerosos a cada hora.

Sufocada em casa, peguei a mochila e saí andando pela rua. Não lembrava de já ter sentido coisa parecida; começava a ficar claro que eu precisava de ajuda, mas eu nunca tinha pedido ajuda e não sabia como fazer. Mandei uma mensagem para Tereza, coisa que eu raramente fazia quando ela estava trabalhando, porque nunca quis atrapalhar – e, a bem da verdade, ela sempre me procurou antes que eu precisasse procurar por ela. "Preciso falar com você. Me liga assim que puder." Quando enviei, vi que fazia mais de duas horas que ela não checava o WhatsApp. Andando e sentindo meu coração bater muito acelerado, fiz a segunda coisa estúpida da semana: entrei num estúdio de tatuagem.

Sempre quis fazer uma segunda tatuagem (sobre a primeira falaremos oportunamente), mas nunca tive coragem, com medo da dor. Agora, diante da dor que tinha começado a sentir na alma ou sei lá onde, essa outra dor seria como uma bênção. E a atitude poderia entrar para a lista das "coisas que acontecem quando você me abandona, Tereza".

Eu sabia exatamente o que queria tatuar: a primeira frase de *Em busca do tempo perdido*, de Proust, meu livro predileto. "Por muito tempo me deitei cedo." Nada além disso, e eu entendia que pudessem achar estranho, como Tereza tinha achado quando comentei com ela sobre a vontade de tatuar isso. Para o resto do mundo, a frase provavelmente não queria dizer nada, mas para mim ela representava o universo, porque, na mais grandiosa obra já escrita, que tinha mais de três mil páginas, Proust tinha escolhido essa frase para ser a que daria início a tudo. Havia, claro, uma infinidade de outras frases da obra que eu poderia tatuar em mim, algumas mais significativas e musicais, outras engraçadas – aliás, estas últimas me agradavam muito, porque a obra toda, dada a capacidade sobrenatural de Proust de escrever de forma a tirar das palavras e das frases todo seu potencial e, com isso, fazer rir quando assim desejava, poderia ser entendida também como uma comédia.

Havia, por exemplo, uma frase que era mais significativa:

Tão múltiplos são os interesses de nossa vida que não é raro que, numa mesma circunstância, os marcos de uma felicidade que ainda não existe estejam pousados ao lado da agravação de um mal de que sofremos.

Ou, para provar que Proust era também um comediante:

Eu amava verdadeiramente a sra. de Guermantes. A maior felicidade que poderia pedir a Deus seria que fizesse tombar sobre ela todas as calamidades e que, arruinada, desconsiderada, despojada de todos os privilégios que dela me separavam, não tendo mais casa onde morar nem pessoas que consentissem em saudá-la, viesse pedir-me asilo.

Pensava em tudo isso checando o celular de trinta em trinta segundos para ver se Tereza me ligaria. Cheguei a ligar e desligar o aparelho algumas vezes, acreditando que estava com algum problema.

Avisaram-me que um tatuador falaria comigo para que trabalhássemos a frase no computador, tipologia e corpo, até que eu ficasse satisfeita e ele pudesse tatuar. Pensei que esse seria um bom momento para Tereza aparecer, porque ela, quem sabe, me impediria de seguir com a ideia. Mas o fato é que ela não apareceu e, em menos de meia hora, eu estava na cadeira do tatuador, ombro virado para ele, esperando que ele começasse a me furar. Nessa hora, o telefone tocou e eu vi o nome de Tereza na tela. Pedi um minuto e atendi.

— Oi — eu disse, tentando não parecer desesperada.

— Oi. Tudo bem por aí? Estou atrasada para um jantar, mas quis dar oi e ver como você está. Tem falando com Simone?

— Tenho. Ela tá bem, tá forte, vai começar a químio daqui a uns dias. Viu, eu queria falar com você. Tenho pensando umas coisas...

— Que bom que ela tá bem. Sim, vamos falar com calma. Tenho que ir agora porque estão me esperando no carro, mas ligo quando voltar do jantar.

Fiquei olhando para a tela, ainda sem acreditar que, outra vez, ela tinha me escapado. Respirei fundo e disse ao tatuador que poderíamos começar. Decidi fazer no ombro direito, depois de ficar em dúvida também entre o pulso, onde estaria menos exposta, e a parte interna do braço, onde apareceria mais.

Como eu já tinha tatuado o nome de Manuela na parte interna do braço, menos de uma semana depois de sua morte e também num ímpeto, descartei essa ideia rapidamente. O ombro, a mais exposta entre as três áreas, venceu. Quando Tereza voltasse para casa, teria uma nova mulher: careca, tatuada, perturbada.

Sabia que fazer tatuagem era dolorido, mas dessa vez não senti dor, apenas um pequeno prazer que vinha com a sensação de ser machucada. Saí de lá com um plástico cobrindo a tinta e voltei para casa devagar, acompanhada por meus novos amigos, os fantasmas. Por que Tereza me ligava tão escassamente? Teria sido sempre assim e eu só notei agora? Arrastei minha solidão de volta para casa e passei as horas seguintes esperando a Tereza voltar do jantar e me ligar. Peguei no sono no sofá outra vez e acordei assustada no meio da madrugada. Vi que havia uma mensagem dela enviada quando era alta madrugada em Berlim: "Desculpa, cheguei agora e estou morta de sono e um pouco bêbada. Falo com você amanhã antes de ir para o aeroporto". Como assim "cheguei agora"? Chegou às quatro da manhã do sábado? Que diabo de trabalho era esse? As coisas seguiam bastante estranhas, mas pelo menos ela estava voltando para casa e eu poderia, assim que ela chegasse, me livrar dos fantasmas que tomaram conta de mim quando ela saiu.

Eram onze da manhã de uma segunda-feira fria e cinza quando Tereza entrou em casa. Eu tinha acordado às seis e, desde então, sentada no sofá, esperava ela chegar para que, assim que abrisse a porta, todos os meus demônios pudessem sair. Tinha o cabelo, que ela iria ver logo de cara, e a tatuagem, que ela veria depois. Mas, assim que a porta se abriu, o que aconteceu foi que outros muitos demônios entraram junto. Ao me ver, ela congelou no meio da sala. Não havia expressão em seu rosto. Podia estar odiando, querendo me matar, querendo me abraçar, querendo me beijar, não dava para saber. Depois de alguns segundos, que para mim pareceram horas, eu vi uma lágrima cair de seu olho. Nos abraçamos e nos beijamos, mas ela não disse que tinha sentido saudade e mal olhou em meus olhos.

— O que você fez com seu cabelo? — disse ela enquanto ainda me abraçava, que era o que eu fazia com os meninos que me beijavam nas festas: abraçava e ficava muito tempo abraçada para ques ele não voltassem a me beijar tão cedo.

— Foi para Simone não ficar triste de perder o cabelo dela... — expliquei.

Então, ela afastou o corpo do meu e disse, colocando a mão em minha cabeça:

— Eu amei. Você está linda. — Então, me abraçou mais forte. Depois de muitos dias, eu finalmente estava conseguindo relaxar. Ainda que essa sensação não fosse durar muito tempo.

Em questão de minutos, ela estava desarrumando a mala, coisa que nunca fez, nunca gostou de fazer e com a qual nunca se preocupou, porque era sempre eu que fazia para ela. O certo, se ela ainda fosse a mesma, teria sido me jogar no sofá e ficar deitada em cima de mim dizendo que me amava, não desarrumar a mala e começar a me contar quantas coisas ela ainda teria que fazer naquele dia.

— Você vai trabalhar hoje? — perguntei.

— Claro. Como assim? É segunda-feira e não deu nem meio-dia.

— Mas você passou todo esse tempo trabalhando vinte horas por dia, fora um dia para ir e outro para voltar... — Minha voz soava trêmula.

Ela parou de mexer na mala, me pegou pelo braço e me levou para o sofá.

— Desculpa, eu cheguei meio aflita e elétrica. Foi uma semana intensa, dormi pouco, fiz muita coisa e ainda estou nesse ritmo. Me conta da Simone. Como estão as coisas?

Eu tinha tanta coisa para falar que não sabia por onde começar. Mostrei a tatuagem, que ela achou bastante estranha, depois contei sobre Simone, sobre os médicos e sobre o tratamento. Tereza escutava, mas checava o telefone de tempos em tempos, o que me deixou mais angustiada. O que teria mudado em mim? Ou seria nela? Ou na gente? Por que ela parecia tão distante? Como um relacionamento pode se transformar em poucos dias? Tentei tirar ideias malucas da cabeça e pensar que estava fantasiando tudo por medo de perder Simone, mas a crueldade de uma traição é que, no fundo, bem lá no fundo, sabemos quando ela existiu. Ela está no olhar, nos gestos, no que é dito e, especialmente, no que não é dito. Pensei em Leminski: "Repara bem no que não digo". A verdade não se revela nas palavras, a verdade se esconde pelos cantos e se mostra muito lentamente, como o assassino de um suspense bem-feito.

Tive um chefe que uma vez disse algo que, na hora, me soou como a coisa mais estúpida já dita por alguém, mas que anos depois começou a fazer sentido: "Evite ter certeza daquilo que você desconfia". Achei estúpido porque, se eu desconfiasse de alguma coisa, por princípio, a certeza estava eliminada. E agora ali estava eu, fazendo um enorme esforço para evitar ter certeza do que eu desconfiava.

Sempre gostei de escrever e, com onze anos, resolvi fazer um livro. Ou melhor, escrevi durante dias sem parar em um caderno, e meu pai, ao ler, decretou que aquilo era um livro e que meu talento vinha de berço. Eu acreditei, e minha mãe, sabendo o que acontece a uma pessoa que decide viver de escrever, porque ela tinha se casado com um espécime desses, imediatamente decretou que eu poderia ser qualquer coisa na vida, menos jornalista. A proibição vocacional chegou a me frustrar por alguns anos, mas, quando tive minha primeira relação homossexual, aos dezesseis, entendi que carreira, dinheiro e trabalho eram secundários na vida: estamos aqui para amar e, especialmente, transar. Beijar pela primeira vez a boca de outra mulher foi talvez a coisa mais sublime que experimentei na vida. Naquele instante, em meu quarto, numa quarta-feira à tarde, enquanto estudávamos para a prova de química do dia seguinte, entendi o sentido da vida e da experiência de estar viva.

Em minha cama, com cadernos e livros jogados, Manuela parou de ler e me olhou de um jeito estranho. Eu já estava apaixonada por ela, mas tinha total consciência de que nada aconteceria entre a gente porque, primeiro, era errado que uma mulher beijasse outra na boca e, depois, no mundo inteiro apenas eu era gay. Durante meses, eu me entreguei a uma paixão platônica e tive de conviver com a certeza de que nada se concretizaria. Mas foram também meses de felicidade, porque eu me senti viva como nunca antes, e podia me deitar e sonhar e me imaginar e pecar infinitamente sob os lençóis. Me via beijando a boca dela, e tirando sua camiseta, depois o sutiã, então o jeans; beijando aquele corpo que era tão lindo e forte.

Manuela era surfista, atleta, definida, perfeita. Quando ficamos amigas, no começo do terceiro colegial, eu já achava tudo isso, mas ainda não estava apaixonada. É estranho como de repente você passa a ver uma pessoa com outros olhos, mesmo a conhecendo há tempos. Se no começo ela era apenas outro ser humano, de repente alguma coisa acontece, ela ganha sensualidade e erotismo e passa a viver dentro de sua cabeça durante todos os segundos do dia.

Foi assim com a Manuela. Um dia, amiga; no outro, objeto de desejo. De uma hora para outra, me vi querendo ir apenas aos lugares onde ela estava, viajar no fim de semana para a casa que a família dela tinha em Maresias, ficar horas na areia vendo-a surfar e sendo picada por borrachudos. Mas nem a dor da picada me incomodava, porque a beleza de vê-la deslizar sobre a onda fazendo manobras me arrebatava... Como surfava bem, como tinha talento, e como seria beijar aquela boca e sentir aquele corpo colado ao meu! Eu me entregava a devaneios e, dentro deles, eu existia plenamente.

Até que, numa tarde quente de dezembro, quando a gente estava no terceiro colegial e estudava para a prova final de química, ela começou a me olhar desse jeito estranho.

— O que foi? — perguntei.

E gelei quando vi que ela não apenas não respondeu como começou a inclinar seu corpo sobre o meu. Fiz a única coisa que uma pessoa decente poderia fazer e fui me inclinando também, só que na direção oposta. Quando entendi que os lábios dela buscavam os meus, tive que ser mais dura e a empurrei.

— O que você está fazendo, Manuela? Tá doida?

Ela continuava calada e inclinada. Hoje, pensando naquele momento, entendo que foi um gesto de coragem ou de pânico ela não se mexer dali. E, sem dizer nada, Manuela voltou a se inclinar sobre mim, que agora, inundada de tesão, já não podia mais reagir. Assim nos beijamos uma, duas, dezenas de vezes. Passamos a tarde deitadas em minha cama, esfregando nossos corpos.

Até hoje não sei dizer onde estava minha família, mas o fato é que a casa era só nossa e, por mim, o mundo poderia acabar naquele instante. Depois de um tempo, entendi que o mundo de fato estava acabando: escutei minha mãe abrir a porta de casa e fui arremessada na triste realidade de minha vida, que jamais permitiria que eu namorasse uma mulher e que, portanto, me confinaria a beijos em bocas que eu não queria beijar. Meu coração pulsava fora do peito quando minha mãe entrou no quarto – sem bater, como ela gostava de fazer, ao contrário de meu pai, que sempre se anunciava – e ficou de pé na porta olhando para nossa cara. Manuela disse um "oi" que não tinha nada de sem graça, e aquilo me fez sentir ainda mais tesão. Mas quando minha mãe perguntou por que minha boca estava tão vermelha, comecei a tremer e gaguejei um "não sei", que eu jurava que me entregaria. Mas ela se contentou com a resposta e foi embora, deixando, como sempre fazia, a porta aberta. Pouco tempo depois, a mãe de Manuela interfonou e pediu que ela descesse, e eu a vi entrar no elevador e sorrir para mim, sabendo que aquela tarde tinha me transformado.

Engraçado como a vida muda tão profundamente sem avisar e sem que as pessoas que mais convivem com a gente saibam que já não somos mais os mesmos. Naquela noite, jantando com meus pais e minha irmã, fiquei pensando se alguém ali poderia ver como eu já não era a mesma pessoa do jantar da noite anterior. Mas eles não podiam. Só eu sabia que nada mais seria como antes.

Manuela e eu vivemos um caso maluco de amor. Transávamos no banheiro do colégio, no cinema, na casa dela, na minha casa, na casa de praia da família dela, no mar, atrás das pedras… A gente transava sempre que conseguia ficar sozinha. Se eu achava que beijar a boca da pessoa amada era o máximo do sublime, é porque ainda não sabia o que era dar prazer a quem se ama. Fazer Manuela gozar passou a ser minha missão na vida. Como ela dividia um quarto com a irmã caçula, quando eu ia dormir na casa dela a gente precisava esperar que Miriam pegasse no sono para poder tocar uma à outra. Manter o silêncio era um desafio enorme, mas era questão de vida ou morte. Tinha dias que Miriam demorava para dormir e, quando minhas mãos procuravam o corpo de Manuela, ela também já tinha pegado no sono. Eu ficava frustrada, mas não media esforços para acordá-la. Perder uma noite de prazer era inimaginável, até porque eu não sabia quando seria a próxima. Desvendar seu corpo, o que dava prazer a ela, onde eu deveria beijar, em quais cantos deveria demorar mais foi uma experiência deliciosa e rica. A gente não sabia quase nada sobre a experiência sexual, e isso ajudou a fazer com que não nos guiássemos por cenas e imagens sedimentadas. Íamos por instinto, faro e prazer. E assim descobrimos pontos erógenos que jamais poderíamos supor: a palma da mão, a bochecha, a virilha, a nuca e cantos que nem sabíamos que existiam no corpo. Quando a vida era mais justa, conseguíamos ficar sozinhas na casa de praia por um fim de semana inteiro, então transávamos sem parar nem para comer. Foram muitos anos de libido à flor da pele, de sexo maluco, de felicidade absoluta. Minha primeira namorada – meu primeiro amor – me deixou com a certeza de que eu nunca conseguiria ser feliz sem me entregar de corpo e alma a outra mulher – ou ao corpo e à alma de outras mulheres.

Depois da viagem a Berlim, Tereza passou a chegar em casa cada dia mais tarde, se mostrava assustada com minha tristeza, dizia que não me reconhecia. Eu explicava que estava insegura com a doença de Simone, com medo de perdê-la, e ela parecia não acreditar em mim. Eu dizia que ela estava diferente, distante, e ela explicava que agia assim porque eu estava estranha e sombria.

Ainda nos beijávamos muito e, estranhamente, começamos a transar mais – e mais furiosamente. Mas, mesmo quando a gente fazia amor, um ambiente em que nunca deixei de me perder dentro dela, eu continuava atenta aos mínimos gestos. Tinha dias em que ela me fazia gozar e depois não queria mais transar. Outros em que eu a fazia gozar e parávamos aí. Havia tesão, mas alguma coisa estava diferente. Ou estaria eu maluca?

As palavras que saíam da boca de Tereza não combinavam mais com seus gestos. Eu passava o dia duelando com a ideia da traição, minha rival imaginária, esperando Tereza voltar para casa a fim de conferir que tipo de olhar eu mereceria dela. Chorava muito durante o dia, sozinha em casa, e não podia contar com Simone para desabafar, porque ela tinha começado a químio e não se sentia bem. Não podia contar com minha mãe porque eu ainda estava careca. Não conseguia mais trabalhar direito e comecei a negar frilas. A suspeita do chifre é, muitas vezes, pior do que o chifre de fato. Porque ela nos joga num lugar de incertezas e inseguranças onde não há vida, só medo e espera. Nesse quarto escuro, há desconfiança, observações, paranoia e pouca coisa além disso.

Tudo o que eu fazia era observar os gestos da Tereza. De como dormia, como se mexia, se olhava o celular assim que acordava, se me beijava antes de se levantar, como me beijava, se buscava meu corpo de madrugada como sempre fez, se conseguia olhar em meus olhos e se ver neles, imagem que sempre a encantou. Reparei que o celular era a primeira coisa que ela pegava quando acordava, antes mesmo de me abraçar. Tinha sido sempre assim e eu nunca havia dado bola porque era uma mulher segura e que se sabia amada? Além de voltar para casa mais tarde, Tereza começou a me fazer críticas sutis, coisa que nunca tinha feito antes. Sobre as roupas que eu usava, as coisas que eu falava, ou como eu falava, sobre minha pele, que ela estava achando muito seca e com muitos cravos… Passou a dizer que gostaria que saíssemos mais, víssemos mais pessoas, fôssemos um casal mais sociável.

Dinheiro também virou um problema. Aparentemente, o fato de eu trabalhar pouco e de não ter ambição estava pegando. Eu, que, como um personagem de Camus, sempre tive enorme dificuldade de me interessar pelas coisas que não me interessam, comecei a ser cobrada para executar tarefas que caíam nas costas dela, que envolviam, por exemplo, falar com fornecedores para reparar algumas coisas no apartamento em São Paulo que estava alugado e cuidar para que a estrutura da casa em Nova York estivesse em ordem, entre outras burocracias do cotidiano. Eu de fato não cuidava de contas bancárias, de imposto de renda nem das contas mensais e mal falava com minha própria contadora, tarefa que cabia a Tereza, que entendia melhor frases como "hoje terei que ir à junta dar baixa numa certidão" ou "vamos fazer aquela reunião para falar sobre as obrigações tributárias do Simples Nacional". Fora isso, Tereza passou a dizer que gostaria de receber mais amigos em casa, de viajar mais, de conhecer outros lugares – e que, para isso, precisaríamos ter mais dinheiro. Uma noite, não muito tempo depois de voltar de Berlim, entrou em casa dizendo que ia procurar um centro de umbanda.

Tereza cresceu na umbanda por causa da mãe, umbandista. Mas agora, do nada, tinha decidido encontrar um centro em Nova York. Fuçando na internet, achou um no Chelsea. Em poucas semanas, passou a fazer parte da equipe de trabalho do centro de umbanda e ganhou uma dúzia de novos amigos, um grupo de WhatsApp, que tomava bastante de seu tempo, e outros interesses. Aos domingos, ficávamos separadas, porque ela ia ao centro bem cedo e voltava no meio da tarde, já cansada e sem vontade de fazer muita coisa. Enquanto isso, eu, que tinha ficado até ali enrolando para fazer alguma coisa com ela, me frustrava, mas tentava não demonstrar, porque a ideia de trazer à tona aquilo que poderia nos afastar ainda mais era perturbadora, e ela parecia feliz com o que estava conhecendo na umbanda. Meus dias se resumiam em esperá-la voltar para casa e imaginar a traição.

Até aquela viagem para a Alemanha, se alguém me perguntasse sobre nossa relação, eu responderia que era perfeita e que eu nunca tinha me sentido tão segura a respeito de um amor. Se insistissem, eu confessaria que ela me amava mais do que eu a amava, que ela precisava de mim mais do que eu precisava dela, que ela dependia de mim mais do que eu dependia dela. Que eu, aliás, sentia falta de momentos de solidão e de paz. Que era ela que me procurava, procurava meu corpo, meus cheiros, minha pele. Que era ela quem reclamava se numa viagem de duas horas de carro eu por acaso não a tocasse nem passasse minha mão por seu corpo ou beijasse sua nuca. Que aquele era um relacionamento como meus anteriores, só que mais intenso. Igual no sentido que eu era a mais amada, a mais desejada, a mais cortejada, a mais segura, a que não sentia ciúmes. O ciúme que Tereza tinha de mim se encontrava entre a lisonja e a patologia, mas me fazia tão bem saber que eu era amada daquele jeito que nem parava para pensar que, se ciúme fosse métrica para amor, todos os crimes passionais seriam então crimes de amor. Agora, nesse novo lugar de nosso relacionamento, nem ciúme ela parecia ter. Mas é engraçado como, por insegurança e medo, nos adaptamos a lugares incômodos.

O ranking de preferências de Tereza passou a ser, pela ordem: a umbanda, o trabalho, o celular e eu. Havia encontros semanais, grupos de estudo, jantares e festas do centro às quais ela jamais deixava de ir ou até mesmo organizar. Eu vi isso acontecer ao mesmo tempo que tentava me convencer de que nada havia mudado. Como os animais que são capazes de antecipar um terremoto minutos antes de ele ocorrer e ficam agitados e inquietos, a alma sente a transformação prestes a acontecer e talvez tente nos avisar sobre ela, mas, ocupados com o barulho de nossas neuroses e paranoias, dedicados a deixar que a mente nos conduza por lugares sombrios e barulhentos, não a escutamos. Quando a pessoa que amamos começa a se afastar, a sensação é de que alguém abduziu seu corpo e agora existe ali um novo ocupante, alguém que não conhecemos mais. É uma sensação estranha, porque o rosto é o mesmo, os olhos são os mesmos, mas o olhar é completamente diferente.

Num domingo à tarde, quando ela chegou da umbanda e se deitou no sofá, resolvi abordar o assunto de forma direta, mesmo sabendo havia muitos anos que não devemos fazer perguntas para as quais não queremos saber as respostas. Nervosa e com a voz trêmula, perguntei se ela estava se relacionando com outra pessoa e se isso tinha acontecido em Berlim. Ela estava com uma revista aberta em frente ao rosto quando fiz a pergunta. Então, Tereza baixou a revista, sorriu e disse:

— Eu sabia que você estava encucada, achei mesmo que era uma coisa assim. Não, não estou apaixonada por outra pessoa.

Disse isso, me puxou para perto dela e voltou a ler. Na hora, a resposta me acalmou, mas a verdade é que qualquer resposta que não fosse "sim, há outra pessoa, estou apaixonada, não sei mais o que sinto por você" me deixaria menos tensa. Claro que a mente não precisa de muito tempo para voltar a dominar a alma, e a minha, em questão de instantes, já tinha me levado de volta ao lugar de insegurança e medo. O fato de ela conferir o celular de cinco em cinco minutos não ajudava.

As semanas seguintes continuaram a ser tristes e solitárias. Eu passava o dia na companhia de minha mente, que parecia se divertir mais e mais na criação de cenários mil de traições, encontrando em todas as atitudes da Tereza uma explicação bastante razoável para provar a traição. Durante o dia, eu repassava mentalmente a forma como ela tinha acordado, como tinha me beijado, me olhado, quantas vezes viu o celular antes do banho, por que deixava o aparelho com a tela sempre para baixo. Esse era um processo que me deixava exausta, mas ao mesmo tempo eu não conseguia não me entregar a ele; por outro lado, eu não era capaz de controlar minha mente, de educá-la, de interromper qualquer pensamento que pudesse me levar para o fundo do poço. Entrava no WhatsApp para ver se ela estava on-line e, caso estivesse, eu passava minha lista de contatos checando quem mais estava on-line, imaginando que a amante poderia ser alguém que eu também conhecesse e que tivesse ido a Berlim na mesma época que ela.

Minha mente estava no comando e não havia o que eu pudesse fazer. Era bastante claro que ela atuava como meu inimigo, mas era um inimigo bem íntimo, ao qual eu estava apegada. Eu levaria um tempo e muitas lágrimas para entender que a verdadeira liberdade está em educar o pensamento.

Durante o dia, sozinha em casa, alternava estados de desespero, manifestados com angústia e palpitação, com tristeza e resignação, e com outros instantes de esperança de que tudo não passasse de paranoia. Havia momentos em que a ideia de que eu estava maluca era mais atraente do que a de traição.

Quando o desespero era maior, eu via Tereza já fora de minha vida e me via abandonada. Foi nessa época que descobri um pequeno canivete numa gaveta da cozinha. A dor que eu sentia era tão enorme que imaginei estancá-la criando uma dor ainda maior; por impulso, peguei a lâmina para fazer um pequeno corte na parte de dentro da coxa. Passei bem de leve na pele, vendo o sangue escorrer, e de fato senti um alívio: a dor da alma deu lugar à dor do corpo, infinitamente mais agradável. A partir daí, sempre que a angústia parecia me sufocar, eu pegava o canivete. Os cortes tinham que ser pequenos para Tereza não notar, e eu fui adquirindo certa ginga para cortar em lugares mais escondidos e trabalhar cortes pequenos, mas fundos.

Numa noite, quando ela chegou do trabalho e me encontrou sentada na pia da cozinha enquanto eu esperava o brócolis ficar pronto, disse:

— Você me olha como se eu tivesse morrido.

E de fato ela havia morrido. Uma parte dela. Uma imagem dela. Uma percepção dela. Tinha noites em que ela buscava meu corpo na cama e queria dormir grudada; nessas ocasiões, eu entendia que ela pedia desculpas por me trair. Minha mente começou a inverter qualquer manifestação de amor dela. Todas se justificavam com a traição que, em minha cabeça, acontecia tão claramente. A ideia de que ela desejava me trocar me desesperava. Meu comportamento, sempre tão maduro e confiante, passou a ser obsessivo. Ela chegava em casa e eu queria grudar. Queria ela no mesmo ambiente que eu – o que não era difícil, porque nosso apartamento em

Nova York era bem pequeno. Queria ver o que ela fazia ao telefone. Era exaustivo. Aquilo me consumia.

Um dia, Simone me disse que eu só funcionava bem na vida se houvesse alguém desesperado por mim, e que agora que a Tereza estava um pouco ausente eu me desesperava. Ela disse que eu não entendia o amor, só a paixão.

"Estou com câncer", disse ela, "mas quem está doente é você".

Simone tinha razão. Eu tinha uma doença medonha, silenciosa, cruel: a que aflige aqueles que não sabem quem são, que se transformam em criaturas pequenas e encolhidas, que dependem da aprovação de outra pessoa para existir, que terceirizam a felicidade. Quem era eu? O que estava acontecendo comigo?

Então, a ideia de que eu havia traído outras pessoas e feito outras pessoas sentirem o que eu estava sentindo naquele momento me dilacerou. Por um instante, achei que eu merecia passar por tudo aquilo. Era uma contrapartida, um "olha o que você fez com os outros, vê se aprende".

Quando Tereza chegava em casa do trabalho, eu a abraçava como se ela estivesse voltando de seis meses na Síria. Ela se deitava no sofá e eu me deitava em cima dela. Eu, que nunca fui grudenta, que detestava gente assim. Ela ia para o quarto e eu ia atrás. Ela se mexia na cama e eu abria os olhos para ver se ela pegaria o celular de madrugada. Ela espirrava, eu aparecia no trabalho dela com água de coco, chá de gengibre, sopa. Talvez porque, ao notarmos que alguém que amamos está indo embora, tentemos desesperadamente nos mostrar úteis e indispensáveis e superdedicadas, sem perceber que não há amor que sobreviva ao sufocamento, porque, assim como o fogo, o amor precisa de oxigênio para arder.

E, embora eu não conseguisse mudar meu comportamento, comecei a detestar a pessoa que me tornei. Era mesmo impossível amar uma mulher como aquela: grudenta, carente, sombria. Quanto tempo seria assim? Como dar conta? Como saber o que era real e o que era invenção? Como saber se era intuição ou paranoia?

Uma sensação de impotência me inundava. Eu não era mais capaz de fazer Tereza feliz. Quem fazia isso por ela agora era outra pessoa. Havia manhãs em que ela estava doce e parecia ser a mesma de antes, e eu me acalmava por instantes. Mas aí eu a via com o celular e, depois, cantando no chuveiro e, na novela que criei, eu entendia que ela tinha visto uma mensagem da amante. Ela sempre cantou, é verdade, mas não cantava mais por mim.

Meus dias eram dedicados a esperá-la ligar ou mandar mensagem perguntando como eu estava ou dizendo que me amava. Se ela não mandava, eu rebobinava o filme da traição em minha cabeça. Eu sentia uma pressão no peito e na barriga. Eu oscilava entre querer saber o que estava acontecendo, já que o ciúme faz nascer a paixão pela verdade, e o medo de pressioná-la pela verdade, o que poderia deixá-la exaurida com minha insegurança e matar o amor que ainda pudesse haver. Os duelos eram vencidos pela necessidade de aceitar o amor que eventualmente ainda estivesse ali.

Havia dias em que eu encarava o fim do relacionamento de forma mais prática. *Então, ok*, eu pensava, *ela não me ama mais, acabou, e eu vou seguir com minha vida, paciência.* Mas ainda assim era perturbador, porque essa ideia me fazia perceber que eu nem sequer era capaz de me sustentar. Tinha quarenta e quatro anos, nenhum dinheiro guardado e um salário de merda. O que seria de mim sem Tereza? Onde eu moraria? Nem dar conta de pagar o financiamento do nosso apartamento eu dava. Como tirar o inquilino de lá, se eu não conseguia bancar as despesas? Ia morar na casa de minha irmã? Eu e seis crianças? Como conseguiria ler e escrever?

Enquanto isso, sem ter que sustentar aquele fardo que morava na casa dela – eu –, Tereza teria uma carreira sólida e acumularia dinheiro e bens, poderia viajar para todos os lugares que quisesse, na classe executiva, se assim desejasse, e perceberia que eu era uma pessoa incapacitada para a vida adulta, sem ambição nenhuma, uma fracassada que achava possível viver apenas de amor. Nos cenários mais sombrios, a amante era uma milionária, e Tereza saberia o que era estar com uma pessoa que ganhava dinheiro, bem-sucedida, madura, adulta.

O medo passou a ser meu melhor amigo. Ele estava comigo dia e noite. Sentado a meu lado enquanto eu tentava trabalhar, alongando-se comigo na ioga, tomando banho a meus pés. Tínhamos feito um pacto, e eu estava comprometida a abrigá-lo e alimentá-lo. Havia em mim uma infinidade de medos: o de ficar sozinha, o de ser trocada, o de ver Tereza cuidar de outra pessoa, o de saber que ela não ia mais dividir comigo as coisas do dia a dia.

Tereza e eu sempre nos encontramos no olhar. Na cama, quando o mundo lá fora ficava bloqueado e tudo o que havia era ela e eu, ela se via em meus olhos e chorava de emoção. A gente era capaz de passar horas apenas se olhando, se amando, se desejando. Agora eu achava que ela evitava meu olhar para que eu não a visse ir embora. Durante o dia, eu chorava e implorava aos céus que ela não me deixasse. Sozinha, claro, para não pagar esse mico na frente dela, porque eu não pediria isso nem se ela estivesse mesmo me deixando.

Num sábado à noite, ela teve uma sessão de umbanda, uma certa gira de esquerda, e quando cheguei em casa depois de sair para comer alguma coisa percebi que tinha entrado num lar sem amor. Aquilo me torturou. Meus lares nunca foram assim. Quando ela chegou, me encontrou cabisbaixa e conversamos. Eu disse a ela, pela milésima vez, que estava triste e sozinha; ela disse que me amava e que não via a vida sem mim. Ela disse que queria que a gente voltasse a ser como antes, me abraçou e me beijou, mas eu não senti nada. Eu não sentia mais nada. Ela chorou e disse que tinha muito medo de virar minha mãe. Que não queria ser a pessoa a cuidar de mim. Não queria isso para o nosso relacionamento.

A sensação que me invadia era a de que eu não era mais suficiente para ela. Eu já não bastava. Meu medo era de que ela precisasse de outra para se entreter, de alguém que a fizesse rir. A sensação mais nítida era a de que algo tinha mudado. Teria sido nela ou em mim? Passei a me vestir com trajes "daquela que não é mais amada". Quando encontrávamos amigos, tinha a certeza de que eles me olhavam sabendo "lá vem aquela que não é mais amada, coitada".

O que teria morrido? Morreu em quem?

Comecei a sentir saudade de mim. Não era mais eu, ou talvez nunca tivesse sido, quem sabe?

Eu imaginava as pessoas todas sentindo muita pena de mim quando soubessem que Tereza tinha me trocado. Saberiam que eu não era mais desejada. E minha deficiência social me deixaria sozinha. Nossos amigos eram os amigos dela, na verdade. E eles iriam embora com ela. A sensação de que seria digna de pena era corrosiva. Olhares, cochichos, viradinhas de cabeça quando me dessem "oi".

Para piorar, havia na umbanda uma líder espiritual, uma mãe de santo em quem Tereza estava grudada. Elas almoçavam com frequência e falavam bastante ao telefone; Tereza queria aprender tudo sobre os orixás, o mais rapidamente possível… Isso, aliás, me encantava: ela se envolvia com as coisas com devoção. O problema é que Tereza parou de beber em minha fonte emocional. Agora, quando tinha algum perrengue de trabalho, com os pais ou com a irmã, ela recorria à mãe de santo. Desde o começo, minha utilidade máxima no relacionamento era dar a ela suporte emocional, acalmá-la, mostrar o que era de fato importante na vida, e eu tinha perdido meu posto. Eu detestava o papel de abandonada, mas não conseguia me livrar mais dele. Minha vida tinha virado um melodrama.

O processo de autoconvencimento de que o relacionamento havia acabado era das coisas mais eficazes que já fiz. Se eu pudesse usar tanto talento para me convencer do contrário, seria melhor. Ou quem sabe para escrever a droga do livro que eu nunca fui capaz de escrever. Uma dúvida cruel passou a me martelar: o relacionamento teria mesmo acabado ou eu o estava matando? Numa noite em que fizemos amor, fui capaz de me convencer que ela tinha transado comigo por compaixão. Tudo se encaixava na minha novela. Era bastante óbvio: ela não poderia me deixar se eu estivesse nessa puta crise existencial, então ela esperava eu melhorar para dar tchau.

Um dia, decidi que falaria para ela tudo o que eu sentia. Tivemos uma conversa dura, dolorida. Os olhos dela me pareceram tão amedrontados... Eu disse que entenderia ela ter se encantado por outra pessoa – mentira, eu não entenderia coisa nenhuma, mas ainda assim foi o que afirmei. Tentei voltar a ser a madura da relação, a ponderada. Ela me olhava com uma expressão estranha, distante, e negava, negava, negava. Ela disse que não aguentava mais tantas conversas, que eu nunca fiz isso.

É perturbadora a sensação de ter acesso total a alguém num dia e perder isso no outro. Quando Tereza me olhava, antes de eu entrar em crise, ela me fazia existir plenamente. Era no olhar dela que eu reconhecia minha humanidade – e não há forma mais devastadora de violência do que deixar de reconhecer sua própria humanidade no olhar de quem se ama. Era o que estava acontecendo: ela me olhava e eu não me reconhecia mais. Eu já não conseguia acessá-la, penetrá-la. Lembrei de Proust, de um trecho de *À sombra das raparigas em flor*:

> Meus olhos descansaram em sua pele, e meus lábios podiam quase acreditar terem feito o mesmo. Não estava apenas atrás de seu corpo, estava atrás da pessoa vivendo dentro dele, com quem pode haver apenas um modo de toque, que é o de atrair sua atenção, e um modo de penetração, que é o de colocar uma ideia em sua cabeça.

Proust estava correto: uma forma de tocar e uma forma de penetrar – atrair a atenção e colocar uma ideia em sua cabeça. Não havia outro jeito. Mas existia agora entre a gente uma barreira que nunca houve. Que cruel a sensação de querer arrancar a verdade da pessoa que você mais conhece na vida e não ser capaz. Por que ela não conseguia ser sincera e me falar tudo? Não fazia dois meses, eu era o mundo para ela, eu era o objeto de devoção, de carinho, de afago e de mimo, e agora tinha que implorar demonstração de amor e afeto. O que mudou? Como? Por quê? Antes não havia assuntos secretos entre a gente, e agora há.

Eu me entregava a fazer projeções com a única finalidade de confirmar suspeitas. Meus diálogos internos eram incessantes, e os jogos que fazia comigo mesma não tinham fim. Se Tereza não voltasse cedo para casa naquela noite, eu teria a certeza de que é porque ela preferia ficar com a amante. Depois pensava: *Se ela voltar cedo, vou tirar isso da cabeça, e servirá como prova que é tudo paranoia.* Aí ela voltava cedo e eu pensava: *Voltou cedo porque a amante está trabalhando.* Outro jogo corriqueiro: *Se ela encostar em mim agora, é porque me ama.* Ela encostava, e eu pensava: *Encostou porque está com pena de mim.* Nada do que ela fazia era suficiente. Passar o dia nesse filme de terror maluco me exauria. Eu vivi durante anos com a ilusão de saber exatamente tudo sobre o futuro do relacionamento, mas a ilusão tinha acabado e eu precisava aceitar a incerteza de tudo.

O que eu tinha perdido não era necessariamente o amor dela, mas a certeza de ter o amor dela. E, diante dessa adoração absoluta que eu agora sentia por Tereza – adoração que bizarramente aumentava a cada instante que eu me convencia de que ela estava indo embora, essa pessoa que eu tinha transformado na mulher perfeita – eu diminuía. Quanto maior eu a deixava, menor eu ficava.

Tinha dias em que eu me via tão pequena e criança perto dela que entendia o fato de ela não me amar mais. Tentava me colocar no lugar dela e achava natural que se perguntasse: "Quem é essa pessoa em minha casa?". Eu me perguntava isso. Quem sou eu? Eu e eu não nos conhecíamos mais. Havia uma estranha em mim, me habitando, me dizendo coisas, me fazendo sentir coisas. Essa estranha era carente como um cachorro. Será que eu deveria poupar Tereza disso? Se eu fosse ela, não aguentaria. Por exemplo, antes de tudo isso, quando ela queria grudar muito, eu ficava meio irritada.

Em uma noite, sonhei que estava na casa de Manuela, aquela onde transamos tantas vezes. Era uma casa grande no Morumbi, e no sonho o andar de cima estava todo reformado. Eu subi as escadas para ver a reforma. Achei linda. Manuela me disse que a reforma toda tinha durado um dia, e eu falei: "Como fizeram tão rápido uma reforma dessas?".

E ela respondeu: "A gente planejou muito, deixou tudo bem acertadinho e chegou aqui hoje cedo para fazer".

Vi que ainda havia umas coisinhas para ser acabadas, mas a reforma estava espetacular. Aí eu desci a escada e vi os outros andares – outros dois andares – exatamente como eram. Pensei: *Eu me lembro desses andares. Reconheço, mas prefiro o de cima, o novo, o reformado.*

Seria eu o terceiro andar da casa? Eu passando por uma reforma interna? Os dois outros andares representavam meu velho eu? Que sonho estranho.

Essa nova pessoa que eu tinha virado era incapaz de ver um filme sem se acabar de chorar. Num domingo, Tereza voltou da umbanda e começamos a ver televisão. O filme contava a história de um menino dos cinco aos dezoito anos, e o diretor filmou de fato ao longo de doze anos. Era a história de como o garoto se transformava em homem e rompia com os pais e com a imagem que os pais tinham dele. A gente acompanha o garoto ir de uma completa adoração pelo pai até o ultimo diálogo, em que fica claro que ele o ama, mas já não concorda com as coisas que o pai diz. O filme termina com o menino indo para a universidade e começando uma vida só dele. Eu não conseguia parar de chorar. Tereza veio me abraçar e me pegou no colo. Ela me apertava e dizia: "Eu estou aqui. Calma. Eu estou aqui". Falou isso umas duzentas vezes, e eu me vi como o protagonista antes de bater asas, antes de entender quem era.

Na verdade, eu chorava por uma série de coisas. Chorava de tristeza, mas também de felicidade. Tristeza pelo que estava acontecendo e felicidade pelo que eu intuía que aconteceria. Não fazia sentido, mas fui invadida por uma sensação de liberdade. Ou pela sensação de que tinha iniciado um processo de transformação. Eu estava me comunicando comigo mesma de forma não verbal, o que era novidade para mim. Era como se minha alma me mandasse o seguinte recado: "Vai ser duro e triste, mas lindo e importante, e agora não há mais como evitar o que está para acontecer".

Pensei outra vez em Proust:

Tão múltiplos são os interesses de nossa vida que não é raro que, numa mesma circunstância, os marcos de uma felicidade que ainda não existe estejam pousados ao lado da agravação de um mal de que sofremos.

Como acreditar na alegria, quando tudo é tristeza? Não sei exatamente quando consegui relaxar e deixar para lá a história da amante. Talvez tenha sido quando senti que Tereza tinha voltado a me enxergar, ou ela talvez tenha voltado a me enxergar porque eu consegui sair um pouco da sombra. Com o fim da angústia extrema, sumiram também os ímpetos de me cortar, me ferir, me ver sangrar.

O tratamento da Simone ia bem e, depois das cinco primeiras sessões de químio – que a deixaram fraca e sem força para sair da cama –, ela estava disposta a lutar. Acho que isso me ajudou a sair do buraco, e Tereza e eu voltamos a ser o que éramos antes. Ou alguma coisa muito parecida. Ela ainda criticava em mim coisas que nunca havia criticado, ainda checava o celular inúmeras vezes ao dia, mas eu não ligava mais. O medo de perdê-la era tão gigantesco que fiz um pacto comigo mesma num nível abaixo do consciente e me deixei ficar naquele lugar que era novo, ligeiramente frio e solitário, mas ainda com ela ao meu lado. A ideia de que havia outra pessoa saiu aos poucos de minha cabeça e eu optei por acreditar que ela estava diferente porque eu estava diferente, e eu estava diferente porque estava com medo de perder a Simone.

Por tudo isso, eu não estava preparada para o que aconteceu quando, depois de algumas semanas, fui com Tereza a uma festa do escritório dela.

Ir a festas da firma implicavam fortes emoções por causa das cerimônias de embelezamento que antecipavam o evento. Tereza sempre se vestiu bem, gostava de usar saltos, vestidos e maquiagem. Como o ambiente em um escritório de advocacia é machista e paternalista, espera-se que mulheres se vistam dessa forma, mas o visual não me caía bem. Nunca gostei de saias nem de vestidos, sempre preferi calças, e os saltos não me eram lá muito amigos, embora eu os usasse quando era preciso. Não ajudava o fato de meu cabelo estar raspado e eu ter agora outra tatuagem no braço, mas uma das belezas do jornalismo é o fato de podermos nos vestir de um jeito meio hiponga sem que haja estranhamento. Se vamos a festas mais chiques, a roupa se explica com "ela é jornalista", rótulo que dá aval a qualquer estranheza.

Naquela noite, Tereza não estava à vontade com a roupa que escolhi e disse isso de forma não muito simpática, o que me perturbou. Mas nesse nosso novo ambiente de convívio e dependência, eu rapidamente tratei de culpar a mim mesma, me convencendo de que ela não havia sido propriamente grossa, era eu, ainda muito sensível, vulnerável, que me incomodava com facilidade. A mim, parecia evidente que eu deveria escutá-la e mudar de roupa, porque era certo que eu não sabia me vestir e que isso era um problema porque Tereza, dada minha incapacidade para escolher roupas, poderia me trocar por uma pessoa que soubesse se vestir.

Olhando bem, aquela não era mesmo a roupa mais adequada. Pedi, então, que ela pegasse uma roupa para mim, e ela fez isso com certo mau humor, o que não ajudou em minha recuperação moral, muito pelo contrário. Sentada na cama enquanto ela percorria o armário em busca de uma calça e de uma blusa, me vi como uma criança esperando a mãe escolher a combinação com a qual iria sair. Enquanto eu ficava sentada na cama balançando os pezinhos que não alcançavam o chão porque nessa hora eu havia voltado a ter cinco anos, Tereza passava os cabides para o lado e dizia coisas como "você não tem roupa para essas ocasiões" e "está na hora de você ser mais vaidosa, sair, comprar roupas, sei lá". A essa altura, eu já estava moralmente aniquilada e queria apenas me deitar e chorar. Mas era preciso ir à festa, ao menos eu achava que era preciso, então continuei passivamente esperando que ela escolhesse as peças.

A festa era na casa do chefe dela, e havia ali uma dúzia de advogados e suas mulheres. O apartamento no Soho era grande e todo decorado com obras de arte. Um piano de cauda no meio da sala deixava tudo ainda mais elegante, e uma biblioteca bastante completa me emocionava toda vez que eu entrava ali. Quando chegamos, minha careca foi bem recebida por todos, que se comoviam quando Tereza contava que eu tinha raspado a cabeça em homenagem a uma amiga que estava com câncer. Ao escutar a história, as pessoas sorriam, e eu entendia que havia feito uma coisa de fato bonita, embora às vezes me sentisse como a atriz coadjuvante que, para chamar mais atenção do que a protagonista, grita suas falas.

A verdade é que eu me dava bem com o chefe de Tereza e com a mulher dele. Falávamos de livros e seriados, eles riam de minhas piadas e diziam que eu era uma pessoa divertida e agradável. Quando chegamos a Nova York, Tereza estava apreensiva de me apresentar a eles. Primeiro, porque era uma saída de armário para ela. Depois, porque o chefe e a mulher faziam parte da elite americana e Tereza temia que minha simpatia por causas transgressoras pudesse causar rusgas. Mas nada disso aconteceu; nós nos demos bastante bem desde o primeiro encontro.

Vez ou outra, eu via Tereza me olhar de algum canto da sala e notava que ela sorria e deixava transparecer certo orgulho em relação a minha performance social. Ela sabia que estar ali era um esforço para mim, porque circular em grupos grandes me dava certa angústia. Quando eu a via me observar com orgulho e pompa, voltava a me sentir forte e segura. É o que acontece quando precisamos que outros nos legitimem, é como terceirizamos nossa felicidade: a aprovação do outro como única alternativa para existir e se aceitar. Se Tereza se mostrava apaixonada, eu me sentia forte e sedutora. Ela, então, vinha ficar perto de mim, me acariciava o cabelo e o rosto, e em seus olhos eu via amor, o mesmo de antes. Eu sorria e voltava a socializar, sabendo que aquilo a fazia me amar um pouco mais. Eu ainda demoraria a entender que segurança e força não são sensações a ser doadas por outros e que deixar que outra pessoa determine se estou ou não segura é a receita para o fracasso. Mas naquela noite eu não sabia que a única forma de legitimação possível de nós mesmos tem que vir de dentro, não de fora – a que vem de fora alimenta o ego, e a que vem de dentro agiganta o espírito.

Eu estava na biblioteca com o chefe da Tereza; ele me mostrava um livro de Edward Hopper que achava que eu deveria conhecer, já que era um artista do qual nós dois gostávamos. Folheando as páginas, paramos em *Nighthawks* e falamos sobre a imagem. Hopper sempre me seduziu por ser capaz de pintar a solidão da vida em cores fortes e reais. A solidão que ele via eu de certa forma invejava, mesmo sem saber que ela seria tão minha em pouco tempo.

*Nighthawks* mostra quatro pessoas em um *dinner*, supostamente de madrugada, vistas pela lente de um observador que pode, ou não, estar do outro lado da rua. A janela do estabelecimento, grande e de vidro, indica um casal sentado no canto, um homem sozinho com algumas cadeiras ao lado e o atendente ao balcão. A rua está escura, e a luz do *dinner*, amarelada, intensifica a solidão e a vulnerabilidade daquelas pessoas, inclusive a do observador, que, em minha imaginação, era alguém que vagava sozinho de madrugada. Era a vulnerabilidade dos personagens de Hopper que me encantava. O chefe de Tereza me explicou que Hopper tinha feito o quadro logo depois dos ataques a Pearl Harbor, falou sobre a presença de janelas de vidro em muitas das obras dele, separando o mundo de fora do mundo de dentro, mas explicou que eram janelas que não continham texturas, quase imperceptíveis. Estávamos ali, enaltecendo a arte de Hopper quando mais convidados chegaram. Não sei o que me fez procurar o olhar de Tereza nessa hora, talvez mais uma tentativa de conseguir aprovação que tanto me fazia bem, mas o fato é que quando eu a vi ela estava cumprimentando uma mulher.

O chefe dela ainda falava e folheava o livro, mas eu já não o escutava mais. Alguma coisa naquele cumprimento me incomodou. Não havia sido efusivo, mas mais carinhoso do que um encontro profissional sugeriria. Eu não sabia quem era aquela mulher, mas ela me chamou a atenção por ser alta, elegante e por estar arrebatadoramente bem-vestida. *Eu devia me vestir assim*, pensei, *mas para usar aquela calça baixa e larga eu precisaria ter uns dez centímetros a mais*. E para usar um decote como o que ela usava eu precisaria ter mais uns duzentos mililitros de peitos. De salto, devia medir quase um e oitenta. O cabelo era longo, liso e ruivo. Os olhos eram quase azulados e estavam impecavelmente maquiados – nem muito nem pouco, o suficiente para deixá-los mais penetrantes. E elas se olhavam nos olhos, até porque eram igualmente altas. Havia entre elas uma intimidade que eu não conseguia determinar de que tipo era, mas que me parecia descabida. Tereza me falava de todas as pessoas com quem ela trabalhava, e aquela mulher não tinha ainda sido pauta de nenhum assunto. Não percebi quando comecei a hiperventilar de nervoso e só notei que alguma coisa estava errada comigo quando o chefe de Tereza perguntou se eu estava me sentindo bem.

— Você está pálida — disse ele, já me oferecendo um gole do que parecia ser água, mas que eu estava prestes a descobrir que era vinho branco.

Eu, sem esperar pelo ardido do álcool, engoli como se fosse água, e o que aconteceu em seguida foi, de todas as coisas embaraçosas que poderiam acontecer, a maior delas.

O vinho passou pela língua, entrou pelo canal errado e eu percebi que ia engasgar de forma histórica. Então, veio uma tosse desesperada, dessas que não deixam espaço para que o ar volte a entrar nos pulmões. Vermelha e ainda tossindo, agora com a língua para fora, ou a ponta dela, porque era assim que eu sabia tossir, percebi quando todos pararam de conversar para me olhar agonizando. Com minha visão periférica bastante apurada por anos jogando bola (atuei como meia quando a titular não podia jogar, mas normalmente eu era lateral-esquerda), vi a mulher elegante de decote protuberante arregalar os olhos ao achar talvez estar presenciando a morte de outro ser humano, e vi Tereza com uma expressão que ficava entre pena e vergonha. Nem lutando pela vida eu deixei de analisar as expressões e os gestos dela — e achei estranho que Tereza não fosse imediatamente me salvar. Lembro que tentei sorrir, o que deve ter deixado a imagem um pouco mais perturbadora.

Foi com espanto que, ainda tossindo e a cada minuto mais vermelha, a vi caminhar em minha direção de forma titubeante. Ela não deveria correr? Alguém gritava pedindo um copo d'água, outra pessoa erguia meus braços, uma terceira pedia que eu olhasse para cima. Eram muitas instruções, e tudo o que eu conseguia fazer era tossir e olhar Tereza. Depois do que pareceu ser uma eternidade, a tosse começou a ceder, e eu voltei a respirar. Tereza me conduziu para o sofá, onde pediu que me sentasse para tomar água. Aos poucos, os curiosos se dissiparam e, quando notei, Tereza estava ao meu lado e a mulher elegante, agora ainda maior — porque eu estava sentada e ela de pé —, estava à frente.

— Essa é minha mulher — disse Tereza a ela. Havia em sua voz um pouco de constrangimento ao dizer isso?

Minha voz quase não saía, porque, depois de um acesso de tosse como aquele, a voz falha, então balbuciei um "prazer" e estendi a mão para cumprimentá-la. Notei que as unhas dela estavam feitas à perfeição e que não eram grandes. Ela se apresentou. Jill. Esperei Tereza me dizer de onde elas se conheciam, até porque, sem voz, eu não ia perguntar, muito menos fazer as centenas de questionamentos que me passavam pela cabeça. Mas as duas estavam mudas, o que só fez aumentar minha paranoia. O chefe de Tereza apareceu para nos salvar do constrangimento que o silêncio entre estranhos oferece e para perguntar se eu estava melhor. Fiz que sim com a cabeça e tentei sorrir, mas é difícil que os músculos da face obedeçam aos nossos comandos superficiais quando os mais profundos são expressamente opostos e ordenam "chora, chora". Então, é possível que um esboço de sorriso tenha acontecido, mas eu nunca saberei.

— Jill trabalhava no escritório alemão e chegou a Nova York há umas semanas — disse Tereza, depois de um longo silêncio.

Em questão de segundos, a verdade me atingiu como um raio. Aquela informação revelava que eu poderia, sim, ter certeza do que estava desconfiando. Naturalmente elas se conheceram na viagem que Tereza fez à Alemanha e, desde então, mantinham uma relação. O registro das unhas curtas da mulher elegante fechava o cálculo. Lésbicas têm, por motivos óbvios, unhas quase sempre curtas, embora esse não fosse o caso de Tereza, e a bem da verdade as unhas compridas dela nunca nos atrapalharam no sexo e eram perfeitas para coçar minhas costas. Mas isso não vinha ao caso, porque era óbvio que ela estava se relacionando com outra mulher, e essa outra mulher estava nesse exato instante parada bem na minha frente.

Alguns dias depois de chegar a São Paulo, almocei com Paola. Paola é designer, artista e, como outros tantos gênios, inconformada com a vida. É daquelas pessoas que justificam o indiano Krishnamurti, que disse que não é bom sinal estar bem adaptado a uma sociedade doente. Paola nunca esteve adaptada à nossa adoentada sociedade. Trata-se de uma alma rara, que vê o mundo de um jeito próprio e especial e que me conhece há mais de quinze anos. Ela acompanhou o começo de meu relacionamento e tinha ficado amiga de Tereza. Como vivia em busca de um amor arrebatador, envolvendo-se sempre com o homem errado, achava que era um desrespeito às leis universais que eu, tendo encontrado o meu, abrisse mão dele. Estava chocada com o rompimento, tinha me implorado para não entrar no avião e passou o almoço inteiro tentando me convencer de que eu agia por ego.

— Estou indo daqui a uns dez dias para a Amazônia, para um retiro xamânico, e acho que você deveria ir — disse, antes da sobremesa.

As palavras "retiro xamânico" e "Amazônia" me deixaram levemente desnorteada. Paola sabia que a chance de eu ir para um troço desses era nula. Especialmente sem Tereza, que era, afinal, quem me protegia do mundo – e dos insetos. Nasci e cresci na cidade, tinha pavor de tudo o que possuía asas e antenas, não sabia se morango dava em árvore ou no chão, não andava descalça na grama porque, quando era pequena, uma vez estava jogando bola sem tênis e pisei num prego, e esses traumas seguem a gente; além disso, eu não nutria nenhuma simpatia por paisagens selvagens nem lugares remotos.

— Vamos dormir em redes — Paola disse.

Claramente ela não queria que eu fosse. No entanto, ainda assim, eu fui.

Fui porque a alternativa era permanecer na casa de minha irmã, amontoada entre crianças que corriam, gritavam e me amavam. A mastectomia de Simone tinha sido marcada para dali a vinte dias, depois de pouco mais de seis meses de químio, e eu estaria de volta a tempo de revezar com a Lúcia no hospital.

Outro fator altamente limitante era a falta de grana. Como minha mãe previu, eu de fato não ganhei dinheiro escrevendo e, dado que escrever era a única coisa que eu sabia fazer, me restava aceitar as limitações e seguir. Ao lado de Tereza, a coisa era mais fácil, porque ela ganhava bem, e a gente rapidamente encontrou meu espaço como "dona de casa e escritora", então eu fazia isso: cuidava dela, da casa e escrevia, e ela completava nossa renda. Dinheiro nunca foi uma questão; quando a coisa ficava apertada e Tereza dava umas piradas, eu dizia a ela que era assim mesmo, que dinheiro vinha e ia e que haveria meses melhores e outros piores. Ela se acalmava, a gente se beijava, se abraçava, dançava, e tudo ficava bem. Havia os dias em que ela, de mau humor por causa do trabalho, dava a entender que minha falta de ambição a incomodava, mas eu preferia acreditar que ela não sentia aquilo de verdade e que, no fundo, achava meu desapego financeiro charmoso e sedutor.

Mas agora, sozinha pela primeira vez na vida, eu percebia que não ganhava o suficiente para me sustentar – e isso me envergonhou. Eu nem sequer tinha dinheiro para pedir que o inquilino saísse do apartamento que era nosso, porque eu teria que assumir o financiamento e o condomínio. Aos quarenta e quatro anos, eu era como uma menina, não uma mulher.

Apenas agradeci aos deuses por ter meu American Express na carteira e, sem pensar muito, me atirei nessa aventura amazônica, pagando tudo em dez vezes, porque, além de não ter saldo para pagar à vista, sempre existe a chance de morrer antes de as últimas parcelas caírem. Segui com Paola e dez malucos que eu não conhecia – outro exercício penoso, uma vez que minha deficiência social me impedia de funcionar como adulta em grupos de mais de quatro pessoas. Mas são estranhas as coisas que a gente faz quando o corpo fica vazio de alma.

O voo até Santarém, no Pará, demorou quase três horas, e de lá foi mais uma hora até Alter do Chão. Durante a viagem, soube um pouco mais sobre o que faríamos além de oferecer nosso corpo aos mosquitos e às aranhas. Seriam dez dias de dinâmicas em grupo, práticas de ioga, palestras com um xamã e exercícios que visavam ajudar cada um de nós a se conhecer; seria um intensivão de autodescobrimento. Não fosse no meio da floresta cheia de bichos eu diria que era exatamente o que eu estava precisando.

Mas quando chegamos ao lugar onde ficaríamos hospedados percebi que talvez tivesse superestimado a acomodação. Para começar, não havia paredes, apenas uma cobertura para que, caso chovesse, não nos molhássemos tanto. Não molhar *tanto*. O banho era frio, os banheiros eram coletivos e ficavam longe do "quarto". O quarto era, na verdade, um redário, que também não tinha paredes: ou seja, eu dormiria praticamente no meio da selva, com pouca coisa separando meu corpo dos bichos perigosos. As redes ficavam quase coladas umas às outras, e as coisas deveriam permanecer na mala porque não havia onde colocá-las, e a mala deveria ficar fechada, porque bichos peçonhentos, incluindo aranhas venenosas, podiam entrar. Tudo isso nos foi contado por Marcelo, o dono do lugar, que sorria enquanto narrava essas tragédias.

Marcelo era agrônomo, devia ter trinta e cinco anos e tinha trabalhado por muito tempo para uma empresa em São Paulo, até decidir que o mundo corporativo não era para ele. Foi passar um ano na Índia, onde estudou um pouco sobre medicina ayurvédica e ioga. Voltou, comprou um terreno em Alter do Chão e lá construiu um espaço para palestras e retiros que tinha sido recém-inaugurado. E era onde eu estava.

Mal tive tempo de colocar a mala debaixo da rede e fomos chamados para a primeira dinâmica. Havia uma espécie de sede – também sem portas, paredes nem janelas, apenas com telhado –, onde nos encontraríamos todos os dias às seis da manhã para praticar ioga. Os redários – eram três – ficavam mais afastados. Como chegamos no fim de uma tarde quente e úmida, naquele dia faríamos apenas uma dinâmica, jantaríamos e iríamos para nossas redes. Marcelo pediu que fizéssemos uma roda e falássemos um pouco sobre quem éramos e o que pretendíamos ali. Minha vontade era responder "eu não sei" para as duas perguntas, e até pensei em pular essa dinâmica, mas Paola não deixou e me arrastou para a roda.

Olhei pela primeira vez o rosto das pessoas que estavam ali. Cada uma tinha ido em um voo diferente e eu só as via naquele momento. Éramos treze ao todo, incluindo os "facilitadores" – eles se denominavam assim –, que nos orientariam durante aqueles dias: Marcelo, o dono do espaço; Renata, que de cara me pareceu ser a liderança; e Peter, californiano loiro, grande, forte e todo tatuado, que falava português arrastado, tinha sempre um violão às costas e que faria as vezes de xamã.

Fora os facilitadores, o grupo era composto por três homens e sete mulheres. Todos paulistanos bem-vestidos para padrões de floresta. Era evidente que estávamos entre a elite, e constatar isso me irritou. Era hipocrisia, eu sabia, porque havia nascido e crescido entre eles, mas nunca gostei muito de me misturar com os ricos. Tínhamos todos entre trinta e quarenta e cinco anos; e eles, muito provavelmente, eram filhos de empresários, herdeiros, gente que nunca leu um livro na vida e acha que Marx é a reencarnação do diabo – ao menos foi o que pensei. Olhei para Paola com cara de poucos amigos: ela era a culpada por eu estar nessa roubada, cercada de filhinhos de papai, no meio da Amazônia, dormindo numa rede num ambiente sem portas nem paredes. Paola, que me conhecia bem, entendeu o olhar e riu como quem diz "agora é tarde".

Conheci Paola quando trabalhei em uma revista de esportes. Eu tinha acabado de voltar de Los Angeles, para onde fui escapar de minha mãe e fiquei quase um ano. Paola era diretora de arte e eu, editora. Quando a vi, tive a impressão de que ela havia saído de Woodstock e chegado à redação através de uma fenda temporal. Cabelos longos e loiros, despenteados, saia rodada, blusa larga. Longilínea, mas forte, rosto longo e fino; era uma mulher bonita. Logo na primeira semana de trabalho, ela me convidou para almoçar e eu não fui suficientemente rápida para inventar uma desculpa. Nunca gostei de almoços de negócios porque não via sentido em comer com alguém com quem eu não tinha intimidade. Refeições eram coisas sagradas para mim e deviam ser sempre feitas com aqueles que amamos, respeitamos, admiramos – ou sem ninguém por perto.

Andamos até um restaurante japonês que ela conhecia. Devo ter completado duas frases durante o almoço. Paola falou sem parar, e eu descobri por que ela era tão magra: falava tanto que não tinha tempo de comer. Durante o almoço ela me contou sobre o cara com quem estava saindo, um músico, sobre como ele era sedutor, como ela estava apaixonada e sofrendo porque ele saía com outras, e ela queria se entregar, mas não podia porque sofreria mais etc. Acho que ficamos umas duas horas almoçando e, ao voltarmos para a redação, eu tive a impressão de que sabia tudo sobre a vida dela. Eu sempre me comovia com histórias de coração partido, mas não conseguia muito me identificar, porque nunca tinha passado por coisa parecida. Lamentava pelos que sofriam por amor, mas sabia que esse não era meu ambiente de sofrimento. Eu nasci para conquistar e ser amada, essa certeza eu tinha.

Paola e eu não demoramos para virar amigas. Ela conheceu Simone e passou a ir à nossa casa, especialmente depois que Dado, o músico, a deixava esperando ou aparecia para transar e depois a largava sozinha. Nessas horas, ela entrava em casa aos prantos e nós a acalmávamos, oferecíamos uma taça de vinho e ficávamos na sala conversando por horas. Quando passei para a curta gestão de Bia e depois para a de Tereza, nada mudou em minha relação com Paola. Tereza e ela viraram melhores amigas em pouco tempo, e nós continuamos a nos frequentar, como sempre. Paola adorava retiros e viagens para locais remotos, ocasiões em que sempre levava na mala um parmesão de primeira qualidade, alguns potes de Nutella e chocolates finos – e, como eu não me empolgava muito nem com uma coisa nem com outra, só Tereza acabava indo com ela algumas vezes. Depois de Dado, houve outros amantes, igualmente instáveis, e Paola seguia sem achar um grande amor, numa eterna busca para entender quem era, fazendo cursos de leitura de aura, tomando ayahuasca e se entregando a imersões xamânicas na Amazônia.

Quando eu disse a ela que voltaria de Nova York, que estava deixando Tereza, Paola pirou. Fazia discursos e mais discursos de como eu estava movida pelo ego, de como abriria mão de uma história de amor rara, de como colocaria tudo a perder, de como eu precisava aceitar que houvesse erotismo na vida de minhas mulheres e que mesmo os relacionamentos mais sólidos comportam esse tipo de jogo de sedução fora dele, que eu não deveria dar bola para isso em prol de preservar um amor verdadeiro etc. Paola dizia que eu estava exagerando e que meu orgulho acabaria comigo. E agora, mais de quinze anos depois daquele nosso primeiro encontro na redação da revista, estávamos ali, sentadas em uma choupana no meio da floresta Amazônica, numa roda com estranhos.

Depois do episódio do engasgamento, Tereza achou por bem me levar para casa. Fomos andando, porque não morávamos longe do chefe dela, e fizemos a primeira parte da caminhada mudas, ainda que houvesse um universo de coisas a ser ditas. Quem quebrou o silêncio fui eu.

— Quem é Jill?

— Como assim? Aquela da festa. Acabei de apresentar vocês.

— Não se faz de idiota, Tereza. Como eu nunca soube dela?

— Saber o quê? Você acha que falo de todas as pessoas que trabalham comigo?

— Não acho, tenho certeza. Você fala pra cacete, conta tudo de todo mundo. Por que eu nunca soube dessa Jill?

— Sei lá eu. Que papo chato. Qual é seu problema com a Jill?

— Meu problema hoje é ela existir. Vocês se olham de um jeito estranho, ela tem essa postura meio arrogante, meio segura demais perto de você. Tem alguma coisa aí.

— Você estranha pessoas seguras, é isso?

— Que agressão ridícula. Eu era segura até ontem, até você começar a viver para a umbanda e para o celular.

— Deixa a umbanda fora disso. Não culpa minha busca espiritual por seu azedume. Antes você tivesse alguma coisa a que se apegar que não fosse exclusivamente eu. Se fizesse como a Jill e eu fazemos, saberia que a umbanda pode acalmar e centrar.

Aquela frase me fez hiperventilar. Então a tal Jill era frequentadora da umbanda?

— Essa Jill vai com você às giras? — perguntei, com a voz trêmula.

— Vai, e daí? Qual é o grande problema nisso?

— Qual é o problema? Como assim? Você acha normal eu não saber disso? Sério, Tereza. Você acha que eu sou assim tão idiota? Desde quando vocês vão juntas à umbanda?

— Desde que conversamos sobre isso em Berlim e ela se mostrou curiosa e me pediu para levá-la, só isso. Eu descobri esse lugar aqui em Nova York e a levei. Não vem julgar os outros com sua régua cética. Não é porque você não se interessa que ninguém pode se interessar.

— Ah, aos poucos as coisas ficam claras. Então você foi procurar um centro de umbanda para poder levar essa mulher. Entendi agora.

— Não! Eu procurei porque eu senti vontade de voltar a frequentar a umbanda. O fato de ela querer apenas me incentivou.

— Ela é gay?

— Como eu vou saber? Eu conheço ela há pouco tempo.

— É com ela que você tem um caso?

— Ah, eu sabia. Puta porre esse papo. Não tenho caso com ela nem com ninguém. Que paranoia. Tô de saco cheio disso, de suas caras, da desconfiança, do medo, dessa pessoa que você virou. Não tenho caso, não tenho caso nenhum. Você precisa de ajuda, eu não tô dando conta dessa obsessão. Isso vai acabar com a gente. Não sei mais quem a gente é. E não faz essa cara de coitada, de pobrezinha, porque isso me irrita mais do que tudo. Eu não sei mais quem você é. A Simone tá fazendo químio, ela está bem, as chances dela são ótimas, tô de saco cheio desses seus medos. Medo de perder a Simone, de me perder, de perder qualquer porra. Pelo amor de Deus, você precisa sair desse lugar tão estranho em que se meteu. Eu tô aqui, eu quero você, não me imagino sem você, não imagino a vida sem a gente junto. Eu não sei o que possuiu você nesses últimos meses, mas essa coisa precisa sair de você, porque ela tá transformando você numa pessoa sem graça e chata e pobre. Não foi por essa mulher que eu me apaixonei e não é com ela que eu quero passar o resto da vida. Eu quero a versão de antes. A que me fazia rir, que dançava comigo na sala, que me abraçava e dizia que me amava. Não essa que me olha com desconfiança e pavor. Então, por favor, em nome do que a gente foi até aqui, volta.

Estávamos quase em casa quando Tereza parou de falar. O monólogo me pareceu bastante contundente, eu tinha pouco a dizer em resposta. Então, fiz a única coisa que consegui: chorei. Chorei como uma criança. Chorei alto e forte. Era um pranto maluco que eu não sabia de onde vinha. Tereza ficou assustada no começo, mas somos mulheres e choro de mulher não assusta a gente como assusta nossos amigos do gênero oposto. Então Tereza se recompôs e me abraçou na porta do prédio. E eu, ainda chorando, encostei minha cabeça no peito dela e pedi desculpas.

Renata pediu que nos apresentássemos uns aos outros. O espaço em que estávamos era uma espécie de choupana grande, de formato retangular. Ao fundo, de um lado, havia uma cozinha aberta e um balcão. Saindo da cozinha, uma mesa enorme, como a da *Última Ceia*, que seria onde faríamos as refeições: grãos, açaí e tapioca, nada além disso. O resto era espaço vazio, com umas almofadas pelo chão e umas esteiras. Renata estava sentada de costas para a floresta. Atrás dela, a mata era densa, e havia também muita água, que na época da cheia chegava quase até a choupana.

Alter do Chão tem duas fases distintas que duram aproximadamente seis meses cada: a da seca e a da cheia. Na da cheia, que começa mais ou menos em maio, a cidade vira uma Veneza, e parte da floresta submerge. A água forma pequenos canais e chega à porta de algumas casas. Na da seca, a região vira o Caribe brasileiro – pelo menos é assim que os europeus a chamam –, e surgem as mais belas praias de água doce do mundo. Estávamos na fase da cheia, e a paisagem atrás de Renata era linda, mas eu ainda não enxergava poesia em nada. Havia em mim apenas dor. Eu não sabia existir sem Tereza, não sabia o que achar das coisas nem das pessoas. Só conseguia pensar que ela amaria aquele lugar, a floresta, a água, as pessoas... Tereza, ao contrário de mim, gostava de gente, de estar em grupo, de se misturar, mas quem estava ali era eu, sozinha, perdida, amedrontada. Sem ela, eu não via beleza em nada nem em ninguém.

Quando voltei de meu devaneio, um menino falava na roda. Seu nome era Murilo, devia ter uns trinta anos, talvez nem isso. Ele contava que tinha ido para lá porque queria se conhecer melhor, mas deixou claro que tinha uma vida ótima: casado fazia quatro anos, trabalhava na empresa do pai – que surpresa – e vinha de uma família sólida e unida. Imediatamente, senti raiva dele. Não só por causa da aparência de dândi, mas pela perfeição daquela vida. Não tinha problema de grana, tinha um amor o esperando voltar para casa e uma família que o entendia. *O que você está fazendo aqui, seu babaca?*, era isso que eu queria gritar. Mas fiquei quieta, baixei a cabeça e comecei a brincar com uma formiga que passava perto de minhas pernas cruzadas. Depois, foi a vez de uma menina chamada Debora falar. Eu já encarava um tédio absoluto quando a escutei dizer que tinha sido abusada sexualmente dos nove aos doze anos por um amigo do pai. *O que é isso?*, pensei. Por que falar isso tão cedo, numa roda de estranhos? Deixei a formiga para lá e passei a prestar mais atenção em Debora. Era uma mulher de uns trinta e cinco anos, cabelo negro e longo, olhos pequenos, penetrantes. Ela falava e chorava, e eu queria apenas sair correndo dali. Onde eu tinha me metido? Numa terapia grupal no meio da Amazônia? Olha, Debora, eu sinto muito, a vida é uma merda, mas precisava deixar a gente dormir na rede com essa informação logo no primeiro dia? Eu sabia que deveria me comover com ela, com a história, com o choro, mas não havia sentimento em mim. Eu tinha me transformado numa pedra, e aquelas pessoas eram todas inadequadas, assim como a choupana e as redes e os grãos que comeríamos. Debora começou a falar sobre perdoar, sobre precisar perdoar para seguir com a vida, sobre enterrar o passado e aquela dor, e muita gente já estava chorando quando eu voltei a brincar com a formiga.

Na sequência, foi a vez de Lorenzo, e antes mesmo que qualquer som saísse de sua boca eu já o detestava. Tinha cabelos cheios e castanhos, olhos bonitos e voz atraente, mas parecia o mais mimado de todos ali. Fiquei com essa impressão porque, quando chegamos, Renata pediu que não usássemos o celular, a menos que fosse urgente, e Lorenzo ignorou o pedido. Mesmo na roda, eu o via checar o aparelho, que estava meio escondido debaixo de uma almofada ao lado. Uma pessoa que não conseguia ficar sem o celular por dez minutos. Ele disse que trabalhava no mercado financeiro, o que só aumentou meu bode. Nada era mais nocivo e diabólico do que o mercado financeiro, e eu culpava por todos os problemas do mundo o mercado financeiro, que produz dinheiro a partir do dinheiro sem a menor necessidade de entregar ao mundo qualquer coisa criativa ou de valor social. Lorenzo reclamava do chefe, dizia que não sentia mais prazer trabalhando com ele, que estava oprimido, e minha vontade era mostrar a ele a população verdadeiramente oprimida do planeta para ele deixar de ser tonto. Enquanto Lorenzo falava, eu me enxerguei levantando, indo até ele e começando a estrangulá-lo. Definitivamente, eu não estava bem, e aquele lugar estava me deixando pior.

Depois de Lorenzo, Valentina começou a discursar. Baixinha, peituda, cabelos negros e olhos fundos, Valentina era irritante. Falava tudo rindo, como se fosse a personificação da felicidade. Quando não estava falando, estava tirando fotos e sorrindo para quem cruzasse o olhar com o seu. Tinha trinta e nove anos, era florista e tinha sido casada por quase uma década. De que tanto ria então, meu Deus? Não deveria estar na fossa, em frangalhos, acabada pelo fim do casamento? Não parecia. Disse que estava ali porque precisava entender quem era e para onde deveria ir. Isso a gente tinha em comum.

Chegou minha vez de falar. Eu sempre detestei falar em público; preferia infinitamente mandar um e-mail para todos ali explicando quem eu era e o que estava fazendo no meio da Amazônia com um bando de estranhos, mas eles me encaravam, e eu teria que dizer alguma coisa.

— Não sei quem sou, muito menos o que estou fazendo aqui — eu disse, num ímpeto de sinceridade. — Vim porque não tenho mais apartamento em São Paulo, acabei de voltar de Nova York, depois de quase dois anos, estava na casa de minha irmã que tem seis crianças hiperativas e achei que até dormir em rede no meio do mato seria menos turbulento do que passar mais dias lá.

Decidi omitir a informação da separação e do abandono porque ainda não estava preparada para ser vista como a abandonada, a traída, a coitada e a fracassada. Havia em mim um vestígio de autoestima, e eu queria ser vista por aqueles desconhecidos como a pessoa de sempre: a que arrebatava corações e jamais era deixada. Valentina foi a primeira a rir, depois todos a seguiram. A verdade é sempre mais engraçada.

\* \* \*

Depois da tragédia vivida na casa do chefe da Tereza e do monólogo dramático que ela fez durante a caminhada de volta para casa, eu decidi manter minha paranoia guardada num lugar que só eu acessasse. Não colocaria meu relacionamento em risco por causa de fantasmas que eu provavelmente tinha criado sozinha. Tereza estava cansada e eu não queria perdê-la, eu não podia perdê-la. Não havia vida sem ela, vida longe dela, noites sem o corpo dela grudado ao meu, sem as unhas dela em minhas costas, sem o cheiro dela pela manhã. Esses eram caminhos para a morte. Então, eu teria que engolir o que quer que sentisse ou intuísse.

As semanas seguintes foram calmas. Outra vez estávamos naquele lugar onde conseguíamos nos ver e nos amar, ainda que alguma coisa estivesse para sempre alterada e eu não tivesse como saber o que era. Até que, num sábado, não muito tempo depois do evento em que eu quase morri engasgada, Tereza e eu fomos tomar café da manhã em um restaurante de Alphabet City que adorávamos, e tudo finalmente se revelou.

Chegamos mais tarde do que o normal, e o lugar estava cheio. Decidimos esperar uma mesa e entramos para deixar o nome na lista de espera. Nessa hora, Tereza viu Jill sentada sozinha e foi até lá falar com ela. Meu coração batia quase fora do peito quando fui cumprimentá-la. Tentei manter a pouca dignidade que restava em mim, ainda mais porque na primeira e última vez que nos vimos eu estava engasgada. Seria apenas um "oi" rápido, e eu achei que conseguiria fingir naturalidade; por isso, foi com horror que escutei Tereza dizer:

— Vamos sentar aqui com ela?

Era uma mesa na qual caberiam três com conforto, mas isso significaria continuar representando aquela personagem por, no mínimo, mais uma hora. Torci para que elas não notassem como eu tremia e respondi que claro, porque não havia alternativa possível e, a menos que eu sofresse um mal súbito, não teria como escapar daquele constrangimento.

Nós nos juntamos a ela, mas não sem que antes eu tropeçasse no pé da cadeira e quase me estatelasse no chão. Eu nunca fui a mais coordenada das pessoas – e, nervosa, essa característica se acentuava. Jill me olhava com compaixão, eu achava. O olhar que a gente oferece ao cão que vaga pelas ruas sem dono nem comida. Para piorar, meu lugar era bem em frente ao dela, o que me obrigava a olhá-la nos olhos, e Tereza estava na lateral da mesa. Coloquei meu celular sobre a mesa, onde já estavam o de Jill e o de Tereza. Tereza falava com Jill com alguma intimidade, mas nada que me chamasse a atenção. Pensei que de fato deveria estar exagerando as coisas e consegui relaxar um pouco. Jill comia sem pressa e com elegância. Tinha no pulso um relógio que me parecia sofisticado, mas eu não entendia de relógios, nunca havia usado um, ao contrário da Tereza, que amava relógios. Havia também anéis e pulseiras. Era, sem dúvida, uma mulher que gostava de se enfeitar até em um sábado de manhã.

Tereza e eu pedimos nossos pratos – ovos, batatas, pães, geleia – do jeito que gostávamos, e quando tudo chegou a mesa ficou pequena. Tivemos que empilhar os celulares uns sobre os outros, todos rigorosamente iguais, para fazer tudo caber. Jill falava com descontração, contava histórias interessantes, Tereza ria, e aquilo me deixava ligeiramente perturbada. Fazer Tereza rir era minha especialidade e, quando eu via que outras pessoas eram igualmente capazes daquilo, eu ficava intrigada. Mas meu ovo estava muitíssimo bom, e resolvi deixar para lá. Acabamos de comer, pedimos mais cafés, e Jill foi ao banheiro. Tereza me parecia mais feliz do que de costume e estava me tratando de forma carinhosa, o que me deixava leve.

Enquanto o café não vinha, peguei meu celular para checar o Twitter e estranhei o fundo de tela. Não era o meu aparelho, mas o da Jill, e não havia senha de desbloqueio, o que me pareceu estranho. Tereza estava com o menu aberto, escolhendo mais alguma coisa para comer, e não percebeu meu nervosismo. Olhando para a tela, sabe Deus por que, abri o WhatsApp de Jill e comecei a hiperventilar vendo que a primeira conversa era com Tereza. Eu tremia, mas Tereza não percebeu, porque estava entre french toast e o waffle e era incapaz de decidir, então pedia que a garçonete desse detalhes sobre ambos. Ela nunca conseguia escolher um prato, era sempre uma novela, o garçom precisava interceder, listar ingredientes, abrir uma votação com os outros garçons para saber a preferência deles etc., então eu sabia que poderia seguir fuçando. Por impulso, abri o histórico de conversas entre elas, e nessa hora meu coração parou de bater. Havia ali um trilhão de mensagens, a última trocada dez minutos antes de entrarmos no restaurante. Eu tremia muito e mal conseguia enxergar a tela, mas pude ver coisas como "saudade de você", "me liga quando estiver sem ela" e "estou sozinha numa mesa, adoraria ver você hoje, mesmo que você venha acompanhada", além de muitas fotos dela e da nossa casa. Cada corpo deve reagir de um jeito ao estresse, e eu comecei a suar incontrolavelmente.

Tereza, depois de optar pelo waffle, percebeu que alguma coisa estava fora de controle. Suando e tremendo, coloquei o celular na mesa, em frente a ela, para que visse o que eu tinha acabado de ver, me levantei e saí. Comecei a andar sem rumo. Suava, chorava, tremia e andava. Devo ter andado durante algumas horas, porque, quando notei, estava no Battery Park, em frente à Estátua da Liberdade. Exausta, me sentei na grama, coloquei a cabeça entre as pernas e chorei mais profundamente ainda. "Evite ter certeza daquilo que você desconfia" *my ass*. Minha vida tinha acabado. Eu morri em Nova York numa manhã ensolarada de sábado.

# PARTE 2
# A AVENTURA DO DESCOBRIMENTO

"A caverna em que você teme entrar
guarda os tesouros que você busca."
(Joseph Campbell, 1904-1987)

Minha primeira noite dormindo em uma rede no meio da floresta foi um pesadelo. Não conseguia me aconchegar minimamente bem e os barulhos do mato me apavoravam. O que era aquilo? Macaco? Coisa pior? Paola dormia profundamente a meu lado, e tive vontade de balançar a rede dela para acordá-la, mas me contive. Os macacos pareciam dialogar freneticamente, e eu não sabia como as pessoas eram capazes de dormir. Tive medo de olhar ao redor porque havia momentos em que o macaco dava a impressão de estar embaixo da rede. De tempos em tempos, eu sentia alguma coisa andar por minha perna e, apavorada, chutava o ar como quem chuta uma bola em direção ao gol. Nesse momento, a rede balançava e chacoalhava, e eu esperava tudo se estabilizar novamente para tentar dormir. A escuridão era perversa, e o fato de não haver paredes deixava o ar mais frio, então eu me encolhia com o cobertor que levei. Queria gritar, chorar, pedir para alguém me tirar daquele filme de terror. Nasci para brilhar, ser protagonista, feliz e amada. Passar dias na Amazônia dormindo em uma rede cercada de macacos selvagens não era o enredo certo. Meus problemas deveriam se resumir à falta de grana. Só isso. O que saiu do roteiro original? Será que eu teria minha vida de volta? Mesmo chorando, devo ter conseguido dormir alguns minutos, porque acordei assustada com o badalar de um sino. Havia ainda apenas escuridão à volta, mas Paola estava de pé me chamando.

— Vamos — ela disse

— Vamos aonde? O que aconteceu? — perguntei, levantando a cabeça, já sabendo que alguma tragédia estava em curso e que provavelmente um macaco havia atacado alguém, que pela graça dos céus não era eu, embora eu não estivesse com muito ímpeto de seguir vivendo.

— Vai começar a prática de ioga.

Sem dúvida, um pesadelo.

— Eu não vou. Está de madrugada, não vou sair nesse frio para me alongar.

— Vai, sim. Pode levantar.

Depois de refletir um pouco, entendi que, se todos iam praticar ioga, eu ficaria no redário sozinha com os macacos e as aranhas. Que grande merda: eu teria que ir. Pensei que me levantar seria até recomendável, porque eu estava com vontade de fazer xixi já fazia muitas horas, mas não tinha a menor condição de ir sozinha ao banheiro no meio da noite, passar por macacos e aranhas e depois voltar. Minha bexiga, que estava explodindo, agradeceria o fato de eu tomar coragem.

Com algum esforço, consegui sair da rede, que era alta e complicava a performance, e achei a lanterna que tinha levado – obviamente, nos redários não havia luz elétrica. Dei de cara com Valentina rindo para mim ao lado da rede. De que aquela mulher tanto ria? Decidi ignorar a demonstração de felicidade, porque é impossível ser feliz às cinco da manhã, a menos que se esteja fazendo amor, e fui ao banheiro.

Quando a prática começou, havia lá fora apenas escuridão. Para piorar, não era ashtanga, o tipo de ioga que eu fazia e o único de que gostava. Ashtanga me seduzia porque era uma prática que repetia os mesmos movimentos, na ordem exata, como se fosse uma partitura musical. Era a rotina que eu tanto amava: não havia variação, todo dia a mesma coisa, a ilusão de que estamos no controle. Por outro lado, ainda que fosse sempre a mesma rotina, ela tinha a capacidade de se revelar diferente a cada prática. Tinha dias em que era mais fácil, em outros, mais difícil. Tinha dias em que uma postura se encaixava com facilidade; em outros, nem tanto. Mas eram as posturas que eu conhecia, que me desafiavam de uma forma leve, porque me eram familiares. Era uma prática difícil, quase viril, e eu amava isso. Embora praticasse fazia já uns cinco anos, eu ainda era péssima. Nunca fui alongada nem muito forte, mas meu professor em São Paulo uma vez me disse que tudo o que a ashtanga exige é força de vontade, e eu pensei que isso eu tinha. Ao contrário das outras modalidades de ioga, a ashtanga era dinâmica e me fazia suar, e eu amava suar fazendo exercício. As outras eram para pessoas mais velhas e pouco viris e, por isso, não me interessavam. E era exatamente a uma dessas práticas esquisitas e tediosas que eu estava entregue no meio da Amazônia antes de o sol nascer.

Marcelo acumulava a função de proprietário do espaço e instrutor de ioga. Um homem bonito, forte e risonho. Eu sempre tive certa mistura de raiva e inveja (que eu chamava de "raiveja") de pessoas que conseguiam acordar cedo e bem-humoradas. No meu caso, era um ou outro. Enquanto Marcelo executava as posturas, atrás dele o dia clareava, e a imagem era um espetáculo. O sol nascia e a luz se refletia na água que inundava parte da floresta. Algumas lágrimas escorriam por meu rosto enquanto fazia os suryas, e eu nem atinava mais pelo que chorava, se era pela beleza da paisagem, pela dor da solidão, por me alongar com estranhos antes das seis da manhã, por pensar no banho gelado que teria que tomar em seguida ou por não saber quem eu era ou o que ia fazer da vida.

Depois da prática, fizemos quase uma hora de meditação e as lágrimas se transformaram em ira. Eu tinha fome, não queria seguir a meditação guiada, muito menos ficar na postura de lótus com os olhos fechados. Marcelo pedia que imaginássemos coisas lindas, e eu me via dando bofetadas nele. Aquilo não estava certo.

A recomendação de Renata era para que evitássemos falar durante o café da manhã, que foi servido logo depois da meditação. A mim, pareceu estranho, mas pelo menos assim eu não teria que interagir com ninguém e poderia alimentar toda a raiva que sentia. Um dos motivos podia ser o tamanho da fila para pegar a tapioca e o chá ou o fato de não haver café, porque o retiro era também detox, o que significava que não havia a possibilidade de beber uma taça, ou cinco, de vinho à noite. Uma menina alta e forte de quem eu não tinha guardado o nome parecia empatar a fluidez da fila do buffet. Tentei ver o que tanto a impedia de seguir, e meus olhos cruzaram com os de Valentina, que estava parada ao lado da menina grande e forte e que, me vendo, sorriu. Sorri com um quê amargo de volta, como quem diz "pelo amor de Deus, pare de sorrir", mas ela não percebeu o sarcasmo e eu fiquei ligeiramente aliviada por não ser percebida como tão escrota. Queria apenas minha vida de volta, livre de todas aquelas pessoas que eu nem deveria ter conhecido se o roteiro original fosse seguido e eu continuasse casada com meu amor, morando em Nova York.

Mastiguei a tapioca como quem rumina a vida e tudo o que de ruim me acontecia. Um vazio sem fim me habitava e, a muitos quilômetros do que eu agora entendia minimamente como casa, que era na verdade a casa de minha irmã, não havia o que eu pudesse fazer.

Depois do café da manhã, tivemos meia hora para relaxar até a próxima dinâmica, que seria uma aula de canto com Peter, o xamã californiano. Aprender a cantar não estava na lista das próximas duzentas coisas que eu gostaria de fazer, então avisei Paola que tomaria um banho e depois iria para a rede ler e chorar. Ela disse que isso absolutamente não aconteceria, que eu assistiria à aula. Cansada demais para retrucar, concordei.

Outra vez, fizemos uma roda e nos sentamos no chão. Peter chegou com um violão. Loiro, alto, forte, barbudo, todo tatuado e com a aparência de quem não se preocupava com detalhes como banho ou pentear o cabelo, ele começou a falar, com seu sotaque carregado.

— Aqui na Amazônia os índios usam plantas para alcançar outros níveis de consciência; na Mongólia, por exemplo, a população indígena usa vibrações de tambores e da própria voz para chegar aos mesmos estágios. Encontrar sua voz no universo é ressoar o cosmo, é sintonizar na vibração do universo, é entrar na frequência correta para você. Somos vibrações no cosmos. Somos antenas capazes de nos comunicar sem palavras. Por isso, é importante que todos nós pratiquemos a vibração, nossa própria vibração, para que assim possamos encontrar nossa voz. Cada um de nós tem uma voz, rara e única. São sete bilhões de vozes. O problema é que nos transformamos em uma raça muito mais visual que auditiva, mas existem mais níveis de audição do que as três dimensões visuais; ao usarmos mais a visão que a audição, deixamos de sintonizar todas as frequências possíveis. Todos os sons são sagrados, desde o canto de um pássaro até a buzina dos carros na cidade. Basta darmos a eles o significado cósmico, basta que sejamos capazes de ressignificá-los. É possível meditar em uma metrópole e fazer com que os sons que entendemos como caos sejam assimilados sagradamente, *yes*? Como com tudo na vida, você dá à vibração a conotação que quiser. Basta aprender a não julgar. Desse modo, o barulho de uma moto não é diferente do canto de um grilo. Todos nós deveríamos, pelo menos uns vinte minutos ao dia, nos isolar em algum lugar e deixar sair do peito um som contínuo. Escolha uma vogal, como "U", e deixe o som sair, sem medo, sem vergonha, sem julgamento. Faça isso todos os dias por vinte minutos e você encontrará sua voz, *yes*?

Toda vez que aquele homem perguntava *"yes?"* Valentina respondia um *"yes!"* esfuziante de volta, e eu a fuzilava com o olhar. Não era evidente que aquilo tinha apenas função fática e o xamã não precisava de resposta? Por princípio, aliás, xamãs não precisam de respostas.

Então, pediu que fizéssemos o exercício, e eu queria me atirar nas águas atrás dele. Mas não tive tempo, porque todos ali eram alunos aplicados e, em questão de segundos, estavam entoando um "uuu" com força. Sem ter para onde correr, fiz o biquinho, mas resolvi não emitir som para não me sentir ainda mais ridícula. Estava entregue a uma dublagem bizarra, de olhos fechados, mas quando os abri Peter estava materializado a meus pés, sentado com as pernas cruzadas e me encarando.

— Não tem som saindo de você — disse ele.

— Não? Devo ter dormido — respondi, de forma levemente debochada.

— Você vibra diferente dos outros aqui.

— Obrigada.

— Não foi exatamente um elogio.

Peter era a única pessoa ali com quem eu ainda não havia implicado, mas ele conseguiu se juntar ao grupo dos chatos. Parabéns, Peter, você agora faz parte do rebanho. Nunca a frase "cada um por si e Deus contra todos", de *Macunaíma*, fez tanto sentido – era como eu estava me sentindo naquele lugar. Então, Peter deu um jeito de se destacar ainda mais negativamente. Levantou-se, abaixou o tronco, colocou as mãos nos joelhos, grudou seu rosto no meu e disse:

— Ser emocionalmente inacessível não é um privilégio. A vida vive da vida. — Na sequência, ele saiu.

O que isso queria dizer? Que diabos era esse troço de "emocionalmente inacessível"? Que coisa mais estranha. E daí se a vida vive da vida? Envergonhada e puta, decidi que era melhor entoar o "U" bem alto e me juntar a todos.

Quando o exercício acabou, imaginei que teríamos chamado todos os macacos da Amazônia para invadir aquela maloca doida, mas continuávamos sãos e salvos. Peter disse que tocaria violão e cantaria e que quem quisesse poderia acompanhá-lo. Peguei uma almofada, coloquei na cabeça e deitei de barriga para cima. Pensei em Tereza e no que ela estaria fazendo em Nova York. Estaria com a amante? Trepando? Já teria gozado? Será que a amante a fazia rir como eu um dia fiz? Será que ela alcançaria orgasmos tão profundos como aqueles para os quais eu a conduzi? Será que ela ainda pensava em mim? Por que tudo isso estava acontecendo comigo? Emocionalmente inacessível? Eu? Peter tocou "Imagine", de Lennon, e eu comecei a chorar.

Quando tive forças para sair do Battery Park, decidi ir para a casa de um amigo jornalista que morava em Nova York e passar a noite lá. Estava sem meu celular porque tinha deixado o aparelho na mesa do café da manhã, então nem poderia avisá-lo que estava a caminho. Cheguei, toquei o interfone e, sem perguntar nada, a porta da rua foi liberada pra eu subir, o que era estranho. Subi as escadas até o apartamento dele no West Village e vi que ele me esperava no corredor.

— A Tereza está atrás de você — disse, antes de dar oi e me puxando para dentro da casa.

— Imagino que sim — respondi, me jogando no sofá.

— O que aconteceu?

— Ela não falou? Não contou que está me traindo? Saindo com uma americana do trabalho dela?

— Ela disse que você anda tendo crises de ciúmes e implicou com uma fulana, não falou nada de traição.

— Ela está com bloqueio. Não admite. Mas eu vi tudo no celular da mulher.

Bruno quis saber da história, e eu contei com detalhes. Ele escutou sem dizer nada e, enquanto eu falava sem parar, me serviu uma taça de vinho. Quando eu finalmente parei, ele disse que mandaria uma mensagem para Tereza avisando que eu estava ali. Não respondi nada, mas secretamente desejei que assim que ele fizesse isso ela aparecesse de joelhos na porta do apartamento pedindo perdão pela traição e jurando amor eterno. Bruno sentou-se no sofá comigo, pegou meus pés, descalços, e começou a massagear. Éramos amigos fazia muitos anos e ele sabia que minha dor era enorme, até porque comecei a chorar e não parei mais.

— Posso dormir aqui hoje? — perguntei.

Bruno morava sozinho num apartamento de um quarto, mas o sofá-cama da sala já tinha me servido de abrigo uma vez, quando, ainda morando em São Paulo, tinha ido a Nova York por alguns dias a trabalho. Ele disse que obviamente podia, mas achava que eu deveria ir para casa esclarecer tudo com Tereza. Expliquei que não tinha forças, que já era tarde e eu precisava pensar. Ele me cedeu a cama dele e resolveu dormir no sofá. Os minutos passavam e eu não via Tereza de joelhos na porta implorando perdão, o que só aumentava minha dor e angústia. Essa talvez tenha sido a noite mais longa de minha vida, porque fiquei deitada de barriga para cima, olhando o teto, sem me mexer, fritando, deixando minha mente me dominar, me escravizar e criar os mais tenebrosos cenários. Eu estava sozinha, não tinha dinheiro, jamais teria, não tinha mais casa, teria que voltar ao Brasil feito uma sem-teto, implorar ajuda de amigos, morreria uma velha fracassada, sem dentes – porque não haveria dinheiro para repor aqueles que a vida vai tirando –, que nunca mais amaria ninguém, muito menos seria amada porque todos me veriam como a abandonada fracassada.

Por volta da meia-noite, o telefone de Bruno tocou. Era minha irmã, que tinha tentado me ligar no celular e falou com Tereza, que pediu para ela ligar para Bruno. Ele me passou o celular e disse:

— Fica com ele esta noite, porque imagino que será longa.

— Tereza me contou o que aconteceu — disse minha irmã.

— Contou tudo?

— Falou do ciúme e de como ela não consegue mais lidar com ele.

— Meu ciúme? Ela tá me traindo! Ciúme é o que a gente sente quando suspeita. Não é mais suspeita. É fato.

— Bom, ela não me disse isso. Falou que você viu umas mensagens no celular de uma mulher do trabalho dela e que entendeu tudo errado e nem deu chance de ela explicar. Mas não sei se ela me diria caso traísse você, né? Você quer falar com o rabino amanhã?

— Com o rabino? Pra quê?

— Ele vai acalmar você. Explicar que tudo vem da luz, que nada é por acaso e que, se as coisas estão acontecendo assim, é para seu próprio bem.

— Da luz? Ou seja, a traição é um presente dos céus? Tenho que agradecer?

— Não seja sarcástica.

— Sério, Ana. Se tudo vem da luz, do esplendor divino, e é para meu bem maior, então tenho que aceitar qualquer coisa? Um tapa na cara? Uma bofetada? Como dizer não a uma bofetada, se ela vem da luz?

— Não tenho todas as respostas, mas vou perguntar para o rabino amanhã. Agora tenta dormir. Estou por aqui e amo você.

Desligamos e eu voltei a chorar. Saber que eu já era digna de piedade acabava comigo. Resolvi falar com Simone e liguei, mesmo sendo tarde. Ela atendeu com uma voz ruim e fraca.

— Oi… Você não tá bem, né? — perguntei.

— Não muito, um enjoo filho da puta porque fiz químio há dois dias e esse mal-estar fica comigo por pelo menos dez dias depois dessa químio vermelha, mas pelo visto estou melhor do que você. Que voz é essa?

Contei para ela tudo o que tinha acontecido no dia, e ela escutou calada. Só depois, disse:

— Faz meses que você se sente assim. Acho que tanto faz se existe ou não traição. Me parece que alguma coisa fundamental entre vocês morreu. Olha, não sou boa de conselho, ninguém é, mas eu conheço você melhor do que ninguém, e conheço bem Tereza. O que eu vou dizer você não vai gostar de ouvir, mas vou falar mesmo assim, porque essa doença me ensinou a não adiar nada. Pega suas coisas e volta para o Brasil. Deixa a Tereza voar. Você é o primeiro relacionamento dela, ela quer ver a vida, quer experimentar outras coisas. Tudo acaba. O que você está sentindo é uma merda, é a pior dor do mundo, e você nunca tinha sentido isso, embora já tenha feito muita gente sentir. Vai passar, sempre passa, mas hoje posso dizer que é pior que câncer. Eu sinto muito que você tenha que passar por isso. E nem começou, vai piorar, você vai cair e cair e cair antes de ser capaz de se levantar. Não existe um remédio que você possa aplicar na veia, esperar que ele faça efeito ainda que para isso ele tenha que arrancar todos os pelos de seu corpo, destrua sua disposição e impeça você de se levantar da cama, te deixe enjoada. Antes eu pudesse te receitar um remédio como esse, mas não existe. Agora é passar por isso e seguir. Vem para cá, volta para casa, aqui tem sua irmã que te ama, tem eu, tem seus sobrinhos. Volta.

Quando ela parou de falar, eu soluçava. Ainda consegui fazer a única pergunta que me interessava:

— Você acha que ela tá me traindo mesmo?

— Acho. De verdade, acho. A gente não desconfia a partir de nada, e você tem intuição. Acho, tá? Mas uma traição nunca vem do nada, ela é sintoma de uma questão maior, não é culpa de ninguém. Ajudaria muito entender isso, porque a gente quer culpar alguém: o amante, quem traiu, qualquer coisa, tudo para não ter que olhar o real problema, que obrigatoriamente envolve você.

— Você quer que eu peça desculpas a ela por ela ter me traído?

— Você sabe do que eu tô falando, não me irrita porque não tô a fim dessa babaquice. Eu preciso desligar porque o enjoo tá foda. Olha, você precisa ser forte. Ela não vai pedir para você sair. Você é que vai ter que sair. Pelo bem da relação, de tudo o que vocês viveram juntas, e porque se ainda há uma chance para que vocês se reencontrem ela passa pela sua saída. E agora tchau.

Simone desligou, e eu fiquei pensando que fazia semanas que era ela que cuidava de mim, não eu dela nem do câncer dela. Ela parecia ativa e bastante conformada com as coisas pelas quais passava, ao contrário de mim. Talvez ela tivesse razão: a doente era eu.

No dia seguinte, acordei cedo e fui para casa. Sabia que Tereza estava na umbanda e que eu teria bastante tempo para começar a arrumar minhas coisas. A decisão de sair não estava sedimentada em mim, mas alguma coisa me dizia que era mesmo o que eu tinha que fazer. Vi meu celular sobre a mesa da sala, e nele havia uma mensagem de Ana: "Falei com o rabino a respeito de como dizer 'não' para a bofetada que vem da luz. Ele respondeu que você não diz 'não'. Você diz 'sim'. Você diz sempre 'sim' à vida, mas é preciso ter coragem para fazer isso. Fica bem e se acalma. Lembra que tudo vem da luz, tudo vem de um lugar de bondade". Li a mensagem e pensei quantas outras bofetadas a bondosa luz ainda me daria.

Abrir as malas e colocar as coisas dentro foi a coisa mais difícil que eu já fiz na vida. A cada livro, a cada peça de roupa, a cada objeto, um pouco de mim morria. Eu precisava parar de tempos em tempos para respirar, recuperar alguma força e disposição. Estava dentro do Armagedon de minha própria vida. Quando Tereza chegou, eu era um farrapo humano. Vendo as malas na sala, ela começou a chorar e veio me abraçar. Me beijou como na primeira noite em que fizemos amor e parecia querer me colocar dentro dela de alguma forma: me beijava, me abraçava e chorava forte e fundo enquanto suas mãos me puxavam mais e mais para perto dela, mesmo com nossos corpos grudados de forma quase inseparável. Ficamos assim, nos amassando e chorando, por muito tempo, até que eu consegui dizer:

— Tô indo embora, Tereza.

Em meus devaneios, eu diria essa frase e ela ameaçaria se matar, pular da janela, se atirar do Empire State, imploraria para eu não ir, em seguida sairia correndo e tiraria tudo das malas, jogando pela sala, trancaria a porta da casa, jogaria a chave fora, me amarraria no sofá, decretaria que eu não iria a lugar nenhum porque eu era dela, eu era o amor da vida dela e ela não sabia viver sem mim. Mas a realidade foi um pouco diferente.

Tereza me encarou e, chorando muito, disse:

— Me desculpa fazer você passar por tudo isso. Eu nunca quis machucar você. Não estou apaixonada por ninguém, Jill é uma amiga com quem me envolvi um pouco mais por causa da umbanda. Talvez ela tenha se apaixonado por mim, mas eu não me apaixonei por ela. Só que esse não é o problema, nunca foi. Eu não sei mais o que quero, não sou feliz há algum tempo. Estou sufocada, não reconheço mais você, não reconheço a gente, sinto falta do que éramos, do que vivemos, do que fomos. Não quero viver com você uma situação banal, a gente não é assim, a gente nunca vai ser assim, como um casal qualquer. Você mudou demais, se trancou nesse apartamento e em sua dor, em seus medos. Sinto saudade de você, da versão de antes, que era alegre, não tinha medos, mas você não está mais aqui, e talvez eu também não esteja. Talvez a gente precise fazer isso mesmo: se afastar.

Um tiro no fígado, seguido de esfaqueamento, não teria me feito tanto mal nem doído do jeito que aquelas palavras doeram.

E foi assim que, menos de uma semana depois, eu entrei em um avião e voltei para o Brasil.

Quando Peter parou de tocar violão, ele começou a falar sobre o tabaco, ou rapé, e sobre a importância medicinal da planta para os índios. Disse que, na mitologia local, o tabaco era considerado o avô da ayahuasca, tamanha a importância na ampliação dos níveis de consciência. Depois disso, explicou que tinha ali com ele o tabaco puro em pó e que poderia dar a quem quisesse experimentar. Nesse caso, ele usaria um aparato que mais parecia uma miniatura daquele instrumento musical escocês que os homens tocam de saia, para assoprar o pó em nossas narinas.

Eu nunca usei nenhum tipo de droga ilegal porque não suportava a ideia de perder o controle – ou a ilusão de ter controle. Minha droga era o álcool e apenas ele. Maconha, cocaína, ecstasy, ácido, MD, nada disso me interessava; Tereza, sim, topava qualquer uma. Sempre fui daquelas que, em festas, vendo as pessoas irem e virem do banheiro, achava que tinham bebido demais, nunca percebia quando iam cheirar e achava apenas engraçadinho que entrassem juntas no banheiro. Então, nem considerei a oferta do xamã. Paola, no entanto, disse que achava que era hora de eu experimentar. "Você já percebeu que não tem controle sobre nada? Então, quem sabe esteja pronta para essa viagem..." Talvez Paola tivesse razão.

Peter fazia uma pequena oração antes de aplicar o rapé e a planta era administrada individualmente, então a cerimônia era um pouco demorada. Quase todos ali disseram que queriam provar; quando chegou minha vez, ele se ajoelhou, segurou minha mão e disse uma coisa que não escutei ele dizer a ninguém:

— A vida é como uma planta: para entendê-la, precisamos ir até a sua base, que é suja e cheia de detritos. Precisamos ser capazes de ir até o fundo, até o fim, até o lugar onde dói mais, porque a verdadeira transformação começa a partir desse ponto, *yes*?

Disse isso, fechou os olhos e começou a falar uma língua que não era inglês nem português. Ficou assim uns dois minutos, depois abriu os olhos e perguntou:

— Você está pronta?

Eu balancei a cabeça fazendo que sim, ele chegou bem perto, como quem vai me dar um beijo na boca, enfiou uma das aberturas do aparato em minha narina esquerda e assoou o conteúdo dentro dela. Voltou a colocar pó no equipamento, veio outra vez em minha direção e assoou mais tabaco na narina direita.

— O gosto é ruim, você vai sentir um amargo escorrer pela garganta. Respira pela boca até que o gosto seja assimilado. Assim que o rapé entrar, você vai sentir uma sensação nova na cabeça; a tendência é reconhecer como dor, mas é só porque você não sabe interpretá-la, *yes*? Não é dor, é sua consciência sendo expandida. Agora fica numa posição confortável de frente para a floresta e tenta não pensar em nada e entrar em estado meditativo. Seus pensamentos vão saber para onde ir.

O rapé entrou em mim e, no mesmo instante, senti minha cabeça arder. Lembrei de pensar que não era dor e de respirar pela boca. Quando Peter terminou de aplicar o rapé, fui me sentar mais perto da floresta. Cruzei as pernas, fechei os olhos sem me preocupar com o que aconteceria e tentei entrar em estado meditativo, coisa que eu não sabia muito bem fazer. Tudo o que sabia era que deveria aquietar a mente. Liberdade talvez seja mesmo não ter muito mais a perder.

Desde pequenos, somos treinados a recorrer aos outros. A relação de dependência com nossos pais é a primeira delas. Depois disso, passamos a vida em busca de algum tipo de legitimidade, de aprovação, de figuras de autoridade. Agir por conta própria se torna, com o passar dos anos, um esforço cada vez maior. Eu intuía que, de muitas formas, ainda era uma criança emocional, incapaz de existir por conta própria. Mas, se intuir já é melhor do que nada, por outro lado não é suficiente para gerar transformação. Por exemplo: fui traída – acho que fui – , mas fazer as malas e partir tinha sido uma ação, e ações eram raras em minha vida. Eu normalmente esperava que as coisas acontecessem: a oferta de trabalho, o novo caso de amor, o convite para sair… Tudo vinha até mim. Agora, aos quarenta anos, seria preciso não me submeter mais a nenhuma forma de autoridade – minha mãe, as mulheres com que me relaciono, um chefe. Era chegada a hora de questionar todas as estruturas hierárquicas e de poder, tentar entender se elas eram mesmo legítimas para mim. Senão, deveriam ser destruídas. Eu era um ser adulto que deveria ser capaz de existir por conta própria, capaz de me livrar de crenças limitantes. O amor verdadeiro não pede nada em troca, o amor verdadeiro conhece a compaixão, mas não a preocupação. Para alcançar esse amor, é preciso amar, antes de mais nada, a si mesmo. Só assim seremos capazes de amar os outros de forma plena. É este o erro da mensagem que recebemos: amar o outro só é possível se amarmos antes a nós mesmos. Sem isso, amar outra pessoa vai gerar sempre uma relação de dependência, como uma reação do ego, não da alma, não de autonomia, de liberdade. Sua identidade não pode ser definida por terceiros, nunca. Ame a si mesmo até a última célula e, então, comece a transbordar amor, aí esse amor estará disponível, sem deveres, aos outros. Ame a si mesmo em todas as coisas, especialmente em suas imperfeições. O ser humano perfeito é falso porque ele não soa verdadeiro. A vulnerabilidade seduz, ela é o que temos em comum com os outros. Ela nos torna humanos. Não tenha vergonha de suas vulnerabilidades, de suas emoções. Somente na imperfeição existe crescimento, fluxo. Somente nesse ambiente alguma coisa pode nascer. Somente quando experimentamos o nada é que estamos prontos para ser tudo. É hora de tirar essa dor para dançar.

Todos esses pensamentos estranhos passavam por minha cabeça enquanto eu tentava meditar, o que claramente indicava que eu não estava conseguindo, até que uma coisa ainda mais bizarra aconteceu: a floresta começou a falar comigo. Eram mensagens incrivelmente claras, ainda mais se levássemos em conta que vinham da mata.

— Inspire amor e expire medo — disse. — Repita essa rotina, deixando que seus medos fiquem aqui com a gente, porque saberemos o que fazer com eles. Enquanto isso, inspire amor, o amor que estamos mandando em sua direção porque temos aqui em abundância. Vamos lá: inspire e expire. O $CO_2$ que você está eliminando é vida para a gente aqui. O oxigênio que liberamos é vida para você. Essa é a troca, dependemos uns dos outros, você percebe? Seu lixo orgânico é minha vida, meu lixo é sua vida. Reside aí a beleza das conexões. Você me dá vida, eu te devolvo vida. Só assim podemos existir. Então, inspire nosso amor, expire seus medos, todos eles. Deixe seus medos aqui, porque saberemos o que fazer com eles. Em você, eles não têm função, a não ser limitar e paralisar. Livre-se deles. Não há o que temer. Não há amor no medo, e a vida é amor, nada além disso. Livre-se deles e comece a viver. Deixe seus medos aqui.

Não sei quanto tempo fiquei nessa espécie de transe, mas, quando abri os olhos, a mata estava mais verde e a água, mais azul. Nem o fato de ter visto Valentina sorrir para mim me irritou. Pela primeira vez desde que cheguei, fui capaz de sorrir de volta sem ser pernóstica. Olhei para o lado e vi Debora chorar. Ela tinha cheirado tabaco também, e por impulso fui até o lugar em que ela estava. Me sentei ao lado dela, e ficamos as duas olhando para a mata. Peguei sua mão e apertei bem forte. Não sabia por que fazia aquilo, mas de alguma forma pude sentir a dor dela, que era uma dor enorme.

Palavras carregam energia, e "compaixão" é uma palavra intensa. Ela significa "sofrer com" ou "ter capacidade de sentir a dor do outro". É o que nos torna humanos. Deriva do latim *compassio*, que é essa capacidade de sentir a dor do outro, de *com*, que é "junto", e de *pati*, que é "sofrer, aguentar". Eu a usara muitas vezes em textos, mas nunca a experimentara de verdade como naquele instante ao lado de Debora. O que poderia ser maior do que perdoar o abuso sexual cometido por uma fonte de segurança durante a infância? O que na vida poderia ser mais cruel, mais difícil? Nem a morte, certamente. Então, algumas palavras saíram de minha boca:

— Uma vez, li nem sei mais onde que o perdão é o lugar onde o amor e a justiça se encontram. Achei bonito e nunca mais me esqueci disso. Não tem na vida nada mais difícil do que perdoar, e, se essa é a missão que foi dada a você, então é porque você é um gigante. Eu respeito você, sua história e sua missão, Debora.

Sem virar o rosto para mim, ela apoiou a cabeça em meu ombro e chorou. Ficamos assim, olhando a floresta e chorando. Pela primeira vez na vida, eu chorava a dor de outra pessoa, não a minha.

Existe um truque para dormir em rede. É preciso ficar na diagonal, deixá-la bem esticada, porque assim a coluna fica toda apoiada e você se sente embalado. O problema é que é difícil virar de lado, e eu não durmo de barriga para cima, então, mesmo com a coluna toda apoiada e numa posição confortável, foi difícil pegar no sono naquela segunda noite. Mas, em algum momento, eu dormi e sonhei.

Eu estava no meio do mato. Não sentia medo, mas certa apreensão. Paola estava comigo, mas disse que tinha esquecido alguma coisa em casa e já voltava. Fiquei sozinha e escutei um barulho que me atraiu. Fui ver o que era e me perdi, não sabia mais onde estava. O barulho aumentava e, sozinha, eu senti medo. Comecei a correr, a correr cada vez mais rápido. A paisagem ficou a cada instante mais estranha e fechada, até que deu num precipício e eu tive que parar. Era muito alto, o que me causou pavor. Comecei a gritar, mas a voz não saía. Era um grito sem voz. Então, apareceu um pássaro enorme que, em vez de voar, corria e vinha em minha direção. Eu não tinha o que fazer, a não ser saltar no vazio. Nessa hora, abri os olhos e fiquei feliz por estar na rede, não à beira de um penhasco.

No dia seguinte, depois da ioga e do café da manhã sem café, Renata chamou o grupo para uma nova dinâmica. Eu, mais uma vez, resisti à tentação de pegar o celular, que estava no modo avião, para ver se Tereza tinha enviado mensagem. O aparelho e eu nos enfrentávamos em um duelo constante, mas até ali eu estava ganhando. Pegá-lo era uma necessidade, resistir era a liberdade.

Renata pediu que nos sentássemos em roda. Começou citando Meister Eckhart:

— O homem tem muitas peles cobrindo as profundezas de seu coração. O homem conhece muitas, muitas coisas, mas não conhece a si mesmo. Ora, trinta ou quarenta peles ou couros, como de boi ou urso, muito espessas, cobrem a alma. Entre em seu próprio território e aprenda a conhecer-se lá.

Depois, ela entregou um espelho a cada um de nós e pediu que olhássemos o reflexo. Colocou uma música que, imaginei, serviria para nos elevar a um lugar de mais emoção e disse que era para olharmos o reflexo e mais nada. Enquanto a gente fazia isso, ela andava pela roda repetindo a pergunta: "Quem é você?". Fiquei me encarando, tentando entender quem era eu, então vi uma coisa que nunca tinha visto: eu sou vesga. Como se eu precisasse de mais uma tragédia na vida. Eu sou vesga! Não muito vesga, mas havia ali uma vesguice. Como eu nunca percebi isso? Ao meu lado, uma menina pequenina e magra que eu achava que se chamava Carla estava chorando. Seria ela também vesga? Não queria olhar, porque Renata recomendou que não desviássemos o olhar, mas o choro dela estava atrapalhando que eu analisasse meu estrabismo. Renata continuava andando pela sala perguntando "quem é você? Quem é você?", e aquilo começou a me irritar. Marcelo aumentou a música e o ambiente se tornou propício a neuroses: a música alta; Renata, agora, gritando; eu encarando meu estrabismo recém-descoberto; Carla chorando cada vez mais alto. Então, quando Renata passou perto de mim e pela milésima vez quis saber quem eu era, gritei:

— Eu não sou meu pai!

Não era possível saber da onde vinha aquilo, mas o fato é que o "eu não sou meu pai" saiu de um lugar muito fundo de mim, um lugar que eu nem sabia que existia e, por isso, não acessava. O que queria dizer?

Quando nasci, meus pais estavam casados fazia menos de um ano, e meu pai tinha acabado de perder a tia que o criara. Os pais de meu pai tiveram sete filhos, e ele, sendo asmático, exigia cuidados especiais. Uma tia dele, que não tinha filhos e era muito rica, pagava os melhores tratamentos de saúde, então ele foi entregue à guarda permanente dela. Foi nesse lar que ele cresceu e se curou. Quando minha mãe engravidou de mim, pouco tempo depois da morte da mulher que deu a meu pai tudo o que ele teve, ele achou que seria um sinal dos céus se o primeiro filho fosse uma menina e que ele pudesse colocar nela o nome da tia recém-falecida. E assim foi. Minha mãe ainda estava na maternidade comigo quando meu pai foi ao cartório e me deu nome e sobrenome da tia, ignorando a vontade – e o sobrenome – de minha mãe, que queria que eu me chamasse Graziella e tivesse, claro, também seu sobrenome. O evento foi motivo de eterna discordância entre eles, e minha mãe nunca perdoou meu pai por eu não ter o sobrenome dela.

Talvez achando que eu fosse a reencarnação da tia, meu pai me pegou para ele. Ajudou o fato de minha irmã ter nascido pouco depois, porque assim ele pôde se dedicar a mim quase por completo, já que minha mãe estava ocupada com a outra criança, mais nova. Foi assim que a casa ficou dividida entre meu pai e eu, minha mãe e minha irmã. Com ele, eu ia ao Morumbi, ao Pacaembu, ao trabalho, a eventos. Ele me explicou tudo sobre futebol e me ensinou a ler antes de a escola me alfabetizar. Todas as noites, ele se sentava em minha cama e lia para mim. O primeiro livro foi *Robinson Crusoé*, depois houve uma infinidade de outros que líamos juntos, até que eu cresci e chegamos a Eça, Machado e Proust, que eram os prediletos dele e, em pouco tempo, também os meus. Ver o mundo pelos olhos de meu pai foi a única coisa que pude fazer. E, para deixar tudo ainda mais simbólico, nasci com os olhos exatamente iguais aos dele: formato, cor, tamanho. Em tudo mais, eu era a cópia de minha mãe, mas meus olhos, os olhos com os quais eu via o mundo, eram dele.

Meu pai era jornalista e morreu sem dinheiro. Não porque a profissão não tivesse dado dinheiro a ele, mas porque ele era viciado em corridas de cavalo, uma das paixões que por justiça divina eu não herdei, talvez a única. Ele não gostava de festas nem de estar entre muita gente, não gostava de receber visitas em casa, achava que todos eram intelectualmente inferiores a ele e não liam o suficiente. Por culpa dessa deficiência social, ele e minha mãe passaram a vida brigando. Ela adorava festas, gente, aglomerações. E detestava a falta de ambição dele. Por outro lado, meu pai era calmo, tratava a todos de forma digna e cordial. Apaixonado por minha mãe, julgava não receber dela o carinho que merecia. Era bem-humorado, engraçado e adorava contar histórias que faziam todos rirem, inclusive minha mãe, o que o deixava sempre muito orgulhoso.

* * *

No quarto dia de retiro, Renata pediu que eu tentasse elaborar a frase "eu não sou meu pai" para o grupo. Contei toda a história do meu nascimento, de como meu pai me pegou para ele, de como me afastei de minha mãe, de como só me restou ver o mundo com os olhos de meu pai, de como passei a tentar conquistar o amor de minha mãe usando as ferramentas que via em meu pai, de como meu nome e sobrenome foram escolhidos etc. Enquanto as palavras saíam de minha boca, um arrepio me subiu pela espinha: eu tinha me transformado em meu pai. Pior: eu estava em um relacionamento que reproduzia a dinâmica daquele que ele teve com minha mãe. Tereza era minha mãe em tudo: mandona, prática, controladora, linda, carismática, com a infinita capacidade de se envolver com outros seres humanos, tinha duzentos amigos fiéis, detestava minha deficiência social, implicava com minha falta de ambição. A constatação me deixou trêmula. Como eu nunca percebi isso?

Muitos anos antes de eu constatar, horrorizada, que calçava os sapatos de meu pai para tudo na vida, inclusive na ânsia de conquistar o amor de minha mãe, Freud disse que o desejo da criança pela mãe e a incapacidade dela de satisfazer esse desejo enorme e visceral cria uma ambivalência: desejo e proibição abafados ao mesmo tempo. Essa ambivalência fica na psique como uma unidade de energia que precisará ser liberada em algum momento, e isso vai acontecer no inconsciente, não no consciente. Ou seja, o adulto, em vez de desejar a mãe, busca um desejo substituto. Assim, de forma secreta, você pode viver um sonho antigo altamente imoral: o incesto. Melhor ainda, você faz isso sem saber que faz, porque o inconsciente liberta você da culpa e da imoralidade do ato.

Eu ainda estava em choque quando Murilo, o filhinho de papai, começou a falar sobre a experiência dele com o espelho. Estávamos outra vez em roda, com a floresta como testemunha. Querendo desesperadamente parar de sentir o que estava sentindo, resolvi escutar qual poderia ser o grande drama da vida do menino perfeito.

— Foi um exercício difícil — disse ele —, porque eu fiquei ali olhando sem saber o que estava sentindo e de repente comecei a chorar. Eu chorei porque vi um covarde, e o covarde era eu. Covarde porque eu tinha vinte anos quando cheguei em casa tarde, vindo da faculdade, estudava à noite e encontrei minha mãe na cama com outra mulher. Eu abri a porta do quarto, e elas estavam lá, trepando, e minha mãe viu que eu vi. Eu não fiz nada, não falei nada. Fechei a porta e saí. Nunca falei com ela sobre isso, e quase um ano depois, quando minha mãe, que vivia uma depressão séria fazia muitos anos, tentou se matar, eu não fui capaz de me colocar do lado dela, de tentar ajudar de alguma forma. Eu me afastei de ambos, eles seguem casados, eu frequento a casa deles, mas temos um relacionamento desses que existem para falar sobre as variações da temperatura ao longo do dia. Não existe verdade, não existe carinho nem afeto entre a gente. Joguei tudo dentro de mim e até hoje nunca falei para ninguém – nem para minha mulher. Acho que é mais fácil falar aqui, nesse lugar em que ninguém me conhece. Queria agradecer à Debora, que teve a coragem de se entregar, porque foi depois de escutar você falando que decidi dividir essa história que há tanto tempo vive apenas em mim... — Então, ele chorou como uma criança. Olhei em volta e estavam todos emocionados. Até o eterno sorriso de Valentina tinha dado um tempo.

Outra vez, fui tomada pelo sentimento de compaixão, porque a dor dele era quase palpável. E senti vergonha de mim. Quem era eu para julgar uma pessoa que nunca tinha visto e decidir que ela tinha uma vida perfeita? Murilo era apenas mais um cheio de dores, mágoas e traumas que tentava ser feliz. Apenas mais uma pessoa que guarda segredos nos lugares mais profundos e não sabe o que fazer com eles. Baixei a cabeça entre minhas pernas e comecei a chorar também.

Lorenzo levantou a mão e começou sua história. Filho mais velho de um casal de economistas, nunca se achou especialmente bonito, e, quando seus irmãos gêmeos nasceram, lindos como anjos, a falta de beleza dele ficou mais escancarada. Cresceu meio deslocado, vendo as atenções sempre para os gêmeos. Mas tentou não ligar para isso e se dedicou aos estudos. Se formou precocemente na Faculdade de Economia, Administração e Contabilidade da Universidade de São Paulo com vinte anos e saiu de lá com um excelente emprego em mãos. Com vinte e cinco, já ganhava mais dinheiro que os pais, e a fama de geniozinho acabou caindo bem. Cresceu sem amigos, mas os estudos não deixavam tempo para isso, ele explicou. Escutei a história dele pensando que talvez não quisesse ter sido esse gênio trabalhador e que recorreu a isso para sobreviver, conquistar a atenção e o amor dos pais, se destacar dos irmãos. Não era exatamente um drama grave como ser estuprado por um conhecido da família, mas tampouco temos como medir o sofrimento que esses primeiros traumas tatuam em nossa alma. Havia atrás da máscara de "riquinho fresco" uma dor que eu começava a entender. A experiência humana é dolorida, sem dúvida. A história dele era dolorida, sem dúvida. Mas eu preferiria tudo isso a meu abandono, a perder o amor de minha vida. Preferiria a falta de ginga, não ter amigos, não ter um braço até.

Debora falou outra vez sobre perdoar para seguir com a vida; Paola falou sobre os relacionamentos abusivos em que se metia e tentou encontrar explicação na relação com os pais, que eram pessoas compreensivas, dedicadas, amorosas e apaixonadas por ela, o que dificultava o exercício de imaginar correlações; e assim, alternadamente, todos se permitiram quebrar em público. Não havia ninguém ali sem uma dor enorme camuflada em nome do "sucesso" social e que, por causa disso, não se transformasse em um personagem de si mesmo para conquistar o amor e a atenção dos pais.

Renata escutava, atenta. Depois que todos falaram, ela explicou que quando somos pequenos dependemos do amor da mãe para sobreviver. Só entendemos o mundo se o olhar materno estiver sobre cada um de nós, e isso se mostra um peso enorme para qualquer mãe e pai, porque inevitavelmente haverá outras coisas a serem feitas no dia e não é possível demonstrar amor pela criança em tempo integral. Mas a criança não sabe disso, começa a desenvolver técnicas para chamar a atenção da mãe e, quando percebe que uma técnica deu certo, tende a repeti-la; assim se formam as crenças limitantes, e com elas vamos nos afastando de nossa essência.

Para mim, a explicação fazia sentido ao mesmo tempo que me ajudava a entender o que me disse um amigo uma vez, parafraseando Platão: seja sempre gentil com as pessoas, porque todas lutam uma batalha dura sobre a qual nada sabemos.

Na choupana, éramos todos seres humanos em frangalhos, expostos, vulneráveis. Eu não teria imaginado nada disso se encontrasse aquelas pessoas em uma festa em São Paulo. Teria, aliás, imediatamente ficado com bode deles. Existe uma impressionante beleza na força de um grupo que tem a coragem de se expor e, pela primeira vez, desde que cheguei, me senti parte de um todo e não me deixei levar pela raiva das pessoas nem do lugar, tampouco dos grãos que seriam servidos em instantes.

Depois que todos falaram, Marcelo conduziu uma meditação e, antes que eu me desse conta, já era noite na Amazônia. Eu estava com fome, sonhando com a sopa de lentilha. Renata outra vez pediu que ficássemos em silêncio durante o jantar; assim fizemos, e eu fiquei levemente feliz ao notar que agora era capaz de olhar aquelas pessoas e não sentir raiva. A raiva tinha dado lugar a um sentimento muito mais nobre: a empatia.

Foi uma noite mais tranquila. A rede e eu nos entendemos melhor, e eu dormi sólidas seis horas, sem sequer escutar o diálogo maluco dos macacos. Acordei com o sino e notei o celular na rede comigo. Seria hora de tirar do modo avião e ver se Tereza mandara alguma mensagem? Decidi que não ia fazer isso e fui para a prática.

Não saber se ela tinha ou não tentado fazer contato me deixava mais forte, porque é preferível viver com a dúvida a ter a certeza de que ela não tinha mandado nada, o que me jogaria outra vez naquela escuridão da qual eu talvez começasse a sair, porque, embora ainda existisse em mim uma dor inominável, uma saudade brutal, eu já era capaz de olhar em volta e ver alguma beleza: a da floresta, a das águas, a daquelas pessoas estranhas e sofridas. Na escuridão completa, é impossível ver os outros ou se deixar enxergar, mas eu estava aprendendo que é ao manter os olhos abertos, bem abertos e atentos, que a escuridão perde a cara feia e podemos, enfim, ver alguma coisa, uma silhueta que seja. "Ame a si mesmo e observe", era o recado do Buda. O "observe" talvez fosse isto: manter os olhos bem abertos e alertas. Talvez.

Finalmente, era hora da sauna coletiva, a cena que escolhi para começar a contar essa história. Marcelo e Renata explicaram que aquela seria uma versão levemente improvisada de um ritual que se chama temazcal e que é utilizado por populações indígenas para purificar corpo e alma através do fogo e da água. É também uma reprodução simbólica do útero materno e, assim, pretende simbolizar um renascimento.

No retiro, esse ritual seria feito da seguinte forma: uma tenda para acampamentos estava montada à beira do Tapajós. No meio dela, havia um buraco, cavado na areia, onde seriam colocadas as pedras incandescentes, uma a uma. Sobre elas, Renata jogaria água, de tempos e tempos, e assim ficaríamos todos juntos, num espaço pequeno e apertado, sob um calor crescente, sem enxergar nada, nem a pessoa ao lado, apenas as pedras. E cantaríamos. Por algumas horas. Era isso.

Ao escutar a explicação, comecei rapidamente a pensar em como escapar. Um mal súbito? Alergia? Tomar uma picada de aranha? Achar uma aranha não seria difícil; fazê-la me picar seria um desafio um pouco maior, mas alcançável. Era inimaginável ficar presa numa tenda mínima e escaldante com aquelas pessoas todas, me sujar de areia, ficar melada e cantando músicas xamânicas. Eu estava comprometida a encontrar uma desculpa quando Paola veio até mim. Estávamos na sede, eu deitada no chão tomando chá.

— Tereza me procurou — disse ela.

Na mesma hora meu coração começou a bater de um modo que eu poderia jurar que todos ali o escutariam. Em questão de segundos, eu já era outra vez a criança carente e indefesa que espera palavras de legitimação. Nada além de "ela está desesperada, não sabe viver sem você, quer buscar você, aliás, está vindo, chega amanhã, arrume as coisas, você vai voltar para Nova York" serviria.

— Ela queria saber se você estava bem, ficou feliz de saber que sim e mandou um beijo.

Como? Ela já tinha, então, seguido a vida? Claro que estava com alguém. Devia estar com a amante, inclusive enquanto me mandava esse recado estúpido. Estava sem roupa na cama digitando. Agora ela tinha jogado o celular longe e estava em cima da amante, beijando sua boca. A frieza do recado foi suficiente para me arremessar outra vez na mais profunda escuridão. Me senti como o diabético que está há semanas sem doce, sente-se forte e bem, até que alguém aparece com um pote de doce de leite e, então, ele se lambuza até a última gota. Regredi e me vi no cinema, Tereza checando o celular ao lado, me vi na cama e ela respondendo a uma mensagem, me vi sozinha chorando na sala do apartamento em Nova York. Senti tudo outra vez, tremia, chorava. Uma vez que minha mente tinha tomado o controle, era impossível retomar, e eu visualizava o filme de terror em *looping* e sem hora para acabar. A mente cria e depois controla o sofrimento, e uma vez escravizada por ela não há mais o que fazer. Eu ainda demoraria para entender que um problema criado pela mente jamais poderá ser solucionado pela mesma mente que o criou. A mente não existe para solucionar um problema, apenas para criá-lo e aperfeiçoá-lo. A solução se encontra em outro lugar e passa por uma grande transformação.

Estava ainda zonza quando Marcelo apareceu para me chamar.

— Não vou — eu disse, meio seca. Ele quis saber por que não, e tudo o que me ocorreu dizer foi: — Porque não tenho maiô.

— Eu tenho! Eu tenho! Pera, vou pegar para você — gritou a esfuziante Valentina.

Com isso, fiquei ali, com um sorriso meio torto, esperando ela voltar com o maiô. Entrei na tenda.

Tínhamos que entrar agachados na tal tenda da temazcal, porque a porta era minúscula, mas não entrávamos sem antes passar por uma purificação. Era mais uma defumação, feita por Marcelo, que usava o carvão das pedras misturado a um óleo de cheiro bom. Era recomendado que pedíssemos autorização e proteção ao entrar, e foi o que eu fiz.

Lá dentro, fiquei sentada com os joelhos junto ao corpo e imediatamente senti minha pele colar na das pessoas ao meu lado, que eu achava que eram Murilo e Lorenzo (a escuridão não me deixava ver nada). A porta ainda estava aberta para que todos entrassem, e o calor já era ancestral. Fechei os olhos e comecei a rezar. Implorei que eu não tivesse um ataque de pânico ali. Fiquei um tempo assim, até que abri os olhos e percebi apenas a completa escuridão que me cercava. Renata foi a última a entrar e fechou a portinha. Ia começar.

Estava de cócoras, em uma tenda minúscula, cercada por outros vinte corpos que, como o meu, suavam naquele espaço aquecido por dez pedras incandescentes, colocadas bem no centro da tenda e que faziam com que o calor alcançasse temperaturas cada vez maiores. De tempos em tempos, Renata jogava um pouco de água sobre as pedras e, então, delas saía um vapor escaldante.

Levei as mãos ao rosto para estancar o suor, mas elas estavam imundas, porque o solo era de uma areia grossa e escura e minha pele suada fazia com que tudo grudasse nela. Melada e suja, encostei a testa no chão. Comecei a chorar, mas por sorte ninguém podia me ouvir, uma vez que todos estavam entregues a uma cantoria estranha. Tudo o que saía de mim eram lágrimas, irritação e desespero. Desespero por sufocar naquele calor absurdo, por perceber meu corpo colado ao de desconhecidos, minha pele lambuzada de uma desagradável mistura de suor e areia, por estar sozinha como nunca estive antes, por não ter mais uma casa, por não saber onde estava minha alma, por não saber o que estava por vir nem quem era aquela mulher de cócoras no meio de uma tenda às margens do Tapajós.

As lágrimas saíam de um lugar desconhecido, fundo e dolorido. O que eu estava fazendo ali? Como pude deixar a Paola me levar para aquele lugar?

O que teria acontecido? Por que não estávamos mais juntas? Por que nosso relacionamento estava passando por isso? Por que você se interessou por outra pessoa? Por que tinha topado me mandar para o meio da Amazônia com pessoas que achavam adequado dormir em redes, comer apenas grãos, se amontoar daquele jeito pouco civilizado dentro de uma oca de lona, inundada de um calor absurdamente estúpido, e ficar cantando músicas xamânicas e grudando pornograficamente umas nas outras? Uma angústia inédita me invadiu e quando puxei o ar, para tentar sobreviver uns minutos a mais, tudo o que senti foi um bafo quente e meu rosto queimar. Aquilo não podia estar acontecendo comigo.

Então, a música foi interrompida e alguém pediu a palavra. Era Valentina, e ela queria compartilhar uma história. Como era capaz de falar naquele calor miserável? Que estúpida. Enquanto eu dirigia a ela minha raiva, Valentina, alheia a mim, disse que quando decidiu ir para o retiro ficou com medo porque não conhecia ninguém, mas optou por superar esse obstáculo. Disse que estava a caminho do aeroporto quando se deu conta do que estava fazendo e pensou em dar meia-volta, mas alguma coisa mandou que ela seguisse. Ela começou a chorar, e não era um choro necessariamente de tristeza, mas de emoção, talvez pela coragem de não desistir. No rádio do táxi estava tocando "Aquarela", de Toquinho, e aquela cena a marcou. Ela pediu que, se não fosse muito estranho, todos cantássemos "Aquarela".

Falar em público é um ato de coragem. Uma vez li sobre uma pesquisa que dizia que falar em público era o maior medo do ser humano, seguido da morte. "Então, as pessoas preferem estar no caixão do que fazer a eulógia", concluiu Jerry Seinfeld em uma de suas performances. Valentina não apenas quis falar, mas teve a coragem de contar como tinha chegado ali e a coragem ainda maior de pedir que cantássemos "Aquarela". Talvez ela supusesse que todos fôssemos morrer de calor ali dentro e, diante do inevitável, fica menos difícil ser corajoso. Seja como for, até eu me peguei cantando a música que ela pediu, em nome daquele ato de bravura.

A atitude de Valentina mudou alguma coisa em mim, e cantando eu pude perceber que deixava meus medos saírem. Por isso, não parei mais de cantar. Quando a temperatura ficava insuportável e o vapor escaldante das pedras fazia minha pele arder, eu encostava a testa no chão, imaginando que o ar quente subia e que perto do chão seria menos quente, respirava um pouco e voltava a cantar. Quase duas horas depois, Renata informou que era hora de sair. Pediu que fôssemos direto para as águas do Tapajós e ali ficássemos por um tempo.

Assim que alguém abriu a portinha, um ar refrescante entrou na tenda e eu sorri. Era, acho, a primeira sensação física de prazer que eu sentia em muitos dias. Corri para o rio, e a segunda sensação física de prazer me inundou. De pé, com a água na cintura, olhei para cima e vislumbrei o céu mais estrelado que já tinha visto na vida. A imagem me causou uma hiperestesia visual e eu comecei a chorar, mas não era mais de dor nem de saudade, era apenas pela beleza que me cercava. Armando, um rapaz forte, sarado e moreno que estava no grupo, se aproximou e me viu chorar.

— Tudo bem? — Ele quis saber.

Eu expliquei que não sabia por que estava chorando, e ele contou que chorava assim desde que chegou e também não sabia por quê. Conversamos um pouco sobre a beleza do céu e, depois de um tempo, ele disse:

— Tenho observado você. Sempre tão quieta e sozinha, sempre com um livro na mão... Preciso confessar uma coisa que nunca disse a ninguém: eu nunca li um livro na vida. Já comecei alguns, mas nunca li até o fim. Será que você me indicaria um? Queria ler inteiro.

Eu sempre desdenhei pessoas que não leem. Meu pai vivia cercado da obra de Proust, Eça, Machado, Dostoiévski, Mann, Joyce e gostava de debochar de quem não lia. Cresci dividindo moralmente o mundo entre aqueles que leem e os que não leem. Agora estava diante de alguém que me humilhava porque era suficientemente humilde para me dizer uma coisa como aquela. Armando me encantou, e eu disse que faria isso com o maior prazer do mundo. Armando tinha algumas concessionárias de carros em São Paulo e me contou que ganhou com elas mais dinheiro do que jamais sonhou ganhar, mas que, com quase quarenta anos, saindo com as mulheres que queria, não se sentia feliz. Havia nele um vazio inexplicável, que ele tentava preencher transando com uma mulher diferente a cada noite. Tinha, por acidente, lido na internet alguma coisa sobre o retiro na Amazônia e decidiu, por impulso, ir. E desde que chegou não parava de chorar.

— Se meus amigos soubessem que estou aqui boiando em um rio, chorando de emoção há dias e pedindo dicas de livros eles mandariam me internar — disse, rindo.

O problema do preconceito é que ele cega, ofusca e impossibilita enxergarmos a humanidade no outro – e não existe violência maior do que não reconhecer a humanidade no outro. Se eu visse Armando nas ruas em São Paulo, eu diria que se tratava apenas de um marombeiro tosco com quem não valeria a pena perder dois minutos. E agora eu estava no Tapajós me divertindo com o marombeiro. Armando quis saber de minha história e eu falei da separação, do chifre, da dor. Pela primeira vez desde que cheguei, me permiti ser eu mesma e me mostrar vulnerável. Enquanto eu falava, Armando não tirava os olhos dos meus. Era como se ele estivesse completamente entregue ao que eu contava, e eu me senti bem com aquela demonstração de afeto. Diante da reação dele, me senti à vontade para falar de mim por muito tempo, coisa que eu raramente fazia. Contei de como descobri que era gay, falei de Manuela, de Simone e de Tereza. Quando finalmente parei de falar, ele comentou:

— Parece que você tem a capacidade de se apaixonar por muitas mulheres, menos por você. Acho que falta você amar você mesma e aí, depois, viver uma história de amor que não precise de projeções.

Então eu estava ali diante de um ser humano que nunca leu um livro na vida e ele me dizia coisas sobre as quais eu jamais havia refletido. Quem sabe se não era exatamente isso que faltava em minha vida? Raciocinar menos, sentir mais. Amar mais, esperar menos. Acho que devo ter chorado, porque Armando veio me abraçar, e abraçados ficamos nas águas do Tapajós sob um tapete de estrelas. Que marombeiro mais doce e sensível! Pensei que, chegando a São Paulo, eu o apresentaria a minha irmã.

Foi na sexta à noite que a rede e eu nos entendemos de vez. Não sabia que poderia ser tão bom dormir de barriga para cima, tendo as costas completamente apoiadas pela rede, me sentindo embalada. Os barulhos que os macacos faziam não me importunavam mais. Logo depois de tomar a sopa no jantar ou o chá, eu ia para a rede, ler. Paola tinha me emprestado uma lanterna que podia ser usada na cabeça, e eu achei aquilo muito útil, porque ficava com as mãos livres para folhear o livro. Levei os dois volumes de *Os irmãos Karamazov*, de Dostoiévski, que eu estava relendo. Deitar na rede com meu livro era um dos pontos altos do dia. Sem perceber, tinha começado a tirar algum prazer da vida outra vez. Tereza ainda estava em minha cabeça, e pensar nela era devastador, mas sempre que o pensamento me invadia eu tentava bloqueá-lo. O que teria acontecido com a gente? Para onde foi o maior amor do mundo? Às vezes, eu via a gente fazendo amor e lembrava de como nos olhávamos: nosso olhar travava um no outro enquanto os corpos se esfregavam e as mãos passeavam por eles. "Eu tô me vendo em seus olhos", Tereza dizia, chorando, enquanto fazíamos amor. Acho que durante nove anos choramos fazendo amor. Eu me lembrava disso e uma dor física me invadia o ventre. Será que eu um dia voltaria a amar assim? Será que alguém algum dia voltaria a me amar assim? Era um esforço gigantesco não pensar, mas me comprometi com isso. A saudade era enorme, sentia falta das mãos dela em minha pele, do cheiro da boca dela de manhã, dos lábios dela em meu rosto. Era uma saudade dilacerante, que causava incômodo físico e com a qual eu teria que conviver.

No sétimo dia, depois da ioga e da meditação, fomos liberados para fazer o que quiséssemos até a hora do almoço. Quase todos, inclusive Paola, decidiram ir à cidade. Preferi ficar na sede, lendo; me servi de uma xícara de chá, peguei meu livro e fui deitar em uma das redes. Peter, que não tinha ido à cidade, ficou sentando ali no chão, bem perto de mim. A princípio, fiquei irritada porque queria ler, mas em seguida lembrei que estava tentando deixar de ser meu pai e mudei a atitude.

— Você gosta de ler — disse.

Para mim, parecia uma observação bastante óbvia, dado que estávamos ali havia uma semana e eu não desgrudava do livro. Balancei a cabeça, concordando.

— Já ouviu falar de algum filósofo que tenha chegado a uma conclusão? — ele quis saber, rindo.

— Acho que não, mas talvez porque eles estejam mais preocupados em fazer perguntas importantes e sobre as quais precisamos refletir.

— A diferença entre o filósofo e o místico é a mesma que existe entre a mente e o coração. Enquanto um se afasta e observa, o outro se aproxima e sente. Eu lia muito alguns filósofos, mas um dia me cansei de pensar racionalmente sobre as perguntas que eles faziam. Eram muitas perguntas, *yes*? Sabe por que fiz isso? Porque acho que a crise pela qual o mundo passa hoje não é outra senão a de estesia. Sabe o que é estesia? A capacidade de compreender sensações causadas pela percepção do belo. Em outras palavras, é estar vivo, o oposto da anestesia. Acho que não nos permitimos sentir as coisas, temos pavor de percorrer os penosos caminhos de nosso labirinto espiritual. E aí acontece um negócio engraçado quando a gente se recusa a sentir: as dores voltam, elas se repetem para obrigar a gente a sentir o que engolimos antes. Elas voltam até que a gente dê bola. Como aquele vendedor de enciclopédia... Tinha isso no Brasil? Em minha casa em Santa Cruz, quando eu era pequeno, um cara aparecia sempre, até meu pai comprar os livros. Por isso, eu digo: a única viagem possível para um lugar chamado paz de espírito é aquela que a gente faz dentro de si mesmo. É dolorida, tem horas que é escura e fria, mas quando a gente alcança o lado de lá a recompensa é emocionante.

Deixei o livro de lado e pensei que deveria dar atenção a Peter. As coisas que ele dizia me interessavam, e minha postura quase arrogante talvez indicasse medo e revelasse minha insegurança.

— Acho que um dos outros grandes problemas do mundo atual é o fato de a gente não conseguir viver sem venerar um deus, uma figura mítica, um conjunto de regras... — eu disse, tentando parecer tão inteligente para ele quanto ele parecia para mim naquele instante.

— Você fala como se só houvesse veneração mitológica, e não é assim. Me parece, e eu posso estar errado, então peço desculpas se não for isso, mas me parece que você venera o intelecto, *yes*? Você tenta acumular conhecimento, mas talvez confunda isso com sabedoria. Conhecimento a gente busca fora, sabedoria a gente busca dentro. São coisas diferentes. Algumas das pessoas mais sábias que eu conheci jamais leram um livro e mal sabem escrever. Como qualquer outra veneração, seja por um deus, um mártir ou, como você disse, por um conjunto de regras morais, qualquer tipo de veneração escraviza quem venera. É um princípio da veneração: quem venera se escraviza. Quem venera o intelecto vai para sempre precisar de mais conhecimento para se sentir suficiente e, ainda assim, não deixará de se sentir uma farsa, porque não há limite de conhecimento. Você nunca lerá todos os livros que deseja, nunca aprenderá todas as coisas que acha que deve aprender. A pilha de livros que você jamais vai ler será sempre muito maior do que a daqueles que você vai ler, mesmo que passe as próximas vinte e quatro horas de todos os dias da vida lendo, e isso vai ser um incômodo até o último dia, porque tudo o que você conseguirá ver é a pilha de livros que não leu, *yes*? Sabe aquele ditado, "quando tudo o que você tem é um martelo, você só é capaz de enxergar pregos ao redor"? Há outros tipos de veneração neste mundo doido: a veneração ao corpo, à juventude etc. Essas pessoas são escravas, passarão a vida em clínicas na esperança de evitar o inevitável e vão nutrir uma infelicidade enorme por não alcançar o que desejam. A gente nunca vai ter a quantidade suficiente daquilo que não precisa para ser feliz, é uma busca que deixa a gente exausto e nos afasta da verdade, *yes*? A felicidade e a verdade estão dentro, não fora. Alcançá-las é dolorido – apavorante, eu diria. Mais fácil ficar emocionalmente inacessível, se afundar em livros e acumular conhecimento, *yes*? A pergunta que todos nós devemos nos fazer todos os dias é: "Quem sou eu?". A gente tinha que repetir isso, jogar para a sabedoria universal e meditar para encontrar um caminho que nos leve à resposta, à essência. Você sabe quem você é? É uma pergunta capciosa. Minha primeira experiência com ayahuasca aqui na Amazônia foi reveladora nesse sentido. Foi uma noite dura, mas linda, e nela pude me ver sem máscaras, sem travas.

— Talvez eu queira experimentar ayahuasca — eu disse, ignorando a insistência dele com minha inacessibilidade emocional.

— Claro, acho que seria bastante bom para você. Mas a ayahuasca tem uma característica curiosa: quando você está pronto para ela, ela chega até você. Então, enquanto sua mente disser "eu acho que talvez queira provar", é porque você não está ainda preparada. Quando estiver, a ayahuasca encontrará você e não haverá dúvidas. Os recados serão dados de forma clara. Mas já falei demais e estou aqui atrapalhando sua leitura. Vou até a cozinha fazer algumas coisas.

Peter se levantou e saiu. Eu queria fazer perguntas, mas não queria soar estúpida, então não fiz nenhuma e fiquei pensando no que ele tinha dito. Talvez ele estivesse certo quando disse que minha atitude diante dos livros era de veneração e que a veneração escraviza; talvez estivesse certo sobre o filósofo e o místico, sobre eu me manter emocionalmente inacessível às pessoas, mas até aí... O que fazer com tudo isso? Eu, claro, não sabia quem eu era. Sabia que não era meu pai, o que já significava alguma coisa. Mas quem eu era, isso eu não sabia. Ainda mais sem Tereza. Ela talvez pudesse ajudar. Onde ela estaria? O que estaria fazendo? Quem era eu sem ela ao lado? Ninguém. Eu era ninguém, está aí a resposta, Peter. Eu sou nada, uma pessoa que nem precisava existir. Sou nada há muitos, muitos meses. Alguém que não é mais amada, desejada nem cortejada. Em questão de segundos, meu estômago começou a doer, uma dor forte e funda.

Comecei a respirar ofegante, meu coração batia forte e rápido. Tentei respirar mais profundamente e me acalmar. Outra vez, minha mente me encaminhava para o fundo de um lamaçal. Resolvi parar de pensar e voltei a ler, tentando aquietar a dor e controlar a respiração. Mas em mim havia apenas uma voz, que me disse:

— Vem cá, Peter, porque tenho uma resposta para você: eu sou ninguém.

Enquanto fingia ler, comecei a chorar.

Depois do almoço, fizemos uma meditação ativa. Renata explicou que tinha sido criada por Osho, um indiano que morreu em 1990 e passou a vida dando palestras sobre o despertar da consciência.

— Osho era um revolucionário, alguém que chegou a ser temido por suas ideias, mas que deixou um legado de conceitos que nos encorajam a mergulhar em nós mesmos — disse ela.

Outra vez, em poucas horas, o assunto da viagem interior me atingia. Comecei a achar que não era por acaso. A meditação duraria quase uma hora e seria dividida em sete etapas, numa espécie de dança. Renata colocaria uma música, que foi feita para essa meditação, e ficaríamos seis minutos indo para a frente e para trás, estendendo uma das mãos, depois a outra, e oferecendo alguma coisa – que não ficou clara para mim – ao Norte. Depois a mesma coisa para o Leste e o Oeste, com passos laterais. Depois para o Sul, com passos para trás. Depois para Norte, Sul, Leste e Oeste. Aí ficaríamos um tempo no chão, em lótus, e acabaríamos deitados por mais alguns minutos. Achei estranhíssimo, mas tentei não julgar. A música começou com umas batidas de tambor, e a partir daí Renata nos conduziu. A imagem daquelas pessoas em silêncio executando movimentos coordenados e com a floresta como testemunha me comoveu. Eu ia para a frente e para trás, cada hora levado uma das mãos, oferecendo em gesto alguma coisa que eu não sabia o que era, tentando seguir o ritmo. Olhava a floresta à frente, tanta beleza. Pensei no que Peter disse: crise de estesia. Tentei sentir, entender o que sentia. Comecei a oferecer amor para a floresta. A cada gesto, pensava: *Fique aqui com meu amor*. Repeti passo a passo. Então, comecei a chorar. Não era de tristeza, embora ela estivesse em mim; era de emoção. Era um transbordamento. Outra vez, tentei sentir e comecei a repetir a pergunta: "Quem sou eu?". Não havia resposta, mas alguma coisa me dizia que por agora bastava perguntar.

No dia seguinte, antes do almoço, Marcelo pediu que nos sentássemos em roda. Disse que deveríamos repetir, com a pessoa ao nosso lado direito, o que ele faria com Renata, que estava sentada ao lado direito dele. Então, ele se virou para ela e os dois começaram a se encarar como se fossem se beijar. Ficaram assim por alguns segundos, até que ele falou:

— Renata, admiro sua beleza e sua força. Admiro a pessoa que você é, sua verdade, e respeito seus sonhos. Eu reconheço o deus que existe em você, e meu ser superior saúda o seu ser superior.

E eles se abraçaram de um jeito forte e longo. Depois, Renata se virou para Murilo, que estava sentado ao seu lado, e disse por que o admirava e respeitava, e Murilo fez a mesma coisa com Valentina, que por sua vez fez comigo, e assim por diante. Havia muitos dias que eu não abraçava outro ser humano, e aqueles dois abraços me fizeram um bem tremendo, assim como me fez bem escutar um elogio (Valentina disse que eu era uma mulher interessante e que ela admirava minha paixão pelos livros e pelo conhecimento. Eu não me sentia interessante nem estava muito apegada à paixão pelos livros, mas ainda assim escutar aquelas palavras doces me massagearam a alma).

A sensação de que estávamos mais ligados do que eu poderia supor me invadiu. Pensei em uma frase de Einstein. Ela fazia mais sentido agora, porque saí de um lugar de entendimento para outro de sentimento. Era como se, em vez de entender o que ele dizia, eu tivesse começado a sentir o que ele quis dizer.

> O ser humano é parte de um todo chamado por nós de "universo", uma parte limitada no tempo e no espaço. Ele experimenta a si mesmo, seus pensamentos e seus sentimentos, como alguma coisa separada do resto, uma espécie de ilusão de ótica de sua consciência. Essa ilusão é uma forma de prisão para todos nós, restringindo-nos a nossos desejos pessoais e à afeição por umas poucas pessoas próximas. Nossa tarefa deve ser a de nos libertarmos dessa prisão alargando nosso círculo de compaixão para envolver todas as criaturas vivas e toda a natureza em sua beleza.

À noite, logo depois do jantar, fomos para o deque sobre o braço de água que chegava quase ao pé da sede. Era uma noite clara, talvez mais clara do que as anteriores, e estávamos olhando para o céu. Valentina deitou ao meu lado, sorrindo para as estrelas.

— Achei que você não duraria dois dias aqui — ela disse, sem virar o rosto.

— Eu também achei.

— Quando vi você pela primeira vez jurava que ia voltar para São Paulo no voo do dia seguinte.

— Eu teria voltado, se tivesse para onde voltar.

— Por que eu vejo tanta distância e tristeza em você? — Ela não apenas tinha parado de sorrir, talvez pela primeira vez desde que chegou, como se virou para mim, apoiando o cotovelo no deque e a cabeça na mão.

Eu não tinha comentando com ninguém ali, fora Paola e Armando, sobre minha separação, porque tocar no assunto ainda era humilhante, mas achei que aquele era um bom momento.

— Porque o grande amor de minha vida, ou o que eu achei que fosse o grande amor de minha vida, me deixou depois de quase dez anos.

Eu esperava que, colocada assim, a confissão causasse comoção. Mas não foi exatamente o caso.

— Mas a distância e a tristeza que sinto não são exatamente por isso.

— Como assim? — perguntei, curiosa.

— Não sei. Acho que é uma coisa maior. Não quero menosprezar o abandono, que me parece evidente em você, nem o que você ainda sente em relação a ela, mas percebo em você um vazio que é maior que isso. Nem sei se deveria falar essas coisas, mas é que essa tristeza tão enorme me intriga. E o fato de você ser tão fechada, não falar muito com ninguém. É como se você tivesse medo de se mostrar, de parecer frágil. Me perdoa por ser tão sincera, mas é quase uma contradição, porque por um lado parece que você é metida e esnobe, que se acha melhor do que a gente; por outro, se você de fato se achasse melhor, você adoraria compartilhar um pouco de você com as outras pessoas. Sei lá, tô aqui divagando, me desculpa.

De repente, antes mesmo de eu ficar ofendida com aquelas palavras, ela começou a me contar a história dela.

— Eu me casei muito cedo, com um cara que eu amava. Eu tinha vinte e cinco anos, ele tinha vinte e oito, a gente namorou três anos e decidiu se casar. Logo de cara, tentei engravidar, porque é isso, acho, que esperam da gente, né? Casar e ter filhos confere a você um selo de "cumpriu suas funções sociais e foi bem-sucedida na vida". Eu nem questionava isso. Mas eu não conseguia ter filho, a gente não entendia o porquê, íamos a todos os médicos e ninguém achava nada de errado. Nessa época, fui trabalhar como analista de sistemas em um banco grande, saía de casa cedo e voltava tarde. Lá pelo terceiro ano de casamento, hoje eu vejo claramente, a gente já estava afastado. Não ter um filho abalou a gente, acho que veio com um gosto de fracasso, e eu fui me afundando no trabalho. As transas passaram a ser mecânicas, porque eram sempre voltadas a "vamos fazer um filho". E o triste é que antes de virar uma obsessão a gente transava tão livremente, era tão bom... Mas isso também morreu. Só que a gente é capaz de se segurar bastante tempo dentro de uma relação ruim em nome do tal sucesso social. Minha família é religiosa, ninguém nunca se separou, eles suportam as piores relações em nome das aparências, então, logo depois do quinto aniversário de casamento, eu disse para ele que não estava mais aguentando o trabalho no banco e que queria viajar um tempo sozinha. Ele reagiu mal, como uma criança que não quer ficar em casa sem a babá, e disse que, se eu fosse, a gente se separaria. Tentei argumentar, mas ele fez pirraça. Desisti da viagem, de sair do banco e me afundei numa tristeza enorme. Comecei a ter crises de pânico, mas não falei nada para ele. A gente virou um casal de aparências. Na frente dos amigos, era tudo lindo; nas redes sociais, éramos perfeitos; no mais, da porta de casa para dentro, nos tornamos quase estranhos. O sexo morreu, a gente não transava mais, e o Rivotril virou meu melhor amigo. Foram dois anos disso, um vazio enorme crescia em mim. Eu ganhei um monte de dinheiro, mas detestava o trabalho. Engordei, me larguei. Até que um dia tive uma crise de pânico feia no trânsito, saí do carro andando pela rua, larguei o carro ligado no meio da Rebouças, uma maluquice. Minha mãe me levou ao psiquiatra, comecei a tomar ainda mais remédio e virei um zumbi. Nada me deixava feliz, nada me excitava, nada me comovia. Numa noite, sonhei que estava de joelhos num templo, cercada de indianos e de monges. Eu era um deles. Acordei leve e feliz e tomei a decisão de ir para a Índia. Eu nunca pensei em ir para a Índia, nunca tinha feito ioga nem meditado, mas me bateu uma loucura, era como se eu entendesse que estava morrendo naquela relação. Falei para ele que queria me separar, ele não ficou doido, e a gente conseguiu conversar. Foi dolorido, mas eu estava determinada. Menos de um mês depois, eu tinha pedido demissão e estava em um avião seguindo para a Índia. Fiquei três meses num *ashram*, aprendi a meditar, e voltei para São Paulo. Mas só consegui ficar dois meses e fui outra vez para a Índia. Estudei a medicina ayurvédica, me aprofundei na meditação, emagreci quase dez quilos e decidi voltar ao Brasil e levar uma vida completamente diferente. Abri uma floricultura e fui estudar paisagismo. Faz um ano que voltei. Um ano que sou essa pessoa que ri à toa, mas sigo tentando me conhecer e achar meu centro.

*Fato incontestável*, pensei. Ela era de fato alguém que ria à toa. Mas minha obsessão com o fim de meu relacionamento era tão grande que, de tudo o que ela falou, apenas uma coisa me interessava.

— E você não se apaixonou por outra pessoa? Não se casou outra vez?

— Eu me apaixonei por muitas pessoas. Muitas. Descobri como o ser humano pode ser lindo, e o que é amar de verdade, amar sem se achar dono da outra pessoa. Vivi outra história de amor, mas ele era indiano, não queria sair de lá e eu queria voltar. Decidimos nos separar, mas foi um relacionamento muito bonito. Agora estou sozinha, mas isso não importa, de verdade não tem a importância que um dia teve, essa importância que é quase uma imposição, principalmente se você é mulher, porque a gente cresce achando que o sucesso social depende de casamento e filhos. A gente brinca de casinha, de cozinha, de esposa. O casamento como destino, sabe? E depois? Não se fala de sexo, parte tão importante do casamento, e não se fala de plenitude, felicidade. Toda última cena de filme é das pessoas se casando, como se fosse esse o objetivo final, o clímax. As histórias deveriam começar com a cena do casamento. É um peso enorme para a menina, que cresce achando exatamente isto: casar é o destino. E depois? Aí é que a vida começa. E o que sabemos sobre a vida depois do casamento? O que sabemos sobre sexo? Nada, porque é tabu. Sabemos que as pessoas transam meio como nos filmes, mas é só assim que se transa? Claro que não. Sexo é uma coisa com mil camadas, mil sensações, mil possibilidades de erotismo e prazeres. Sexo envolve intimidade sexual, e intimidade sexual não é montar na outra pessoa, penetrá-la, gozar. Sexo nem sequer requer gozo; é uma maluquice o que fizemos com o sexo, reduzindo-o ao objeto, a um destino. Então, quando você faz as pazes com a noção de que a vida é mais do que crescer, casar e ter filhos, um universo de portas e pessoas se abre a sua frente. Tudo muda, e a vida fica leve.

Valentina não era totalmente estúpida como eu cheguei a supor pela quantidade inexplicável de sorrisos que era capaz de sorrir em um único dia. A partir daquela noite no deque, passei a enxergar Valentina de outra forma. Havia ali uma coragem que me cativou. Não deve ser fácil deixar para lá a vida que esperavam que você tivesse e buscar a vida que você nasceu para ter. Mas a história dela não me ajudava muito, porque era rigorosamente oposta a minha, que deixei em Nova York: a vida que eu deveria levar.

No dia seguinte, durante o café da manhã, Renata veio falar comigo. Queria saber como eu me sentia depois de quase uma semana na floresta. Explicou que estávamos num processo de autodescobrimento, ou "autofuçação", como ela disse, e que isso às vezes podia ser doloroso. Eu ainda não tinha falado para ela da separação nem de como estava triste e fraca e achei que talvez devesse parar com o jogo do "eu sou fodona". Contei sobre o casamento e sobre como ele tinha acabado. Era uma história que eu evitava dividir, porque sempre me fazia chorar, e eu detestava chorar em público. Mas dessa vez consegui não cair em lágrimas. Renata escutou tudo sem dizer uma palavra e, quando acabei de falar, perguntou se alguma coisa havia mudado em mim durante aquela semana. Eu não sabia responder. Eu me sentia tão triste quanto antes, mas conseguia sorrir um pouco mais e falar com outras pessoas que não fossem a Paola.

— Acho que perdi um pouco do bode inicial — eu disse, meio sem pensar. E aí, claro, tive que explicar. — Quando cheguei aqui e vi as pessoas, impliquei um pouco — continuei, subvalorizando minha implicância inicial. — Vi um monte de filhinho de papai e pensei que nada bom poderia sair de um retiro amazônico com a elite paulistana. Tenho um problema com isso, me misturar com pessoas que considero vazias e desprovidas de uma narrativa mais intelectual, mais igualitária, menos elitista.

Enquanto as palavras saíam da minha boca eu podia perceber como soavam arrogantes, mas já não havia mais o que fazer, elas tinham sido lançadas ao universo. A expressão de Renata permanecia indecifrável.

— Você se mistura com outras pessoas? Digo, com pessoas das comunidades?

Bom, evidentemente eu não fazia isso, e agora estava encurralada.

— Não. Não tenho tempo — disse já me defendendo, o que sempre demonstra fraqueza e insegurança. Eu sabia disso, sempre soube e, ainda assim, continuava a fazer.

Renata não disse mais nada e me deixou ali administrando o silêncio constrangedor que se segue a uma declaração estúpida e hipócrita. Era oficial, eu começava a soar como uma pessoa vazia e mimada, mas já não sabia mais sair disso. "Não tenho tempo" é, de todas as desculpas do mundo, a pior. Temos tempo de fazer as coisas que nos interessam, falta tempo para fazer o que não nos interessa. Como o personagem criado por Camus em *O estrangeiro*, também tenho muita dificuldade de me interessar pelas coisas que não me interessam.

— Você sabe o que tanto a incomoda em relação a essas pessoas? Digo, na elite? — Renata perguntou. Para isso, eu tinha uma lista na ponta da língua.

— O esnobismo. A falta de compromisso social. A necessidade de ser servido. A incapacidade de enxergar o outro se o outro não estiver vestido como ele. Não olhar para o garçom na hora de fazer o pedido. Achar que sonegar é menos do que subornar. Parar em fila dupla. Não fazer a própria cama. Não lavar a própria louça. Andar no acostamento da estrada quando o trânsito para. Ignorar o rodízio porque pode pagar mil multas e tem dois mil carros...

Renata me interrompeu.

— E você acha que essas pessoas podem mudar de que forma?

— Não sei se podem. De verdade, não sei.

— Pensar assim é um caminho sem saída. Não leva a lugar nenhum e impede a transformação.

Ela tinha razão, claro, mas eu estava comprometida com minha verdade e sem paciência para mudar de ideia, porque meu problema hoje não era a elite brasileira, mas um chifre e o fim de minha vida. Aquela conversa começou a me irritar.

— Eu era como você. Eu era uma pessoa revoltada com injustiças de todos os tipos. Na escola, saía em defesa do mais fraco e sempre me dava mal. Mas eu era assim e cresci assim. Cursei Psicologia achando que poderia trabalhar com os mais carentes e ajudar de alguma forma, e foi o que fiz por um tempo, mas aí comecei a pensar que transformar a outra ponta da corda poderia ser mais eficiente do que ajudar, de um em um, os mais pobres. Uma vez um professor me disse que privilégio gera oportunidade e oportunidade gera responsabilidade e responsabilidade significa questionar o *status quo*, sistemas impostos, técnicas de dominação. Em outras palavras, se você é um privilegiado, como eu sou, seu dever é não calar. Isso fez muito sentido para mim, e eu decidi trabalhar com os privilegiados, porque ser capaz de transformar um deles é ser capaz de impactar muitos outros sobre os quais eles têm poder. Com esse objetivo, fui atrás de técnicas de transformação, porque a verdade é que todos nós, a despeito da classe social, estamos numa batalha dura para tentar ser felizes e descobrir quem somos e o que viemos fazer aqui. E a verdade ainda maior, pelo menos aquela em que acredito, é que os mais ricos são também os mais perturbados, porque a gente é encorajado a achar que com dinheiro tudo ficará bem, e aí eles têm o dinheiro, se casam e têm filhos; ainda assim, nada está bem. Estão todos vazios. Vazios de si mesmos. Porque a felicidade é outra brincadeira, e ela depende de muitas coisas que não envolvem o dinheiro. Gosto daquele ditado que diz que o homem era tão pobre, mas tão miseravelmente pobre, que tudo o que ele tinha na vida era dinheiro. Aí você trabalha com essas pessoas, as conduz nessa viagem de autodescobrimento e vê as mais incríveis transformações. Vê empresários vendendo seus negócios para fazer o que realmente amam. Vê casamentos falsos acabando e as pessoas indo em busca de uma paixão verdadeira. Vê máscaras que caem e crianças que se tornam adultos. Vê preconceitos desfeitos, e as pessoas que você chama de filhinhos de papai entendendo como estamos todos ligados, como somos parte de uma mesma substância, a despeito da classe social. Na hora que esse entendimento emerge, as pessoas se esquecem de fazer caridades e passam a exercer a solidariedade. A caridade é vertical e a solidariedade é horizontal, são coisas muito diferentes. A caridade carrega embutida uma demonstração de poder e superioridade, mesmo aquela feita com a melhor das intenções, e solidariedade é amor e envolvimento. Saber a diferença entre as duas e se dedicar à segunda faz uma enorme diferença para o mundo e para a forma como nos relacionamos. Então, se você me perguntar hoje o que me dá mais prazer, eu vou dizer que é ajudar o rico, que está irremediavelmente perdido e vazio. Soa absurdo, eu sei, mas eu acho que transformar a consciência de um deles é impactar a vida de milhares daqueles que chamamos de menos privilegiados. Não sei se estou certa, mas é como vejo hoje.

Enquanto Renata falava, Paola chegou e se sentou perto para escutar. Renata a viu ali e quis saber o que ela estava achando da experiência; as duas começaram a falar e eu fingia interesse, mas estava pensando em tudo o que Renata tinha acabado de dizer. Não notei quando Peter se aproximou.

— Você tem meditado sozinha? — ele quis saber.

Eu não tinha meditado sozinha. Quando estava sozinha, lia ou chorava. Disse que não.

— É no silêncio que a gente merge com o todo e entende o infinito — explicou.

Eu realmente não estava interessada no assunto, e de infinita em mim havia apenas aquela dor. Eu não queria mais me defender e encontrar explicações para as coisas que não fiz, então usei uma técnica de repórter e joguei o foco para ele.

— Por que você mora aqui e não na Califórnia, lugar muito mais desenvolvido?

— Defina desenvolvido — disse ele.

— Com mais escolas, ruas asfaltadas, acesso a saúde, menos crimes, menos violência...

– Ah, entendo, mas desenvolvimento para mim é outra coisa, *yes*? Não tem a ver com o PIB nem com dinheiro, mas com espiritualidade. Se a gente medir por crescimento econômico, a gente cai numa armadilha. Por exemplo, alimentação e saúde. Nos países considerados ricos, trata-se de um sistema que vende veneno para nos alimentarmos e depois precisemos consumir remédios. Vende e legaliza a propaganda para incentivar que a gente coma esses venenos achando que eles fazem bem, ou que é bacana. Aí, gordos e doentes, precisaremos de médicos e hospitais, e eles contam esses gastos como crescimento econômico: da venda do veneno, passando pela propaganda que tenta nos enganar que não é veneno, chegando ao ponto em que precisaremos de médicos e hospitais para nos curar desse veneno legalmente vendido; tudo é crescimento econômico. Estava conversando com sua amiga Paola ontem e ela me disse que você uma vez falou para ela aquilo que Krishnamurti disse tão bem: que não é sinal de saúde estar bem adaptado a uma sociedade adoentada. Você tem razão: nossa sociedade é doente. Mas olha em volta aqui. Olha como vivem esses povos. Olha os rituais, as danças, o contato com o divino e com a natureza. Eles são mais desenvolvidos do que todos nós. Eu venho de uma família de médicos. Pai, mãe, irmã. Eles esperavam que eu seguisse a mesma carreira, e eu achei que era o que faria. Eu sempre fui meio desencaixado, mas nunca imaginei romper a vocação familiar. Quando fiz vinte e sete anos, saí da faculdade e, antes de começar a trabalhar, vim conhecer a Amazônia. O que vi aqui me comoveu. Entendi que havia outras formas de curar o ser humano e optei por essa. Minha irmã é uma mulher rica em Montecito. Tem carros, duas casas, um veleiro, e eu estou aqui morando numa choupana e dormindo em rede. Eles me consideram esquisito, acho que até um fracassado, e vou te contar que me vi assim por um tempo. Hoje sei que os esquisitos são eles, que aceitam viver em um país que rastreia telefonemas e tudo o que você faz on-line, os livros que folheia na internet, os sites que acessa. A gente não tinha noção disso até Snowden[1] vazar aqueles documentos. Imagino que você saiba do que estou falando. Hoje, o que antes era visto como teoria da conspiração é sabido como realidade. Tudo o que você faz nessas cidades que chamamos de desenvolvidas é interceptado, coletado, armazenado numa espécie de máquina do tempo da vigilância ou da espionagem. Esses governos tidos como democráticos, de países supostamente desenvolvidos, espionam seus cidadãos de modo a deixar Stálin com inveja. Tudo feito na surdina, sem que a gente saiba. Para que eles fazem isso? Dizem que é em nome da segurança, mas já foi provado que essa espionagem em massa nunca deteve um atentado terrorista sequer. Nenhum. Zero. O máximo que conseguiram com essa espionagem em massa foi interceptar uma transferência bancária feita por um taxista em Nova York para alguém na Somália. Tem cabimento que sejamos vigiados durante vinte e quatro horas para isso? Sim, se a gente entender a parceria que governos têm hoje com corporações. Trata-se de uma sociedade nociva para todos, menos para uma pequena elite. Me perdoa falar tanto, mas é um assunto que me interessa demais e, por isso, tento me informar. Já leu Noam Chomsky? Deveria. Ele explica o

---

1. Edward Joseph Snowden ficou conhecido por ter vazado os detalhes de vários programas que constituem o sistema de vigilância global da NSA americana. (N.E.)

mundo de forma clara e original. Teve um estudo recente do FMI que mostrou que governos subsidiam a indústria que explora combustíveis fósseis – ou seja, a indústria que está destruindo o planeta – num total de cinco trilhões de dólares por ano. Cinco trilhões para destruir o planeta. E nas cidades grandes as pessoas mais ricas são contra incentivos sociais que o governo oferece aos mais pobres. Acabar com a fome de um ser humano não pode, mas subsidiar corporações que destroem o planeta pode. Então, se você chama esse mundo de desenvolvido, eu digo que prefiro viver fora disso. Aí você chega aqui, anda pela floresta, não tem Google câmera, não tem governo vigiando seus passos atrás de dados a ser negociados com corporações, *yes*? Aqui tem apenas a natureza e um povo que luta para salvá-la. Depois de um ano morando aqui, eu voltei a Santa Cruz para contar a eles sobre as maravilhas deste lugar. No fundo, esperava algum reconhecimento, mas não houve. Eles disseram que eu estava muito magro, sujo e pobre. Aquilo me machucou, mas eu não consegui mais ficar ali com eles e voltei para cá. Meu pai me ofereceu um consultório montado, eu até cheguei a cogitar, mas no final neguei. Cair da trilha da sua bem-aventurança é uma coisa estranha, porque uma vez nela você se sente empurrado por forças invisíveis. Hoje entendo que sigo uma missão de cura como a de minha família, maior talvez, sou feliz aqui e já não busco aprovação deles. Então, acho que a resposta é: estou aqui porque este lugar é emocionalmente mais desenvolvido do que aquele onde nasci. Acho que a primeira grande revolução será a espiritual, porque sem ela não vamos a lugar nenhum nem seremos capazes de mudar sistemas econômicos ou a forma acumulativa e destrutiva como vivemos hoje. Uma vez, na faculdade, fui assistir à palestra de um astronauta da NASA e ele disse uma coisa que me soou estranha, mas que eu levaria anos para entender por quê. "As respostas estão lá fora." Eu já estudava o corpo humano e nunca consegui muito separá-lo da alma; com o passar dos anos, entendi o que estava errado com o que disse o astronauta: as respostas estão dentro. Todas. Os universos estão dentro. As dimensões estão dentro. A viagem é interna. Achar que as respostas estão lá fora é o paradigma equivocado; é, quem sabe, o que as religiões chamam de pecado original. Tudo o que queremos saber sobre nós mesmos, sobre a vida e sobre a experiência de estar vivo pode ser respondido pela fonte, pela essência de cada um. Alcançá-la é o desafio, conectar-se com ela é a grande aventura.

Aqui na Amazônia, eu aprendi a olhar para dentro e, com isso, a ser livre; mais que isso, aprendi o que é liberdade. Liberdade é responsabilidade. Sobre o que pensamos, dizemos e fazemos. Liberdade é se libertar da mente, da dualidade da mente, e se conectar ao coração. Isso é poderosíssimo e, uma vez que faz sentido, não há volta, *yes*? *Yes!*

Era a primeira vez que ele respondia ao próprio *"yes"*.

Peter tinha quarenta e um anos, mas falava como um homem de duzentos e cinquenta. Não sei o que me fez contar a ele sobre Tereza, sobre como nos afastamos, sobre minha atual vida sem sentido e meus medos, mas comecei e não parei mais. Já não tentava parecer inteligente, e as palavras saíam sem que eu as filtrasse. Peter me escutava como se eu fosse a pessoa mais importante do mundo, e era assim que eu me sentia, talvez por isso estivesse falando tanto, e tão livremente. Quando terminei, ele ficou em silêncio algum tempo e fechou os olhos, e eu cheguei a achar que ele teria dormido, que minha história de vida era a cura da insônia. Eu já não sabia mais para onde olhar nem o que fazer e estava prestes a sair dali, mas antes que eu tomasse essa atitude ele abriu os olhos, mais arregalados do que o normal, e disse:

— O amor não é uma coisa que a gente pode confinar. O amor é a maior força da natureza, é o que nos mantém aqui e o que mantém as esferas girando. O universo como é. Como confinar a maior força da natureza? O amor não pede nada em retorno, não exige, não cobra. Ele não conhece preocupação, apenas compaixão. Esse é o amor, então você pode perceber que o que conhecemos aqui na maioria dos relacionamentos não é de fato amor.

— É o que, então? — perguntei, confusa.

— Osho disse que uma pessoa que ama a si mesma dá um enorme passo em direção a esse amor real. Ele usou a imagem da pedra atirada no lago, *yes*? A primeira ondulação circular acontece muito perto da pedra, então ela se espalha ritmadamente até chegar à margem. Assim é o amor. Então, a gente conclui que a primeira etapa é o amor próprio. Depois disso, você começa a se preparar para amar o outro como a si mesmo. E esse é um sentimento que não conhece o ciúme, porque ele sabe que não pode possuir, não pode confinar. Claro que não se chega a esse nível de maturidade emocional sem sofrer. Amar dói porque o amor exige mutação, transformação, e transformações são dolorosas. Talvez não exista maior dor do que aquela da transformação da consciência, mas como você espera alcançar o êxtase sem conhecer a agonia? Você, que lê tanto, conhece Khalil Gibran?

Balancei a cabeça negativamente, mesmo tentada a dizer "claro" e disfarçar a ignorância.

— Gibran escreveu *O profeta*, e um dos trechos é assim: "Deixem que haja espaços na união de vocês. E deixem que os ventos dos céus dancem entre vocês. Amem um ao outro, mas não tornem o amor uma obrigação; ao contrário, deixem que ele seja um mar em movimento entre as praias de sua alma". Eu acho isso lindo porque confere imagens ao que tentamos entender. E imagens a gente não esquece mais; palavras, sim, *yes*? *Yes!*

Claramente ele tinha começado a responder aos próprios *"yes"*.

— Tudo isso é lindo — eu disse, levemente comovida —, mas como alcançamos este estágio: amar a si mesmo, desapegar, deixar livre a outra pessoa? Você conhece de verdade alguém assim?

— Você só é capaz de amar a si mesmo se topar conhecer a si mesmo. Antes disso, é impossível, porque você se apegará a uma imagem falsa, e imagens falsas fazem nascer amores falsos. Então, o primeiro passo é mergulhar em si mesmo. Escarafunchar. Não é uma viagem cheia de prazeres. Em compensação, o paraíso é um lugar dentro da gente e é possível alcançá-lo. Quando a Bíblia diz que Jesus ascendeu ao paraíso, esta foi a viagem que ele fez: interna. Tentar interpretar o livro literalmente é até engraçado, porque, se Jesus de fato subisse para algum lugar no cosmo, ele, mesmo viajando há dois mil anos, não teria ainda chegado a lugar nenhum, *yes*? *Oh, yes*. É preciso coragem e disposição para buscar o paraíso em si mesmo. Aí, tendo voltado de lá com a resposta para a pergunta "quem sou eu?", fica mais fácil se amar. Há um milhão de motivos para você se amar. Somos raros e especiais, cada um de nós. Ao fazer essa viagem para dentro, ao nos encontrarmos outra vez com a criança que fomos, ao nos perdoarmos por erros e malfeitos, ao enxergarmos nossas vulnerabilidades, entendemos que a beleza vem daí. Somos mais belos quando vulneráveis, somos mais belos quando feios. Ah! Você sabe a parábola da beleza e da feiura?

Outra vez, pensei em dizer "sim", mas confirmei que não. Quantos milhares de anos tinha aquele homem e por que ele parecia tão sábio?

— Durante a criação do mundo, Deus um dia enviou para ele a Beleza e a Feiura. A viagem era longa desde o paraíso, então elas chegaram cansadas e resolveram se banhar em um lago, criado alguns dias antes. Tiraram as roupas e entraram na água. Ficaram ali nadando, mas o sol começou a nascer e pessoas começaram a chegar. A Feiura notou que muita gente aparecia e, antes que a Beleza chegasse à margem, pegou as suas roupas dela e saiu correndo para fazer graça. A Beleza, aflita, teve que vestir as roupas da Feiura e correr para procurá-la, a fim de poderem, assim, destrocar as roupas. Dizem que até hoje elas se procuram e que por isso a Feiura está por aí vestida de Beleza, e a Beleza anda vestida de Feiura.

Peter acabou de contar a parábola, deu uma risada longa, em seguida bateu uma palma e disse enquanto se levantava:

— Eu amo essa história, acho sensacional. Muito sensacional mesmo. Bom, agora vou, porque ainda tenho coisas a fazer. — Ele passou a mão em meus cabelos, ainda bem curtos. Sorri de volta e agradeci pelo papo.

Ficamos assim, então: eu não me amava porque não sabia quem eu era e, sem me amar, não era capaz de amar outras pessoas. Era muita informação para eu assimilar, e quando notei Valentina passando para dar um mergulho no rio, fui atrás dela, que, me vendo correr em sua direção, sorriu e, sem parar, abriu um dos braços como quem diz: vem comigo.

Estávamos boiando quando Paola chegou e entrou na água.

— Você veio andando e falando sozinha? — perguntou Valentina. Como eu já estava acostumada com o fato de Paola falar sozinha, não disse nada.

— Estava repetindo meu mantra. Ou um deles.

— Podemos saber qual? — perguntei, rindo.

— O do desapego, que é assim: "Estou me tornando calma e deixando ir; deixando ir, a vitória é minha. Eu sorrio, eu sou livre". Repito isso muitas vezes ao dia. Faz bem. Vocês deviam tentar — disse ela, antes de mergulhar.

Olhei para Valentina para tirar um sarro de Paola, mas ela estava de olhos fechados e repetindo: "Estou me tornando calma...". Sozinha, decidi boiar e observar o céu. Em minha cabeça, comecei a repetir: "Quem sou eu? Quem sou eu? Quem sou eu?".

Dormir na rede tinha deixado de ser um sacrifício e virado um pequeno prazer. Depois de escovar os dentes, prendia a lanterna da Paola na cabeça, pegava um livro e, assim que meus olhos começassem a fechar, colocava o livro no chão e dormia. Quase todas as noites, eu, antes de ler, meditava por Simone e tentava não pensar em Tereza, porque pensar nela era pensar em alguma coisa que tinha sido minha e depois tinha deixado de ser. O celular estava ali, ainda em modo avião, mas eu já não sentia necessidade de ficar checando a tela. O recado dado por Paola tinha sido frio e distante e eu preferia não saber de mais nada até voltar para São Paulo. Nessa noite, antes de dormir, repeti a pergunta "quem sou eu?" em busca de alguma clarividência.

Sonhei que jogava bola. Eu tinha uns quinze anos e estava no colégio. Era um jogo disputado, homens e mulheres em campo, e eu corria e gritava de alegria a cada tabela, a cada chute, a cada drible. Jogar futebol foi, durante anos, uma total liberdade para mim. Como jogava bem, era um ambiente que dominava e no qual me sentia segura. No sonho, os times eram formados por pessoas que eu não conhecia, mas que pareciam gostar de mim. A cada gol, a gente se abraçava e pulava, inclusive os adversários, e isso não parecia estranho. Uma hora eu chutei em direção ao gol, e a bola caiu num penhasco que eu nem tinha visto que existia. Fui correndo para buscar a bola, desesperada porque não queria que o jogo acabasse, e quando cheguei perto do precipício, no lugar do abismo havia uma parede. Olhei para trás, minha mãe tinha entrado em campo e me dizia: "Vai, pula". Eu falava: "Pula onde? Só tem uma parede aqui. "Você vai encontrar portas onde achou que só havia paredes. Vai, pula." Eu não sabia direito o que fazer. Todos me olhavam, o jogo tinha parado, eu queria aquela bola para voltar a jogar. Então, dei uns passos para trás e corri em direção à parede. Antes de me chocar, fechei os olhos e esperei a trombada, mas quando vi eu voava em direção à bola, que também voava. Agora eu era uma esfera, a bola era outra esfera, e eu já não queria mais voltar para o jogo, porque flutuar era mais divertido. Acordei com o sino e notei que estava rindo. Levantei mais leve do que o normal e fui para a ioga. Era o primeiro dia que eu levantava sem pensar em Tereza, e só percebi isso depois de ir ao banheiro e escovar os dentes.

Depois do café da manhã, Renata avisou que faríamos uma dinâmica diferente, que envolveria música, e pediu que vestíssemos roupas confortáveis. As dinâmicas me deixavam intranquila, porque era sempre o momento de interagir e falar publicamente, e eu não gostava disso. Na sede, vi Peter arrumar o computador, escolher músicas, e fiquei apreensiva. Olhei para o lado e notei que Armando parecia tão angustiado quanto eu; Valentina estava saltitante e, claro, sorridente. Renata pediu que nos reuníssemos no local de sempre, no canto da choupana e à beira das águas. Disse que escolheria um líder para dançar e que todos nós o imitaríamos até que a música parasse e o líder escolhesse um novo líder. Nada poderia me deixar mais constrangida. Pior do que falar em público era dançar em público. Eu nunca sabia o que fazer com as mãos e só conseguia dançar segurando uma lata de cerveja e mexendo os pés para o lado. Como ali não haveria a cerveja, eu estava enrascada. Comecei a ter uma taquicardia leve, e só relaxei um pouco quando vi que Armando estava tão tenso quanto eu. De repente, Renata deu um grito, eu dei um pulo, e ela falou:

— Armando, você começa.

Meu coração ficou dilacerado por ele, mas nem tive tempo de manifestar solidariedade porque "Thriller", de Michael Jackson, já estava tocando. Foi então que vi Armando pular e girar, completamente alheio ao próprio nervosismo e à falta de coordenação, que era evidente. Ele ria e fazia passos malucos e pulava e jogava os braços para cima, para trás, para os lados. Tratava-se de outra pessoa, e eu não consegui deixar de rir enquanto tentava repetir aqueles passos estranhos. Quando a música acabou, Armando elegeu Murilo, que elegeu Debora, que elegeu Renata, que elegeu Peter, que elegeu Paola, que elegeu Valentina, que, desgraçadamente, me elegeu. Para piorar, minha música era "Nuvem de lágrimas", de Chitãozinho e Xororó. Sem pensar muito, dancei; quando me dei conta, eu ria como no sonho. *Aquela era eu*, pensei. Uma pessoa que sabia se misturar, que gostava de outras pessoas, que não se achava melhor nem pior, que não tinha travas nem medos, que seria capaz de pular no vazio achando que, quem sabe, asas brotariam e que era até capaz de dançar sem segurar uma cerveja. Se minha vida fosse um filme, nessa hora a câmera de afastaria e a imagem mostraria um grupo de adultos dançando em uma choupana, com a Amazônia como testemunha e rindo como crianças. Seria uma boa cena para que a palavra "fim" aparecesse. Mas essa história ainda estava longe de terminar.

Nessa noite, logo depois do jantar, quando eu me preparava para ir para a rede, Renata disse que sairíamos. Um ligeiro mau humor me invadiu. Eu estava cansada, mais do que o normal, porque a gente tinha dançado por quase duas horas seguidas, e sonhava com a rede. Ao mesmo tempo, não queria faltar às dinâmicas e, sem reclamar, esperei que todos voltassem à sede depois de escovar os dentes. Renata avisou que íamos para um lugar perto, mas que andaríamos pela floresta. Recomendou usarmos tênis e disse que caminharíamos de mãos dadas, em fila. Havia momentos em que eu me sentia no pré-primário outra vez e minha configuração-padrão queria julgar e debochar, mas estava aprendendo a me controlar, ou a educar meu pensamento, e me contive.

A noite estava bastante escura, não havia lua e a mata era fechada. Peter, que conhecia tudo ali, puxou a fila; Renata seguiu atrás de todos nós. Andamos por uns dez minutos e, de repente, chegamos a uma espécie de oca, como a dos filmes de caubói que eu via com minha avó quando era pequena, uma coisa de índios apache. Entramos, e vi que o chão era de pedra. Vi muitas velas acesas e um cenário até poético. O topo da tenda, como um funil, era aberto, e pelo buraco se via o céu. No chão, bem no centro, havia uma fogueira acesa, e a fumaça subia em direção ao buraco e ao céu. Renata pediu que fizéssemos um círculo ao redor da fogueira e déssemos as mãos. Pediu, então, que fechássemos os olhos e começou a conduzir uma meditação.

Depois de uns quinze minutos, Peter trouxe papel e caneta e disse que devíamos escrever coisas com as quais estávamos felizes e intenções para a vida, e então jogar o papel na fogueira, pois as chamas conduziriam essas intenções e esses agradecimentos ao universo. Tudo era feito no mais completo silêncio, e dessa vez Renata nem precisou pedir para que evitássemos falar. Fomos, um a um, oferecendo papéis ao fogo. Rita, menina pequena e magra que pouco havia chamado a minha atenção até aquele momento, chorou muito, e nessa hora eu finalmente a enxerguei. Havia nela uma emoção tão grande, tão sincera, tão bonita que ao vê-la chorando comecei a chorar também. Ficamos assim, ao redor do fogo em estado contemplativo, por quase uma hora, talvez mais. Então, Renata pediu que saíssemos da fogueira. Fizemos duas fileiras paralelas, ficamos um de frente para o outro, o mais perto possível, sem nos tocarmos. Estávamos de mãos dadas com as pessoas ao lado e encarando a da frente. Peter colocou uma música. Era muito lenta e melódica, e a letra falava sobre achar a alma da outra pessoa através do olhar. Renata, então, pediu que apenas nos olhássemos, cada um para a pessoa que estava à frente; quando ela emitisse o sinal, deveríamos dar um passo à esquerda e olhar a nova pessoa à frente. Faríamos isso até todos terem se olhado. Parecia uma dinâmica bastante simples e interessante, mas depois de me fixar em Armando, que era meu primeiro par, aquilo começou a ser desconfortável. Olhar tanto tempo assim para uma pessoa que mal conhecemos não é das coisas mais fáceis. Havia ali uma comunicação não verbal que chegava a assustar de tão clara que era, e eu comecei a implorar que ela pedisse que déssemos um passo para o lado.

Depois de dois minutos que pareceram uma eternidade, mudamos de par, e eu fiquei frente a frente com Rita, que ainda chorava. Dessa vez, a emoção dela não me comoveu tanto, porque eu estava numa zona de desconforto, e tudo o que queria era ir para a rede dormir. Mais dois minutos, e fiquei frente a frente com Valentina. Nessa hora, desmontei. Valentina, que sempre ria, o ser humano mais feliz do universo, estava chorando. Em seus olhos, muito negros, havia apenas sentimentos profundos, uma beleza que eu raramente tinha visto antes. A emoção dela me sugou, e eu me senti tocar sua alma. Foi uma sensação para a qual eu não tinha registro. Minha vontade era de largar as mãos das pessoas ao lado e abraçá-la. Olhei mais fundo em seus olhos e desejei que ela fosse feliz, que a vida dela fosse plena, que ela tivesse saúde, amasse e fosse amada... Coisas maravilhosas me passavam pela cabeça, e eu entendi a força que existe em querer bem a outra pessoa, especialmente se ela for uma estranha.

Pensei em um professor de Antropologia na faculdade que dizia que, quando Jesus falou "ame o próximo como a ti mesmo", ele quis dizer "ame o próximo porque é tu mesmo". Isso me tocou mais fundo, e meu choro se agigantou. Que coisa mais linda enxergar a outra pessoa, que riqueza havia naqueles seres humanos, em todos eles. Como era bonito ver alguém ter coragem de ser vulnerável e fraco. Pensei em Tereza e, pela primeira vez, não a imaginei me deixando. Pensei nela com carinho e afeto, me vi indo até ela, fazendo carinho em seu cabelo, beijando seu rosto e dizendo: "Boa noite, meu amor". Fui inundada por um enorme respeito em relação à história que vivemos. Que grande aventura e que grande bênção amar alguém que ame você de volta, mesmo que seja por um dia, mesmo que seja por um instante.

Foi uma noite inesquecível e, quando fiquei frente a frente com Renata, comuniquei isso a ela – ou pedi que minha alma "dissesse" isso à dela.

Acho que ela entendeu, porque choramos juntas, e foi lindo. Eu dormi tarde, como todos, e quando me deitei na rede eu chorava como uma criança. Assustada, notei que chorava de saudade, saudade de um grande amor que tinha me deixado.

No dia em que recebi a notícia da morte de Manuela, eu estava sozinha em casa. No momento em que a irmã dela me disse "infelizmente ela faleceu", senti o mundo parar. Era como se eu estivesse em um filme em que a trama até faz algum sentido, mas as reações não deveriam ser minhas, e sim de um personagem. Então, no papel desse personagem, que não poderia ser eu, me atirei ao chão, gritando como um animal ao ser abatido, e chorei o choro mais profundo. Eu não sabia que o ser humano poderia ser invadido por aquele tipo de sofrimento, nem sabia que poderia eu mesma me transformar em zumbi.

Quando Tereza chegou, depois de escutar meus recados desesperados, eu estava no colo de minha mãe. Sem acesso a Tereza, que não tinha sinal do celular durante um show, e angustiada, liguei para minha mãe e disse apenas:

— Por favor, vem ficar comigo, a Manuela morreu.

Minha mãe, a despeito de nossas diferenças, chegou em menos de dez minutos e ficou ali até Tereza voltar. Era quase meia-noite quando Tereza e eu fomos para o IML, onde estavam os pais de Manuela, pessoas que eu amava e com as quais tinha convivido por muitos anos e continuava a conviver. Essa relação deixava Tereza com ciúmes, especialmente no começo de nosso relacionamento. Tereza era nova no mundo lésbico e não entendia como exatamente uma ex-mulher poderia se transformar na melhor amiga. Eu contava a ela sobre separações lésbicas com ex-amantes que seguiam vivendo sob o mesmo teto, e ela não acreditava. Então, o ciúme dela em relação a meu apego com Manuela era um pequeno ponto de estresse.

Ao me ver entrar chorando no IML, a mãe de Manuela veio até mim. Havia nela uma dignidade que eu não entendia. Ela, então, me abraçou forte, me colocou no colo e depois de um tempo me afastou, olhou em meus olhos e disse:

— Aceita. Por favor, aceita.

As palavras dela chegaram a mim como um raio. Como eu podia aceitar a morte de alguém tão lindo e cheio de vida? Como aceitar que alguém morresse antes de completar quarenta anos? Como aceitar a vida sem ela? Como aceitar que a pessoa que me fez entender o sentido de tudo isso tivesse ido embora assim, sem dar tchau, sem avisar, sem me dar um beijo? Eu não aceitava, eu me recusava a aceitar.

Naquela noite, quando todos foram embora do IML, eu fiquei. E Tereza ficou comigo, segurando minha mão. Eu não podia conceber a ideia de sair dali e deixar o corpo de Manuela sem ninguém. Então, nós nos sentamos em um banco ao ar livre e, sozinhas, encaramos o nada. E foi nessa noite que virei um zumbi.

Manuela tinha feito Medicina, se formou no tempo mínimo, depois foi fazer mestrado e doutorado, também em ritmo acelerado, e virou geneticista. Com menos de quarenta anos, era considerada uma das maiores geneticistas do Brasil, tinha um emprego sólido e fazia pesquisas relevantes, além de dar palestras e aulas. Era um ser humano fora de série, capaz de ver o mundo com lentes próprias. Namorava muito, mas era uma alma solitária. Ficava irritada com meu apego à rotina e tentava me explicar por que, geneticamente falando, eu me limitava agindo como agia. Manuela me explicava que o DNA é divino, capaz de ajudar no desenvolvimento espiritual. Manuela era uma mulher tão fenomenal que o fato de ser cientista não a fez deixar de explorar outras fronteiras. Isto me encantava: essa falta de apego ao *status quo*, à norma. Ela acreditava que o DNA continha sabedoria de vidas passadas, julgamentos e preconceitos. E que bondade e paciência eram coisas que desenvolvíamos ao longo de encarnações. Dizia que tudo no passado era instinto e tudo no futuro era intuição, que nossos antepassados, ou nossos seres primatas, estavam concentrados em sobreviver e que a evolução, biológica e espiritual, nos obrigava a aprimorar a intuição, a nos conectar com a essência, com a fonte. Ela era capaz de colocar ciência na espiritualidade, e vice-versa. Pedia que eu meditasse, que tentasse ficar quieta por alguns minutos do dia, dizia que estávamos aqui para aprender a meditar e que só assim poderíamos nos conectar à fonte. Falava essas coisas quando estávamos sozinhas, porque sabia que nem todos os cientistas estavam abertos a esse tipo de reflexão, então imaginava que só quando fosse velha e renomada poderia dizer essas coisas publicamente. A vida não deu a ela essa chance.

Manuela gostava de falar, especialmente depois de tomar algumas taças de vinho. Nessas horas, contava que a mente humana produz cerca de setenta mil pensamentos por dia e que a mente era o cérebro em ação. Dizia que nossa energia ia para essa ação e que, por isso, era importante escolher quais ações mereceriam essa energia. Ela tentava me explicar que o ambiente seria capaz de ter efeito sobre os genes, que ambientes estranhos e pesados provocavam uma alteração interna, que os disparos entre as sinapses poderiam passar informações aos genes via circulação e sistema nervoso e que essas informações fariam transformações internas. Ela me dizia que a rotina, nos mesmos ambientes externos, gerava sempre os mesmos pensamentos, as mesmas escolhas, as mesmas experiências e sensações, e que isso fazia com que nossos genes trabalhassem sempre da mesma forma, criando, assim, um mesmo destino genético na forma de ver, pensar, sentir. Lembro-me de ela me dizer que "reações emocionais são memorizadas da mesma forma que o conhecimento" e que esse era um estado de espírito que fazia com que o passado não passasse jamais. "Redes neurais não identificam passado, presente ou futuro", repetia, rindo, enquanto tomávamos vinho. "Para o cérebro, realidade e imaginação são a mesma coisa", Manuela dizia, enquanto implorava para que eu abrisse mão da rotina que eu tanto amava. "Novas visões geram novas realidades e, se é difícil mudar o ambiente externo, é perfeitamente possível mudar o interno e, com ele, sua configuração-padrão." Ela me dizia: "O que você passa para seus genes? Amor? Raiva? Gratidão? Controle seu pensamento, porque isso vai te libertar". Manuela vivia me dizendo essas coisas doidas, muitas vezes enquanto pegava o violão e dedilhava algumas notas. Como aceitar que uma pessoa assim, no auge da vida, fosse embora? Quem me explicaria o mundo, as galáxias e a alma humana? Dois dias depois de sua morte, fui com Tereza a um estúdio de tatuagem e tatuei o nome de Manuela em meu antebraço – essa foi minha primeira tatuagem.

Os seis meses seguintes à morte dela foram um período que não registrei direito. Eu não me lembro de acordar, comer, dormir, sorrir, trabalhar. Não me lembro de nada. Só um pouco de Tereza tentando me animar, mas eu a olhava e não via nada. Não via outro ser humano, muito menos um que eu amasse. Ela me convidava para sair, eu dizia que não queria. Ela me beijava, eu não me mexia. Ela me chamava para deitar e eu continuava na sala com a televisão ligada. Eu a via, e certa raiva me invadia, isso porque comecei a achar que o ciúme dela foi o que me impediu de conviver mais com Manuela. Um dia entendi que não poderia deixar de fazer as coisas. Só que eu era apenas um corpo andando pela rua, pelos bares, pelos restaurantes. Minha alma tinha ido embora com Manuela.

Então, na Amazônia, uma imagem dessa época voltou e me perturbou. Era uma imagem que eu tinha enterrado e que, ao ressurgir, me dilacerou.

Eu sempre tive muito medo de avião e, quando Tereza e eu tínhamos que voar, ela segurava forte minha mão e repetia que "está tudo bem, não vai acontecer nada". Depois que Manuela morreu, perdi o medo de morrer. Nada mais me importava, nada mais me apavorava nem me afligia, e quando, nas semanas que se seguiram ao acidente, Tereza e eu tivemos que ir ao Rio de Janeiro num fim de semana, e ela segurou minha mão pouco antes da decolagem, eu disse, rispidamente:

— Não precisa segurar.

Tirando minha mão da mão dela, peguei a revista de bordo para ler. Enquanto lia, com minha visão periférica, vi Tereza chorar. Eu sabia pelo que ela chorava, sabia que chorava porque não via mais vida em mim, porque achava que eu tinha morrido em nome de outra pessoa, porque eu não era mais eu, mas não tinha vontade de conversar nem de tocar no assunto, então fingi que estava lendo e ignorei a reação dela.

A imagem agora me voltava nítida – e, com ela, a dor que a Tereza experimentou naquele momento. Era uma dor enorme, e sentir um pouco dela me perfurou a alma. Entendi que Tereza continuou ao meu lado mesmo quando eu estava morta chorando por outra mulher, e que esperou que eu voltasse a viver para que nosso relacionamento tivesse outra chance. Entendi que apenas um amor muito forte teria sido capaz de suportar aquela ausência e respeitei Tereza como acho que jamais a havia respeitado. Quantas dores, complexos, mágoas e traumas relacionamentos aparentemente saudáveis são capazes de armazenar em cantos escuros? E por quanto tempo?

Deitada na rede e de olhos fechados, pedi perdão a Tereza. E agradeci ao universo por ter finalmente acessado aquela imagem, aquela dor. Talvez fosse hora de pedir perdão a Tereza, hora de me perdoar: como eu tinha dito a Debora, duas das coisas mais difíceis da vida são perdoar o outro e a si mesmo. Eu não sabia agir de outra maneira na época, o luto é uma travessia complicada e individual, mas ter a chance de pedir perdão é o máximo que podemos querer porque, se não podemos mudar o passado, é perfeitamente possível mudar o futuro.

 Meses depois da morte de Manuela, enxerguei Tereza outra vez, e ela estava ali, linda como sempre, me esperando e me amando. A vida seguiu, fomos morar em Nova York um ano depois do acidente e voltamos a ser felizes, até que um dia não fomos mais. Será que havia culpados? E, havendo, seria ela ou eu? Os pensamentos me enxiam a cabeça e eu achei que não conseguiria pegar no sono, mas, sem perceber, mesmo chorando, dormi.

 Tínhamos mais cinco dias na floresta, e eu agora não queria mais ir embora. Sair de lá significava voltar a olhar o celular, conferir se Tereza tinha ligado, ver se ela queria voltar, se ainda me amava. Sair significava abrir outra vez a porta desse quarto chamado angústia e ansiedade, um do qual eu havia coseguido me afastar temporariamente, e eu não sonhava voltar, embora soubesse que seria inevitável entrar nele outra vez. No meio da floresta, eu me acostumei a não olhar o celular de cinco em cinco minutos esperando notícias dela; certa liberdade me invadiu.

 Nesse dia, durante o café da manhã, Marcelo avisou que iríamos sair de barco logo depois do almoço. Disse que teríamos o dia livre até lá, mas que deveríamos nos encontrar no rio às três da tarde em ponto. Tendo a manhã livre, decidi voltar para a rede e ler, e acabei pegando no sono. Paola veio me chamar para o almoço e avisou que Tereza, sem acesso a meu celular, que estava em modo avião, tinha mandado uma mensagem para o dela.

 — Ela disse que sente a sua falta. — Essa era a mensagem.

 Aquelas palavras acabaram comigo. Eu estava leve e sem tanta angústia, pensando no passeio de barco, mas saber que Tereza tinha me procurado e sentido minha falta resgatou a velha eu, e com ela veio a ansiedade, a insegurança, o medo, a tensão.

 A gente tende a voltar para lugares antigos, mesmo aqueles de dor, se eles nos parecerem familiares; com esse mecanismo, em segundos eu estava de volta àquele ambiente de ansiedade que me fazia esperar Tereza ligar, chegar ou mandar mensagem. Não há vida nesse lugar de espera, apenas um vazio. Agora, tendo resgatado esse padrão, eu queria pegar o celular, ligar para ela, dizer que a amava, que queria voltar, que a vida não tinha sentido sem ela, que eu tinha entendido como errei, que era tudo culpa minha. Meu corpo suava e tremia, mas alguma coisa me conteve, e eu não sei dizer o que foi. Paola estava ao lado e perguntou se eu queria responder à mensagem; eu disse que não, que não queria responder nada, e fechei os olhos.

Fui almoçar tentando entender aquele recado. "Ela sente a sua falta" era, no fim das contas, bastante vago. Eu sinto falta do Toy, meu cachorro de infância, mas isso não quer dizer que não possa viver sem ele. A gente sente falta mesmo de coisas que não quer mais. Então, a bem da verdade, esse era um recado à toa, vazio de significado. E eu tinha sentido falta de Bia quando fui morar com Tereza, mas não desejava voltar com Bia nem deixava de, por isso, amar Tereza. Tinha sentido falta de Tupãzinho quando ele saiu do Corinthians, mas isso não significava que eu o queria de volta ao ataque do time.

Depois de muito pensar, mastigando a centésima panqueca de tapioca que comia desde que cheguei, entendi que se tratava de um recado ridículo e cheio de piedade. Tereza estava bem, feliz, e num momento de compaixão me mandou aquele recado. Eu era, outra vez, a criança desamparada e abandonada. Comi sem vontade e fui me trocar para o passeio de barco. Mentalmente agradeci Valentina pelo maiô emprestado, que seria outra vez útil. Eu tinha perdido muitos quilos desde que saíra de Nova York, não apenas por viver de grãos e chá, mas também porque a dor me roubara o apetite. Não tinha me dado conta de como havia emagrecido, até vestir meu short jeans que sempre foi meio justo e ver que ele agora caía. Careca, extremamente magra, sem dinheiro e triste. Quem quereria uma pessoa nesse estado? Meu destino era ficar sozinha.

E era triste e sozinha que eu estava quando saímos de barco pelo Tapajós, numa época em que eu ainda não entendia o que escreveu Alan Cohen: "A dor é uma pedra no caminho, não um lugar para acampar". Ignorando Cohen, eu tinha montado todo um vilarejo em minha dor. A parada seria um local chamado Lagoa Verde, um dos alargamentos do rio, talvez seu ponto mais fundo, onde poderíamos pular na água e nadar. O passeio de barco pelos braços do rio era especialmente bonito porque, naquela época do ano, parte da floresta estava submersa, então o barco passava por locais estreitos e, olhando para baixo, era possível ver árvores e mata inundadas, mas ainda vivas. Como era possível ficar tanto tempo sem respirar e, ainda assim, sobreviver? As plantas sabiam que aquele encharcamento passaria e elas voltariam a ver o sol? Havia naquela floresta uma inteligência que faltava em mim? Então, chegamos ao alargamento do Tapajós, que mais parecia um oceano. Todos pularam na água, e eu fiquei no barco. Escutei Valentina me chamar, fingi que não escutava e fechei os olhos na tentativa de parecer meditar. Mas Valentina ignorou que eu a ignorei e veio me chamar outra vez. Irritada, tirei a camiseta e o short e pulei na água. Ficamos um tempo assim, boiando, até que o sol começou a se pôr. Um dos barqueiros que estava com a gente explicou como calcular quanto tempo faltava para o sol se pôr: coloque os dedos entre o sol e o horizonte, cada dedo vale dez minutos, e some quantos dedos existem entre o sol e a linha do horizonte. Ele disse que era assim que os índios calculavam. Pensei em Manuela, em como ela gostaria de me ver aprender coisas novas, boiar nas águas no Tapajós, sair da rotina. Onde ela estaria? Com quem estaria? O que estaria fazendo? O que existe além do que podemos ver? Pela milésima vez naquela semana, chorei.

Nessa noite, depois da sopa, Renata pediu que tentássemos colocar no papel, com base em tudo o que tínhamos visto, sentido e entendido até ali, o que julgávamos ser nossa crença limitante. Ela voltou a explicar que, já ao nascermos, começamos a desenvolver artifícios e artimanhas que visam obter a atenção da mãe, depois a do pai, e que vamos nos afastando de nossa fonte, nosso eu verdadeiro, a fim de obter mais e mais atenção com base naquilo que dá resultado. Isso vai sedimentando crenças, e, uma vez sedimentadas, elas atuam de forma a limitar nosso verdadeiro potencial – pior, nos afastam da trilha de nossa bem-aventurança. Para ilustrar, ela me usou como exemplo: eu tinha entendido muito cedo na vida que, a menos que visse o mundo com os olhos de meu pai, dificilmente sobreviveria. A partir daí, me transformei nele para, assim, tentar conquistar minha mãe. Me caía bem o papel de abandonada, daquela que não consegue ganhar dinheiro ou que não tem ambição. Essas não eram características minhas, mas de meu pai. Uma vez tendo enxergado isso, ficava a pergunta: quem é você sem essa crença? Renata pediu que fôssemos dormir com a questão na cabeça e disse que, no dia seguinte, depois do café da manhã, que deveria ser feito em silêncio, falaríamos sobre crenças e verdadeiros eus.

Dormi mal, acordei muitas vezes, sonhei que Tereza e eu estávamos em uma festa e ela me ridicularizava diante dos outros convidados, acho que cheguei a chorar. Quando abri os olhos, eu era a criança carente e desamparada que precisava do olhar da mãe para existir. Engatinhando, fui para o banheiro e para a prática de ioga chorando.

Fizemos uma roda em frente a Renata e Peter logo depois do café da manhã. Olhei em volta e notei que todos estavam mais tristes: Valentina nem sequer sorria e Debora chorava. Peter, que deve ter sentido a tristeza no ar, começou citando Joseph Campbell:

— A única verdadeira sabedoria vive longe da espécie humana, lá fora, na grande vastidão, e só pode ser atingida por meio do sofrimento. Só a privação e o sofrimento abrem o entendimento para tudo o mais que se esconde. — Peter falou sobre a necessidade de encontrarmos a paixão e chegarmos à trilha de nossa bem-aventurança, que está ligada à paixão. Pediu que ficássemos com essa ideia na cabeça e que nunca nos esquecêssemos de que onde sobra amor sempre falta medo.

Depois disso, Renata guiou uma meditação com foco nos sete chacras e explicou que eram pontos circulares de energia em nosso corpo. Pediu que focássemos a cada momento em um deles e que tentássemos perceber os mais difíceis de ser acessados. O primeiro, o chacra raiz, fica entre o ânus e o órgão genital, e logo de cara entendi que eu não era capaz de sentir esse ponto. Era como se não existisse em mim. Renata explicou que ele estava ligado ao mundo material e ao sucesso, e eu saquei perfeitamente que não o acessaria. O segundo chacra ficava pouco acima do órgão genital e estava ligado à criatividade e à sexualidade, duas coisas com as quais nunca tive problemas. E, surpresa, esse chacra eu acessei integralmente. Pude senti-lo e até vê-lo girar. O terceiro é o chacra do plexo solar, pouco acima do umbigo. Outra vez percebi que o ponto não existia em mim e, quando Renata explicou que ele estava ligado à força do indivíduo, ao poder e à vontade, me liguei que não seria capaz de senti-lo. Não havia em mim essa força nem esse poder, muito menos essa vontade. O quarto era o chacra do coração, que fica entre os seios e está ligado à sabedoria emocional e ao amor. Respirei aliviada quando fui capaz de acessá-lo. Subindo, chegamos ao chacra da laringe, que tem a ver com a forma como nos expressamos e que fica na base do pescoço. Era esse o chacra que eu sentia com mais força, o que também fazia sentido, porque eu sempre soube me expressar com facilidade. Mais acima, o chacra frontal, do terceiro olho, ligado à intuição. O meu estava ali, ativo e vibrando. O sétimo e último era o coronário, no topo da cabeça, que se relaciona ao mundo espiritual. O meu estava pulsando, não tão vibrante quanto o da laringe nem o do coração, tampouco inacessível como o da raiz e o do plexo solar.

Quando a meditação acabou, Renata pediu que nos deitássemos e ficássemos alguns minutos em silêncio escutando os barulhos da floresta e tentando não pensar em nada. Tudo aquilo ainda me soava outra vez ligeiramente maluco e sem sentido. Eu, sozinha, no meio da Amazônia, com estranhos, fazendo meditações variadas e tentando entender meu verdadeiro eu. Essa questão jamais me passou pela cabeça, já que até então eu sabia quem eu era: uma pessoa com algum talento para escrever e muitos talentos para seduzir e amar. Alguém que nasceu para entreter e ser amada, não para ganhar dinheiro nem ser bem-sucedida em outras áreas da vida. E estava tudo bem com essa imagem, eu seguiria assim se não tivesse sido abandonada pelo amor de minha vida e, com a desgraça, perdido o único reduto que eu parecia controlar: o do relacionamento afetivo. Ou será que pensar dessa forma era apenas me entregar ao banal e ordinário e deixar de perceber que a vida me reservava mais e que, para alcançar isso, eu precisaria antes saber quem eu era?

Depois de algum tempo, Peter pediu que nos movimentássemos devagar e nos sentássemos em círculo. Voltou a falar sobre paixão e bem-aventurança. Explicou que o ser humano tinha duas necessidades básicas, exercer a liberdade e a criatividade, e que sem essas duas coisas jamais seríamos completos. Pediu, então, que tentássemos nos lembrar de quando nos sentimos mais livres e criativos na vida, em situações cotidianas, e disse que o exercício nos ajudaria a encontrar nossa paixão. Pensei no sonho em que estava jogando bola e em como me senti livre e plena; a partir disso, tentei pensar em quando mais me sentia assim. Em pouco tempo, percebi que era livre e plena quando escrevia e que escrever era de fato minha maior fonte de prazer desde a infância. Estava ali minha bem-aventurança, isso parecia claro. Mas certamente não estava ali minha fonte de renda. Ou não a fonte de renda necessária para me sustentar em cidades como São Paulo ou Nova York. Meu pensamento foi interrompido pela voz de

Renata, que perguntava se alguém queria se pronunciar. Armando levantou a mão. Disse que se sentia livre e criativo ao ajudar outras pessoas, que a sensação de arrumar emprego para um amigo ou abrigo para crianças de rua, coisa que ele tinha feito durante faculdade, tinha inundado sua alma de prazer e completude. Murilo disse que se sentia livre e criativo cozinhando para amigos. Debora disse que achava que sua fonte de paixão estava na construção de casas sustentáveis, que tinha feito cursos e que começou a achar que fazer faculdade de arquitetura com foco em sustentabilidade a deixaria feliz. Lorenzo disse que, se vivesse num mundo em que o dinheiro não fosse necessário, ele venderia o apartamento, pediria demissão e abriria uma pousada de frente para o mar, onde faria o que nunca fez na vida: receber pessoas, conversar com elas, conhecê-las. Valentina disse que ensinar meditação nas comunidades seria uma forma de exercer seu poder criativo. Paola gostaria de ter uma revista de arte que sobrevivesse sem anunciantes e que refletisse sobre a condição humana. Enquanto falavam sobre paixões, o rosto daquelas pessoas perdia a tensão e a tristeza e ganhava colorido e expressão. Todas as paixões envolviam algum tipo de espírito comunitário e eram carregadas de valor social; essa constatação mexeu comigo. Pensei que a vida que levamos nas grandes cidades talvez acabe com a natureza humana e que a necessidade de desenvolvermos algum trabalho criativo e de valor social seja parte de nossa essência. Seria tão bom se eu pudesse falar com Manuela sobre essas coisas...

Era bastante claro que as pessoas agora falavam de coisas que as emocionavam. Meu devaneio poético foi interrompido por Rita, que disse que tudo aquilo soava lindo, mas que ela não via como eles poderiam se sustentar financeiramente com essas ideias, que era uma noção poética de mundo, que não era nossa realidade e que, em dois dias, estaríamos de volta a São Paulo, talvez com mais sonhos, mas com as mesmas limitações. O que fazer a partir daí, ela queria saber – e essa era precisamente minha dúvida. Renata avaliou a questão como bastante importante e disse:

— Não quero soar mística nem religiosa, mas a verdade é que, ao cair na trilha de sua bem-aventurança, as coisas começam a acontecer e oportunidades aparecem. O mais difícil, e o mais corajoso, é encontrar essa trilha e ter a ousadia de percorrê-la. Depois disso, portas se abrirão onde havia apenas muros.

Pensei outra vez no sonho e em como a parede se diluiu assim que tive coragem de saltar no vazio. Mas Renata ainda falava.

— Isso não quer dizer que vocês devam voltar para São Paulo e pedir demissão, fechar a empresa nem pegar uma mochila e ir para a Índia meditar. Por favor, não façam isso — pediu, rindo. — Esse tipo de investigação que estamos fazendo aqui é um começo, é um ponto de partida para que vocês se conheçam e desvendem suas trilhas. O processo é lento e muitas vezes cheio de dor. Existem aqueles que vão desistir no meio do caminho, aqueles que vão desanimar, mas existem aqueles que vão em frente – e o prêmio para isso é uma coisa difícil de ser colocada em palavras, mas o resumo é assim: o grande privilégio da vida é se tornar aquele que você nasceu para ser, livre de crenças. Vocês precisam entender que o ato de nascer carrega em si uma enorme transformação. Deixamos de ser criaturas aquáticas para virarmos mamíferos, aprendermos a andar sobre duas pernas. As transformações nunca param – ao menos não deveriam parar. Me lembro sempre daquele ditado que diz que um homem não entra no mesmo rio duas vezes porque no dia seguinte ele já não é o mesmo, tampouco o rio é igual. Transformações, especialmente as de consciência, provocam medos e tendemos a ficar paralisados diante da chance. Não se pode deixar passar uma chance de morrer nesta vida. Morrer espiritualmente, eu digo. Morrer para renascer. Morrer para o ego, renascer para o destino. Quando nos deixamos levar pela alma, pelas batidas do coração, a vida oferece prêmios e – outra vez, não quero soar religiosa – é nessa hora que milagres acontecem. O duro é que, para comprovar isso, é preciso se atirar no vazio. As asas não aparecem quando estamos em terra firme, aparecem apenas para aqueles que ousam saltar. O que deixa você feliz? Descubra e não saia mais desse lugar. Meditem. Encontrem uma técnica e meditem. Se tiverem que sair daqui com um conselho apenas, que seja: aprendam a meditar.

Outra vez a imagem de meu sonho voltou. Era estranho, seria apenas coincidência? Me lembrei de Manuela dizendo: "Não acredite nunca em coincidências. Elas não existem, elas são a forma que o universo encontrou para falar com a gente porque há infinitas maneiras de se comunicar, e palavras representam apenas uma delas, muitas vezes a mais pobre". Quando ela afirmava isso, eu ficava ligeiramente ofendida, porque só sabia me comunicar com palavras, então nunca dei muita bola para o resto da reflexão, preferindo me concentrar em "palavras são a forma mais pobre de comunicação".

Peter pegou o gancho de Renata e falou sobre a sociedade em que vivemos, sobre como ela dificulta o processo de autodescobrimento.

— Se o que nos distingue dos animais é a capacidade criativa, como de fato é, a natureza humana só se torna digna de humanidade se puder exercer essa capacidade. Então, qualquer arranjo social que iniba essa capacidade de se manifestar passa a ser ilegítimo. Se a gente entende isso, entende também que estruturas de autoridade e hierárquicas que inibem a criatividade e nos sugam a humanidade, devem ser confrontadas. Fazer isso não é fácil, mas é o caminho para a libertação do indivíduo, da comunidade e, por fim, da sociedade.

Rita continuava com uma expressão confusa e questionadora, então decidi me meter porque entendia a confusão dela.

— Eu acessei minha paixão, escrever, muito cedo na vida, e entendo que existe aí uma dádiva, mas sou incapaz de me sustentar financeiramente com ela. Eu também consegui acessar minha crença limitante aqui na Amazônia; entendo que é um caminho para a transformação, mas a partir daí não sei o que fazer, como agir, como mudar.

— A primeira transformação já teve início — disse Renata. — Você entendeu quem você não é, seu pai, e o tipo de relacionamento afetivo que não quer, o que ele viveu com sua mãe; percebeu que reproduz em você a dominação, a infantilidade, a passividade, o abandono, a vitimização, criados na infância para você ser notada e, em sua imaginação, para ser amada por sua mãe. A partir daí você deve se livrar da angústia e, sem ela, sentir o mundo e a pessoa que você é, ou a nova pessoa, e deixar a criança ir embora. Digamos que você morreu e está renascendo. Morrer dói, mas renascer é lindo.

Peter a interrompeu e disse, sorrindo:

— A vida vive da vida. — Foi a frase que ele me cantou no segundo dia na Amazônia, antes de eu cheirar rapé.

Renata sorriu de volta para ele e continuou a falar comigo:

— Li no livro de um autor português: "É curioso que usem a expressão vida e morte. A morte não é o contrário da vida, mas do nascimento. A vida não tem contrário". É exatamente isso. A vida não tem contrário, e saber disso ajuda a nos libertar. Como você vai ganhar dinheiro escrevendo? Não sei, mas você saberá na hora certa. E a hora certa é um segundo depois de se conhecer e se amar. Como chegar lá? Perguntando, sentindo, meditando, refletindo. A resposta virá. Jogue as palavras para o universo, peça ajuda, seja humilde. A vida dá lições de humildade, e nos resta aprender com elas. Não tenha medo. Aceite a criança em você, cuide dela, perdoe as coisas que ela fez, coloque-a no colo. Dessa forma, ela vai crescer e se misturar a você; quando isso acontecer, ela mostrará quem você é e do que você é capaz. Freud diz que tudo é culpa da criança, Marx diz que tudo é culpa da classe opressora, mas eu acredito na filosofia hinduísta, que diz que tudo é responsabilidade nossa. Estamos onde nos colocamos, exatamente no lugar em que nos colocamos. E, do mesmo modo que nos colocamos nesse lugar, somos capazes de sair dele. A grande questão é: você vai dizer "sim" a seu coração? Vai abraçar seu destino? Vai mergulhar na grande aventura de estar vivo?

Rita seguia encucada, e eu, outra vez, decidi intervir.

— Eu me vejo conseguindo parar, pensar, sentir, refletir. Mas eu tenho sorte: uma irmã rica que pode me abrigar por um tempo, um trabalho que, se não é capaz de me pagar todas as contas, me dá algum dinheiro. E as pessoas que precisam trabalhar dez horas por dia para sustentar casa, filhos etc.?

Rita me olhou e sorriu, indicando que eu tinha feito a pergunta que ela gostaria de fazer.

— Entendo que a maioria das pessoas está nessa situação, por isso é tão importante que a transformação comece de cima, com os donos das empresas, com aqueles que controlam a vida de tantos outros — disse Peter. — Ao mesmo tempo, existem pessoas no meio do caminho entre a pobreza e a riqueza que não podem se dar ao luxo de parar, pensar e mudar de vida, pelo menos não de repente, *yes*? O que eu digo a essas pessoas, e a todas as outras, é para reservar um canto da casa. Pode ser um quarto ou um canto pequeno, faça dele um lugar sagrado para você. É ali que você vai meditar, orar e ficar em silêncio. Coloque livros que façam sentido, flores, coisas que tenham significado, imagens até. E todos os dias entre nesse lugar sagrado, *yes*? Então, medite e peça ajuda para a sabedoria universal, chore, ore. Aos poucos, você começa a acessar o lugar sagrado que há dentro de você. Acontece, pode acreditar. Mas é preciso dedicação, esforço e entrega. No momento em que alcançar um ambiente interno de paz e silêncio, você vai começar a usar isso em sua vida, a exteriorizar essa riqueza adquirida, a usar com outros, a não se deixar levar pela angústia nem pela ansiedade. Isso não quer dizer que você deixará de enfrentar momentos difíceis; eles sempre existirão, é você que reagirá de forma diferente a eles. Você não vai mais se dilacerar, não vai mais se desesperar. Tristeza, sim, e ela é ok, *yes*? Mas desespero e angústia, não, não mais, nunca mais.

Rita agora estava satisfeita, e eu também. Renata sorriu, Peter sorriu, todos sorriram. Renata pediu que escrevêssemos em um papel aquilo que achávamos que era nossa paixão, e o que gostaríamos de fazer da vida se habitássemos um mundo em que não houvesse necessidade de ganhar dinheiro.

Ficamos ali no chão, tentando colocar em palavras coisas que até então apenas sentíamos ou intuíamos. No meu caso, a tarefa não era penosa, porque eu sabia exatamente o que faria se não precisasse de dinheiro: escrever. Era, aliás, o que eu já fazia para ganhar dinheiro. Enquanto via meus colegas duelando com a questão, buscando a paixão deles, fechei os olhos e agradeci ao universo por saber tão cedo o que queria fazer da vida. Eu não tinha muito dinheiro, não tinha mais um grande amor, não tinha casa, estava com o coração dilacerado e sofrendo como nunca, mas havia motivo para ser grata. Olhei aquelas pessoas à volta e entendi como eram bonitas. Entendi que tinham ficado bonitas porque se permitiram sangrar e mostrar suas vulnerabilidades; vi quanta riqueza havia na coragem de se mostrar fraco. Entendi o que me disse o rapé a respeito de a gente virar um nada para poder, a partir daí, ser tudo. Peguei a caneta e, em vez de colocar minha paixão no papel, escrevi um texto para eles, ou por causa deles.

Terminei e fiquei deitada. Renata pediu que lêssemos o que havíamos escrito, e eu comecei a suar. Minha vontade era ler para eles, mas faltava coragem. Armando disse que poderia ler o dele, e todos os demais aparentemente estavam bastante tranquilos em relação a falar em público. Renata ajudava aqui e ali, fazendo perguntas que os encaminhavam ao lugar da paixão, da bem-aventurança. Era evidente que Renata se deixava levar pela intuição, era quase como se ela estivesse incorporada quando mergulhava na vida do outro para ajudar a enxergar a verdade, a paixão, a trilha da alegria. Eu a vi falar e percebi que ver um ser humano tão entregue era cativante e sedutor. Existe erotismo ao redor, em doses bastante altas, mas só podemos notá-lo em silêncio e mergulhados em certa paz. Quando todos acabaram de falar, Renata olhou para mim e disse:

— Falta você.

Tremendo, expliquei que não tinha feito o exercício, mas que tinha escrito um texto. Ela ficou emocionada e pediu que eu lesse. Notei que eu tremia, mas já não havia como escapar.

*Paola vive me metendo em roubada. Me levou para a Amazônia, me fez dormir em rede e comer grãos por quase uma semana. Tudo porque ela, me vendo sofrer pelo fim do relacionamento, sugeriu que eu fizesse um curso de autodescobrimento. "Nem fodendo", foi minha primeira reação, como de costume. Mas Paola é resiliente – ou não escuta muito bem o que eu digo – e voltou a falar no dia seguinte, no outro e no outro. Eu, de fato, não tinha muito a perder. Vagando pela casa de minha irmã até encontrar um lugar para morar, sem saber o que fazer da vida, sem entender muito bem quem eu era –, porque um relacionamento de dez anos acaba pregando essa troça na gente, na medida em que você se reconhece pelo olhar da outra pessoa e isso parece bastar –, decidi tomar coragem e encarar a aventura do autodescobrimento.*

*Lá fui eu para o curso na Amazônia. Cheguei e fiquei com a sensação de "primeiro dia de aula", esperando para ver quem seriam meus coleguinhas e com quem eu iria interagir. Seriam quinze dias de imersão. Seria, portanto, uma pancadona. E eles foram chegando, os meus colegas. Em questão de segundos, detectei perfeitamente quem eram aquelas pessoas e a roubada em que Paola havia me metido: tinha a fresca, o filhinho de papai, o chato, o pimpão, o mimado, a vítima, o capitalista egoísta, a falastrona, a reclamona... "Seriam dez longos dias", pensei.*

*Aí, o inimaginável aconteceu: começamos a sangrar e a nos dilacerar em público, nos entregamos uns aos outros e pudemos nos ver como de fato somos: crianças que tentam sobreviver e ser felizes neste mundo tão cheio de expectativas e tão cruel. As máscaras caíram uma a uma – a minha, inclusive.*

*Já no segundo dia ficou bastante evidente que estavam ali nove outras pessoas que, a despeito das aparências e das roupas quase todas muito finas e caras, lutavam uma batalha dura, entrincheiradas em suas crenças, vestindo fantasias de super-heróis que escondem nossa beleza e nossa força. Carcereiros de nós mesmos, amedrontados pela força dos sonhos que carregamos. Quando pude ver cada um deles de verdade, sem as máscaras, uma coisa incrível se deu:*

eu me apaixonei. Me apaixonei por todos. Me apaixonei pela história de cada um, pelas dores, pela tristeza, pela luta, pela sinceridade, pelas lágrimas, pelo pranto, pelo olhar e pela alma.

Se no começo éramos todos fodões e seguros de nós mesmos, tentando passar para o grupo de desconhecidos uma imagem sólida de sucesso e força, assim que o primeiro tirou a fantasia, os demais tiveram coragem de fazer a mesma coisa. Foi quando entendi que existe na vulnerabilidade um tipo de beleza que supera todas as outras. A perfeição não é sedutora por ser irreal, e no fundo a gente sabe disso. Numa época em que "ser feliz" virou commodity, em que Facebook e Instagram encorajam que compartilhemos todas as maravilhas e as riquezas de nossas vidas, estar desprotegido, indefeso e amedrontado são características desprezíveis. É fundamental parecer bem-sucedido, pleno e não ter dúvidas.

Enquanto eu enxergava aquelas pessoas ficando completamente vulneráveis na minha frente percebi que o amor nasce daí, porque é a dor que nos une e nos faz entender que somos partes de uma mesma coisa, feitos da mesma luz das estrelas. A experiência de estar vivo é sofrida e envolve inúmeras perdas, mas a recompensa é ter coragem para mergulhar em si mesmo, enxergar os lugares mais feios e sombrios que existem na gente e deixar que a criança amedrontada cresça e amadureça. Não é fácil, mas é importante. Morrer é doído, mas renascer é lindo, e essas viagens dentro de nós mesmos começam com a morte da pessoa que fomos. Quanta riqueza existiu naqueles dez dias, durante os quais me permiti sangrar e morrer em público. Como foi importante me enxergar fraca, vulnerável e cheia de medos. Como foi bonito me permitir ser ajudada.

Acho que a sensação de gratidão que terei por todos vocês vai nos ligar por muito tempo. Não sei o que vai ser da gente nem como enfrentaremos este mundo cheio de regras e julgamentos vestidos de nossos novos "eus", mas sei que vou amá-los para sempre.

Queria agradecer a meus companheiros de aventura pelo colo, pelo ninho, pelo carinho, pelo afeto, e pedir desculpas por ter recorrido ao julgamento precoce e covarde. Queria agradecer a oportunidade de enxergar com tanta clareza que somos feitos de uma mesma substância e que estamos tão profundamente ligados. Acima de tudo, queria pedir que vocês nunca se esquecessem de como são grandes, fortes e imperialmente lindos. Vocês são todos muito lindos.

Obrigada pela chance de me despir e me revelar para vocês. Que essa jornada seja gentil e doce com todos nós, porque chegou a hora de deixar para lá a vida que planejaram para a gente e de começar a viver a vida que nos espera.

*"A caverna na qual você teme entrar guarda os segredos que você busca"*, fomos lembrados aqui. Que tenhamos acessado nossas cavernas e voltemos de lá com o que vai nos engrandecer e agigantar. E que consigamos colaborar para a construção de um mundo onde sejamos, como pediu Rosa Luxemburgo, socialmente iguais, humanamente diferentes e totalmente livres.

Vocês são enormes, e vocês podem tudo, nunca se esqueçam disso nem dos dias que passamos juntos.

Quando acabei de ler, eu chorava de emoção; ao levantar a cabeça, vi que todos choravam também. Um a um, vieram me abraçar, e eu me permiti chorar ainda mais forte. Era a primeira vez em muitos meses que eu me sentia em casa e amada. Sem que pudessem me escutar, eu disse baixinho:

— Eu amo vocês, muito obrigada por tudo.

O dia seguinte foi de folga e preparativos: Renata avisou que teríamos uma festa, com música e cerveja. A possibilidade de tomar cerveja me encheu de alegria e, quando percebi, eu estava escolhendo que roupa usaria e animada com a chance de passar a noite dançando. Era, sem dúvida, uma novidade. Talvez a "nova eu" estivesse de fato nascendo. Quem sabe. Pensei em Tereza, mas não com mágoa nem raiva, apenas com carinho e afeto. Nossa história era linda, a despeito de talvez ter chegado ao fim; o fim de um ciclo não leva com ele a beleza, a beleza é um legado. Era hora de controlar as coisas que passavam em minha cabeça, e eu estava disposta a vencer essas batalhas, uma a uma. Fechei os olhos e agradeci ao universo por ter tido a chance de viver tudo o que vivi com Tereza e por ter amado alguém que me amou de volta.

A festa no meio da floresta foi linda, e dancei até quase duas da manhã antes de desmaiar na rede. Quando estava indo para o redário, pensei ter visto Paola beijar Peter encostada em uma árvore, mas, como já tinha tomado mais cervejas do que o recomendável, desconsiderei a imagem e fui me deitar.

# PARTE 3
# RENASCER

"A verdadeira liberdade está em educar o pensamento."
(David Foster Wallace, 1962-2008)

A operação para a retirada da mama direita de Simone correu bem. O câncer não tinha se espalhado, e os exames feitos durante a cirurgia não indicavam outros tecidos cancerígenos. Ela ainda teria que fazer radioterapia, mas o pior parecia ter passado. Estava pálida, fraca e completamente sem pelos, uma imagem que sempre causa algum transtorno, porque é evidente que se trata de uma pessoa com câncer – e a crueldade é que, para o mundo, a palavra carrega em si quase uma sentença, mas a ideia de que com a mastectomia começava a fase da recuperação animou a todas nós. Simone tinha enfrentado a químio de forma elegante e dinâmica: voltou a correr e insistia em fazer ioga mesmo nos dias em que o enjoo era mais forte. Quando saíamos para passear a pé pelo bairro, um passante desavisado talvez enxergasse uma mulher doente e a outra sã, mas jamais poderiam supor que a doente era eu.

No hospital, havia uma romaria de ex-namoradas – o que era uma dessas características altamente lésbicas –, mas apenas Lúcia e eu nos revezávamos durante vinte e quatro horas. Dois dias depois da cirurgia, eu estava sozinha com Simone no hospital lendo um livro na poltrona enquanto ela tirava um cochilo e não notei quando acordou.

— Como você tá? — perguntou, fazendo parecer que a recém-operada era eu.

— Melhor, eu acho… — respondi, fechando o livro. — E você?

— Nunca estive tão bem — disse e, me vendo rir, emendou: — É verdade. Nunca me senti tão viva.

— Que bom. Queria dizer o mesmo. — Como ela fechou os olhos e não falou mais nada, perguntei: — O que foi?

— Me dá uns segundos porque quero falar com você a partir do infinito. — Aquela era uma nova mania pós-câncer: Simone fechava os olhos e se concentrava antes de falar coisas que julgava importantes. Finalmente, ela pareceu alcançar o infinito e começou a falar:

— Eu te vejo nessa cadeira, meio zumbi, meio inacessível, e lembro que a experiência desse tratamento foi bastante simples comparada às dores das separações pelas quais passei. Se você quer mesmo saber, o câncer foi um presente. Faz mais de seis meses que convivo com ele e garanto que nunca me senti tão viva, bonita e feliz. Um dos presentes da doença foi a meditação. Depois do diagnóstico, mergulhei na prática; agora tenho certeza de que meditar três vezes ao dia me ajuda a aceitar a vida e a passar bem os dias mais complicados. A meditação me ensinou que emoções e pensamentos vêm e vão e que é o pensamento que prende a gente à emoção e à dor. Se você reconhece o pensamento e o libera para o mundo, você não se prende à dor. Deixar ir o que incomoda é uma lição importante. Penso nos seis meses de químio – se eu tive uma semana difícil, dias em que não conseguia levantar da cama nem sequer falar, com dores terríveis, foi muito. Sete dias ruins em seis meses não é uma média tão negativa. No restante do tratamento, fui muito feliz. Feliz porque só tive de verdade o gosto da vida quando senti o gosto da morte. Vou contar uma coisa que ainda não falei para ninguém: todos os dias que precisei ir para a químio eu passava alguns minutos me despedindo de tudo e de todos. Eu saía achando que talvez nunca mais fosse voltar e, sempre que eu voltava, mesmo fraca, enjoada e com dores, eu saía para uma caminhada de celebração à vida. Tinha dias que eu pulava pela rua. E me ver careca, ir a festas careca e arrumada e me sentindo linda, mostrar para as pessoas que essa doença é superável e que ela não precisa envergonhar, me agigantou. As coisas que acontecem na vida da gente e são aparentemente ruins sempre levam a gente para um lugar de engrandecimento. E, para aproveitar essa correnteza, é preciso apenas fazer uma coisa: aceitar. Nada mais. Quando a gente aceita, a vida nos leva para esse lugar maior. Então, eu a vejo aí meio largada, sinto sua melancolia, porque essa é uma dor que eu já provei, e penso que queria que você tivesse o gosto pela vida que tenho hoje. Sei que ele vai voltar para você, mas não vejo você o aceitar, não vejo você parar de lutar com o "por que eu? Por que comigo?" e mudar coisas fundamentais para sair desse lugar.

— Mudar o quê? — perguntei, querendo dicas. Eu estava a fim de mudar, mas não sabia por onde começar.

— Isso é você que vai ter que saber, eu não tenho como dizer. O que vejo é, ainda, uma mulher com medo de se disponibilizar emocionalmente a outras pessoas, como se apenas o ser humano forte fosse erótico. É exatamente o oposto: a perfeição não tem nada de sedutora, porque ela não é real, não é humana, e no fundo a gente sabe disso. O que seduz é a vulnerabilidade. Você vive de escrever e contar histórias e sabe que só é possível traçar o perfil de um personagem se você explorar as falhas, as fraquezas e os defeitos dele. A perfeição é um tédio, e ainda assim você tenta se exibir ao mundo como uma pessoa perfeita, que tem vergonha de qualquer fraqueza. Como é possível se apaixonar por uma pessoa perfeita, ou que se vende como perfeita? Quem pode se identificar com isso? Você é tão inteligente e, mesmo assim, capaz de atitudes tão estúpidas. E o mais cruel dessa atitude é que ela coloca você num lugar de vítima, como se as coisas ruins que acontecem em sua vida não tivessem nada a ver com você, fossem apenas infelicidades e injustiças cósmicas. É uma infantilidade. A gente está exatamente onde a gente se colocou. Ah, mas o câncer, o pé na bunda, a demissão, a falta de grana, a falta de um colo e outras situações não são escolhas nossas, você pode dizer. São, sim, se a gente partir do princípio de que a forma como vamos lidar com isso só depende da gente. Podemos nos vitimizar, claro, ou podemos aceitar e seguir. A dor é inevitável, mas o sofrimento é uma escolha. Todo mundo tem dezenas de motivos pelos quais pode se vitimizar, porque a vida é dura mesmo, mas o truque é nunca cair nessa. Ficar numa boa quando a vida está ótima é fácil, o bacana é ficar numa boa quando tudo degringola – e não dá para esperar que as coisas não degringolem uma hora. Degringolam, sim. É uma doença, é a morte de alguém que se ama, é o pé na bunda, é a demissão, é uma infinidade de coisas. E você só vai passar bem os dias ruins quando tiver coragem de olhar para dentro de você, encarar suas falhas e suas fraquezas, lidar com elas, entender quem você é e que tá tudo bem com a pessoa que você é. Eu vejo você aí, sentada, represando a dor, vendo a vida passar e com medo de se atirar nela, ignorando quem você é de verdade. Sei lá, acho que essas drogas que estão me dando ajudam a ter esses surtos de sinceridade, então achei que devia falar. E agora chega, porque vou voltar a cochilar. Se vira aí com tudo isso que eu disse que eu já nem lembro mais o que foi.

Simone fechou os olhos e eu voltei a ler, mas já não prestava mais atenção no texto e, sem que minha amiga percebesse, comecei a chorar.

Depois de três dias, fomos liberadas para ir para casa e fiquei com ela, dormindo no sofá da sala e assessorando a administração dos remédios, as trocas de roupa, banho e o curativo. Lúcia tinha que voltar ao trabalho, e Simone não podia se mexer muito nem usar o braço direito para nada, então fiz as vezes de enfermeira. Nunca levei muito jeito com coisas manuais, e era fácil eu me atrapalhar com a troca dos curativos, o que deixava Simone mal-humoradíssima. Eu gostava de vê-la brava, porque enxergava aquilo como um tipo de reação. Por causa da quantidade de remédios para a dor, de antibióticos, ela passou os primeiros dias ligeiramente grogue.

O momento da troca de curativos era sempre o mais tenso, porque Simone via o novo peito, colocado no lugar do que havia sido retirado, e a imagem parecia incomodar. O peito estava inchado e tinha uma cor estranha: um vermelho forte, com pontos roxos. Era natural que ele demorasse a adquirir formato e aparência de um seio normal, mas Simone não queria olhar para ele. Eu, que não percebia feiura porque enxergava apenas vida, não sabia muito bem como agir. Um dia, enquanto a ajudava a tirar a blusa para tomar banho, pedi que ela olhasse no espelho e encarasse o novo seio.

— Tá vendo esse peito ainda todo torto e inchado e disforme? — perguntei e, antes que ela pudesse dizer qualquer coisa, quem falou fui eu: — Então, ele é a marca de que você sobreviveu. Ele é aquele que diz: "Está tudo bem. Vamos seguir, eu vou com você até o fim". Ele é lindo, embora ainda esteja um pouco inchado e torto, e deveria ser recebido com sorrisos. Você precisa olhar para ele e agradecer. Aceita esse peito, porque ele agora faz parte de você e vai para sempre contar uma história de superação.

Simone me olhou com uma expressão estranha e, então, disse:

— Você e sua psicologia barata não vão me convencer. Você se acha boa com as palavras, mas não para cima de mim. Eu te conheço. Tá foda esse pós-operatório, tomar esses mil remédios, não conseguir me mexer, esse incômodo generalizado. Sei que vai passar, que vou melhorar, mas hoje tá foda. Olha o tamanho do meu braço! Tá inchado, parece a sua coxa. — Simone sempre achou minhas coxas grandes demais, mas entendi que não era hora para defender minhas coxas. — Dói, incomoda, tá ruim. Então acaba de me trocar e me deixa ficar um pouco quietinha e sozinha.

Fiz o que ela pediu, mas sabia que minhas palavras tinham sido registradas de alguma forma. E, de fato, os dias que se seguiram foram menos tensos; ela reagiu melhor à dor e ao incômodo. Ou eu quis acreditar que meu discurso havia surtido efeito.

Para entretê-la, especialmente quando sentia muita dor, eu contava as coisas que vivi na Amazônia. Ela estava feliz por me ver mais forte, mas achava que era um efeito meio *doping* que, dizia, era natural nessas investidas de autoajuda. Eu sabia que talvez ela estivesse certa, mas evitava pensar na recaída.

Ir embora de Alter do Chão foi difícil porque, ao ficar outra vez isolada com meu celular, percebi como ainda dependia das mensagens da Tereza. Para piorar, voltei sozinha no voo; Paola tinha ficado em Alter e seguiria de moto até o litoral com Peter, e todos os demais tinham ido no voo da manhã. O beijo que vi entre eles não tinha sido miragem, e os dois decidiram que uma aventura de moto pelo Brasil seria o final perfeito para aqueles dias de reclusão. Paola me preocupava, porque esse jeito destemido e quase inconsequente de levar a vida poderia causar estragos, mas quem era eu para julgar? Vai ver ela estava dizendo um sonoro "sim" às batidas do coração, e Peter era, definitivamente, diferente dos malucos com quem ela já havia ficado. Paola me explicou que a história deles era de vidas passadas e que Peter tinha saído da Califórnia para encontrá-la, que os dois se reconheceram no primeiro dia, mas ficaram receosos de falar sobre isso. Outra vez: quem sou eu para duvidar de histórias de vidas passadas e amores à primeira vista? Ela estava feliz, ele estava feliz, eu só podia ficar feliz por eles.

Sozinha no avião antes da decolagem, resolvi pegar o celular. Bastou ligá-lo para que as mensagens de Tereza se acumulassem na tela. Ela dizia que sentia a minha falta, que não sabia por que estávamos longe, que não tinha certeza se deveríamos continuar separadas, que a vida sem mim não tinha tanta graça, que me amava... Ao mesmo tempo, em nenhum momento eu li algo como "volta para casa" ou "volta para mim".

Da mesma forma que eu gostava de saber que ela ainda não tinha me esquecido, achava que, se ela realmente me quisesse, os recados seriam contundentes; Tereza era firme com as coisas que desejava, sempre foi. Não respondi, até porque logo escutei o aviso de portas em automático.

Ficar longe dela já não era tão penoso ou sofrido, mas, assim que uma mensagem chegava, eu voltava ao comportamento típico e me via outra vez como a criança abandonada, carente, dependente. Eu respondia de forma mais fria, mas ainda haveria noites em que desmoronaria e responderia chorando, me mostrando outra vez incapaz de viver sem ela. Os momentos de força eram mais longos do que os de fraqueza; mesmo assim, os de fraqueza estavam ali, e nasciam muitas vezes a partir de um contato dela.

Numa noite durante o pós-operatório de Simone, já em casa, eu tomava uma taça de vinho com Lúcia enquanto Simone cochilava no sofá, e expliquei o que estava sentindo e disse que tinha medo de ter uma recaída. Não tinha dúvida em relação a meu amor por Tereza, porque eu achava que ele era o mesmo de antes, mas em relação a minha dependência dela, do olhar dela, da legitimidade que ele me oferecia. Expliquei que não queria mais depender disso para existir, que tinha visto uma fresta de esperança de uma vida sem essa necessidade de ser legitimada pelo outro, que queria ser capaz de escancarar essa porta e entrar nesse ambiente para ver o que havia lá dentro, imaginando que pudesse encontrar plenitude e paz de espírito.

Lúcia e eu não nos conhecíamos bem, porque o namoro delas tinha começado quando eu já estava morando em Nova York, mas não demoramos a ficar amigas, até porque compartilhávamos de um mesmo amor e de uma mesma dor – e poucas coisas são capazes de unir mais duas pessoas. Lúcia quis saber se eu já tinha ficado sozinha na vida, e eu expliquei que não, que passava de um relacionamento a outro e que era a primeira vez que me via, de fato, por minha própria conta.

— Quero saber se você já ficou sozinha mesmo. Se já viajou sozinha, se já passou um tempo isolada das pessoas, esse tipo de coisa.

Eu nunca tinha feito nada parecido nem me imaginava fazendo. Eu era medrosa, não gostava de dormir sozinha, tinha até certo medo do escuro, embora escrever isso soe altamente infantil, e não acreditava ser necessário passar por esse tipo de coisa na vida.

— Acho que te faria bem ficar sozinha agora. Sozinha mesmo. Longe de todos, pensando no que passou. Eu fiz isso uma vez, e foi lindo. Caso interesse, posso te oferecer uma cabaninha que minha família tem no sul de Minas. Quase ninguém vai pra lá hoje, meu pai não vai desde que ficou doente e minha mãe não vai sem ele. É um lugar lindo, mas tem pouca estrutura. Em compensação você fica no topo do mundo, vê um oceano de montanhas para todos os lados, tem uma hortinha, uma vaca, galinhas.

Um rapaz que mora com a família no terreno colado cuida da terra e da casa quando não estamos. Ele seria uma ajuda para você se familiarizar com o lugar. A casa fica a dez quilômetros do vilarejo mais perto, mas é supersegura. Se quiser, está à disposição.

Enquanto Lúcia descrevia o lugar, eu me imaginava seguindo para o lado contrário. Cabana, mato, vilarejo, falta de estrutura, galinhas, vaca, solidão absoluta... Tudo soava como um convite para que eu não fosse. Sem conseguir explicar a ela que mato, insetos e solidão não me caíam bem, ainda mais combinados, agradeci e disse que ia pensar.

Os dias se passaram, Simone continuava melhorando e Tereza seguia me mandando mensagens dúbias de amor, ou assim eu as interpretava, e eu não sabia o que fazer da vida. A prioridade, que era ajudar na recuperação da Simone, estava quase cumprida. E a partir daí? Voltar para a casa de minha irmã? Procurar emprego? Tentar resgatar meu relacionamento? Todas as vezes que eu me entregava a pensar no futuro, uma enorme angústia me consumia; com grande egoísmo, até a melhora da Simone me causava certa tristeza, porque cuidar dela era o que me mantinha ativa e ocupada. Pensei se não estaria transferindo a dependência do amor de Tereza para a necessidade que a Simone tinha de mim naquele momento. Sem isso, o que eu faria? Eu estava imperialmente sozinha e não havia como escapar dessa verdade.

Então, me passou pela cabeça ir para a roça na casa da Lúcia. Lá eu não precisaria dar satisfações a ninguém, não teria que me explicar, procurar emprego, não haveria sequer sinal de celular para esperar que as mensagens de Tereza chegassem e eu passasse horas interpretando-as. No meio do mato, meu fracasso estaria escondido. O que eu tinha a perder? Camuflar meus insucessos do mundo não era uma ideia ruim – nem que para isso eu enfrentasse bichos com asas e antenas e dormisse sozinha.

E foi num ímpeto, vendo Simone bem melhor e quase não mais dependente de meus cuidados, que informei a Lúcia que aceitaria passar um tempo na cabana no meio do mato. Ela adorou a notícia; Simone duvidou que eu tivesse coragem; minha irmã pediu que eu consultasse o rabino; Tereza disse que se sentiria mais segura se eu desse um pulo em algum terreiro e falasse com uma mãe de santo; e minha mãe disse que não estava certo e que ela tinha muita dificuldade em entender as coisas que eu fazia da vida. Em menos de uma semana, sob protestos gerais, parti.

O roteiro me mandava ir de ônibus até uma cidadezinha chamada Gonçalves, a três horas de São Paulo; de lá, pegar um táxi que me levaria à casa dos pais da Lúcia – seriam mais de dez quilômetros numa estradinha de terra, morro acima. No ônibus, rumo ao sul de Minas, eu me senti como se tivesse comprado ingresso para ver uma apresentação de Jerry Seinfeld ou entrado num filme de David Lynch. Nada daquilo fazia sentido: eu estar sozinha, a caminho de uma cabana no meio da serra da Mantiqueira, não saber nada sobre meu futuro – ainda que a incerteza seja a melhor definição de futuro. Quem sabe o que vai acontecer daqui a dois minutos? Mas nessa época eu ainda achava que era possível ter controle sobre coisas externas, e buscava exatamente isso.

Fiz a viagem chorando e chorei mais ainda quando cheguei a Gonçalves. Era um microvilarejo. Havia um supermercado, talvez dois, uma vendinha de frutas e verduras, talvez duas, um posto de gasolina, talvez dois, alguns poucos lugares onde almoçar, uma praça, uma igreja, um coreto, uma delegacia. Pensei em vagar pela cidade, mas já estava escurecendo e achei melhor procurar o táxi que me levaria à cabana, porque Lúcia me disse que a estrada era bastante ruim e podíamos atolar se chovesse. Ela também me orientou a dizer que o endereço era o sítio do seu Marcel, no Onças. Onças era um bairro que tinha esse nome porque houve uma época em que havia onças por ali, informação que não me ajudava a relaxar. O amigo do pai de Lúcia, Arnaldo, já sabia que eu chegaria e, se tudo desse certo, estaria me esperando.

A estrada de terra era de fato horrorosa e íngreme. A cabana estava a quase dois mil metros de altura. Quanto mais rodávamos, mais remoto o lugar ficava. Olhando pela janela e vendo apenas mato e gado, lembrei-me de Jacinto, personagem criado por Eça de Queirós em *A cidade e as serras*, um homem apegado à cidade e encantado com toda a modernidade oferecida pela Revolução Industrial (Jacinto viveu no final do século xix):

"Que criação augusta a da cidade!", disse ao amigo Zé Fernandes. "Só por ela, Zé Fernandes, só por ela pode o homem soberanamente afirmar sua alma! Só o fonógrafo, Zé Fernandes, me faz verdadeiramente sentir a minha superioridade de ser pensante e me separa do bicho. Acredita, não há senão a cidade, Zé Fernandes, não há senão a cidade!".

Naquele carro que chacoalhava doidamente, eu me sentia como Jacinto: só a internet me faz verdadeiramente sentir minha superioridade de ser pensante e me separa do bicho. Não havia ali internet nem sinal de celular. Que puta roubada.

Cheguei minutos antes do pôr do sol, e Arnaldo estava de fato me esperando. Tinha uns quarenta anos, talvez nem isso; era bonito, corado e forte. Havia perto dele três crianças e dois cachorros. O táxi me deixou na porteira, e Arnaldo, depois de estender a mão para me cumprimentar, pegou minha mala para levá-la à cabana. Fui apresentada a Carolina, Larissa e Mel, suas filhas – de cinco, sete e nove anos –, e a Cora e Mila, as cachorras, duas vira-latas inquietas que teimavam em pular em mim com as patas sujas. A cabana ficava afastada da porteira, e andamos alguns minutos até chegar à casa, que não era tão rústica como imaginei. Havia lareira, um quarto grande, uma sala confortável, uma boa mesa onde imaginei que poderia escrever, embora não tivesse nada para escrever, e uma cozinha integrada que pareceu razoável. Era pequena, mas era arejada, tinha janelas enormes que permitiam ver a vista de qualquer ponto e um deque lindo que dava para as montanhas. Arnaldo colocou minha mala no chão e perguntou se eu precisava de alguma coisa. Minha vontade era dizer que eu adoraria ter outro grande amor e, quem sabe, um emprego que me rendesse o mínimo necessário para morar em São Paulo, mas me contive e disse que não precisava de nada. Agradeci a gentileza de me levar até a casa, e ele perguntou se eu queria ficar com as cachorras. Essa era, de fato, a última fronteira para mim. Eu nunca tive cachorro, não gostava da carência deles e, por isso não queria de forma nenhuma, ficar com aquelas duas, que me pareciam imundas. Disse apenas que não, obrigada. Arnaldo sorriu e me deu boa-noite. Não eram nem seis da tarde, mas eu estava perto de saber que às seis da tarde na roça já podemos desejar boa noite.

Levei algumas garrafas de vinho; no mais, pretendia comer a comida da terra, porque Lúcia me disse que havia ali uma horta que tinha de tudo um pouco e que Arnaldo era caçador e sempre tinha carne para oferecer – isso sem falar dos ovos, que eram cortesia das muitas galinhas que ficavam andando soltas no terreno.

A cabana tinha um frigobar; nele, já havia ovos e um pé de alface lavado deixados pela mulher de Arnaldo, Adriana, que eu ainda não havia conhecido. Vi que no galheteiro tinha um azeite pela metade, um vinagre quase no fim e sal. Peguei um papel e anotei algumas coisas que precisaria comprar no vilarejo. Imaginei que Arnaldo iria até lá alguma hora e que eu poderia acompanhá-lo. Lúcia disse que ele tinha um fusquinha vermelho de 1969 que era lindo e funcionava bem, que dava conta de subir e descer aquela estrada. Me contaram que o carro tinha um apelido e que deveria ser chamado de Margarida, exigência da pequena Mel.

Fui para o deque com uma taça de vinho e fiquei olhando para aquela cadeia de montanhas à frente, já quase que totalmente sem iluminação, porque o sol partira havia pouco. O sinal de celular era fraco e havia apenas alguns pontos onde ele funcionava. Isso me deixava igualmente aflita e aliviada. Aflita, porque estava sozinha no meio do mato e talvez precisasse pedir ajuda; aliviada, porque não passaria muito tempo esperando Tereza fazer contato.

Do deque eu podia ver a casa de Arnaldo, e isso me dava certa paz. Ele estava ali, havia uma luz acesa, e imaginei que, diante daquele silêncio absoluto, se eu gritasse, ele escutaria. Pensei que devia ter combinado com ele isso: um tipo de grito que o faria correr até a cabana para me salvar. Enquanto tomava um gole de vinho, fiz uma anotação mental: falar sobre o grito com Arnaldo no dia seguinte.

A noite estava estrelada, e o céu, inundado de pontos luminosos; como era uma noite sem lua, as estrelas ficavam ainda mais poderosas, como um grupo de adolescentes quando a mãe se ausenta por algumas noites. Mariposas tentavam entrar na cabana atraídas pelas luzes, então apaguei as da sala e vi o céu ainda mais iluminado. Estranhamente eu não estava com medo, embora tenha feito um pequeno escândalo quando uma mariposa veio para cima de mim. Deixei meu celular em um dos únicos pontos da casa que recebia eventualmente algum sinal, que era na janela do quarto, e prometi a mim mesma que não conferiria o aparelho de dez em dez minutos. Além de vinho, levei na mala alguns livros e meu computador, e era isso o que eu faria enquanto estivesse na montanha: ler e tentar escrever. Esperava que assim eu pudesse pensar na vida, entender o que gostaria de fazer com ela, onde iria morar, como iria ganhar dinheiro. Desde a Amazônia, não havia em mim a angústia de antes – nem em relação a dinheiro nem tanto em relação a Tereza –, e sem angústia ficava mais fácil pensar e sentir. Ainda eram os dois maiores problemas de minha vida – a falta de grana e a falta de Tereza –, mas já não me faziam suar, tremer, me desesperar. Alguma coisa em mim achava que eu seria capaz de superá-los, ainda que nada de lógico ou racional indicasse isso.

Fiquei ali no deque pensando nessas coisas, escutando o que parecia ser o barulho das cigarras e olhando aquela imensidão à frente. Que sábia decisão eu tinha tomado. Que lindo ter coragem de ficar sozinha no mato. E que lugar mais encantador me fora oferecido. Quando o vinho começou a fazer efeito, entrei e me deitei no sofá. Sem perceber, peguei no sono e acordei com um barulho medonho chacoalhando a casa.

Uma chuva de raios e trovões transformou o cenário de paz e tranquilidade; a cena passou a ser de terror e calafrios. A noite ainda estava densa e corri até o celular, na janela do quarto, para ver que horas eram: duas e quarenta e seis. De onde veio aquela chuva, se o céu era apenas estrelas? A impressão era a de que a casa seria arrancada do chão e arremessada montanha abaixo. O barulho dos vidros batendo era apavorante. Por que colocar janelas tão grandes na casa? O vento, que era um tufão, ou muitos tufões, iria quebrá-las. Comecei e tremer e pensei em ir à casa de Arnaldo pedir abrigo, mas o vento não deixava sequer que eu abrisse a porta da casa.

Podia escutar os cachorros latindo, ou uivando, o que só conferia ainda mais terror ao momento. Os raios davam uma cara de dia à noite, e eu imaginei que eles me fariam ver um rosto do lado de fora da janela, como nos filmes de terror. Então, o impensável aconteceu: a luz acabou. Sozinha no breu, escutando os barulhos mais apavorantes que já havia escutado, achei que fosse desmaiar, mas meu instinto de sobrevivência me fez abrir gavetas procurando velas. O celular estava carregado e a lanterna dele era minha boia salvadora. Onde estariam as velas daquela casa? Será que havia velas? Enquanto isso, a chuva aumentava e os trovões faziam os cachorros enlouquecerem em uivos. Será que a cabana tinha para-raios? Se não havia velas, como sonhar com o para-raios? Nada como o apocalipse para colocar as coisas em perspectiva. Que ideia tosca me isolar numa cabana no meio do mato... Eu não tinha estrutura, a cabana não tinha estrutura, a região não tinha estrutura. Eu não duraria um dia ali, ou uma noite, e foi a decisão mais fácil da vida saber que eu deveria ir embora no dia seguinte – no caso de eu sobreviver. Paciência o que todos falariam, eles estavam certos: eu não dava conta de ficar sozinha no mato. Estava na hora de eu me aceitar como era: infantil, incapaz de ganhar dinheiro, fraca, medrosa. Quem me amasse deveria me amar desse jeito. Um trovão sem precedentes na história do mundo fez a casa chacoalhar e eu chorar. De medo. De pânico. De solidão. De fracasso. De vergonha.

Foi uma ilusão achar que eu estava mais forte depois da Amazônia. Eu era a mesma incapaz de sempre, que não sabia ficar sozinha. Foi uma tempestade que trouxe a verdade à tona.

Derrotada, deitei no chão em posição fetal e chorei. Chorava e falava, pedia a Deus que aquela chuva parasse, que o vento parasse, que os trovões e raios parassem, que a luz voltasse. Pedi perdão por minhas fraquezas, minha insegurança, meus medos. E pedi ajuda. Pedi que me fizessem passar por aquela tempestade, que me ajudassem a sobreviver, que me ajudassem a voltar para São Paulo no dia seguinte, que me ajudassem a ser adulta. "Eu preciso de ajuda, por favor, eu preciso de ajuda." Não havia mesmo mais nada a fazer a não ser pedir ajuda ao universo. Éramos ele e eu ali, e ele estava decidido a mostrar como era mais forte e poderoso do que eu. Portanto, se eu era incapaz de me ajudar, apenas ele poderia me ajudar. Comecei a chorar ainda mais alto, mas não tinha ninguém para escutar meu pranto.

Eram quase cinco da manhã quando a chuva passou. Eu ainda estava encolhida no chão e pude ver que o dia começava a clarear. Estava exausta, de chorar e de gritar, e o sono me invadiu. Não conseguia sair do chão e decidi ficar ali mesmo. Fechei os olhos e, de repente, o galo desandou a cantar; os passarinhos, idem. Devia haver quatro milhões de passarinhos à volta, porque o canto não parava um segundo. Outro bicho cujo barulho eu nunca tinha escutado também falava alto e histericamente (eram seriemas, eu descobriria depois). Mesmo completamente exausta, era impossível dormir com uma algazarra dessas: as manhãs no mato eram mais barulhentas do que as manhãs na esquina da primeira avenida com a rua catorze em Nova York.

Às seis e meia, eu desisti de dormir e me levantei do chão. Fui até o deque e vi Arnaldo e Adriana na porta da casa deles. Pensei em gritar, mas já não tinha mais o que dizer a eles. Eu estava viva, a cabana não tinha levantado voo, a luz tinha voltado. Fiquei feliz por não ter desfeito a mala, assim não teria que refazê-la para ir embora. O plano era tomar uma xícara de café, sacudir de mim a noite de terror e ir para a cidade esperar um ônibus que me levasse de volta a São Paulo. Imaginei que haveria mais de um por dia, mas, se houvesse apenas um, eu não queria perdê-lo. Passar mais uma noite naquele lugar era inimaginável.

Havia pó de café no frigobar, e eu acendi o fogo para esquentar a água. Café era uma das poucas coisas que eu sabia fazer na vida. Arnaldo seguia para a horta, que ficava entre a cabana e a casa dele, e eu acenei indicando que gostaria de falar com ele. Quando ele chegou, eu estava tomando café e ofereci uma xícara. Ele recusou e, antes que eu dissesse qualquer coisa, perguntou como dormi. Não quis parecer medrosa, então disse que tinha até conseguido dormir um pouco, apesar da chuva. Evitei falar em coisas como apocalipse, sensação de morte, desespero e terror. Disse apenas que um trabalho tinha surgido e eu precisava voltar a São Paulo ainda naquele dia. Arnaldo sorriu antes de me dar a pior notícia de todas:

— Foi uma tremenda tempestade. Caíram muitas árvores, pedras e barrancos; a estrada está interditada. Não acho que você consiga sair daqui hoje. Aliás, nem nessa semana. A última vez que aconteceu isso precisamos de máquinas da prefeitura para fazer a estrada voltar a ficar transitável, e lá se foram dez dias.

Meu coração tinha parado de bater, mas eu ainda estava viva.

— Como faço para ir embora? Eu preciso ir embora!

— Não tem como. A não ser que você queira ir pelo mato, andando. É uma pirambeira, demora umas três horas para chegar à cidade. Eu não recomendo — disse ele.

Aquilo era uma tragédia. Eu teria que ficar ali. Teria que passar mais noites ali. Sozinha. Com aqueles bichos, aqueles barulhos, a possibilidade de a luz acabar, meus medos, meus novos medos.

Sem saber o que fazer, disse a ele que estava sem alguns mantimentos e que, mesmo se decidisse ficar (e essa não me parecia ser uma decisão verdadeiramente minha, ainda que eu tentasse fazer soar assim), precisaria de coisas como azeite, café, vinho, vela... Minha vontade era gritar "vinho e vela!", porque, se era para sobreviver a mais algumas noites ali, eu necessitava de quantidades enormes de vinho e de vela. De qualquer maneira, incluí outras coisas na lista para não soar como uma alcoólatra com medo do escuro.

Arnaldo disse que a pé ele conseguiria ir até outro vilarejo ali perto. Não havia muitas opções, porque era praticamente uma rua, uma praça e uma igreja, mas ele achava que conseguiria voltar com as velas e com o azeite. Eu pedi que ele me trouxesse, por favor, alguma bebida – poderia ser qualquer uma, porque a intenção era passar os próximos dias dopada, mas isso eu não disse. Ele explicou que poderia ser cachaça, e eu respondi que estava ótimo. Agora, de verdade, tanto fazia. Ele disse que me traria assim que desse e, logo depois de pegar o dinheiro, ele saiu.

    Corri para o celular, que já estava outra vez na janela do quarto, mas não havia nem um fiapo de sinal. Eu estava em um filme de terror. Lembrei-me da meditação dos chacras que Renata ensinou na Amazônia e decidi fazer para ver se me acalmava, mas, antes que eu começasse, Adriana apareceu me trazendo coisas da horta e do pomar: alface, agrião, azedinha (que tem bastante na região), abobrinha, batata, cenoura, beterraba, maçã, pera, ovo, leite e um queijo branco que ela havia feito especialmente para mim. Era tipo uma feira na porta de casa. Agradeci e a ajudei a guardar as coisas enquanto me apresentava. Adriana era bonita, tinha um rosto forte. Os olhos eram cor de mel, e ela sorria um sorriso que me deixava à vontade. Sorrir, esse gesto tão simples, pode mudar um ambiente, embora na Amazônia o sorriso de Valentina tivesse apenas me irritado.

    Falamos da chuva, dos raios e dos trovões, e eu consegui dizer que senti medo. Ela explicou que os ventos eram normais em dias de muita chuva, mas que a tempestade da noite anterior tinha sido mesmo mais forte que a média.

— Por aqui, quando chove assim, a gente festeja, porque o tempo tem andado seco demais e as plantas e árvores precisam de água, sem falar nas nascentes. Graças a Deus choveu desse jeito. Foi uma coisa linda de Deus essa chuva.

    O que ela conferia como graça de Deus eu creditava ao diabo. Com isso, pude ver como enxergávamos as coisas de um jeito diferente. Adriana disse que eu poderia chamá-la se precisasse de alguma coisa e foi embora. Assim que ela saiu o telefone apitou e eu corri para ver. Era Simone. "Manda notícias. Sua mãe está histérica querendo saber se você chegou e por que não deu notícias."

    Minha mãe sempre teve isso comigo: ela precisava saber se eu havia chegado aos lugares. Quando eu era adolescente, ela ligava para a casa de meus amigos para saber se eu tinha chegado. Não existia celular, e eu morria de vergonha quando vinham me dizer que ela estava ao telefone.

Ela chegou a ligar para festas para perguntar ao pai ou à mãe do aniversariante se eu estava ali. Uma dessas ocasiões me traumatizou.

Eu devia ter uns catorze anos e estava dançando na sala quando uma amiga chegou esbaforida e disse que minha mãe estava lá. Eu perguntei se estava lá de corpo presente, e a menina, que já tremia, balançou a cabeça dizendo que sim. Como eu tinha ido à festa com o pai dessa amiga e tínhamos chegado fazia menos de meia hora, sabia que ela não estava ali para me buscar. Eu fiquei em pânico e saí para ver se era verdade. E lá estava ela, encostada no Opala azul metálico (meu pai que escolheu essa cor), de braços cruzados, esperando eu aparecer.

— Por que não ligou para avisar que chegou? — disse, com a voz séria.

Em volta de mim, meus amigos olhavam a cena em estado de semichoque. Por misericórdia ela deixou que eu ficasse, mas disse que, da próxima vez, me arrancaria da festa. Disse alto, para que todos escutassem. Voltei cabisbaixa para o salão. Foram anos de deboche na escola, e sempre que havia uma festa diziam para eu convidar minha mãe.

Traumas são eventos que acumulamos ao longo da vida e, mesmo sem saber direito como começaram, recebemos as mesmas respostas de nosso organismo com o passar do tempo. Então, sem pensar muito, aproveitei o sinal do celular que naquele instante era bastante bom – realmente não entendo por que o sinal vai e volta, mas, diante de todas as coisas que não entendo na vida, essa eu escolho ignorar – e liguei para minha mãe a fim de avisar que tinha chegado e explicar que fazer contato seria uma coisa esporádica, por causa do lugar onde eu estava e da falta de estrutura. Ela não gostou muito de saber disso e perguntou por que eu tinha que me isolar desse jeito. Não havia resposta simples, então eu disse que o sinal estava falhando e quase desliguei na cara dela.

Resolvi desarrumar a mala, já que nos próximos dias não poderia sair dali, e quando acabei percebi como estava cansada e faminta. Fiz um ovo mexido e fui me deitar um pouco. Dormi por algumas horas até ser acordada por Arnaldo, que me trazia as compras. Tinha azeite, café, arroz e duas garrafas de cachaça. A cachaça, mais as garrafas de vinho que eu ainda tinha, daria conta de me manter dopada até liberarem a estrada.

Almocei tarde e, depois, resolvi andar pela propriedade. O lugar era grande e havia uma pequena floresta, que eu podia ver do deque da casa. Na entrada da mata, pendurado em uma árvore alta, um balanço. Comecei a me balançar. Eu sempre adorei balançar, e esse balanço era especialmente bom, porque ao ir para a frente ele me dava a impressão de que eu decolaria pelas montanhas. O terreno era lindo, e a vista, estonteante. Cora e Mila chegaram correndo de algum lugar e pediram carinho; eu fiz com a ponta dos dedos, porque elas estavam imundas. Ambas eram muito bonitas e simpáticas, mas o cheiro que saía delas me desanimava. Pensei que poderia dar um banho nas duas no dia seguinte, e a ideia de ter algo para fazer me empolgou. Fui passear na mata e elas foram comigo, correndo ora na frente, ora ao lado. Elas me mostravam caminhos e eu as seguia. As árvores eram muito altas, deviam ter centenas de anos. O que já teriam visto ali? Pelo que já teriam passado? Quem já as teria tocado? Quem em seus troncos já teria se recostado? Andamos bastante tempo pela mata e, antes de subir para a casa, resolvi visitar Arnaldo e agradecer mais uma vez pelas compras, pelo queijo e pelas coisas da horta. Eles estavam na sala enquanto Adriana fazia o jantar. Pediram que eu entrasse e, mesmo sem jeito, não recusei. Na parede da sala, a imagem de uma índia posando para a câmera me chamou a atenção. Era uma mulher bonita, tinha os olhos pintados com uma espécie de máscara e uma expressão desafiadora. Alguma coisa nos olhos dela me era familiar, e eu entendi, um pouco perturbada, que eram muito parecidos com os de meu pai – portanto, também com os meus: o desenho, a cor, certa expressão familiar.

O quadro era grande e o único na sala.

— Quem é? — perguntei enquanto me sentava numa poltrona a convite de Arnaldo.

— Minha avó — disse ele. — A mulher que me criou — completou, orgulhoso.

Soube que seu nome era Muria-Ubi; ela tinha nascido numa tribo no interior de Pernambuco, mas se casou com um homem branco e se mudou para a serra da Mantiqueira. A mãe de Arnaldo, Ligia, morreu logo depois de dar à luz a ele, que era o caçula de cinco irmãos. Por isso, Muria-Ubi criou sozinha os seis netos, todos homens, porque seu marido também morreu cedo. O pai de Arnaldo era um bêbado imprestável que foi colocado da porta para fora por Muria-Ubi logo depois que Ligia morreu, e Arnaldo nunca mais o viu.

— A vó dele é uma lenda aqui na região — disse Adriana enquanto fazia o feijão, que já cheirava muitíssimo bem.

Só me restava perguntar o porquê, e essa era a deixa para Arnaldo falar. Mel, Larissa e Carolina se ajeitaram no sofá de dois lugares já sabendo o que estava por vir. Arnaldo se levantou da cadeira de palha e serviu dois copos de cachaça. Me deu um, voltou a se sentar e começou a contar.

— Minha avó viveu para criar meus irmãos e eu. Ela morreu uma semana depois de meu casamento com Adriana, deixando claro que tinha feito seu papel, e depois me deu para os cuidados da Adriana. — Os dois riram quando ele disse isso. — Ela morreu de morte morrida, dormindo, sorrindo, aos setenta e dois anos. Eu era o caçula, então passei mais tempo com ela do que meus irmãos, que saíram de casa antes. Ela me educou, me ensinou a ler e a escrever; eu nunca fui para a escola, fiquei com ela até o dia em que me casei. Ela me falava das coisas da vida e da morte, me contava histórias de índios, da floresta e dos animais. Meu avô deixou essas terras aqui para ela, e ela deixou tudo para mim, mas me fez jurar que eu nunca venderia, porque ela não entendia como alguém podia vender terra. "Era como vender o ar e o mar", ela dizia, "e vender o ar e o mar não faz sentido". Ela me disse também para esquecer que eu tinha terras, porque ninguém de fato pode ter a terra, assim como os rios ou as montanhas ou o ar, e disse que eu nunca devia impedir alguém de entrar ali, que devia hospedar quem pedisse abrigo. Quando o Marcel comprou a terra ao lado da nossa, ela foi falar com ele e voltou feliz, porque era um homem que pensava como ela e que queria apenas erguer uma cabana e viver no mato. Ela, ele e a mulher do Marcel, Laura, se deram bem de cara, e quando ele pediu que a gente tomasse conta da cabana dele minha avó sabia que era o que deveria fazer. Nunca houve divisão entre os terrenos e eu não sei direito o que é do Marcel e o que é nosso, mas tanto faz, o importante é que nos encontramos aqui, estamos juntos, e você é bem-vinda — Arnaldo disse isso, ergueu o copo de cachaça e fez um brinde.

— Muria-Ubi deixava a porta da casa sempre aberta — disse Adriana, enquanto cortava batatas apoiando a sola do pé direito na parte lateral do joelho esquerdo, formando com as pernas um "quatro". — E todos eram convidados a entrar e papear. Gente de tudo que é canto vinha saber o que ela achava disso ou daquilo. Guardo comigo coisas que ela disse e que jamais vou esquecer. Lembro que um dia, eu ainda nem namorava Arnaldo, entrei nessa casa, que na época era dela, e disse que estava com uma angústia no peito que não sabia de onde vinha. Meu pai tinha acabado de morrer e eu tinha umas crises de falta de ar. Muria-Ubi me disse para respirar sem pensar em mais nada, apenas sentindo o ar entrar e sair. Ela disse que essa troca, o ar que sai da gente para que as árvores vivam, e o ar que entra na gente vindo das árvores, é a base de toda a vida na Terra. Ela me explicou a importância de a gente compartilhar as coisas, que toda vida dependia desse primeiro e enorme ato de compartilhamento entre as plantas, as árvores, as florestas e a gente. Que o que não nos servia era a vida das coisas verdes, e o que eles eliminavam era nossa vida. Ela disse: "Coloca o ar para dentro e depois para fora, com calma, pensando que a cada vez que deixar o ar sair você dá vida àquela árvore ali e que ela também vai respirar e fazer a mesma coisa para dar vida a você". Eu nunca mais me esqueci disso, da grandiosidade dessa troca que fazemos a cada segundo. Uma coisa tão pequena e tão fundamental. Na escola, aprendi sobre o oxigênio que as árvores liberam quando respiram, e sobre o gás carbônico que a gente libera ao expirar, mas, quando Muria-Ubi apresentou o processo desse jeito, a troca ganhou colorido. É um ensinamento simples, mas que mudou minha vida. Nunca mais inspirei e expirei sem, pelo menos algumas vezes ao dia, ter essa consciência. E nunca mais deixei de entender que a vida é um ato de compartilhar, que viver é compartilhar.

Eu estava emocionada não apenas porque a história de Muria-Ubi era linda, mas porque eu era bem-vinda. Lá fora, a noite caía, e eu rezei baixinho para que não chovesse. Adriana me convidou para jantar, fiquei sem graça de não aceitar e parecer frescura, então aceitei. Comi naquela noite o melhor feijão que já havia comido na vida e provei carne de javali. Arnaldo, Adriana e eu tomamos uns quatro copos de cachaça, o que para eles parece ser nada, mas me deixou dopada. Depois do jantar, voltei meio cambaleante para casa. Em minha cabeça, um eco repetia: "Viver é compartilhar".

Cheguei junto com as mariposas e, exausta, passei no chuveiro e me joguei na cama. Não eram nem dez da noite. Dormi como havia muitos meses eu não dormia e acordei às seis. O sol já esquentava a casa, ainda que estivesse baixo, e fiquei deitada na cama vendo a luz que iluminava as montanhas, a grama e as árvores. Sempre gostei de dormir sem cortinas fechadas para ver o dia raiar; no meio do mato, num quarto com grandes janelas de vidro, via um cenário de sonhos assim que abria os olhos.

Vi uma luz linda, meio alaranjada, meio dourada, uma luz tão rara para um bicho da cidade como eu que parecia ter textura e gosto, um gosto doce, um gosto que associei a mel. Não me lembrava de já ter testemunhado colorido como aquele e fiquei contemplando. Me passou pela cabeça agradecer estar ali, ter sobrevivido ao apocalipse da outra noite.

Agradeci a Arnaldo e Adriana pela recepção, a Lúcia pela casa, a Simone pela presença em minha vida, a minha irmã pelo colo, a Paola pela Amazônia, e, sem que eu percebesse o que estava prestes a verbalizar, em voz alta no quarto, agradeci por passar por tudo aquilo, ter mergulhado na escuridão, estar de frente para as montanhas e ter tido a coragem de sair de Nova York e deixar Tereza. Agradeci por ter tanta saúde e ter um pequeno talento na vida; por fim, agradeci por aquele sol nascente. Nessa hora, chorei e senti vontade de me ajoelhar no quarto, encostar a testa no chão, como vemos nas rezas muçulmanas. Fiz isso, e o que saiu de mim foi:

— Eu me curvo diante de sua grandeza, de sua imensidão e da sua bondade, de sua justeza, sua beleza, sua sabedoria, sua música e sua poesia, seus mistérios e sua verdade. Aceito suas leis, suas regras, aceito seu tempo. Eu aceito o tempo que as coisas têm e aceito a vida como ela me é oferecida. Peço perdão por tanto ego, tanto medo, por ser tão pequena, e peço ajuda para encontrar a trilha de minha bem-aventurança. Peço ajuda. Peço ajuda para crescer, para encontrar paz de espírito, para usar minhas palavras para o bem, para nunca mais machucar ninguém. Peço ajuda para saber quem eu sou. Eu peço ajuda e digo: "Sinto muito; por favor, me perdoa; obrigada; eu te amo". — Ainda com a cabeça no chão, repeti: "Sinto muito; por favor, me perdoa; obrigada; eu te amo". — Trata-se de um mantra polinésio de cura chamado Ho'oponopono que Paola tinha me ensinado fazia alguns anos e que agora, do nada, voltava para mim. Passei quase meia hora falando apenas isso e, quando finalmente parei, senti uma leveza enorme.

Depois de muito tempo sem praticar ioga, tive vontade de fazer a série de ashtanga e, na sala e de frente para o sol, lentamente me entreguei às posturas, respirando devagar. Levei mais de uma hora e meia para terminar. Não tinha ainda comido nem bebido nada, o que é o ideal para a prática, e me sentia forte e inteira. Saí da casa e vi Arnaldo na horta. Acenei de longe, ele respondeu com outro aceno. Notei que havia uma ducha atrás da casa, cercada por alguns ciprestes, e num ímpeto tirei a roupa e entrei debaixo d'água. Estava pelada, no meio do mato, antes da nove da manhã, tomando uma chuveirada gelada. Meu cabelo curto deixava a experiência ainda mais deliciosa; a sensação da água tocando e deslizando pelo couro cabeludo é inigualável. Cora e Mila chegaram correndo para me desejar bom dia; eu me abaixei para acariciá-las e resolvi que seria uma boa hora para dar aquele banho nelas. Era a primeira vez em meses que eu ria sozinha.

No terceiro dia, minha mãe ligou para saber como estavam as coisas e o celular milagrosamente tocou. De algumas proezas só minha mãe era capaz: Simone tentava ligar e não conseguia, Tereza reclamava que suas mensagens não chegavam, minha irmã estava triste por não ser mais capaz de falar comigo quando quisesse, e minha mãe conseguiu na primeira tentativa. Com ela o ritual do "alô" é o mesmo há anos. Eu digo "oi, mãe" e ela responde "que voz é essa?", eu ignoro e começamos a conversar. Houve um período de exceção, quando eu morava em Nova York e ela ligava pelo Facetime. Eu dizia "oi, mãe" e ela respondia "que cabelo é esse?". Isso, claro, antes de eu raspar e ela me condenar com o silêncio.

Nesse telefonema, contei do apocalipse, de como sobrevivi, falei de Arnaldo, da avó de Arnaldo e da estrada fechada. Ela ficou levemente horrorizada, mas minha vida a chocava fazia muitos anos e eu agora tinha apenas acrescentado uma esquisitice: sozinha no mato em local remoto e desconhecido. Mas os telefonemas dela me faziam bem. Me conectavam a minha família, a meu passado e a meu futuro. Ela me contava histórias dos netos, de como eram geniais e engraçados. Os netos adoravam minha mãe e jamais acreditariam se narrasse alguns episódios de como ela era comigo. Para eles, minha mãe era a *nonna*, a avó que fazia macarrão de madrugada se assim eles pedissem, que deixava que eles riscassem as paredes da casa inteira, a mulher que jamais dizia "não". Eles podiam pular em sua barriga que ela não ligava – aliás, houve um dia em que fizeram isso, e ela adorou.

E havia as aventuras em que ela agora se metia, a maior delas sendo a do dia em que foi presa. Era uma época em que andava meio triste, muitos anos depois da morte de meu pai, quando suas melhores amigas começaram a adoecer e morrer. Num dia, liguei para perguntar se ela já tinha aproveitado o "vale-presente" que Ana e eu lhe demos no aniversário: uma persiana elétrica para o quarto. Com o ombro direito prejudicado pela artrite, minha mãe só conseguia baixar ou levantar o aparato com ajuda de terceiros, e como morava sozinha o quarto vivia sempre muito escuro. Ela, então, contou que tinha desistido da persiana, porque ia começar a fisioterapia e pretendia voltar a erguê-la em breve. Eu disse que era presente, que ela devia chamar o técnico, instalar e mandar a conta para Ana e para mim – ou só para Ana, que era rica. Aí ela respondeu, com uma voz calma, que era bobagem, que não sabia quanto tempo ainda ficaria naquele apartamento.

— Você vai se mudar? — perguntei.

— Acho que vou morrer — emendou.

Tentando quebrar o climão, eu disse que, se ela achava que ia morrer, então eu tinha péssimas notícias: ela ia morrer, certeza. Ela riu, mas explicou que, pela primeira vez, estava muito desanimada, sem vontade de fazer as coisas, meio preguiçosa e que acreditava que isso talvez indicasse que o fim estava perto. Fiz todo meu discurso de "a vida começa aos setenta" etc., mas o humor dela não passou por nenhuma alteração. Assim que desliguei, telefonei para Ana.

— É o calor. O ar-condicionado do quarto dela quebrou, e ela não consegue ser feliz suando daquele jeito. No outono, vai passar. Falta pouco. Eu já chamei o técnico do ar-condicionado. Quando parar de suar, ela fica mais animadinha.

Não me conformei. A melancolia que detectei na voz de minha mãe não era um episódio de verão. *Muitas vezes, para morrer, basta, conceitualmente, desistirmos de viver*, pensei. Preocupada, liguei outra vez para saber se minha mãe queria jantar comigo e com Tereza. Nessa época, ela já nos frequentava e sua homofobia tinha sido esquartejada. Soube que, naquele dia, ela faria companhia a uma amiga de infância que estava com câncer e que, saindo dali, preferiria ir para casa porque estaria "muito, muito triste". Fui dormir angustiada, imaginando minha mãe sozinha naquele apartamento silencioso, que um dia já tinha sido tão cheio de sons. Peguei no sono pensando em como poderia ajudar. Antes das sete da manhã, recebi um sinal. Era um telefonema de Ana.

— Já sabe da mamãe?

— Tá morta! Morreu! — eu disse, já hiperventilando.

— Não, a mamãe não morreu. Ela está presa. Presa. Foi pega num cassino clandestino às três da manhã.

Aquilo era, sem dúvida, um alívio. Mas do tipo de alívio que sentimos quando o dentista diz que "não é um canal, mas tem aqui entre os molares um casal de bailarinas minúsculas fazendo um *pas de deux*". Ou seja, um alívio seguido de uma imagem david-lynchianamente bizarra.

Eu soube, então, que havia, com ela, cinquenta e três pessoas detidas. Muitas delas senhoras arteiras e com mais de sessenta e cinco anos. Liguei para o DP.

— Moço, minha mãe está presa aí?

— Tem umas quarenta senhoras aqui, minha filha. Não consigo saber quem é sua mãe, tá confuso.

Aflita, tentei o celular. Ela atendeu.

— Te deixaram ficar com o celular? — perguntei, incrédula.

— Claro. E também não vim na viatura — disse ela, orgulhosa de si mesma.

— Como você foi para o DP então?

— Ué, com meu carro. Fiz uma pirraça enorme, disse que não entraria na viatura e eles pegaram meus documentos e me deixaram seguir com meu carro. Ainda trouxe três amigas comigo.

Como não podíamos falar muito, desligamos. Enquanto isso, Tereza tentava encontrar um advogado para tirar minha mãe da prisão, e eis aí uma frase que jamais imaginei escrever. Sem conseguir pegar no sono outra vez, fui tomar café na casa de Ana, que ficava ao lado da minha e de Tereza, e encontrei Francisco, que tinha sete anos, na cozinha.

— Sabe da *nonna*? — perguntei, enquanto colocava uma fatia de pão na torradeira.

— Não. O que houve? — questionou ele, bem sério.

— Está presa — eu disse.

— Ah, tá. Tá, sim. *Nonna* tá presa. Aham — disse ele, com as mãos na cintura. Como eu continuava a olhá-lo sem me manifestar, Francisco pegou meu telefone e digitou: "*Nonna*, é verdade que você tá presa?".

Enquanto minha mãe respondia, seus olhinhos e sua boquinha se alargavam numa expressão de horror.

Passava das quatro da tarde quando minha mãe foi liberada. Liguei para saber como ela estava e notei que sua voz mudara completamente. Alegre e estimulada pela aventura, contou que, até ser presa, estava se divertindo muito no cassino, que "tinha um ar-condicionado excelente", e que havia feito novas amigas, tirado um monte de fotos com os guardas e que não via a hora de ser informada a respeito de outro cassino refrigerado e clandestino na cidade. Então, disse que precisava desligar porque os netos não paravam de ligar para que ela contasse a história da prisão, de como se recusou a entrar na viatura, dos policiais com quem fez amizade e do corre-corre no cassino na hora em que a polícia chegou. Nenhum dos seis netos imaginaria que aquela senhora tão doce e aventureira, que os fazia rir, tinha sido minha Nêmesis na juventude.

Pouco tempo depois do episódio da prisão, a amiga dela que estava com câncer morreu. Era uma manhã fria de julho, e eu estava em casa sozinha remoendo a terrível notícia dada pela dentista horas antes de ter que fazer um implante. Eu ainda amaldiçoava o destino quando o celular tocou. Era minha mãe perguntando se eu não tinha visto as ligações perdidas. Expliquei que estava na dentista, que tinha deixado o celular em casa e que as notícias eram péssimas: talvez tivesse que fazer um implante. Disse que a dentista havia pedido uma tomografia do rosto e que o simples eco da palavra "tomografia" já me parecia suficientemente trágico. Então, concluí: é um dia horroroso. Apenas nesse instante percebi o timbre da voz dela. E ela me disse que Ritinha, sua amiga havia cinquenta e cinco anos, tinha acabado de morrer. A notícia, claro, colocou meu dente, com canais e raiz, em perspectiva.

Vi minha mãe chorar no máximo cinco vezes na vida, e nenhuma delas foi no velório de meu pai. É um choro sem lágrima, que já começa querendo acabar, porque ela sempre preferiu não mostrar as próprias tristezas. As coisas zangadas e muito bravas ela não se importa em colocar para fora – e faz isso com diabólica regularidade há mais de quarenta anos, sou testemunha. Já as tristes, essas ela prefere engolir. Falei que a acompanharia ao velório para que ela não fosse sozinha, e ela disse que passaria para me buscar.

Quando entrei no carro, no banco do passageiro, beijei a bochecha de minha mãe e a escutei dar aquela fungadinha clássica, que em meu imaginário significava uma ordem expressa para que as lágrimas não ousassem derramar. Como minha mãe não sabia o caminho, fui indicando. Já no segundo sinal entendi que estava prestes a experimentar forte emoção. Minha mãe, que já foi uma grande piloto, hoje dirige como se não houvesse outros carros na rua. Quando quer entrar à esquerda, simplesmente entra, sem seta, sem bracinho para fora, sem aquela olhada por cima do ombro. Se quer parar e pedir informação, para onde estiver, a despeito da quantidade de veículos atrás. Agarrada ao assento com uma das mãos e segurando no santo Antônio com a outra, disse a ela que seria preciso entrar na próxima à direita, mas ela se manteve à esquerda. Achando que perderíamos a entrada e que teria que passar ainda mais tempo naquele carro, soltei um berro primata:

— À direita! À direitaaaa!

Meu grito a fez dar um pulo, o que, em condições normais de ira e grosseria, bastaria para ela me esculachar. Mas minha mãe estava imperialmente triste e disse apenas:

— Ai, que susto. — Então, levou uma das mãos ao peito, o que serviu para me deixar ainda mais apavorada: ela agora tinha apenas uma das mãos no volante. Sabe-se lá como, já que eu estava de olhos fechados, entramos à direita e chegamos vivas ao cemitério.

Depois de algumas horas, com o sol se pondo, minha mãe, que treme toda e muito de leve quando está emocionada, disse que não gostaria de ficar para o enterro, "que é sempre a parte mais difícil", e perguntou se eu poderia levá-la embora. Entendi a deixa para pegar a chave do carro e dirigir. No caminho, ela explicou que não tinha nada na geladeira de casa, que ainda teria que ir ao supermercado, e eu decidi que iria com ela.

Empurrando o mesmo carrinho no qual um dia ela me colocou sentada enquanto fazia compras, a vi pegar frutas, pães e queijos – basicamente as únicas coisas que ela come há setenta e dois anos. A caminho do caixa, Tereza ligou e convidou minha mãe para jantar com a gente. Passava pouco das seis da tarde, e eu imaginei que minha mãe falaria alguma coisa como "jantar? Quem janta às seis da tarde?". Mas o que saiu de sua boca foi:

— Vamos, sim.

Só que ela queria pizza – porque pizza é a refeição perfeita, com massa e queijo, e Tereza preferia peixe. Na companhia das duas, eu me tornava quase invisível, recuperando a visibilidade quando uma delas, com apoio da outra, resolvia falar sobre meu cabelo, minhas roupas, minhas unhas. Portanto, se eu preferiria peixe ou pizza, isso não estava em questão. Naquela quase noite, minha mãe não parecia ter muita força de argumentação e acabou cedendo.

No restaurante, depois de reclamar de todos os itens do menu, minha mãe empurrou o prato para a frente, como quem quer afastar de si a possibilidade de comer, e disse, derrotada, que não havia nada para ela naquele lugar. Eu preferia vê-la brava a vê-la triste. Como minha mãe não come carne vermelha nem frango, tampouco coisas desfiadas, cruas, ensopadas, aceboladas ou empapadas, restringindo-se a peixes em postas, despelados — pela ordem, camarão, linguado, bacalhau ou salmão —, o ato de "fazer o pedido" num restaurante flerta invariavelmente com uma tragédia grega.

Por algum motivo, ela sempre culpa pela falta do prato perfeito para sua dieta de gorduras e carboidratos o garçom, que, aliás, segundo ela, naquele fim de tarde, estava mal-humorado (quem não estaria depois de escutar dez minutos contínuos de críticas ao menu?). Essa é a rotina há mais de quarenta anos. Rotina que meu pai seguia como coadjuvante resignado e que eu aprendi a seguir como uma figurante conformada. Mas Tereza não entendia o teatro da escolha do prato e sempre encontrou uma forma de acabar com o espetáculo antes da hora.

— Nossa, você reclama muito. — Escutei Tereza dizer a minha mãe. — Pede o que quiser que eu garanto que eles fazem — completou, corajosa.

— Duvido — disse minha mãe.

— Eu garanto, pede — disse Tereza.

Relato o diálogo usando o pouco da memória que me restou, porque nessa hora eu estava hiperventilando e procurando a saída mais próxima.

— Vocês gostaram de meu corte de cabelo? — Tentei desvirtuar o embate.

Mas nem meu corte de cabelo, assunto sempre tão popular entre elas, foi capaz de tirá-las do duelo. Então, embasbacada, vi minha mãe sucumbir ao bacalhau.

— Desde que venha sem cebola.

Passada a disputa, ficamos mais de três horas ali, conversando, rindo e bebendo. Para minha surpresa, minha mãe reconheceu que o bacalhau era excelente e decidiu que levaria o que sobrou.

Voltei à cena corriqueira da infância, quando tentava dormir fora de casa, me sentia sozinha e ligava para ela me buscar. A sensação de aconchego que experimentava ao vê-la chegar e saber que ela me levava de volta para casa é aquela que ainda persigo. Mas naquela noite, ao enxergar minha mãe sair do restaurante com sua sacolinha de comida, tive a impressão de que era eu quem a havia buscado e a levava de volta para casa. A vida é uma peça em que os atores trocam de papéis.

Durante minha juventude, sempre que ela tinha algum acesso de autoritarismo ou loucura, eu tentava desculpá-la encontrando explicação no passado. Filha mais velha de uma trupe de três, ela tinha doze anos quando viu meu avô ser fuzilado pelos alemães durante a Segunda Guerra Mundial. Teve que fugir de Terracina, região central da Itália, com minha avó e os dois irmãos, e se esconder por dias em uma praia até ser resgatada por um navio americano. Sem saber para onde ia, chegou ao Rio de Janeiro, onde morou com um parente antes de ir estudar em um colégio interno. Cresceu nesse ambiente, num país estranho, sem pai e tendo que se reinventar durante a adolescência. Sempre foi uma mulher muito bonita, e meu pai a conquistou depois de vê-la entrar em um prédio em Laranjeiras, no Rio. Ele se apaixonou pela beleza dela, que ele dizia que era uma mistura de Sophia Loren com Audrey Hepburn. Ao perdê-la de vista, meu pai usou o faro de jornalista, pegou a lista telefônica de endereços e ligou para todos os números daquele prédio, descrevendo a mulher que tinha visto e pedindo que alguém o colocasse em contato com ela. Funcionou, eles se conheceram, e minha mãe, seduzida pela atitude romântica, aceitou namorar e casar. Ela tinha vinte e oito anos. Parece que foram felizes até eu nascer e criar certa divisão – que fardo para alguém tão pequeno.

Na terceira noite na cabana, depois de passar o dia explorando o terreno e lendo, eu assistia ao pôr do sol no deque quando percebi meia dúzia de pessoas se aproximando. Elas me viram e acenaram, e eu acenei de volta.

— Estamos indo ali na Adriana — disseram.

— Vamos rezar o terço. Quer vir?

Foi então que notei que carregavam uma santa. Agradeci o convite, mas disse que não podia. Obviamente o "não podia" soou falso, porque quem não pode fazer alguma coisa num fim de tarde na roça? Eles acenaram um tchau e continuaram com a santa em direção à casa de Arnaldo e Adriana. Vi o grupo se afastar e pensei que negar o convite para uma reza talvez não fosse coisa boa. Eu não era católica, embora tivesse sido criada no catolicismo, e tinha um milhão de críticas à Igreja Católica, ao papa, aos bispos e até a alguns santos, mas, ainda assim, ser convidada para orar por aquelas pessoas tão doces e negar talvez gerasse represálias da sabedoria universal. Na mesma hora, peguei meu chinelo e saí correndo e tropeçando em direção à casa de Arnaldo. Quando cheguei, eles se preparavam para começar. Entrei, esbaforida, pedindo desculpas, e disse:

— Decidi vir porque acho que a gente não deve recusar convite para rezar.

Todos riram: a verdade é mesmo mais engraçada.

O terço é uma reza demorada que, feita da forma correta, tem a finalidade de nos colocar em estado meditativo. Eu não sabia da extensão da oração, mas me comportei bastante bem diante do inesperado que tantas vezes me irritava. Fiquei o tempo todo concentrada, em especial no pai-nosso e na ave-maria, que fiz questão de entoar bem alto para que todos vissem que eu de fato conhecia. No final, depois de mais de uma hora de reza, Adriana serviu suco e biscoito. Os três adultos e os três adolescentes eram vizinhos – e por vizinhos nessa região entende-se alguém que mora a até dois quilômetros de distância. Assim que o terço acabou, não foi difícil perceber que eu era a atração, ganhando até da imagem da santa. Quando digo que não foi difícil perceber é porque, assim que Adriana colocou as coisas sobre a mesa, a senhora mais alta, que se apresentou como Luciana, me perguntou:

— Quem é você e o que faz por essas bandas?

Todos estavam parados, me olhando com enorme interesse, esperando a resposta. *O povo da roça não dança ao redor de uma curiosidade*, pensei.

Foi só então que lembrei que não tinha dito a Arnaldo e a Adriana quem exatamente era eu e o que fazia ali. Achei que era uma boa hora para contar. Falei de minha profissão, minha ida para Nova York, do câncer de Simone e me dei conta que a história soaria vazia se eu não dissesse toda a verdade sobre o fim do relacionamento e sobre como eu tentava me encontrar.

Desde que saí do armário para minha mãe, prometi nunca mais mentir a respeito de minha sexualidade e nunca mais omitir detalhes usando termos como "a pessoa" para se referir a meu objeto de afeto. *Aquele seria um bom laboratório*, pensei. Como receberiam a notícia de minha lesbiandade? Pensava em tudo isso enquanto falava e, por fim, resolvi jogar a isca e ver como reagiriam.

— A verdade mesmo é que estou aqui para me recuperar de um relacionamento que acabou depois de quase dez anos.

A mulher mais baixa, que chegou carregando a santa, me olhou com afeto e disse:

— Ele te deixou?

— *Ela* me deixou — respondi.

Seguiram-se segundos de silêncio até Arnaldo quebrar o clima, elegantemente.

— Todo mundo passa por isso. É importante, dá humildade e força.

A senhora baixinha tinha perdido o olhar de afeto e ganhado um que eu não podia identificar, mas Luciana foi rápida, talvez até para dar uma situada na coisa, e disse:

— O importante não é quem você ama, o importante é amar.

Todos pareceram felizes com o que disse Luciana, como se ela tivesse legitimado a compaixão deles por mim, e Arnaldo completou:

— Minha avó dizia que sofrer por amor é digno e necessário, mas que sofrer por amar é cruel e desumano.

Acho que foi nessa hora que me apaixonei por Muria-Ubi. Virei meu rosto para a imagem na parede e agradeci, em silêncio. Que mulher sensacional deve ter sido aquela.

— Por que ela deixou você? — perguntou um menino, que devia ter uns quinze anos e usava uma camisa do Corinthians e com quem, claro, simpatizei de cara.

Enquanto me preparava para responder, me lembrei do que tinha sentido na Amazônia a respeito de ter deixado Tereza sozinha depois da morte de Manuela e de como, com isso, eu havia nos abandonado, de como ela sofreu em silêncio. Eu tinha acessado esse lugar em Alter do Chão, mas havia me perdido dele outra vez, e agora ele era como o bumerangue que, lançado, faz a curva e retorna com a mesma força. Tereza errou na relação, mas eu não podia reparar os erros dela, apenas os meus. Não poderia pedir perdão pelos erros dela, apenas pelos meus. Talvez fosse hora de focar em mim.

Comecei a contar nossa história. Falei de como nos conhecemos, de como Tereza era diante da vida, contei episódios que os fizeram rir, como os da reforma da casa, citei a morte de Manuela, o que passei, o que fiz, o que senti. Durante a história, eles não tiravam os olhos de mim, demonstrando um tipo de interesse que, em um encontro informal na capital, não existiria, porque todos estariam mais preocupados com os celulares. Ali era diferente: as oito pessoas na sala (Mel, Larissa e Carolina brincavam no quarto) estavam de fato ali. A atenção delas me deixou à vontade e eu contei a história toda com detalhes. E então acessei uma verdade que ainda não tinha percebido, e uma onda de emoção me percorreu o corpo.

Contando minha história em voz alta fui capaz de enxergar o que estava o tempo todo ali, mas eu ainda era incapaz de ver, mais ou menos como quando as caravelas de Cabral se aproximaram da Bahia e os índios, sem ter referência para aquilo, viam no horizonte o mar se mexer, mas não eram capazes de enxergar as caravelas porque era uma imagem para a qual não havia registro anterior. Algumas coisas, mesmo óbvias e grandes, só se revelam quando muito perto, especialmente se dizem respeito a objetos e sensações que ainda não conhecemos. Então, contei a eles por que exatamente tínhamos nos separado, e era uma história que não envolvia terceiros.

— A morte de Manuela me deixou muito triste, e eu me afastei de Tereza. Foram quase seis meses de sofrimento e solidão. Ela ficou sozinha no relacionamento, e não acho que exista solidão maior do que essa que passamos a dois. Eu não estava mais ali, era como se minha alma tivesse morrido com Manuela. Tereza sofreu sozinha, não reclamou, esperou que eu voltasse, e um dia eu voltei e nossa vida seguiu. Mas faz alguns meses eu soube que minha outra ex-mulher, hoje minha melhor amiga, estava com câncer; outra vez meu comportamento mudou, outra vez ameacei entrar naquele buraco. Raspei a cabeça, fiz tatuagem, fiquei sombria e triste. Tereza, imaginando que me perderia, buscou alguns escapes que não me envolvessem e que pudessem sustentá-la em caso de eu sumir de novo do relacionamento. Não acho que ela tenha feito isso de forma consciente, mas como instinto de sobrevivência, como quem diz que não vai passar por aquilo outra vez. Assim, nos afastamos e nos perdemos. E quanto mais eu a via ir para esse lugar de proteção que ela arrumou para si, mais eu ficava insegura, carente, fraca e descaracterizada. Já não éramos as mesmas de antes, deixamos de nos reconhecer, de ser felizes, estávamos virando um casal ordinário, que se cutucava e agredia por nada, e decidimos que não íamos ser um casal ordinário e que passaríamos um tempo longe para ver o que a vida nos reservava. A gente ainda se ama muito, ainda sente saudade, mas entende que seguir juntas apenas nos afastaria e que, se a relação tinha alguma chance, esta passava pela separação, por nos entregarmos a essa mistura de fé e coragem.

Era a primeira vez que eu mesma via as coisas com tanta clareza.

Quando parei de falar, Luciana estava emocionada.

— Um amor tão lindo, tão forte, não pode ter acabado. Não pode, não me conformo — repetiu.

A senhora que pouco falava, a terceira delas, disse:

— Talvez não tenha, talvez não tenha. Deus sabe o que faz, ele não erra, gente. Ele não erra. — E deu uma mordida no biscoito, olhando para um ponto indefinido na parede da sala.

O grupo finalmente se dispersou. Olhei para Arnaldo, que parecia pensativo, e sorri. Ele sorriu de volta, mas não disse nada, embora parecesse querer dizer. Fiquei intrigada e decidi ficar por ali, pegar um copo de suco e alguns biscoitos para ver se ele falaria alguma coisa, mas a noite passou sem que ele dissesse mais nada.

Pouco depois das oito e meia, o sono já tinha me dominado, então me despedi e me recolhi, ainda pensando no olhar de Arnaldo. Quando cheguei, vi uma mensagem de Tereza. "Sinto sua falta." Meu coração disparou. Mas, sem saber o que responder, até porque no momento eu tinha muita coisa para dizer e não sabia quando poderia fazer isso, imaginando que gostaria de falar pessoalmente, apenas me joguei na cama e dormi, chorando. Chorava de saudades dela e do que fomos, chorava por entender o que aconteceu com a gente, mas também de medo de voltar à minha configuração-padrão agora que estava começando a aprender a desprogramá-la. Seria a melhor hora para eu explorar com Tereza tudo o que passamos? Talvez não, talvez eu precisasse deixar as coisas se assentarem um pouco mais. Acessar uma nova emoção, um novo lugar de entendimento dentro de você, é como ouvir o solista numa banda de jazz: pode ser lindo, normalmente é, mas só seremos capazes de colocá-lo em contexto depois que a banda voltar a tocar e a música chegar ao fim. Aquela música ainda não tinha acabado, e eu precisava de mais tempo.

Acordei outra vez antes das sete, até porque o galo não deixava muita alternativa e parecia cantar alucinadamente até eu sair da cama, e fui praticar ioga. Quando estava acabando a série, vi Arnaldo na horta e decidi ir até lá depois de passar um café. Levei uma xícara para ele e outra para mim e me sentei num banquinho feito de tronco de árvore enquanto ele, de joelhos, mexia na terra.

— Ontem fiquei com a impressão de que você queria falar alguma coisa depois que acabei de contar minha história.

Arnaldo não parou de mexer na terra, mas soltou uma risada antes de dizer:

— Você acredita no acaso?

Na hora que ele me fez essa pergunta, eu me lembrei de Manuela e meu corpo ficou inteiro arrepiado. Escutei a voz dela me dizer: "O acaso não existe, sabia? O acaso não existe porque ele é o nada e o nada não existe, como a gente sabe. Então nunca acredite em coincidência, tá?". Estávamos tomando uma cerveja num bar nos jardins e dali a uma semana ela sofreria o acidente fatal. Quis saber por que ela falou aquilo, e ela disse que só sentiu vontade, então se serviu de cerveja e voltou a falar do Corinthians, seu assunto predileto entre todos os prediletos. E agora Arnaldo me fazia essa pergunta.

— Não, não acredito — respondi. — Por quê? — perguntei, assustada.

Ele parou de mexer na terra, sentou no chão, largou a pá e começou a falar:

— Ontem foi 28 de agosto, e esse dia eu não esqueço. Eu tinha vinte e um anos e namorava fazia três uma moça na cidade, Eliane, com quem me casaria em dois meses. Eu estava muito feliz com o casamento, ela era linda, tinha certeza que era o amor da minha vida. Nesse dia, a caminho de um trabalho que eu estava fazendo num sítio longe daqui, fui até a casa dela de manhã para dizer que não sabia a que horas voltaria porque a gente tinha combinado de jantar. Eu nunca ia até a casa dela de manhã, ela morava com duas amigas, mas como teria que passar pela cidade para trabalhar achei que seria bacana dar um beijo. Entrei, porque a porta ficava sempre aberta, e tinha uma mulher na cama dela, elas estavam sem roupa, uma sobre a outra. Aquilo me deixou desnorteado. Eu não sabia o que fazer, o que falar, para onde correr. Não disse nada e, chorando, fui deitar no colo de minha avó. Contei tudo. Eu amava aquela mulher, e diante de mim a vida acabou. Acabou, de uma hora para outra. Eu era um rapaz feliz e, em questão de segundos, me transformei em um homem morto. Minha avó só me ouviu, por horas. Ficava apenas mexendo em meu cabelo. Eu queria ter morrido nesse dia. Depois de muito tempo, minha avó me disse: "Vai se sentar ali naquela pedra". Ela apontou para uma pedra enorme que a gente conseguia ver da janela da sala; aliás, que existe até hoje, depois te mostro. E disse: "Senta naquela pedra e sente a sua dor. Sente, sente e sente até ser capaz de dançar com ela. Só volta para casa depois de ter tirado sua dor para bailar a catita". Para minha avó, o homem branco carecia de rituais; ela dizia que não havia rituais e, por isso, não éramos capazes de entender muitas coisas da vida. E ela adorava criar rituais. Quando fiz quinze anos, ela me levou para caçar um javali, o mesmo bicho que matou meu avô durante uma caçada, dizendo que aquela aventura marcaria minha entrada no mundo dos homens. A caça do javali é autorizada por essas bandas, e eu fui com meus irmãos e com ela; fui eu que tive que dar a facada, e foi muito difícil fazer aquilo. Depois, despelei o bicho e preparei o jantar do dia seguinte. Antes de comermos, ela me fez participar de uma cerimônia em homenagem à alma do javali que nos serviria de refeição e que me fez cruzar a fronteira entre a infância e a vida adulta. Naquele dia, não entendi o que ela tinha me mandado fazer, não sabia o que era dançar com minha dor, e tentei reclamar, mas ela não deixou e me esperou ir. Eu pensei que já estava tão triste que tanto fazia me sentar ou não numa pedra. Então, fui. Fiquei naquela pedra até o dia seguinte. Minha avó foi me levar um cobertor, uma sopa e um copo d'água quando estava escurecendo. Não disse nada e saiu. Depois eu soube que ela tinha ido até a cidade falar para Eliane que tudo ficaria bem comigo e que ela seguisse a vida dela, que não me procurasse, porque eu precisaria passar sozinho por um período de transformação. Bom, sem saber de nada disso, fiquei ali na pedra. No começo, eu só chorava, queria sumir, desaparecer, nunca mais pisar na cidade, matar Eliane e a mulher que estava na cama com ela, me matar em seguida. Oscilei entre momentos de tristeza, raiva, medo, desespero; então, voltava a sentir tristeza, raiva, medo, desespero. Fiquei assim a noite inteira. Um pouco depois de o sol nascer, minha avó chegou com duas xícaras de café e se sentou do meu lado. "Como você está?", perguntou, olhando para a frente enquanto o sol nascia a nossas costas. "Muito triste e com muita raiva", respondi. "Raiva do quê?" "Raiva da Eliane, da mulher que estava com ela, das mentiras que ela deve ter contado para mim sabe Deus há quanto tempo, raiva da safadeza toda." Minha avó ficou um tempo em silêncio antes de dizer: "Teus inimigos, meu filho, são os melhores guias. É preciso ter respeito pelos inimigos, porque são eles que jogam a gente na trilha da alegria, são eles que nos dão a chance de iniciar os maiores processos de transformação, e você agora tem essa chance. Não vamos deixá-la passar, tá bom? A tristeza é um enorme farol, se você for capaz de encarar tudo de frente. Sabe quando a gente tá no escuro e é apenas com os olhos abertos que conseguimos começar a enxergar alguma coisa? É assim a vida. Deixa seus olhos abertos, vá ao fundo dessa dor. Só não cai na tentação de criminalizá-la por ter traído você com uma mulher. Sofrer por amor é legítimo, sofrer por amar é desumano. Fica mais um pouco aí e eu volto depois". Daí ela saiu e eu fiquei ali pensando e sentindo outra vez, sozinho. O sol já estava alto quando ela voltou com um copo de chá gelado. "Como você está, meu amor?" "Triste e com raiva", respondi outra vez. "Raiva do quê?" "Da Eliane, da amante, da vida e um pouco de você, que me deixou aqui sozinho." "E a tristeza?" "Tá aqui." "O que ela te diz?" "Que a vida não é colorida como eu achei que era, que as pessoas que você mais ama podem machucar você." "Isso. A vida não é colorida como você um dia achou que era. Verdade. E é isso mesmo: as pessoas que a gente mais ama machucam a gente. Tudo verdade, meu amor. Mas a tristeza é bonita e é mais uma das vítimas do preconceito neste mundo do homem branco. Ninguém pode ficar triste. O homem branco, quando vê a tristeza chegar, sai correndo. Para não sentir a tristeza, ele toma um remedinho, bebe ou vai comprar alguma coisa. Tá errado, meu amor. A tristeza é uma professora. Ela ensina, ela abraça. E quanto mais você a aceita, menos feia ela fica. Quanto mais você entende que a vida pode também ser triste, mais vê a beleza disso. As coisas são preciosas justamente porque estão morrendo. Tudo está morrendo. Você, eu, essa pedra, aquelas vacas lá longe, as estrelas. Ter consciência de que estamos acabando gera dor. Eu pedi que você ficasse aqui porque a grande tristeza merece um ritual. A coisa mais desrespeitosa que podemos fazer em relação à tristeza é não a ritualizar. E, para embelezar a tristeza, é preciso ficar sozinho com ela. Ela é uma dama que exige exclusividade. Sair com amigos, beber, buscar distração, nada disso é nobre quando uma enorme tristeza encontra a gente. Quanto à raiva, a gente faz assim: recebe, deixa ela entrar e libera ela para o universo. Não deixa ela dentro de você. Raiva e tristeza não podem existir juntas. A raiva ofusca a tristeza, a dama mais nobre. Então, a raiva você libera a cada expiração, pode ser assim? Recebe, reconhece e deixa ir. Eu vou até o mercado e queria pedir que você continuasse aqui pensando e sentindo. Quando eu voltar, a gente vai jantar, tá bom?" Ela saiu outra vez, me deixando ali. Eu estava tão triste que não sentia sono nem fome. Tentei liberar a raiva e aceitar a tristeza como ela pediu, mas não sabia fazer isso, então fiquei ali sentado olhando as montanhas. Quando ela voltou, eu estava um pouco mais calmo e fomos jantar: eu tinha passado vinte e quatro horas naquela pedra. Jantamos em silêncio, só nós dois, meus irmãos não moravam mais em casa. Depois do jantar, enquanto lavava a louça, ela disse: "Ter ficado um dia inteiro naquela pedra namorando sua tristeza vai fazer com que você nunca mais esqueça esse dia nem esse ritual. Você vai ficar triste muitas outras vezes na vida, e em todas elas eu queria pedir que se lembrasse da pedra e desse dia e para que procurasse um lugar no qual pudesse ficar sozinho e dançar com sua dor. Lembra, por favor, de nunca tratar o ser humano como um meio, mas como um fim. Fazendo isso, você nunca vai depender do amor de outra pessoa e vai amar sem precisar que amem você de volta. Lembra, meu querido: amar não precisa de reciprocidade. Amar se basta. O verdadeiro amor é livre, voa, passeia, não está confinado a outra pessoa. Apenas a liberdade vai fazer você feliz, nada além dela. Então, o segredo é aprender a amar o amor livre, o amor que não depende de o outro amar você de volta, que não exige, não pede nada em troca. A partir de amanhã, quero que você vá até a pedra pelo menos uma vez por dia e fique ali meia hora sem fazer nada, deixando o pensamento ir e vir. Agora pode tomar um banho e dormir, porque você deve estar muito cansado". Eu estava mesmo exausto, eu nem conseguia falar. Fui até ela, dei um abraço apertado e um beijo na bochecha. Dormi profundamente e acordei bem mais leve, embora ainda muito triste. Alguma coisa em mim tinha sido para sempre alterada. Só muito tempo depois eu fui entender: eu tinha começado a aceitar a vida como ela me era oferecida. É uma lição e tanto. Aprendi que a gente não pode esperar que tudo para sempre fique bem, mas a gente passa bem pelos momentos mais difíceis. Não podemos evitar momentos ruins, mas a gente pode aprender a estar fortes para encarar tudo o que vier.

— Que história linda — comentei quando ele parou de falar. — Que mulher incrível deve ter sido sua avó. Eu queria saber mais sobre ela, se você não se importar.

— Não, claro que não me importo. Falar dela é uma das coisas que me dão mais prazer. Mas a gente tem pouco tempo, porque parece que a estrada vai ser liberada depois de amanhã, e você vai poder ir embora.

Eu gelei. Gelei porque a verdade é que eu achava que não queria mais ir embora tão rapidamente, mas, se a estrada estava pronta, como voltar atrás? Sem saber o que dizer em relação à novidade, pedi apenas:

— Me mostra onde fica essa pedra?

— É bem ali — disse ele, levantando e apontando para uma pedra linda e grande, à beira de um grande desnível, a uns duzentos metros da gente.

— Acho que vou até lá — eu disse. — A gente se fala logo mais. Obrigada por dividir comigo a sua história, Arnaldo.

— Não tinha como eu não dividir depois do que aconteceu ontem. Acho que o universo manda recados, e a gente precisa estar atento e escutar. Você estar aqui no dia 28 de agosto, ser gay como a Eliane, contar uma história de um amor interrompido... São muitas pequenas coincidências. A gente ainda não sabe por que tudo acontece assim, mas a gente vai saber em breve — disse, rindo.

Concordei, agradeci outra vez e fui para a pedra.

De lá, era possível ver montanhas até o horizonte, e naquele dia eu vi nuvens também, descansando entre os picos. A meus pés, um desnível de muitos metros dava a sensação de beira de precipício. Fazia dois meses que eu tinha chegado de Nova York, dois meses do dia de minha morte, e eu pensei que, embora morta, ainda respirava. Olhei as nuvens e me emocionei com a beleza da imagem. Era, então, possível morrer e seguir respirando em busca da chance de renascer. Pensei em Muria-Ubi, na sabedoria de uma mulher tão nobre, e fechei os olhos. Fui invadida outra vez pela vontade de agradecer por aquele momento e por tudo o que estava acontecendo. Havia beleza no sofrimento, eu não tinha mais dúvida disso. Agradeci por tudo o que me passou pela cabeça e repeti a oração que tinha feito na cama no segundo dia em que cheguei. De cócoras e colocando a testa na pedra, eu disse:

— Eu me curvo diante de sua grandeza, de sua imensidão, e da sua bondade, de sua justeza, sua beleza, sua sabedoria, sua música e sua poesia, seus mistérios e sua verdade. Aceito suas leis, suas regras, aceito seu tempo. Eu aceito o tempo que as coisas têm e aceito a vida como ela me é oferecida. Peço perdão por tanto ego, tanto medo, por ser tão pequena, e peço ajuda para encontrar a trilha de minha bem-aventurança. Peço ajuda. Peço ajuda para crescer, para encontrar paz de espírito, para usar minhas palavras para o bem, para nunca mais machucar ninguém. Peço ajuda para saber quem eu sou. Eu peço ajuda e digo: "Sinto muito; por favor, me perdoa; obrigada; eu te amo".

O primeiro sinal de que havia beleza em meu sofrimento veio com a certeza de que eu poderia renascer a despeito da dor e da solidão. Tive um vislumbre disso na Amazônia, e a semente seguiu em mim. O segundo sinal de beleza se deu quando comecei a me orgulhar de superar os primeiros dias: havia pessoas e paisagens e circunstâncias que me mostraram que valeria insistir. No começo, os recados são tímidos e opacos, mas com o passar do tempo eles ganham consistência e fica possível abrir o peito para a vida como quem diz "vem, me dá mais, me engrandece, me torna maior". Por fim, bateu o desejo de passar pela escuridão e chegar ao outro lado inteira. Essa é, eu acho, a emoção da estesia: da capacidade de compreender sensações causadas pela percepção do belo, como Peter falou em Alter do Chão. O sublime, essa sensação que nos eleva a lugares de maior significado. Em busca do sublime, os budistas constroem templos no alto de colinas. No Japão, há templos que só podem ser alcançados se subirmos por caminhos estreitos, caminhos que servem para colocar o visitante em uma espécie de harmonia íntima. Você sobe, sobe e experimenta essa harmonia íntima a cada passo; uma hora, chega à fronteira e um espaço enorme se abre. O impacto é imediato: seu ego se apequena diante da imensidão e sua consciência de expande.

Senti coisa parecida quando meu pai me levou pela primeira vez ao Maracanã para ver um Fla-Flu. Eu devia ter uns cinco anos, fomos ao Rio de Janeiro porque ele queria que eu conhecesse aquele que era até ali "o maior estádio do mundo". Estávamos de mãos dadas, subindo a rampa que nos conduziria à arquibancada. Não era uma rampa exatamente estreita, mas havia muitas pessoas subindo ao lado, e ela parecia menor do que na verdade era. Andamos em silêncio, eu dando os passos miúdos de um ser humano pequenino, então chegamos ao limite, e à frente vi o gramado e a arquibancada lotada. Era uma imensidão, e o escuro da rampa deu lugar à claridade e ao colorido daquela imagem. Fui varrida por uma emoção única e inédita, vi meu pai olhar para baixo tentando captar minha emoção, vi meu pai sorrindo o sorriso que apenas as crianças alcançam. Era meu primeiro contato com o sublime.

Sentada na pedra de Arnaldo, chorei com a cabeça entre os joelhos. Meu choro tinha mudado muito desde Nova York. Lá, me sentindo abandonada, era um choro de desespero. Chegando ao Brasil, virou um choro de tristeza, solidão e medo. Na Amazônia, houve momentos de choro de emoção, embora ainda carregasse tristeza e solidão. De volta a São Paulo, virou um choro de solidão mais do que qualquer outra coisa. E agora, no meio do mato, continha mais estesia do que tristeza, solidão ou medo.

Tereza estava em mim o tempo inteiro, mas eu aprendia a fazer de minha mente um servo, não o senhorio; nessa hora, com a mente escravizada por meu verdadeiro "eu", era possível respirar e olhar ao redor, parar com o jogo da vitimização e querer desesperadamente renascer. Nessa hora, entendi que não era possível depositar em Tereza minha felicidade, não era possível, nem justo comigo, terceirizar meu bem-estar, que deveria ser independente de qualquer coisa externa a mim. Pensar assim me fazia voltar no tempo e me enxergar com Tereza dançando na sala, a gente fazendo amor, ela me beijando ao chegar em casa, eu fazendo ovo mexido para ela pela manhã. Quando deixamos a alma conduzir, ela mostra o filme de nossa vida, mostra o que realmente importa.

Sozinha na pedra, pensei em Tereza e sorri. Proust disse que a melhor parte de nossa memória existe do lado de fora de nós mesmos – e ele tem razão. A melhor parte está no cheiro da grama molhada, numa brisa do mar, nas cores de um pôr do sol espetacular, na capacidade de perceber as nuances de odores. Pensei em Tereza e me lembrei de episódios soltos e aparentemente banais, pensei no dia em que ela matou uma barata e, sozinha na pedra, gargalhei. Era a primeira vez desde que cheguei de Nova York que me permitia visitar nosso passado de forma leve.

No trágico dia da barata, tínhamos chegado de uma viagem de fim de semana mais tarde do que gostaríamos. Como sempre, o carro estava cheio de coisinhas e sacolinhas que Tereza carregava com ela, incapaz de compactar tudo em um volume. Voltar para São Paulo nunca é uma experiência ordinária, e chegar pela marginal tem alguma coerência, porque o choque vai nos colocando aos poucos na estranha vibração da cidade.

Mas, dessa vez, a pancada tinha sido um pouco maior: perto de casa, vimos árvores caídas e ruas inteiras no escuro – outra qualidade desse Estado rico e pimpão que não consegue fornecer água e luz com regularidade ao cidadão. Em São Paulo, chuva forte é sinônimo de falta de luz, pouca chuva é explicação para falta d'água, e, por isso, assim que a tempestade começa a cair, o morador atento se entrega à oração para que dessa vez sua casa continue iluminada. Nesse fatídico domingo à noite, minha oração falhou imperialmente.

O bairro inteiro no maior breu, e Tereza e eu descarregando o carro com o auxílio da lanterna do celular. Sempre achei que é nas horas de maior estresse cotidiano que a saúde de um relacionamento pode ser medida; e aquela noite foi um teste para nós.

Sacolinhas no chão da sala, eu me dei conta de que sem luz não há ar-condicionado e, com a temperatura beirando os sessenta graus, a noção de que suaria e mataria pernilongos até o amanhecer me nocauteou. Meu celular, com quatro por cento de bateria, estava prestes a me abandonar, então tentei ser rápida no acendimento das velas enquanto ouvia Tereza resmungar alguma coisa na cozinha. Meio de mau humor, ela apareceu na sala para pegar uma vela. E é precisamente nessa hora que as circunstâncias deram uma piorada.

— Uma barata! Uma barata! — gritou ela.

Eu, a caminho do quarto, senti meu coração pular. Suporto ratos, aranhas, crocodilos e jacarés, mas não sei lidar com baratas.

— Mata! Mata! — gritei, histericamente, a despeito de ser quase meia-noite.

E ela me chocou e aterrorizou com uma informação:

— Eu não consigo matar barata.

Ela e eu já tínhamos passado por muitas coisas. Mortes, doenças, brigas, desencontros, estranhamentos, falta de grana e falta de casa, mas ainda não havíamos enfrentado a trágica situação de estarmos sozinhas em casa com uma barata. Diante da constatação de que ela não mataria a barata, fiz a única coisa que sei fazer quando alguém diz "barata": comecei a uivar como uma soprano descontrolada. Ouvindo-me uivar, ela gritou, e nosso dueto talvez tenha acordado o bairro, embora não tenha assustado a barata.

Quando Tereza parou de gritar, conseguiu dizer:

— Chama o porteiro! Chama o porteiro!

— Vou, mas você fica olhando para a barata, não deixa ela sair daí — eu disse, sabendo que uma barata em fuga é impossível de ser encontrada. Eu não conseguiria passar a noite naquela casa se isso acontecesse.

O porteiro, que já tinha escutado os gritos, estava a postos.

— Deixa comigo — disse, confiante. — Preciso apenas de um chinelo. Cadê?

— Tá ali, Zé. Perto daquela porta — apontei.

Vendo o bicho, Zé deu alguns passos firmes, ergueu o braço com a havaiana e desceu certeiro. Então, eu vi a cena que, entre todas no mundo, mais me apavora: Zé dando contínuas e cada vez mais rápidas chapuletadas no chão, em locais diferentes, indicando que alguma coisa estava errada. Enquanto isso, Tereza pulava como quem pisa em brasas e voltava a gritar como uma soprano, no que foi seguida por mim. A performance acabou quando Zé disse:

— Pronto.

— Matou, Zé? — perguntei por perguntar, porque o "pronto" já indicava que sim. Foi quando ele disse:

— Matei, não.

Há muitos anos implico com "tá, não", "sei, não" e "pode, não", porque, por instantes, dão a ideia de que "tá, sim", "sei, sim" e "pode, sim" e apenas depois negam o que parecia ser certo.

— Não? — reagi, apavorada.

— Não, mas ela foi embora — disse ele, muito confiante, antes de completar: — Barata é assim, quando não morre vai embora. — Ele me devolveu a havaiana e saiu com um boa-noite.

Sozinhas outra vez, tentamos acreditar que a barata tinha mesmo ido para o coitado do vizinho e continuamos a arrumar as coisas. Não se passaram dois minutos para que eu a visse outra vez, e agora ela corria em minha direção, sabe Deus por quê. Meus gritos alcançaram tons jamais alcançados, e Tereza, outra vez, pisando em brasas e gritando agudamente, num ato heroico, e mesmo em estado de semi-histeria, pegou uma havaiana, ergueu o braço e, de forma espetacular, executou a barata. Talvez eu jamais tenha amado Tereza tanto na vida.

Vendo a barata esmagada no chão e Tereza ainda gritando e pulando, porque alguns medos não passam nem depois que a circunstância já foi alterada, tive ímpetos de jogá-la no sofá e beijar todos os poros de seu corpo, mas fui contida pela noção de que ela talvez reagisse com um murro em meu nariz. Não sei quando exatamente paramos de gritar e retomamos os afazeres, mas sei que algum tempo depois nos encontramos na cama. Ainda sem falar muito, apagamos as velas, demos um boa-noite protocolar e entendemos que, diante da temperatura senegalesa e de todos os pernilongos, não dormiríamos abraçadas como sempre fazíamos . De manhã, senti o corpo dela encostar no meu, numa sensação que sempre me emocionou como na primeira noite em que dormimos juntas, e sorri. Quando ela abriu os olhos, rimos do episódio da barata, e eu agradeci muito por ela ter dado conta daquele bicho peçonhento. Finalmente, fiz o que queria ter feito na noite anterior: coloquei meu corpo sobre o dela e a enchi de beijos.

Ainda na pedra, agora me permitindo visitar ambientes alegres e leves de um passado nem tão distante, me lembrei do dia em que Tereza decidiu fazer ioga comigo. Era uma época em que eu praticava perto de casa e no meio da tarde, um desses benefícios da vida de frilas. Tereza não tinha ido trabalhar, já nem lembro por que, e disse que queria ir comigo à ioga. Fiquei radiante; fazia meses que, sem sucesso, eu tentava convencê-la a se interessar pela prática, mas Tereza sempre desdenhou, alegando que não tinha paciência para esse tipo de coisa, que não conseguia ficar cinco minutos quieta, que não era flexível, que não queria sentir dor. Eu tentava explicar que todos esses eram motivos para se fazer ioga, mas ela dava de ombros.

Sendo noite de lua cheia, animada, ela colocou uma calça justa, uma camiseta larga e eu, muito empolgada, disse que ela estava linda. Em seguida, a vi pegar o colchonete extra que comprei justamente para essa improvável ocasião e se colocar diante da porta. E imediatamente entendi que levá-la para a prática talvez não fosse uma boa ideia. As roupas eram de ioga, mas a postura era de karatê.

Juntas, andamos até a aula. Ao entrarmos, Tereza foi saudada por todos como um astronauta que retorna à Terra, então lembrei que a aula tinha sido ideia de um grupo de amigas dela e que, apesar disso, apenas eu me juntei.

Enquanto aceitava os cumprimentos, Tereza fez algumas considerações a respeito da próxima hora: "Não vou fazer a série inteira, já aviso", "meu pulso está doendo demais, vou pular algumas posturas", "a gente vai fazer a aula aqui? Mas esse lugar é muito apertado...".

A boa notícia é que estávamos entre amigas que a conheciam fazia algum tempo e que, portanto, já estavam familiarizadas com a incontrolável e ingovernável sinceridade de Tereza.

Sorrateiramente, sacando o climão, dei alguns passos para o lado, coloquei meu colchão no canto oposto da sala e pedi aos céus que tudo corresse bem.

A aula começou, e vi Tereza tentar, da forma como conseguia, fazer as posturas. Gemia aqui e ali, mas dava sinais de estar concentrada. Por fim, me acalmei e encaixei a respiração – parecia que seria sem traumas. Justamente nessa hora, eu a vi andar a esmo pela sala. O que teria acontecido? Percebi que ela foi tomar água, alheia a uma regra básica da prática: nada de água durante as posturas.

Afundo a cabeça e me entrego à posição em que estou, torcendo para que ninguém a veja beber água. Mas o professor é o primeiro a flagrar.

— Opa, opa. Aonde você tá indo?

Tereza faz cara de poucos amigos.

— Beber água, ué.

— Não, não. Nada de água ainda — disse o professor, bastante sério. Tratava-se, pensei, de um homem movido pela coragem da ignorância.

Depois de ser impedida de beber água, Tereza me encontrou no fundo da sala e lançou um olhar furioso, como se a culpada fosse eu. O problema desse olhar é que ele é tão determinado e certeiro que eu imediatamente passo a acreditar que de fato sou culpada. Baixei o tronco e encostei a cabeça no chão, movimento que jamais havia conseguido fazer.

— Nossa, não pode tomar água? O que é isso?! Quantas regras! — disse ela para quem quisesse ouvir. Todos fingiram não escutar.

Tereza volta para o lugar, e o professor, que parece querer rir, passa outras posturas enquanto ela resmunga, provavelmente ainda a respeito da água – ou da falta dela.

Tudo parece ter voltado ao normal, até Tereza iniciar os movimentos no solo e, sentada, olhar para cima:

— O teto sempre foi assim?

Ninguém sabe com quem ou do que ela está falando, talvez nem ela. Por isso, não há resposta e eu me afundo em mais uma postura.

Como não há resposta, Tereza direciona a pergunta usando um vocativo:

— Giovana, era assim o acabamento do teto?

Giovana, a dona do espaço, toda contorcida naquela que deve ser a posição mais difícil da série, consegue, num gesto digno de Cirque du Soleil, balançar a cabeça afirmativamente.

Tereza, em lótus, não parece conformada com a resposta e continua a encarar o teto. Como é novata, a prática de Tereza é mais curta e termina antes. Nessa hora, ela vai se sentar ao lado da pobre Giovana, que agora tenta meditar, para falar um pouco mais a respeito do teto da sala. Eu, que estou bem perto de Giovana, me manifesto baixinho, inclinando meu tronco em direção ao dela:

— O que você está fazendo? A aula não acabou!

Naturalmente, eu deveria ter imaginado que o fato de cochichar não faria com que ela respondesse no mesmo tom.

— Por quê? Não pode falar na aula de ioga? — Tereza parece extraordinariamente surpresa com a necessidade de silêncio meditativo em uma aula de ioga.

Inconformada com tantas regras, senta-se no colchonete e consegue, por cinco minutos, ficar quietinha – ainda analisando a sala. Andando para casa, ela diz que adorou a aula e que está maravilhosamente bem, revelando outra de suas adoráveis qualidades: a capacidade de surpreender. Um amador poderia jurar que, na saída, Tereza declararia guerra aos iogues do mundo. Mas ela sempre foi imprevisível. E ingovernável. E incontrolável. Muito por isso, absolutamente apaixonante.

Ainda andando para casa, minha mão encosta na dela e, como sempre fiz, agarro um de seus dedos. Tereza sorri, e, em seu sorriso, entendo que estou fazendo aquilo que durante quase dez anos amei como poucas coisas na vida: voltar para casa com ela.

Muito tempo se passou desde os episódios da barata e da aula de ioga, e agora eu estava sozinha no meio do mato tendo que me reinventar e reencontrar uma casa. Tereza e eu não éramos mais uma dupla. Voltar para

São Paulo seria flertar outras vez com a solidão, com a falta de um lar, com a falta de grana. Ficar ali no mato seria me dar a chance de continuar mergulhada em mim, buscar entender quem eu era, e agora havia Arnaldo e a família dele, que, de alguma forma, me faziam bem. Eu queria ouvir mais deles, da avó dele, talvez quisesse aproveitar mais aquele lugar. Eu sabia que alguma coisa me mandava ficar, e foi o que decidi fazer.

Depois de jantar, dei um pulo na casa de Arnaldo para dizer que não precisaria mais voltar a São Paulo. Ele e Adriana me convidaram para entrar e tomar um gole de cachaça. Aceitei. Pareciam felizes com minha decisão de ficar, e isso me confortou. Pedi que ele me levasse à cidade assim que a estrada estivesse outra vez transitável. Agradeci, acabei minha pinga e desejei boa noite. Aquelas pessoas estavam rapidamente se tornando familiares para mim.

Dois dias depois, a estrada foi liberada, e Arnaldo e eu fomos até a cidade. Com calma e sem tanta tristeza, vi como era ajeitadinha e cheia de charme. Arnaldo disse que iria até a loja de material de construção e depois à casa de um amigo, e eu resolvi bater perna e passar no supermercado. Perguntei se ele queria alguma coisa, ele disse que não, e combinamos de nos encontrar depois de três horas em frente à igreja. Andando sem rumo, descobri uma loja de artesanato, uma de objetos de madeira de demolição, um pequeno café, que era também livraria e biblioteca, e almocei um prato feito de truta, arroz, feijão, farofa, banana e batata frita no restaurantezinho mais lotado da cidade, o do Basílio, um são-paulino boa gente que gostava de falar de política. A cidade não havia mudado desde o dia que cheguei: quem havia mudado era eu e, com novos olhos, era capaz agora de ver novas coisas.

Nos dias seguintes fez um sol de rachar, mas à noite a temperatura caía bastante. Eu acendia a lareira e ficava sentada vendo o fogo e tomando vinho. É curioso como, em pouco tempo, somos capazes de estabelecer novas rotinas. Eu estava no mato fazia menos de três semanas e já tinha hábitos que me davam prazer. Acordava por volta das sete e ficava na cama olhando as montanhas e agradecendo pelas coisas que me passavam pela cabeça numa meditação maluca que eu mesma tinha inventado. Depois que a lista se esgotava, e eu a aumentava todos os dias, eu encostava a testa no chão e repetia o mantra. Aí levantava e ia praticar ioga. A série de ashtanga levava uma hora e meia, então eu fazia meu café e ia tomar no deque. Quando terminava, andava pelo terreno, ia até o balanço, passeava com Cora e Mila, dava oi para Mel, Larissa e Carolina, às vezes lia um livro para elas, voltava, lia, almoçava, ia para o deque, lia mais, ia até o balanço e depois me sentava na pedra de Arnaldo. Terminava o dia vendo o pôr do sol em diferentes pontos do terreno e passava na casa de Arnaldo e Adriana para tomar uma cachacinha antes do jantar. Tinha noites em que jantava com eles, em outras eu ia para casa e fazia alguma coisa para mim.

A comunicação com Tereza tornou-se regular, mas agora eu não mais chorava nem me descabelava. Falávamos com carinho e saudade. Eu contava das coisas da roça, ela me falava de como estava a vida em Nova York, chorávamos e tentávamos entender o que estava acontecendo com a gente, mas havia também em mim uma renovada alegria, e a solidão não me incomodava. Cora e Mila passaram a dormir comigo, e eram agora minhas parceiras nessa jornada. Quando a noite caía e as luzes da casa de Arnaldo se apagavam, ficávamos as três no deque olhando as estrelas. Simone estava melhor a cada dia, minha mãe parou de achar estranho eu ficar sozinha no meio do mato, o dinheiro dava para o gasto – talvez porque praticamente não houvesse gasto. Eu ainda chorava muito, mas quase sempre de emoção. Tudo passou a me emocionar: o pôr do sol, o nascer do sol, as estrelas, ver Mel, Larissa e Carolina voltando sozinhas e de mãos dadas da escola, Arnaldo plantando, Adriana brincando com as meninas, ver a chuva cair, o cheiro da grama molhada, pensar em como fui feliz com Tereza, imaginar Paola e Peter percorrendo o litoral em uma moto.
Uma das silenciosas peculiaridades da rotina é a possibilidade de se transformar a todo instante, especialmente quando parece ter encontrado o platô ideal para acampar. Acho que foi no segundo mês de minha experiência na roça que as coisas começaram a mudar.
Estava almoçando na cidade, no restaurante do Basílio, quando escutei uma voz conhecida e levantei a cabeça: era Valentina, que entrava acompanhada de meia dúzia de pessoas. Ao me ver, sorriu. Estava mais bonita do que na minha lembrança, e já não havia nela vestígio da mulher que tanto me irritou nos primeiros dias em Alter do Chão. O rosto me parecia mais forte e bem traçado; o ombro, mais largo; os olhos, mais penetrantes.

Seria ela ou seria mais uma vez fruto de minha transformação? A gente se abraçou demoradamente, e ela quis saber o que eu fazia ali. Expliquei como tinha ido parar no sul de Minas e ela me disse, depois de ficar encantada com minha coragem e minha determinação, que estava hospedada na casa de uma amiga ali perto, com outras dez pessoas que iriam dali a três dias fazer o ritual da ayahuasca.

A etimologia da palavra "ayahuasca" é a seguinte: *aya* significa "morto" ou "espírito", e *waska* significa "cipó". A palavra, portanto, se traduz como "cipó do espírito". Há milhares de anos os índios fazem uso da ayahuasca para expandir a percepção (há registros de uso de plantas de poder por tribos indígenas que datam do ano 3000 a.C.) como forma de alterar o entendimento da experiência de estar vivo, estabelecendo uma ponte entre o ser humano e o divino. O objetivo é uma viagem rumo ao interior e ao autoconhecimento, e isso é feito pelo aumento dos portais de percepção. Uma vez tendo alcançado outros níveis de consciência, é possível se misturar à natureza e ao cosmo. Alguns consideram a ayahuasca alucinógena, mas o correto é chamá-la de enteógena; trata-se de uma substância capaz de gerar a experiência de contato com o divino. O uso da ayahuasca é legal, e fazia algum tempo que meu interesse pelo ritual aumentava.

Desde a experiência com o rapé, minha visão a respeito de drogas que expandem a consciência tinha mudado. Se antes morava em mim uma mistura de medo, preconceito e rejeição, hoje eu acreditava que, para alcançarmos outros níveis de conexão com o que entendemos como sagrado, talvez precisemos de ajuda. Lembrei que na Amazônia Peter tinha me dito que, quando estamos prontos, a ayahuasca vai até a gente. Pensei em Arnaldo e em Manuela, em como o acaso é um recado do universo esperando decodificação e, então, num ímpeto, perguntei se eu poderia participar do ritual.

Valentina achou a ideia sensacional. Ela explicou que já tinha tomado a ayahuasca três vezes e que era uma experiência bastante rica; disse que ia ver se conseguia um lugar a mais no grupo. O ritualista se chamava Maurício e chegaria de São Paulo no dia seguinte; depois de falar com ele, ela me ligaria. Expliquei que onde eu estava quase não havia sinal de celular, e ela disse que tudo aconteceria da forma como tinha que acontecer. Existe uma liberdade enorme em aceitar o ritmo das coisas, e eu estava aprendendo a me deixar levar. Valentina e eu passamos um tempo ali conversando, e me dei conta de como estava feliz em revê-la; nada nela havia mudado – era apenas meu olhar que estava transformado. Ficamos de nos falar no dia seguinte, quando ela teria uma resposta. Arnaldo e eu nos encontramos na porta da igreja, como sempre fazíamos quando íamos juntos à cidade, para voltarmos para casa.

Valentina me mandou uma mensagem no dia seguinte: "Tem vaga ainda. Quer?". Saber que era possível me deixou outra vez cheia de receios. Será que era mesmo hora de experimentar a ayahuasca? Passei a procurar recados do universo que me ajudassem a decidir. Mandei uma mensagem para Paola, que já estava em São Paulo com Peter, perguntando o que ela achava. Paola era minha consultora para assuntos transcendentais. Ela respondeu querendo saber quem seria o líder do ritual, porque disse que fazer com um orientador que não fosse tão dedicado, aprofundado ou experiente poderia não ser legal. Valentina tinha me dado o nome completo dele – Maurício Rossi –, e passei para Paola, que respondeu em seguida: "É o mais gabaritado que conheço. Já fiz algumas vezes com ele. Faz!". Era isso, então: eu ia tomar ayahuasca.

No sábado marcado, peguei o fusca de Arnaldo e, seguindo as instruções de Valentina, cheguei à propriedade onde seria feita a cerimônia, a casa de um francês que morava na região fazia alguns anos. Sobre a mesa, vi um café da manhã farto. A casa ficava no topo de uma montanha e era inteira de vidro, madeira, tijolo aparente e pedras. O pé-direito era muito alto e as paredes eram janelas, à exceção de uma delas, que era de tijolinho. Havia uma cozinha integrada e um mezanino. A casa era, na verdade, um galpão sofisticado e aconchegante. A lareira estava acesa, embora aquele não fosse um dia especialmente frio. Ao redor de uma mesa grande e retangular, vi umas quinze pessoas, que se apresentaram aos poucos. Dois casais de gringos, um da Eslovênia, outro do Canadá, algumas pessoas de São Paulo e nosso grupo, formado por habitantes da região. Ao todo, seríamos dezesseis.

Depois do café da manhã, Maurício chamou a gente para um papo. Antes de começar, defumou cada um dos que ali estavam e tocou músicas no tambor. O som era alto e profundo, fazia vibrar o coração e servia para deixar todos na mesma frequência. A voz grossa de Maurício alcançava notas que ajudavam a nos levar a um lugar de maior significado. Ficamos assim durante meia hora, sentados em círculo em frente à lareira.

— Quero falar um pouco do trabalho com a ayahuasca — começou Maruício, deixando o tambor ao lado da cadeira em que estava sentado. — Ayahuasca é o que chamamos de uma planta de poder e é usada pelos índios para ampliar níveis de consciência. É uma planta sábia, que trabalha com cada um de nós de maneiras diferentes, dando aquilo de que precisamos no momento. Por isso, as experiências são sempre únicas, variando até para a mesma pessoa em distintas fases da vida. Existem, a princípio, três etapas: a primeira é a de purificação, quando não é raro vomitar, defecar etc.

Nessa hora, uma luz se acendeu para mim: *O que seria o etc.?*, pensei, fazendo uma anotação mental para perguntar a ele depois.

— A segunda é a do mergulho em si mesmo, momento em que temos acesso a memórias e episódios que talvez tenham sido depositados em lugares profundos e começamos a entender algumas coisas sobre nossas relações. E a terceira é a de contato com o divino interior. As três etapas não necessariamente acontecem nessa ordem, tampouco necessariamente acontecem, e podem se misturar uma à outra. É, como falei, uma experiência bastante pessoal. É uma travessia que faremos juntos e, ao mesmo tempo, separados. Serão servidas quatro rodadas, e o tempo entre elas vai ser determinado pelo estado geral do grupo: eu só posso servir a rodada seguinte quando todos estiverem prontos para ela, e essa é a medição que vou fazer. Então, não temos como saber a que horas o ritual será oficialmente encerrado, mas é certo que seguiremos noite adentro. Eu espero que vocês tirem o melhor proveito e que se aproximem da ayahuasca com respeito, sabendo que ela é sábia e vai dar a vocês aquilo de que precisam neste momento da vida. Não fiquem com medo, tampouco relaxem completamente. Como tudo o que é sagrado, é preciso se aproximar com respeito e reverência. E, mais importante, com o desejo de deixar que ela faça o trabalho dela. É também fundamental lembrar que o contato com plantas de poder não deve jamais cair naquilo que chamo de "consumismo espiritual". É preciso que haja propósito, reflexão, desejo puro. Agora quero que vocês deem uma descansada, tomem um banho, arrumem-se com afeto, vistam uma roupa bonita... Enfim, quero que se preparem para o encontro com o divino.

Maurício falava com muita calma, de forma pausada, como quem escolhe as palavras com cuidado. Ele explicou que faríamos tudo ao ar livre, em frente da casa e de cara para a cadeia de montanhas que a essa altura já me era familiar. O gramado tinha sido recém-cortado e estava baixo, mas o mesmo procedimento que deixa a grama uniforme e bonita faz com que ela se solte e fique mais grudenta. Por isso, e por causa da noite que se antecipava muito fria, recomendaram que levássemos um cobertor velho que seria usado como colchão e nos protegeria do orvalho na madrugada. Outro cobertor seria necessário porque a ayahuasca tende a fazer com que sintamos mais frio ainda. Tudo explicado, fomos descansar no mezanino, que tinha sido preparado para nos receber e abrigar. Estava mais excitada do que nervosa. Crescia em mim a sensação de que eu estava pronta para a ayahuasca. Era uma fase calma, tinha passado relativamente bem pela maior dor da vida, estava em busca de ser uma pessoa melhor e mais honesta e tinha certeza de que a sabedoria universal reconheceria isso e me presentearia com uma experiência sagrada e cósmica. Maurício tinha falado que certas travessias podem ser extremamente doloridas, mas alguma coisa me dizia que a minha seria de paz e beleza. Quanto mais pensava naquela noite, mais me animava. A canadense, Kim, veio conversar comigo, e eu fiquei feliz de falar inglês novamente. Ela contou que era paisagista em Toronto, que havia tomado ayahuasca uma vez que tinha sido uma viagem bastante dura. Fui solidária e pensei que estava feliz por saber que a minha não seria assim.

— Ontem à noite me perguntei por que passar por isso outra vez, mas sei que é chegada a hora — disse ela.

Fui a primeira a tomar banho. Fiquei pensando na frase de Kim, "por que passar por isso outra vez?". Será que eu estava errada em relação ao que imaginava que seria essa travessia? Mas esse pensamento rapidamente me abandonou; havia em mim a certeza de que a experiência seria espetacular.

Às sete e meia, estávamos prontos. No gramado em frente à casa, debaixo de uma araucária enorme, Maurício fez um círculo de pedras para delimitar o espaço sagrado em que o ritual se daria. Ele montou um altar, de onde comandaria a cerimônia, e havia no centro do círculo uma fogueira que queimaria a noite inteira, delimitada por um círculo menor de pedras. Para entrar no espaço sagrado, havia quatro "portas" feitas com troncos de madeira e voltadas para o Norte, para o Sul, para o Leste e para o Oeste. As portas eram simbólicas e desenhadas como as de uma planta de arquitetura, mas Maurício pediu que jamais saíssemos ou entrássemos no círculo de pedras sem as usar, que jamais pulássemos sobre as pedras para ir ou vir. Disse que durante a noite poderíamos ir ao banheiro na casa, mas explicou que não era para sairmos do círculo sem avisar.

— Por favor, eu preciso saber onde cada um de vocês está a cada instante da noite. É uma exigência que faço, porque, de verdade, pode ser perigoso que vocês saiam sem eu saber.

Eram quase oito horas quando começamos a entrar pelas "portas". Antes, abracei Valentina e desejei a ela uma boa travessia. Ela sorriu e disse que estava empolgada por mim. A instrução era para que escolhêssemos o local onde estenderíamos o cobertor e faríamos um canto que seria nosso até a cerimônia acabar. Peguei um canto meio inclinado, que me parecia aconchegante; Valentina foi para o outro lado do círculo. Ficamos praticamente frente a frente. Estendi o cobertor, coloquei sobre ele uma lanterna, meu gorro e tentei tirar a grama solta que teimava em invadir meu espaço, uma batalha que seria vencida pela grama durante a noite.

Aos poucos, todos se acomodaram no círculo. Era como se estivéssemos em uma espaçonave para uma viagem. Estávamos em silêncio, porque a poucos minutos da partida a emoção tinha tomado conta. Beto começou a cantar e tocar seu tambor, e a música outra vez nos elevou a um lugar de maior significado. Em nossos lugares, cantávamos e dançávamos com ele, que se posicionou bem na frente do altar. Depois de quase uma hora, ele parou de cantar e disse para o grupo – ou talvez para o universo:

— Agora, sim, estamos prontos.

A rodada inaugural de ayahuasca começou a ser servida, sempre em sentido horário. Maurício, que foi o primeiro a tomar, e um ajudante serviam a dose, que devia ter uns cento e cinquenta mililitros, em um cálice de vidro. Alguns meditavam por alguns segundos antes de beber. Maurício tinha explicado que quem não fosse tomar não poderia ficar na propriedade, que era importante que todos naquela área estivessem sob o mesmo efeito. Entendi que deixar todos na mesma frequência era a chave que ligaria a ignição do motor que nos faria partir. Por isso, ele disse, quem coordena a cerimônia é sempre o primeiro a tomar.

Eu era uma das últimas do círculo no sentido horário e, ansiosa, esperei minha vez. Fiz uma pequena oração antes de tomar e, então, virei a dose. O gosto não era ruim e me lembrou levemente o de cachaça, bebida que eu aprendia a amar durante minha temporada na roça. Outra vez, tive certeza de que aquela seria uma noite memorável, quase uma festa. Depois que todos haviam tomado, Maurício puxou cantos xamânicos e, juntos, cantamos e dançamos por algum tempo, cada um em seu lugar, seguindo a recomendação.

Maurício pediu que déssemos uma descansada e disse que nos avisaria sobre a segunda rodada. Eu estava me sentindo bem, apenas um pouco tonta, a mesma tontura que eu sentia ao tomar a terceira taça de vinho. Então, eu me deitei, me ajeitei de bruços no cobertor e comecei a rir. Estava feliz de estar ali, e minha cabeça girava gostoso. Ao lado, algumas pessoas começavam a sair do círculo para vomitar; eu sentia pena, porque a travessia delas se anunciava terrível. Uma série de imagens psicodélicas passavam em minha cabeça: um trem em alta velocidade, cavalos galopando, índios se aproximando do grupo para participar dos trabalhos, cobras em minha direção. Mas as cobras não me davam medo, eu apenas as constatava, até porque, quando elas chegavam bem perto de mim, começavam a dançar, ganhavam colares de flores e ficavam cor-de-rosa. Não sei quanto tempo passou até Maurício chamar para a segunda rodada de ayahuasca — certamente algumas horas, porque a lua já estava bastante alta. Ele pediu que ficássemos de pé e começou a servir, depois de cantar e de beber sua dose. Foi apenas ao me levantar para receber a segunda dose que entendi o que estava acontecendo: eu não conseguia ficar de pé. Minhas pernas tremiam como bambu exposto ao vento forte. Eu achei que fosse cair; um mal-estar enorme me invadiu. *Talvez pressão baixa*, pensei. Dobrei o tronco e apoiei os braços nos joelhos esperando minha vez, porque não queria cair. Olhei em volta e aparentemente só eu estava assim; os outros estavam eretos e sorrindo. Quando Maurício chegou até mim, levantei o olhar e perguntei se podia me sentar.

— Não, não pode — disse, com firmeza. — Respire algumas vezes.

Fiz o que ele pediu, continuei igualmente fraca e indisposta, mas peguei o cálice para tomar logo e me deitar. Ao dar um pequeno gole, uma náusea monumental me invadiu.

— Vou vomitar — eu disse, devolvendo o cálice ainda cheio.

— Não. Respire, fique calma. Quando estiver pronta, você toma — disse, outra vez, seco.

Pela manhã, Maurício tinha explicado que seria mais exigente até tomarmos a segunda dose, que ele usaria seu conhecimento para insistir que tivéssemos uma experiência rica e plena, mas que a partir da terceira poderíamos negociar. Explicou que não forçaria ninguém a tomar, só que aqueles que decidissem não tomar nenhuma outra dose deveriam permanecer no círculo até ele dar a cerimônia por encerrada.

Vendo que não teria opção, peguei o cálice outra vez; o cheiro da bebida fez a náusea aumentar, ainda que isso não parecesse possível, porque já era colossal. Em movimentos rápidos devolvi o cálice, virei para trás, fiquei de cócoras, apoiei as mãos nas pedras que delimitavam o espaço e comecei a vomitar. Saía de mim um som que nem eu sabia que era capaz de emitir. Era um barulho primata que ecoava nas montanhas e voltava ainda mais assombroso a meus ouvidos. Enquanto vomitava de joelhos, falava comigo mesma que era uma tremenda falta de sorte passar por aquilo com todos me olhando, justo na minha vez de beber. Imaginei que, se fosse vomitar, coisa que eu achava que não aconteceria porque eu raramente vomitava, eu sairia do círculo e o faria com alguma dignidade, longe de todos. *Pelo menos*, pensei, *estava vomitando para fora do espaço sagrado, não na pobre menina que estava ao meu lado com um vestido lindo nem em meus cobertores*. De cócoras, portanto com a bunda voltada para o círculo de pessoas, vomitei três vezes. Devo ter ficado ali de joelhos uns dez minutos e imaginei que, quando me virasse de volta para a roda, Maurício já teria desistido de mim. Então, foi com enorme surpresa que, limpando com o dorso da mão a baba de um resto de vômito no canto da boca, vi Maurício na mesma posição que eu o havia deixado. Seu ajudante segurava o cálice ainda cheio.

— Está pronta agora? — perguntou, com a mesma firmeza.

Balancei a cabeça fazendo que sim e a dose cheia me foi devolvida. Olhei rapidamente em volta e notei que estava sendo observada com compaixão; o olhar de Valentina era quase desesperado e me passou uma vibração de "queria muito poder te ajudar, mas não posso". Virei o conteúdo para não correr o risco de pagar aquele mico outra vez. Minha noite estava começando, e ela não seria nem um pouco parecida com o que imaginei.

Depois dessa segunda rodada, Beto cantou e dançou por menos tempo, todos nós o acompanhamos, e ele logo pediu que nos deitássemos. Se houve um alívio com aquela série de vômitos, ele tinha passado em segundos, e a náusea estava agora potencializada. Deitei e comecei a tremer. Estava fraca como talvez nunca tenha ficado na vida. Em posição fetal, tremia e pensava que estava não apenas enjoada, mas com vontade de ir ao banheiro fazer tudo o que eu tinha direito de fazer. O problema é que a fraqueza era tão enorme que não havia como chegar a uma das portas. Não havia, aliás, como me levantar. Pensando bem, não havia forças sequer para abrir os lábios, que estavam colados de tão secos, para dizer duas palavras curtas: "Estou morrendo". Fiquei ali tremendo e me contorcendo, até me convencer de tentar levantar. De quatro, decidi sair do espaço sagrado por cima das pedras, porque não tinha forças para chegar a uma das "portas". E foi nessa hora que os diálogos internos começaram. "Você vai chegar a uma das portas nem que seja a última coisa que faça na vida", eu mesma decretei, extraindo de mim uma força que não sabia possuir.

Cambaleando e caindo, depois de pisar na pobre menina que tinha escolhido ficar ao meu lado, finalmente cheguei à porta voltada para o sul. Apoiando os braços nas pedras, coloquei um dos pés para fora e escutei uma voz grossa dizer meu nome. Quase caindo, olhei para trás e vi Maurício:

— Pode ir — disse ele, como quem avisa que está me vendo e, ao mesmo tempo, reitera que eu deveria ter avisado.

Com os dois pés fora do círculo sagrado, caí na grama, que agora além de solta estava molhada pelo sereno. Engatinhando, tentei ir o mais longe possível de todos, porque imaginei que faria outra vez aquele barulho pavoroso. A náusea era indescritível, e havia o incômodo de achar que eu não seria capaz de segurar meu intestino. Quando não consegui mais engatinhar, caí em posição fetal e tremi mais forte, acho que de frio também. Precisava vomitar, mas não era capaz. O mal-estar aumentava a cada segundo e, sem saber o que fazer, alternava ficar de quatro e em posição fetal. De quatro, tentava vomitar, mas não saía nada; então, eu era derrubada pela fraqueza. Por duas vezes meu aparelho digestivo fez o movimento do vômito, acompanhado do barulho primata e monstruoso, mas nada saiu. Nessa hora, eu me deixei cair em posição fetal. Passei a dizer baixinho:

— Eu não aguento mais, eu não aguento mais.

Devo ter repetido isso algumas vezes antes de escutar uma resposta que me apavorou:

— Enquanto você disser que não aguenta mais, haverá mais.

Quem falou comigo? Olhei em volta e não vi ninguém. Depois de me contorcer mais um pouco, fiquei de quatro outra vez e consegui vomitar. Vomitei uma, duas, cinco, dez vezes. Enquanto vomitava, engatinhava mais para longe e, sem ter muito controle sobre meu corpo, caía. Caí algumas vezes sobre o que esperava que fosse meu próprio vômito, embora a essa altura não fizesse diferença desabar sobre o vômito alheio, e percebi que meu rosto, molhado e vomitado, estava coberto de grama. O gorro, que coloquei depois da primeira dose, cobria parte de meus olhos, mas enxergar não era prioridade naquele instante. Eu queria apenas vomitar e tirar de mim a náusea. Sem perceber, repeti "eu não aguento mais", e a voz repetiu "enquanto você disser que não aguenta mais, haverá mais". Decidi, na sequência, mudar a atitude e coloquei a testa no chão, como fazia no quarto da cabana, e agradeci sem nem saber pelo quê. Lembrei que Peter me disse na Amazônia que era preciso agradecer sempre.

— Aqui essa atitude não cola. — Foi o que me disse a voz, que era ao mesmo tempo dura e doce. E ela seguiu falando: — Olhe para você. Está no chão, coberta de vômito, cheia de grama, tremendo de frio e de medo. Pelo que exatamente está agradecendo? Essa atitude aqui não cola, não vai colar. Enquanto você não falar e escrever as coisas que você realmente sente, não as coisas que você acha que são bonitas, nada vai mudar. Aliás, este é seu problema: a arrogância. Neste exato momento, você é o viciado da cracolândia, a mulher morrendo de Aids na Nigéria, o refugiado afogado pelas ondas do Mediterrâneo. Você é toda a dor do mundo. Você é toda a miséria humana. Você é nada, um verme. Isso é sofrer. Isso é dor. Isso é uma lição de humildade. Então, pare de agradecer, pare de racionalizar, pare de intelectualizar. Sinta o que está acontecendo com você agora.

Eu escutava aquilo tremendo como um cachorro ferido e abandonado na chuva. Olhei meu corpo e ele fazia movimentos involuntários. Eu não estava mais no controle. Resolvi aceitar e, de quatro, vi meu corpo inteiro fazer o movimento de um intestino evacuando: dos pés à cabeça eu era um intestino. Olhei para cima e vi a lua cheia, mais azul que nunca.

Ela era a única testemunha do que acontecia comigo. Pedi ajuda a ela, mas nada mudou.

Depois de algum tempo, decidi me arrastar outra vez para o meu lugar no círculo, onde poderia me cobrir, porque o frio era intenso e me torturava. Durante o percurso e ao chegar ao meu lugar a náusea ainda era enorme, a fraqueza tinha aumentado e eu finalmente entendi o que estava acontecendo: eu estava morrendo. Era isso. Eu tinha ido até lá para morrer. Não estava triste nem tinha mais medo, porque diante do inevitável talvez a única reação possível seja o bom humor. Estava conformada, leve e entendi que precisava me despedir de todos. Comecei com minha mãe, depois minha irmã, Tereza, Simone, Paola; então, vi o rosto de Paulo, meu sobrinho primogênito, e decidi que aquela não era uma boa hora para morrer, porque eu queria vê-lo crescer. A voz voltou a falar:

— Você agora vai sair pela porta rumo ao desconhecido. Isso é nascer. Para nascer é preciso morrer antes. Nascer dói. Nascer dá medo. Nascer não é fácil. Passar por aquela porta não vai ser fácil. Chegar ao lugar que não está protegido vai dar um certo receio, mas você vai conseguir. Agora levanta e vai.

Pensando em Paulo, fiz um esforço ancestral para ficar de quatro e sair outra vez do espaço sagrado. Já não estava mais preocupada em manter a dignidade que me restava, se é que ainda restava, arrastei-me como um verme até a porta oeste e não pensei em avisar Maurício: estava focada em sobreviver. Lá fora, engatinhei para longe e outra vez caí em posição fetal, convulsionando e tremendo. Deixei escapar "eu não aguento mais", mas logo retirei o que disse, sabendo que, se eu continuasse a falar aquilo, eu teria mais. Não sei quanto tempo se passou até eu escutar uma voz grossa dizer:

— Como você está?

Contorcida, com as mãos encolhidas como quem está em convulsão, olhei para cima e vi Maurício, todo de branco, lindo e imponente. Naquela hora, ele tinha cinco metros de altura.

— Estou passando muito mal — consegui sussurrar. — Mas estou recebendo uns recados que queria escutar. Acho que tenho que vomitar mais.

Mauricio ficou de cócoras ao meu lado.

— Escuta, você não tem que fazer nada. Tem que relaxar e aceitar o que vem. Você não tem como saber se daqui a um segundo vai vomitar, defecar, sonhar, dormir... Não adianta pensar no que vai acontecer, porque o que vai acontecer está fora do seu alcance. A única coisa que você tem que fazer é relaxar e viver esse momento.

— Eu tô passando muito mal.

Maurício se virou para o outro lado, como quem recebe uma instrução, embora não houvesse ninguém mais ali, e depois de algum tempo olhou para mim outra vez.

— Faz o seguinte: vai até a casa, ao banheiro, lava seus olhos com bastante água, joga água na cabeça, na nuca, gargareja um pouco, volta e deita no seu lugar.

Eu achava que não seria capaz de chegar à casa, mas de alguma forma consegui e fiz o que Maurício pediu. Quando voltei, estava menos enjoada. Deitei, me cobri e escutei outra vez a voz, ou as vozes.

— Respire e relaxe nessa respiração, sabendo que talvez não exista outra. Tudo o que existe é essa respiração. A eternidade é uma dimensão do agora. Uma dimensão do espírito humano. Respire e relaxe na eternidade do agora. Fazer isso ajuda na travessia, não apenas nessa, mas na travessia de sua jornada na Terra. Ache o eterno em você, ele está aí.

Instruída pela voz, o enjoo começou a me deixar na mesma proporção que as vozes aumentavam.

— Você está conseguindo relaxar, e isso é ótimo. É uma forma de mostrar o que nos faz sofrer: o tempo. Quando começamos a pensar no que pode acontecer no segundo seguinte, nós nos deixamos invadir pela dúvida, pelo receio, pelo medo. Se nos concentramos no agora, que é tudo o que temos, não há tensão, aflição, angústia. Quando você faz isso, entra numa dimensão que chamamos de agora eterno, porque o agora é de fato eterno. Relaxe no agora, porque nada além dele existe. Voltaremos quando você estiver pronta.

Não sei quanto tempo se passou, mas de fato voltaram. Nessa hora, comecei a viajar. Fui para uma sala grande onde encontrei Manuela. Ela estava sentada numa cadeira e sorriu ao me ver. Conversamos, mas eu não me lembro sobre o que exatamente. Lembro que perguntei se ela estava orgulhosa por eu estar finalmente sozinha e forte, se estava orgulhosa por eu passar por aquela dor profunda de forma plena e com coragem, e lembro que ela sorriu ainda mais. Depois, escutei as vozes conversando entre si.

— Vamos levar ela para passear — disse a voz A.

— Não, ela não está pronta — disse a voz B.

— Está, sim. Vamos.

Foi assim que eu saí do planeta e passeei pelo Sistema Solar. A uma velocidade incrível, passei por Marte, Júpiter, Saturno, Urano, Netuno e Plutão, e prestes a sair do Sistema Solar, fui trazida de volta. Comecei a ver equações econômicas complicadíssimas; li Keynes, David Ricardo, Malthus, gente que eu nem sabia que existia, e enquanto lia, em uma fração de segundos, entendia tudo. Eram telas de computador passando por mim, eu tinha segundos para registrá-las, mas não precisava de mais do que isso para entender. As mais complicadas teorias e fórmulas eram como dois mais dois para mim. Até que a voz me disse:

— Estamos mostrando isso a você por dois motivos. O primeiro é para que você não duvide de que estamos aqui. De que outra forma saberíamos todas essas coisas? A segunda é para que você esqueça essas complicações. Não tente entender isso, porque sua missão é simplificar. Fale a língua que todos entendem, passe um recado universal, deixe sua arrogância morrer de vez. Você está aí para contar histórias que engrandeçam e unam, não para se mostrar sábia nem especial. A verdade não está no esforço intelectual, porque ela não é uma teoria, ela é uma experiência. A verdade mora sob toda a aparência. Livre-se da aparência, e você encontrará a verdade. A aparência é o oposto da essência. Você é um canal, nada além disso, então deixe que a verdade passe por você, traduza, simplifique, compartilhe. Veja o mais fundo que puder, e você enxergará musicalmente. É assim que você deve escrever: musicalmente.

As vozes continuaram a falar comigo a respeito de humildade e arrogância e, sem que eu percebesse, a lua me deixou e o céu começou a ficar mais claro. Pouco antes de o sol nascer, Maurício avisou que serviria a terceira dose, que eu tomei em um gole, pronta para o que tivesse que vir. Dessa vez, nada de muito grave aconteceu, e eu apenas me deitei de barriga para cima, sorrindo e agradecendo por aquela travessia. Algum tempo depois, ele serviu a quarta dose, mas, assim como eu, nem todos tomaram. Tinha sido a pior e ao mesmo tempo a mais significativa noite de minha vida. E eu estava viva e orgulhosa de minha coragem.

Deviam ser quase nove horas quando Maurício fez o encerramento. Cantamos e dançamos juntos e, quando ele disse que tínhamos completado a travessia, todos nos abraçamos demoradamente e choramos. Não nos conhecíamos, mas tínhamos feito aquela viagem juntos, tínhamos percebido como estávamos ligados e conectados, e, fracos e vulneráveis, deixamos a emoção ficar. Kim foi a primeira a me abraçar.

— Preciso contar uma coisa — disse ela, ainda em prantos. — Depois da segunda dose, assim que a gente se deitou, vi meu coração cheio de vermes e comecei a entrar em pânico. Nessa hora, você apareceu do meu lado e disse: "Calma que vou te ajudar. Vamos sair disso juntas". E você ficou comigo, me instruiu a sair daquele estado e só foi embora quando eu estava calma. Então, queria agradecer — disse ela, antes de voltar a me abraçar, chorando.

Naturalmente, eu não tinha ido até ela de corpo presente, porque estava ocupadíssima vomitando e tentando sobreviver, mas parte de mim talvez tenha ido ajudá-la. Fiquei feliz de fazer alguma coisa assim tão nobre.

Terminamos de nos cumprimentar e, então, fomos tomar banho. Depois do banho, que serviu para eu recuperar um pouco da dignidade perdida durante a noite, Maurício serviu uma sopa de inhame "para ajudar a aterrar" e pediu que dormíssemos durante três horas, antes de nos chamar para o último papo e para uma defumação. No mezanino, me deitei ao lado de Valentina e agradeci por ela ter me levado para aquele ritual, mas nem lembro se conversamos, porque apaguei quase imediatamente.

Acordei depois de três horas com a movimentação. A experiência da noite voltou com a sensação de que eu havia passado por alguma coisa grande e sagrada. Não tinha sido exatamente a noite sonhada, mas tinha sido importante e linda. Eu tentava digerir o recado da arrogância e da humildade, mas as coisas ainda se mostravam confusas demais, e eu estava cansada.

Descemos e encontramos Maurício na sala, em frente à lareira, que seguia acesa. Ele pediu que nos sentássemos em círculo.

— A ayahuasca vai ficar na corrente sanguínea por uma semana, mas o trabalho dessa noite idealmente será absorvido para a vida toda. Eu costumo dizer que nem todos precisam tomar ayahuasca, que é perfeitamente possível chegar a outros níveis de consciência com ferramentas como meditação e música, mas, se você decidiu experimentar, tire o melhor dela. Todos vocês receberam recados importantes e que devem ser assimilados. Para aqueles que ainda não entenderam o recado, sugiro esperar e tentar passar por dias tranquilos que ele chegará. É no dia a dia que vocês praticarão as lições dessa noite. Nossas ações e nossas emoções criam a realidade e, sendo assim, somos mestres de nosso destino. Espero que aproveitem os efeitos dessa planta tão sábia e sejam felizes com a experiência. Obrigado pela confiança e pela noite linda que passamos juntos.

Valentina voltaria de lá para São Paulo, e eu, para a cabana. Conversamos sobre nossas experiências, em detalhes. Para ela, a noite tinha sido menos dolorida; ela passou mal apenas depois da primeira dose. Já eram quase cinco da tarde de domingo quando fomos embora. Valentina e eu nos abraçamos demoradamente, eu voltei a agradecer, e ela disse que me procuraria assim que voltasse a Gonçalves, coisa que não demoraria a acontecer. Eu a convidei para conhecer a cabana, e ela disse que iria. Quando vi Valentina entrar no carro que a levaria dali, percebi que estava triste porque ela ia embora. Dei tchau a todos e voltei com uma estranha sensação de que nada mais seria como antes. Chorando por alguma emoção que eu não era capaz de entender, como o cachorro que late sem saber exatamente o motivo, mas apenas porque intui que alguém se aproxima, desci a colina da casa do francês para subir a colina que eu tinha aprendido a chamar de casa: a dos Onças.

Por mensagem, contei a Tereza tudo sobre a experiência da ayahuasca. Mesmo depois de tanto tempo e de tanta transformação, era com ela que eu queria compartilhar as novidades. Quando conseguíamos nos falar, nas poucas vezes em que, estando na cidade, eu achava um sinal forte e ligava para ela por WhatsApp, chorávamos ao escutar a voz uma da outra.

O recado da ayahuasca estava vivo em mim, mas eu ainda não o havia assimilado por completo. Entendia que ainda morava em mim certa arrogância intelectual, mas não achava que ela vinha à tona com frequência nem que outros percebiam. Quando contei a Tereza sobre o que senti e passei naquela noite, ela disse que reconhecia minha falta de humildade e que, se era uma coisa que não se manifestava com muita regularidade, quando vinha causava estragos.

— Em que circunstâncias? — eu quis saber.

— Quando você quer defender seu ponto de vista, por exemplo.

Resolvi tirar a limpo com Paola.

— Ah, sim, a arrogância. Ela está em você, sim.

Oi? Como assim essa era uma característica tão forte em mim e só agora as pessoas falavam? Fui até a cidade apenas para ligar para Simone.

— Opa. Arrogância tá aí, sim. Você é incapaz de aceitar a opinião dos outros a respeito de coisas de que você acha que entende muito. A única opinião que importa é a sua.

Desliguei e liguei para Ana.

— Sim, sim. Desde pequena você tem isso. Uma autoridade intelectual que herdou do papai. Que bom que detectou.

Então, era isto: eu era arrogante e tinha sido alertada sobre isso por uma planta.

Algumas semanas depois da ayahuasca, eu estava preparando meu jantar na cabana – omelete de tomate e queijo ralado – e comecei a chorar sem motivo aparente.

Desliguei o fogo e tentei entender o que estava sentindo. Pensava em Tereza, mas não sabia exatamente o que me fazia transbordar daquela maneira. Eram quase oito horas quando bateu vontade de ir até a pedra de Arnaldo. Precisava entender o que estava sentindo e achei que aquele ritual me ajudaria. Peguei uma lanterna, calcei uma galocha – porque a grama estava molhada e estava muito escuro – e, com Cora e Mila no meu rastro, saí de casa sem comer. Quatro meses antes seria absolutamente inimaginável que eu pudesse suportar o mato em um dia de sol cercada de amigos. Pensar que eu sairia andando por ele sozinha e à noite era uma espécie de ficção científica. E lá estava eu, caminhando para a pedra de modo totalmente independente durante uma noite sem lua.

Sentada na pedra, tentei me aprofundar naquele sentimento. Pensei nas lições da ayahuasca, de como o tempo causava o sofrimento, e pensei num mito que uma vez um professor de Antropologia contou. Era uma história que até ali não tinha feito sentido para mim, mas que se tornava cristalina: o deus da identidade, antes de tudo e de todos, disse: "Eu sou". Imediatamente sentiu medo e passou a ser uma entidade no tempo. Depois, pensou: "De que tenho medo, se sou a única coisa que existe?". Imediatamente sentiu solidão e desejo e, então, dividiu-se em macho e fêmea –

ou, em meu caso, em fêmea e fêmea. Era uma história sobre por que nos sentimos amedrontados – por que dizemos "eu sou" –, por que nos sentimos sozinhos e por que desejamos. É simples e linda. Todos nós somos o deus da identidade.

Fiquei na pedra durante muito tempo, com pensamentos soltos, até que um arrepio me subiu pela espinha. Como num filme em que as imagens mostram, em flashback, o que se passou antes para que determinado episódio marcante acontecesse, fui capaz de revisitar por que Tereza e eu nos afastamos em Nova York, como tinha feito depois de rezar o terço na casa de Arnaldo e Adriana, só que dessa vez eu senti o que aconteceu – e sentir é mil vezes mais poderoso do que entender, porque sentir vem de um lugar de unidade, o coração, e entender vem de um lugar de dualidade, a mente.

Voltei para o dia em que, na Saint Mark Bookstore, recebi o telefonema de Simone me pedindo indicação de ginecologista, me vi indicando o meu a ela, me vi dando tchau para Tereza, que ia para a Alemanha, me vi recebendo a notícia de que tinham encontrado alguma coisa em um dos seios de Simone, me vi lendo a mensagem "é câncer", me vi tremendo sozinha na sala, me vi imaginando Simone morta, me vi dizendo a Tereza pelo telefone que Simone estava com câncer, vi Tereza imaginando que Simone morreria, como Manuela, vi Tereza me vendo ir embora e a deixando sozinha por causa de outra mulher que nem viva estava mais. Era como se minha alma fosse um holograma e eu experimentasse as sensações de Tereza e as minhas, como se tivesse entrado num desdobramento do tempo.

Então, outra imagem me voltou forte: a cena em que estávamos no avião e ela entendeu que, por causa da morte de Manuela, eu já não tinha mais medo de morrer. Outra vez a vi chorar e me olhar, outra vez me vi ignorar o olhar e a dor dela. Eu agora chorava por compaixão, porque era capaz de sofrer com Tereza, de sentir o que ela sentiu naquele dia no avião. É engraçado como um evento aparentemente banal pode ter significado tão grande e como temos a capacidade de guardar esses pequenos acontecimentos cotidianos, que tanto revelam a respeito de uma relação, em quartos escuros e inacessíveis. Voltei para a cabana, abri o computador e escrevi. Lembrei da ayahuasca e coloquei em palavras o que estava sentindo, não o que achei que ela gostaria de ler ou o que ela poderia ler e pensar: "Nossa, como escreve bem".

Pedi perdão pelo que fiz, por não ter sabido lidar com o luto, por tê-la deixado sozinha durante tanto tempo, e agradeci a ela por ter me esperado voltar. Disse que a amava. Entendi a coragem que existe em dizer que se ama sem esperar escutar nada de volta. Pensei em Peter: o amor verdadeiro não está atrelado à reciprocidade, o amor verdadeiro se basta e não precisa sequer da outra pessoa ao lado. Ele é uma lei da natureza, e talvez consigamos evoluir quando formos capazes de estender esse tipo de amor para além de nosso ciclo de conhecidos, capazes de fazer com que ele alcance todos os seres vivos. Eu a amava, mas tinha aprendido que era possível ser feliz sem ela. Não sei quanto tempo passei escrevendo.

Um enorme alívio me invadiu, do mesmo tipo que o investigador sente quando, depois de muito tempo, é capaz de desvendar o mistério que o atormentou por anos. Enquanto escrevia, chorava e mal conseguia ver a tela do computador tão molhados que estavam meus olhos. Teria meu amor por Tereza transcendido aquele da sensualidade e se transformado no amor que vem da consciência plena? Talvez.

Acho que uma vez li, num dos *Diálogos* de Platão, Sócrates dizer uma coisa que eu não entendi direito, mas que anotei em um caderninho que levava na bolsa e no qual colecionava citações.

> Uma pessoa que pratica os mistérios do amor estará em contato não com um reflexo, mas com a própria verdade. Para conhecer essa bênção da natureza humana, não se pode encontrar auxiliar melhor do que o amor.

O que me encucava na frase era a expressão "mistérios do amor", porque eu achava que a única coisa que não comportava mistério era justamente o amor, mas agora eu entendia que tudo era mistério no amor real. O amor não pode ser endereçado a outra pessoa. Para Osho, "o amor não pode ser confinado a alguém". Ele estava certo, e eu sentia como se tivesse libertado meu amor por Tereza para o mundo. O amor não pede nada em troca, não tem expectativa, não faz exigência. O amor se basta e não depende de nenhum tipo de reciprocidade. A mim, parecia natural que eu tivesse sido capaz de alcançar esse tipo de amor puro depois de aprender a me amar. Talvez não seja possível amar alguém se não nos amamos, não nos respeitamos e não nos perdoamos. É provável que o amor puro seja um transbordamento e, assim como um recipiente que transborda ao acrescentarmos mais água, só transbordamos de amor quando estamos cheios de amor.

Quando acabei de escrever, estava tão cansada que dormi no sofá, com Cora e Mila a meus pés, sem comer.

Acordei com uma mensagem de Ana: "Não esqueça que entre hoje e amanhã celebramos o Yom Kipur!!!". Ana adorava abusar do ponto de exclamação, mania que me irritava profundamente, porque eu dizia a ela que o ponto de exclamação era o equivalente linguístico do tomate seco: não é ruim, mas em excesso se torna indigesto. Um ponto de exclamação já era coisa de gosto duvidoso; vários era proibitivo. Pensei em responder isso, mas me censurei pensando no recado da ayahuasca: era hora de ser mais humilde. E a verdade é que tanto fazia os pontos de exclamação. Eu não tinha ideia de que aqueles eram os dias do perdão no calendário judaico, e saber disso me bateu como um recado do universo. Respondi que, pela primeira vez na vida, celebraria o Yom Kipur em grande estilo e agradeci pela lembrança desejando a ela um lindo Yom Kipur. Terminei com "Mazel Tov", expressão que sempre a alegrava.

Reli o que tinha escrito na noite anterior e me surpreendi: era como se eu lesse aquilo pela primeira vez, como se não tivesse sido escrito por mim.

*Você sabe como morre uma estrela, meu amor? A estrela começa a morrer quando já não tem combustível para queimar. Nessa hora, o núcleo entra em colapso e durante algumas horas, já morrendo, ela emite uma luz azulada que poderia ser vista em toda a galáxia — se houvesse ali observador —, até finalmente explodir num espetáculo de cores e intensidade que chega a ofuscar o brilho da galáxia que a abriga e que é capaz de gerar mais energia do que o Sol.*

*Depois da explosão, pedaços do que por bilhões de anos foi uma estrela são espalhados pela imensidão do espaço, deixando um rastro de brilho e beleza para deleite desse nosso hipotético observador. Será que existe no universo espetáculo mais arrebatador do que a morte de uma estrela, meu amor?*

*Era uma noite fria de maio quando você entrou em minha vida e foi numa noite quente de primavera, quase dez anos depois, que você se preparou para sair. Enxergar a vida sem você era para mim tão provável quanto presenciar a morte de uma estrela, mas a improbabilidade deixa de existir quando a realidade tira nossos pés do chão e, segurando nosso rosto com as mãos, nos obriga a enxergar.*

*No começo, varrida por medo, me recusei a abrir os olhos, mas, como as mãos nunca deixavam meu rosto, fui obrigada a ver; e que aflição perceber que diante de mim, onde antes existia você, havia apenas um abismo em direção ao qual eu andava completamente sozinha.*

*Dando passos lentos, tentei deixar meus olhos abertos e, fazendo isso, ainda caminhando para o precipício, vi a gente na rede do apartamento na Apinagés, você colocando aquela mesa de café da manhã que daria para alimentar o time do Corinthians inteiro, mas que era apenas para nós duas, vi a gente se mudando para a casa da Sampaio Vidal, vi a gente se mudando para a nova casa na mesma rua, vi aquele atrapalhado transporte de meus livros de um lugar para o outro, vi você reformar a casa inteira e brigar com o eletricista que não entendia para que instalar todas as tomadas que você exigia, vi a gente comprando o sofá que pagamos em muitas vezes e sobre o qual fizemos amor, vi a gente fazer amor pelo chão da casa de minha irmã, na rede, no quarto, na sala, na piscina.*

*Vi a gente indo de mãos dadas ao Quitanda, vi você me beijar no meio da rua em Londres, vi a gente bêbada voltando a pé para casa, vi a gente trancada naquele apartamento por dias e dias mergulhadas uma na outra. Vi a gente na estrada cantando "Electrolite", porque a música lembrava nossas férias em Los Angeles, vi a gente voltar para São Paulo depois de um fim de semana na praia e você dormir no assento ao lado, me vi pedindo para ir mais devagar e você pedindo para eu ir mais rápido. Vi a gente comprando um apartamento, o aparador subindo pela janela, as paredes descascadas, você desenhando minha mesa de trabalho. Me vi preparando seu café da manhã e você declarando meu imposto de renda. Vi outra vez a gente dançar na sala antes do jantar, vi a gente fazer "nheco" todas as manhãs, quando durante quase dez anos nos recusamos a sair da cama para poder continuar com nossas peles grudadas. Quem decidiu que não usaríamos pijamas, aliás, você ou eu? Seja quem for, trata-se de um gênio, o que provavelmente indica que foi você; sua pele foi a melhor casa que já tive.*

*Vou sentir falta dela e do seu cheiro, especialmente o cheiro que você tem pelas manhãs, que é doce, macio, suave e cheio de libido. Vou sentir falta de tanta intensidade, de tanta luz e de tanta energia. Vou sentir falta de suas unhas em minhas costas, de sua língua em meus lábios, de suas mãos em meu colo e das minhas mãos em seu rosto, de suas bochechas descansando nelas e de ver você inclinar a cabeça e fechar os olhos, se deixando ficar. Vou sentir falta dos espasmos de seus pés quando você está quase pegando no sono e daquela respiração que indica que você finalmente foi para Aruanda.*

*Vou sentir uma saudade enorme de ver você entrar em casa, ainda mais linda do que saiu, e me tirar para dançar. Vou sentir saudade de fazer você rir, e talvez seja este meu maior medo: perder seu sorriso de vista.*

*Pensando bem, era apenas natural que um relacionamento com você terminasse como uma supernova, deixando pelo espaço um espetáculo de luz e energia e beleza. Que morte linda a nossa, meu amor. Que história sublime escrevemos juntas. Quantas coisas e casas e pessoas e dores e amores dividimos. Como fomos felizes e como existimos.*

*E eu, que aprendi a me perder em você, agora precisarei me encontrar sem você. O que pensei é que ter a chance de morrer junto é um privilégio, porque, ao nos vermos pela última vez nos olhos uma da outra, entendemos que talvez não estejamos morrendo, apenas renascendo, talvez estejamos apenas sendo plantadas. Quem sabe?*

*Tudo o que sei é que foram os melhores anos da minha vida e pelos quais vou agradecer a você até que alguém feche meus olhos e, pela derradeira vez, me deixe ir. Obrigada por ter me permitido morar em você e por ter me amado tanto e tão profundamente. Eu já vou, mas antes de ir queria te contar uma última história. Você sabe como nasce uma estrela, meu amor?*

Depois da ioga e do café da manhã, fui com o computador ao café-livraria, que eu agora frequentava para mandar e receber e-mails, e enviei a mensagem para Tereza. Era como se um enorme peso tivesse me deixado, aquele alívio que sentimos quando alguma coisa não foi bem digerida, um mal-estar que se instaura e, por fim, se dissipa. Eu estava saindo do café quando recebi uma mensagem de Valentina dizendo que passaria por Gonçalves dali a dois dias. Queria saber se poderia dormir na cabana e avisou que ficaria apenas uma noite, porque ia para Tiradentes comprar alguns móveis para o apartamento novo, e que adoraria me ver. Respondi que também adoraria vê-la e, antes de voltar, passei no supermercado. Agora, quando eu precisava sair, Arnaldo me emprestava o fusca, o que era uma comodidade – eu não dependia mais dele para ir e vir.

O dinheiro que eu ganhava da agência de Simone ainda caía na conta, e ela tinha combinado que continuaria a depositar por algum tempo, até que eu entendesse o que gostaria de fazer e saísse daquele estado de angústia. Era mesmo muita sorte ter uma ex-mulher como Simone. Se eu estivesse em São Paulo, o dinheiro não seria suficiente para meio aluguel em um bairro periférico, mas, morando na roça e sem ter despesa com moradia, sobrava. Comprei massas, tomates, vinhos e queijos. No caminho de volta, pensei em como Tereza receberia aquele e-mail; no fundo, eu não conseguia imaginar a reação dela. Mas a sensação de ter deixado que tudo saísse de mim e, mais ainda, de ter entendido quando nosso relacionamento fez uma curva ladeira abaixo era incrivelmente boa. Saber que eu tive responsabilidade, sair da posição de vítima, também era gratificante. Com as janelas abertas, subi a colina cantando e agradecendo à ayahuasca por ter me feito sentir e enxergar.

No dia seguinte, recebi uma resposta de Tereza. "Estou aos prantos lendo seu e-mail. É lindo. Muito obrigada. Talvez tenha chegado tarde demais, mas fico feliz que tenha chegado. Obrigada. Eu amo você."

O que ela queria dizer com "chegado tarde demais"? Voltei ao pânico, mas quando percebi para onde estava indo chacoalhei a cabeça e me obriguei a parar. Pensei na ayahuasca e na humildade sobre a qual ela falou. "A verdade não está no esforço intelectual, porque ela não é uma teoria, ela é uma experiência." Eu precisava parar de racionalizar todas as coisas e me entregar a sentir e experimentar.

Respirei algumas vezes e tentei me perceber de fora. Um exercício penoso, porque estamos acompanhados de nós mesmos desde que nascemos e todas as coisas que acontecem em nossa vida têm apenas um centro: nosso ponto de vista. Não deixar que o ego domine todas as formas de comunicação que estabelecemos é um exercício diário. Quando entendi que para sempre teria que lidar com esse esforço e que ele exigiria enorme atenção todos os dias, comecei a pedir depois da ioga para que meu ego não tivesse poder sobre minhas atitudes. Aos poucos, aprimorei a meditação que inventei e passei a repeti-la diariamente, depois da prática.

Quando terminava a série, eu pedia para que a sabedoria universal me proporcionasse naquele dia proteção física, mental, emocional e espiritual. Fisicamente, eu pedia para que meu corpo funcionasse bem, eliminasse as toxinas, recebesse e assimilasse todo o oxigênio possível, devolvesse gás carbônico para o meio ambiente e entendesse que dessa troca depende toda forma vida. Pedia para que o oxigênio entrasse por minhas células, todos os tecidos, todos os órgãos e todos os ossos. Para que não houvesse nenhum canto do meu corpo que deixasse de ser inundado de oxigênio. Pedia para escutar a música das estrelas, para me deixar embalar pelo ritmo do universo, para me permitir dançar a canção das esferas. Depois, pedia proteção mental. Que os seres divinos me protegessem de meu próprio ego e que meu verdadeiro eu passasse aquele dia sendo eu de fato. Que ele se agigantasse e encarcerasse minha mente e meu ego. Confinados, mente e ego prestariam serviços apenas a meu verdadeiro eu, cuja única missão era me colocar na trilha de minha bem-aventurança e não me deixar sair dela. Pedia para que meu verdadeiro eu amasse por mim, perdoasse por mim, pensasse por mim, criasse por mim. Pedia, então, proteção emocional, para que naquele dia eu tivesse calma e serenidade, para que minhas palavras e minhas ações não machucassem ninguém – nem mesmo aqueles que eventualmente me machucaram. Para que eu usasse as palavras com sabedoria, falando ou escrevendo, e para que elas levassem outras pessoas a lugares de maior significado. Por fim, pedia proteção espiritual. Pedia para que os universos espiritual e físico estivessem juntos em mim, para que minha intuição percebesse o que me era revelado e para que eu recebesse inspiração para sentir, amar, perdoar, escrever, produzir, criar. Quando acabava, ficava de cócoras e colocava a testa no chão. Nessa hora, repetia as palavras que saíram de mim em meu segundo dia na roça:

— Eu me curvo diante de sua grandeza, de sua imensidão e da sua bondade, de sua justeza, sua beleza, sua sabedoria, sua música e sua poesia, seus mistérios e sua verdade. Aceito suas leis, suas regras, aceito seu tempo. Eu aceito o tempo que as coisas têm e aceito a vida como ela me é oferecida. Peço perdão por tanto ego, tanto medo, por ser tão pequena, e peço ajuda para encontrar a trilha de minha bem-aventurança. Peço ajuda. Peço ajuda para crescer, para encontrar paz de espírito, para usar minhas palavras para o bem, para nunca mais machucar ninguém. Peço ajuda para saber quem eu sou. Eu peço ajuda e digo: "Sinto muito; por favor, me perdoa; obrigada; eu te amo".

Repetia o mantra final por algum tempo.

Essa era minha rotina, que eu pretendia levar comigo até o fim dos tempos. Controlar o ego é como cuidar para que comamos coisas saudáveis:

é uma atenção que deve estar com a gente a cada minuto, diariamente. Mesmo atentos, vez ou outra deixamos que ele cresça e nos domine. Acho que é isso o que quer dizer o "orai e vigiai" que tantas religiões usam e o "observe" que Buda pediu.

Valentina chegou numa manhã ensolarada de sábado. Eu tinha explicado mais ou menos o caminho a partir da cidade, e ela chegou sem errar. Mais uma vez, fiquei feliz por vê-la. Só havia uma cama de viúvo na cabana, então ela teria que dormir no sofá da sala, mas Valentina não pareceu se importar. Fomos dar uma volta pelo terreno, eu a levei para conhecer Arnaldo e Adriana, entramos na casa deles e tomamos a costumeira cachaça de boas-vindas. Pedi que ele falasse de Muria-Ubi, assunto que, para Arnaldo, era como doce de leite. Ficamos ali, papeando, e Valentina ria muito à vontade, o que me deixou feliz. Ela era, de fato, bonita, de uma beleza que eu não pude constatar na Amazônia enquanto estive mergulhada em tanta dor. E a alegria dela, que tanto me irritou em Alter do Chão, era apenas interessante. Saímos da casa de Arnaldo e Adriana depois de algumas horas. Mostrei a ela a pedra sobre a qual eu meditava e contei a história de como a pedra se tornou um monumento para Arnaldo – e, agora, para mim. Valentina adorava as histórias. E estava feliz por ter comprado o apartamento novo.

Eram quase quatro da tarde quando percebemos que ainda não tínhamos comido nada. Decidimos fazer uma massa, e eu prepararia o molho alho e óleo que minha mãe tinha tentado me ensinar por anos. Valentina era uma boa cobaia, porque eu sabia que ela adoraria qualquer coisa que eu cozinhasse. Durante o processo, servi vinho e ficamos conversando. Valentina e eu falávamos sem parar; as coisas que ela dizia e a forma como via o mundo me interessavam. *Era um pouco estranho fazer aquilo com alguém que não fosse Tereza*, pensei a certa altura. Por nove anos, foi apenas com ela que me entreguei a essa intimidade gastronômica, a conversar sobre os mais diversos tópicos e a tomar vinho. Sempre achei que cozinhar e comer junto era um ato de amor. No começo do relacionamento, Tereza me ligava para dizer que ia demorar para voltar, que tinha comido um sanduíche e que eu podia jantar sem ela; eu ficava maluca de raiva. Explicava a ela que era importante que sincronizássemos a fome para fazer as refeições juntas, não importava a que horas fosse. Não sei se era meu lado italiano, mas sempre me pareceu fundamental estar junto à mesa.

Por milagre, a massa ficou ótima. Comemos com a vontade dos esfomeados. Depois do jantar, continuamos a conversar. Contei a ela sobre meu pedido de perdão a Tereza, mas os assuntos que envolviam minha ex pareciam não interessar muito a ela. Valentina, então, falou de como conseguiu o apartamento no bairro que sempre sonhou e de como estava feliz por construir um canto para si. Eu estava sentada no chão, bem perto do sofá; ela estava deitada no sofá. Abrimos a segunda garrafa de vinho, o que era certamente exagero, mas a partir do momento em que o álcool domina é ele que decide – e suas decisões nem sempre são sábias. Eu estava falando já nem lembro o assunto, quando fiz uma pausa e nesse instante percebi Valentina se inclinar sobre mim. Em segundos, me lembrei de Manuela na casa da minha mãe, no quarto, de como ela tinha tentado me dar aquele primeiro beijo. Por uma fração de segundos, pensei que ela tinha perdido o equilíbrio; depois, vendo que não era bem isso, pensei em recuar, mas a verdade é que eu não queria recuar. Quando a boca dela alcançou a minha, e uma das mãos dela segurou minha nuca para me puxar para perto, apenas deixei acontecer.

Ficamos assim por algum tempo, e o beijo, como todos os primeiros beijos, precisava de intimidade para crescer, embora tivesse sido bom.

— Desde a Amazônia eu quero fazer isso — disse ela, me olhando e ainda com o rosto bastante perto do meu.

— Eu não sabia que você gostava de mulheres — eu comentei.

— Nem eu — respondeu, deitando outra vez no sofá e rindo.

Não era um sofá muito grande, mas eu consegui me acomodar ao lado dela, e a gente se beijou por mais algum tempo. A intimidade que faltava no primeiro beijo não demorou a chegar, e eu a levei para a cama. Tirei a roupa dela ainda de pé e, a cada peça tirada, eu beijava as partes expostas de seu corpo. Sempre achei que fazer amor era como dançar, que bastava escutar a música e se deixar levar, e nessa noite eu ouvia bastante bem a música. Valentina não parecia acanhada, e eu poderia jurar que escutávamos a mesma melodia. Já sem roupa, deitamos na cama e eu subi em cima dela, mas ela não demorou para me virar e deitar sobre meu corpo – atitude que me fascinou e excitou. Deixei que minha mão passeasse pelo corpo dela enquanto a outra ficava em seu rosto. Dar prazer a uma mulher não é difícil se você se deixar guiar pelos sons e pelos gestos que ela faz. É como voar em piloto automático num dia nublado: você nem sempre sabe para onde está indo, mas, se confiar nos instrumentos, chega lá. É também como aquela cena de *Guerra nas estrelas* em que dizem a Luke Skywalker: "Desligue o computador e confie em seus sentimentos". A bem da verdade, fazia muitos meses que eu não transava e recentemente dependia apenas das madrugadas em que conseguia pecar muito sob as cobertas, então tudo naquela noite pareceu adequado. Valentina estava excitada e não tinha travas, o que permitiu que explorássemos outros níveis de consciência usando o sexo como ativador. Acho que fizemos amor até bem tarde, depois pegamos no sono.

Na manhã seguinte, sem a bênção do álcool, bateu o pudor. Acordei e vi Valentina nua. Olhei para ela: aquela mulher me intrigava.

Acho que somos capazes de perceber quando alguém nos observa dormir; toda vez que Ana fazia isso quando éramos pequenas eu acordava, e Valentina abriu os olhos enquanto eu a encarava. Sorriu e veio me beijar. Fizemos amor e, outra vez, foi delicioso. Eu sabia que ela ia embora antes do almoço, o que deixava tudo ainda mais precioso, porque tendemos a perceber de forma distinta as coisas que sabemos que estão no fim. A verdade, no entanto, é que tudo está sempre acabando e talvez devêssemos ter essa atitude para tudo. Quando ela foi tomar banho, eu fui fazer o café.

Durante muitos anos dependi de minha mãe para saber que existia. Era pelo olhar dela, de nenhum outro, que eu me entendia viva. Com o passar dos anos, troquei o olhar de minha mãe pelo das mulheres que amei: Manuela, Simone, Tereza. Em Nova York, quando o olhar de Tereza me faltou, esse que talvez tenha sido o olhar mais apaixonado que já descansou sobre mim, eu morri. Morri para entender que não precisamos morrer literalmente a fim de renascer, morri para entender que somos sementes e que, por isso, quando a vida nos enterra, é porque estamos prestes a brotar. Há, durante uma vida, muitas mortes que temos que enfrentar, e o segredo é reconhecê-las, aceitá-las e renascer. Aos quarenta e quatro anos, eu estava, pela primeira vez, existindo sem depender do olhar de outra mulher. Agora eu via o mundo com minha percepção e meus sentidos, e isso me agigantava. Talvez a força e a felicidade que eu vivenciava derivassem dessa capacidade. Eu era eu, pela primeira vez na vida, e Valentina representava a nova fase, porque eu não tentava me esconder nela nem fazer uso das ferramentas dela para ver, perceber e entender o mundo. Eu existia sem ela, embora fosse bastante feliz em sua companhia. Por isso, não foi difícil vê-la partir naquele domingo. Tínhamos passado horas perfeitas, não nos entregamos a promessas nem juras, apenas reconhecemos que havia sido lindo. Pensei na ayahuasca e em como a planta me ensinou que nem a próxima respiração é uma garantia, e me despedi dela desejando poder repetir aquele dia, mas satisfeita com o que vivi.

Mandei uma mensagem para Simone: "Estou me apaixonando". Ela respondeu imediatamente: "Por quem? Por quem?". Respondi: "Por mim". Ela: "Que coisa mais ridícula".

De fato. Era mesmo ridículo. Mas era verdadeiro. Sem pensar muito, respondi: "O ridículo é uma dimensão da verdade". "Uau. Tá ficando inteligente na roça." "Foi por um segundo. Passou." "Me dá certo alívio saber que não é por outra pessoa, porque não tem nada mais chato que lésbica apaixonada."

Simone tinha total razão. Lésbicas apaixonadas são um porre.

Domingo à noite, sozinha com Cora e Mila, coloquei uma playlist que tinha no computador e fizemos uma pequena festa. Dançamos no deque até meia-noite e hoje entendo que as duas talvez me olhassem com algum receio, mas nenhuma delas se recusou a dançar quando eu as peguei no colo. Como era possível estar tão profundamente feliz sem dinheiro, sem perspectiva de ganhar dinheiro, sem um amor para chamar de meu, completamente sozinha no meio do mato? Pensei em Joseph Campbell:

> A vida não tem sentido, cada um de nós é que tem sentido e o empresta à vida. É perda de tempo continuar a fazer a pergunta quando a resposta é você mesmo.

Ele tinha razão, mas só somos capazes de entender isso quando começamos a nos admirar. Viria a paz da sensação de ter encontrado a trilha de minha alegria? Talvez. E, ainda que eu não estivesse com os dois pés nela, podia sentir que estava perto. Acho que a gente sabe disso porque bate uma sensação única de estar presente, de fazer o que precisa ser feito para ser a pessoa que você nasceu para ser. É preciso coragem para buscar a própria vida – lição que Valentina deixou comigo ainda na Amazônia.

Eu encontrei um tipo de paz que vai além de toda a compreensão. Existir é, afinal, transformar-se constantemente, e a sabedoria é aceitar as mudanças, parar de espernear a cada obstáculo e entender que as coisas acontecem com um propósito. Se não houver propósito em nada, se tudo acontecer aleatoriamente sem que uma sabedoria divina e universal arquitete o destino, aceitar o balanço da vida e se deixar levar por ele usando o bom humor diante do inevitável não faz mal. Tudo isso era agora bastante claro para mim, e meu único medo era perder essa clareza de vista e me entregar outra vez àquela configuração-padrão autodestrutiva, infantil, imatura, insegura, dependente.

Cora, Mila e eu dançávamos no deque quando o celular vibrou. Era Valentina: "Obrigada por uma noite perfeita. Espero que mereçamos outras".

Era uma mensagem elegante, porque não dizia que ela gostaria de ter outra noite daquela comigo, apenas que gostaria de outras, ainda que deixasse aberta a possibilidade de ser comigo. Sorri e respondi que tinha adorado.

Entender o que veneramos é o começo da libertação. Não há, como disse Peter na Amazônia, aquele que não venere alguma coisa – uma figura mítica, um conjunto de valores morais, o físico, o intelecto, a juventude. A partir do momento que veneramos, nós nos tornamos escravos. Eu era uma escrava do intelecto, alguém que precisava ler e estudar mais para não revelar ao mundo a farsa que só eu sabia ser. E não haveria dias suficientes para eu ler e entender todas as coisas. Esse era, portanto, um objetivo inalcançável, que me escravizava. Pensar que foi a partir do momento de minha morte em Nova York que comecei a entender essas coisas me fazia respeitar o que passei. Com o apequenamento do ego, vem a expansão da consciência, que permite que experimentemos o que é de fato sublime. Pensei outra vez em Campbell: "Quando se aproxima o anjo da morte, é terrível; quando alcança você, é uma bem-aventurança". Acho que foi santo Agostinho que escreveu que Cristo caminhou para a cruz como um noivo que caminha para a noiva, e agora isso fazia todo o sentido, porque, se você sabe que vai morrer para renascer maior e mais forte, não há como temer a morte, não há como considerá-la feia ou injusta. Tirar a dor é equivalente a tirar a vida. Porque, na hora em que abrimos mão da capacidade de sofrer, abrimos mão da capacidade de sentir.

Era mais de meia-noite quando Cora, Mila e eu fomos nos deitar. Uma chuva grossa começou a cair, mas dessa vez, ao contrário daquela primeira noite, eu não temia nada. Fechei as janelas, apaguei as luzes, fui para a cama e me entreguei a Morfeu. As janelas chacoalhavam, o barulho da água caindo era lindo e o do vento passando soava feito canção de ninar. Como é doce a vida na roça.

Valentina e eu continuamos a nos falar por mensagens nos dias seguintes. Era bom conversar com ela, porque ela demonstrava uma inteligência bastante diferente, capaz de falar de arte, de literatura e de espiritualidade com a mesma graça que falávamos e ríamos de nossos seriados prediletos: *Seinfeld*, *Friends*, *Modern Family*. Eu gostava de contar do cotidiano na roça e falar mais sobre o que aprendia a respeito da vida de Muria-Ubi. Um dia, da cidade, liguei para Valentina para falar mais sobre a avó de Arnaldo. Ela perguntou:

— Por que você não escreve a biografia dela? Acho que Arnaldo ia gostar, e você se dedicaria a um projeto com paixão, não?

A ideia não era ruim; muito pelo contrário, era ótima. Eu disse que falaria com Arnaldo sobre isso, e desligamos depois de ela perguntar se poderia passar o fim de semana comigo na cabana. Respondi que adoraria e, excitada com a ideia do livro, voltei correndo. Eu sentia saudade de Tereza, ainda pensava nela, mas passei a ter outros interesses. Valentina era um deles. Pensei em uma frase de Eça de Queirós, tirada de *As correspondências de Fradique Mendes*, um de meus livros prediletos, e anotada em meu caderninho:

> Apesar de trinta séculos de geometria me afirmarem que a linha reta é a mais curta distância entre dois pontos, se eu achasse que, para subir da porta do Hotel Universal à porta da Casa Havanesa, me saía mais direto e breve rodear pelo bairro de S. Martinho e pelos altos da Graça, declararia logo à secular geometria que a distância mais curta entre dois pontos é uma curva vadia e delirante.

Eu estava vivendo minha curva vadia e delirante.

Fui falar com Arnaldo assim que cheguei. Era quase hora do jantar, e Adriana estava tirando um pernil de javali do forno. Minha temporada na roça me fez entender o apetite de Obelix por javalis. Adriana temperava maravilhosamente bem aquela carne e servia com uma salada de batatas divina, além da cachaça, que nunca faltava. Joguei à mesa do jantar, enquanto mastigava o javali, a ideia do livro sobre Muria-Ubi e na mesma hora vi os olhos de Arnaldo encherem d'água. Ele não disse nada por alguns segundos, deu um gole na cachaça e, colocando o copo sobre a mesa, disse:

— Agora sabemos o que trouxe você para essas bandas. — Ele estava chorando quando brindamos em homenagem à avó. — Sabe, você me lembra uma cerca de arame farpado — disse para mim. Achei estranho, mas ele explicou, rindo: — Quando a gente coloca o arame farpado na mata e ele encosta na árvore, a árvore o abraça e incorpora, a árvore o possui. Você foi possuída por esse lugar.

Ele estava certo, era uma imagem boa para explicar minha vida na roça.

Antes mesmo de o javali ser devorado, decidimos que eu e ele nos reuniríamos todas as tardes e eu faria as anotações que me levariam a construir o livro de memórias de Muria-Ubi. Eu estava excitada como havia muito tempo não ficava, e ele estava comovido. De volta à cabana, já depois das oito da noite, peguei o celular na janela para contar a novidade à pessoa com quem eu mais queria compartilhar as novidades.

"Falei com Arnaldo e vamos escrever juntos o livro de memórias de Muria-Ubi. Começo amanhã mesmo. Fazia tempo que eu não sentia uma empolgação tão forte. Queria que soubesse que estou muito feliz." Acabei de digitar e enviei, chorando de emoção e torcendo para ela ver logo a mensagem.

Era a primeira vez na vida que eu me entregaria a escrever alguma coisa que já não estivesse vendida. Os poucos livros que tinha feito foram encomendas, as matérias para as revistas eram encomendas e eu raramente me sentava para escrever se não tivesse sido contratada para fazer isso. Nessa nova fase, minhas ações tinham adquirido aquilo que Kant chamaria de "imperativo categórico": elas se bastavam nelas mesmas. Eu estava fazendo por paixão, por amor, por vocação. Passamos pela vida tão obcecados em produzir dinheiro que acabamos esquecendo que o valor das coisas é estarmos aqui.

* * *

Valentina chegou na sexta à tarde. Fomos direto para a casa de Arnaldo e Adriana, onde eu faria a sessão Muria-Ubi do dia e Valentina escutaria. Ela me trouxe um gravador, porque eu já não sabia mais onde estava o meu, o que me facilitaria muito o trabalho e coleta do material. Ficamos com eles até quase onze da noite, quando voltamos à cabana e fizemos amor. Havia entre a gente uma intimidade difícil de explicar, e ela ficava evidente no sexo. O tesão, que na primeira noite se apresentou de forma mais tímida, crescia à medida que eu a conhecia melhor. No domingo, quando Valentina ia embora, eu senti vontade de pedir que ela ficasse, mas a verdade é que sem ela meu trabalho renderia mais, e eu estava a cada dia mais empolgada com o projeto.

Era comum chegar da casa de Arnaldo e escrever até de madrugada. As palavras jorravam de mim, e a sensação de colocar em texto o que estava sentindo, e não o que estava pensando, era extremamente gratificante. A ideia era criar uma experiência com a história, fazer com que as pessoas que porventura a lessem sentissem quem foi Muria-Ubi, não que apenas a entendessem. A boa história, eu agora percebia, poderia ser mais "vista" que "lida". A boa história ia direto para o coração, que vive da unidade, não para a mente, que vive da dualidade. O coração, afinal, é formado antes do cérebro.

Uma das coisas que Muria-Ubi havia dito ecoava em mim: "A sabedoria vive na solidão. A dor e a solidão abrem a percepção para todas as coisas fundamentais e para a noção de que tudo é eterno. É na Grande Solidão – e eu tinha decidido usar as palavras assim, com maiúsculas mesmo – que finalmente deixamos de racionalizar as coisas e começamos a sentir. E, nesse exato momento, resta apenas uma coisa a fazer: dançar". Eu vivia a minha Grande Solidão, e ela era linda.

Arnaldo me contou que uma das paixões de Muria-Ubi era a capoeira, que ela jogava com ele quando ele era pequeno.

— Ela me explicou que a capoeira é uma dança que reconhece e depois amplia seu espaço, e que era isso o que deveríamos fazer na vida, porque só conseguimos executar essas duas coisas a partir do momento em que encontramos nosso centro.

A capoeira foi criada do encontro de negros e índios, ele me explicou, e a palavra "capoeira" se referia às primeiras folhagens que nasciam depois que os índios faziam a clareira para o acampamento. A capoeira é, portanto, o primeiro sintoma da cura. Depois da capoeira, vinha a capoeira fechada e, depois dela, a floresta. Muria-Ubi dizia que a capoeira formava a couraça muscular do caráter e ensinava uma nova forma de andar pela vida, além de emprestar a quem a jogava um enorme sentido de comunidade, porque só pode dançar, ou lutar, capoeira quem tem um parceiro de jogo, o que nos obriga a reconhecer o outro, nos obriga a enxergar a humanidade alheia.

Tudo isso eu ia anotando e colocando no computador. Em semanas, o livro de memórias já era realidade, e eu passava os dias escrevendo como uma maníaca. Tereza sabia de tudo, porque a gente se falava com regularidade. Vez ou outra, uma de nós dizia que estava com saudade, mas não nos aprofundávamos no sentimento. É normal sentir falta da ex mesmo estando apaixonada por outra. Sentimos falta da intimidade, da rotina, do cotidiano, de pequenas coisas que amávamos naquela pessoa. É normal amar mais de uma pessoa, é normal amar muitas pessoas; o anormal é não amar.

A verdade é que eu ficava cada dia mais encantada com Valentina, mas, por causa do livro e de todas as coisas novas, dessa vez não tinha me entregado de cabeça à relação, o que era uma coisa inédita para mim, que, apaixonada, costumava me perder na outra pessoa. Agora eu preservava minha identidade e vivia o que parecia ser uma relação adulta, talvez a primeira da minha vida. Teria eu, finalmente, crescido? Estaria pronta para experimentar uma história de amor madura, que pudesse conter minha integridade e contar com o envolvimento da totalidade de minha alma?

Se por um lado me entristecia pensar que por maior que fosse meu amor por Tereza eu não tinha sido capaz de me entregar a ele de forma madura, me animava imaginar que essa minha nova versão estava pronta para viver outra grande história de amor. Não estive emocionalmente disponível para Tereza como ela para mim – e só agora eu entendia isso. Eu, aliás, nunca estive emocionalmente disponível para ninguém. A constatação vinha com dor, mas também com libertação. Saber que você é a única responsável pelo lugar que ocupa diante da vida e dos relacionamentos, parar de se vitimizar, isso é uma tremenda libertação.

Dinheiro, ou a falta dele, ainda era um incômodo, mas eu também tinha entendido que o ser humano, para existir plenamente, precisa ser produtivo e exercer o direito à criatividade. Acho que deveria constar na declaração de direitos humanos o direito à criatividade, à pratica de um trabalho que permita ser criativo. Nunca conheci uma pessoa que não fosse extremamente criativa – a despeito de raça, gênero, credo, classe – ou que deixasse de tirar enorme prazer do ato de exercer essa criatividade. Hoje entendo que liberdade e criatividade são qualidades essenciais para nos sentirmos dignos, inteiros, plenos; são condições da natureza humana. Não deixar que homens e mulheres exerçam sua criatividade é tirar a dignidade deles, é tratá-los como meio, não como fim – e um ser humano tratado como meio jamais poderá se realizar. Aquele cujo único emprego possível é passar o dia apertando parafusos, segurando uma placa de "vende-se" numa esquina ou produzindo coisas que ele não escolheu produzir apenas para enriquecimento de terceiros é um ser humano esvaziado de humanidade. Talvez não haja no mundo violência maior, talvez fosse menos ofensivo esbofeteá-lo. Escrever a história de Muria-Ubi me elevava a um lugar de maior significado, me inundava de plenitude, e, ainda que eu jamais conseguisse vender essa história, eu tiraria enorme prazer do ato de escrevê-la. Esse era meu agora eterno.

As semanas passaram rapidamente, e novembro chegou com muitas chuvas. Apesar do aguaceiro, a vida na roça seguia doce; as plantas e a grama cresciam, e eu entrei numa rotina de dormir por volta das dez da noite e me levantar às sete. Comecei a sonhar muito. Certa noite, sonhei que estava com minha mãe na pista de kart que havia perto de nossa casa quando eu era pequena. Ficava na esquina da rua Estados Unidos com a Brigadeiro Luís Antônio. Minha mãe gostava de me levar lá. No sonho, a gente andava de kart, ela dirigindo, eu ao lado – era um kart duplo, nem sei se isso existe, e eu gritava que queria pilotar. Ela negava e acelerava, até que finalmente me deixou dirigir e se sentou ao lado. Eu acelerei e olhei para ela, que sorria. De repente, olhei para o lado e ela não estava mais lá; eu me via sozinha e a pista estava escura, eu não sabia para onde ir, para onde conduzir aquele kart. Eu a chamei, mas ela não voltava, e uma voz me dizia:

— Você tem que acelerar porque tem mais gente vindo. Vai! — Eu não queria acelerar, eu queria achar minha mãe.

Antes das seis da manhã, acordei suando. Decidi me levantar e praticar ioga, mas nesse dia eu estava dura e as posturas não saíam. Fiz metade da série e parei. Estava tomando café quando chegou uma mensagem de Ana: "Acho que é hora de você voltar". Comecei a rir, porque sabia que ela estava com saudade, mas eu não ia voltar agora nem tão cedo. Respondi: "Não vou tão cedo. Vem me ver". Ela demorou para responder: "Mamãe está internada. Teve um princípio de infarto, vai operar e a cirurgia é de risco". Minhas pernas cederam e eu me sentei. Sempre soube que, tudo dando certo, minha mãe morreria antes de mim. É a ordem natural das coisas, mas, ainda assim, quando a morte da mãe se aproxima, não sabemos como reagir. É, talvez, a maior das mortes "justas", já que a morte de nossos ascendentes é justa, e injusto é quando nossos descendentes vão embora antes da gente.

Respondi que iria ainda naquele dia e desci para falar com Arnaldo e Adriana. Expliquei o que estava acontecendo, disse que não sabia quando poderia voltar, mas que o projeto do livro não seria interrompido, que eu tinha muito material para transcrever e faria isso enquanto estivesse em São Paulo. Ele me abraçou e pediu que eu me concentrasse em minha mãe e que o livro nasceria no tempo certo. Voltei à cabana, arrumei a mala e Arnaldo foi comigo até a cidade para que eu me informasse sobre o ônibus para São Paulo. Adriana me abraçou demoradamente e me deu um pouco de queijo que ela tinha feito no dia anterior. Arnaldo e eu fomos praticamente mudos até a cidade, eu estava em estado de choque e não conseguia pensar, muito menos falar.

Na pequena estação rodoviária, que era na verdade uma calçada recuada, soubemos que havia um ônibus saindo em duas horas e compramos a passagem. Ana me avisou que mamãe teria que colocar algumas pontes de safena, mas que os médicos tinham detectado um princípio de diabetes, e isso aumentava os riscos da cirurgia. Queriam que estivéssemos cientes dos problemas, mas foram claros ao dizer que, se ela não operasse, morreria em semanas. Não havia, portanto, alternativa. Eu disse a Ana que era a favor da cirurgia; ela concordou. Éramos, portanto, todos a favor, menos minha mãe.

Quando soube da gravidade do que tinha no coração, ela perguntou para o médico do pronto-socorro como morreria caso decidisse não operar.

— Se a senhora não operar, daqui vinte dias vai tomar uma xícara de chá na sala, cercada de netos, vai sentir uma dor, levar a mãozinha ao peito, dar um suspiro e morrer.

Ana me contou que algumas coisas naquela sentença incomodaram minha mãe. A primeira delas foi ser chamada de senhora. A segunda foi o termo "mãozinha".

— A mamãe saiu da sala do médico gritando que essa mania de usar o diminutivo para falar com velho era abominável. Ela gritava que não tinha mãozinha nem pezinho, que calçava trinta e nove. Foi um show — disse Ana.

No entanto, a cena da morte não a atormentou, muito pelo contrário.

— Que morte linda — disse ela ao médico. — Tá decidido: não opero.

Portanto, enquanto eu embarcava rumo a São Paulo, Ana, Carlos e os seis filhos que eles colocaram no mundo faziam uma intervenção com minha mãe, que tinha sido transferida para a semi-intensiva dada a gravidade do caso, explicando por que achavam que ela deveria se submeter à cirurgia.

Arnaldo e eu fomos tomar um café na livraria. Ele me contou sobre o dia em que Muria-Ubi morreu e como ela o tinha preparado para aquela ocasião.

— Ela passou alguns anos dizendo que, quando morresse, eu deveria evitar a tristeza e me concentrar na saudade. Dizia que as pessoas não morrem de fato, que a morte é uma bobagem, que se trata de uma transformação, como tantas outras que passamos em vida. Dizia que a morte acaba sendo duríssima para quem não ainda morreu, mas que para quem ia era uma viagem linda. Ela falava como se a ideia de morrer fosse semelhante à ideia de passar férias na Europa.

Rimos da imagem e brindamos com café.

Ele me levou até a porta do ônibus e a gente se abraçou demoradamente. Agradeci pelos dias que passamos juntos, por toda a ajuda e por ter confiado tanto em mim. Disse que voltaria. Ele respondeu apenas:

— Eu sei que você vai voltar.

Com isso, nós nos despedimos e eu entrei no ônibus que me levaria de volta a São Paulo.

Quando cheguei à cidade, recebi um recado de Ana dizendo que minha mãe havia sido convencida pelos netos a operar e estava na UTI se preparando para a cirurgia que seria realizada no dia seguinte. Peguei um táxi da rodoviária e fui direto para o hospital. Do ônibus, mandei uma mensagem para Tereza explicando a situação. Ela e minha mãe tinham ficado amigas, e Tereza, que não conheceu a versão maléfica da matriarca, era completamente apaixonada pela sogra – ou ex-sogra. Eu estava a caminho do hospital quando Tereza me ligou, aos prantos. Tereza sempre chorou muito, e quem só conhecia a versão durona dela não acreditava quando eu dizia que ela era a pessoa mais chorona que já conheci. Tentei acalmá-la, mas foi em vão. Ela estava inconsolável e disse que me ligaria quando eu estivesse no hospital porque ela queria falar com minha mãe.

Cheguei no fim da tarde, quando o horário para visitas tinha sido encerrado. Foi um pequeno drama convencer a equipe a me deixar entrar. Eram quase sete da noite quando entrei e vi minha mãe no leito. Era engraçado que eu ainda a via como na infância: uma mulher alta, forte e imponente. Mas a verdade é que hoje ela nem era tão grande, já não era tão forte, e a imponência tinha dado lugar à doçura que só as avós possuem. Ela era oficialmente a *nonna*, e a respeito dela as pessoas hoje só tinham fofuras para contar. Vê-la tão fragilizada no leito me inundou de tristeza, e ela demorou alguns segundos para perceber que eu estava lá, segundos que usei para me recompor e não deixar transparecer minhas sensações.

Ao notar minha presença, o rosto dela se transformou; agora eu já não via mais a matriarca nem a *nonna*, mas a mulher que ficava do lado de fora das quadras quando eu jogava vôlei ou futebol e, sozinha, fazia mais barulho do que a bateria da Gaviões da Fiel. Ela era minha própria torcida organizada. Vi também a mulher que, quando voltei de uma temporada de estudos na Itália aos dezessete anos, invadiu a zona da Polícia Federal no aeroporto para me abraçar. Enxergar outra vez essa mulher, que eu talvez tenha guardado em um lugar profundo em mim, me transtornou e eu achei que não fosse conseguir chegar até a cabeceira do leito.

Minha mãe sorriu e estendeu os braços como quem diz "vem me dar um abraço". Nessa hora, voltei a ser a menina de cinco anos; andando como uma criança, cheguei até ela e desabei sobre seu peito. Enquanto ela fazia carinho em meu cabelo, que já estava um pouco mais comprido, eu chorava como quando era pequena e ela me mandava para a cama cedo.

— Não chora assim — disse, ainda me fazendo cafuné. — Estou muito feliz de ver você aqui porque passei a noite pensando que precisava dizer algumas coisas antes da operação. — Como eu soluçava e não conseguia falar nada, ela continuou: — A primeira é que eu amei você desde o primeiro dia em que te vi. Era um amor tão grande, uma coisa tão absurda e nova para mim que eu não sabia como me comportar e fiquei com medo do que estava sentindo. Acho que por isso foi mais fácil deixar você sob as guardas de seu pai, assim eu não teria que lidar com aquele amor. Quando sua irmã nasceu, eu já era capaz de administrar o que sentia, mas você não era mais minha. Eu me arrependo de muita coisa que fiz, mas acho que no fundo você sempre soube do meu amor. Você sabe que eu não acredito em muita coisa sobre vida depois daqui, mas, caso eu não saia daquela sala, preciso que você saiba que sempre tive muito orgulho de você, embora eu tenha escondido isso algumas vezes. E que nunca acreditei naquela história de que você tentou se matar.

Ela riu, e eu também ri. Ainda assim, não consegui dizer nada, porque de mim só saíam lágrimas. Fiquei com a cabeça apoiada nela um tempo e lembrei que Tereza queria falar. Disse a minha mãe que ligaria por WhatsApp, ela adorou a ideia. Tereza atendeu e me mandou ligar por Facetime, porque queria ver minha mãe. Eu admiro pessoas com esse ímpeto destemido para a vida. Tereza nunca se importou em sentir as coisas nem em chorar quando bem quisesse. Ela bebia a vida em goles fartos, e essa era uma das coisas que me faziam amá-la tanto. Fiz o que ela pediu e escutei o choro de Tereza ao ver minha mãe na tela. Minha mãe começou a falar e depois pediu que eu saísse da sala por alguns minutos. *O que elas poderiam ter para falar a sós?*, pensei. Saí, intrigadíssima, e voltei depois de três minutos. Elas ainda estavam conversando, rindo. Desligaram pouco tempo depois, com Tereza dizendo que a amava.

Não tive mais muito tempo na UTI porque pediram que eu saísse. Minha mãe me puxou para perto dela, eu outra vez descansei a cabeça em seu peito, e ela disse que me amava. Talvez tenha sido a primeira vez que ela disse isso – ou a primeira vez que eu escutei. E, quando respondi que "eu também amo você e queria agradecer por tudo, por ter sido minha casa durante nove meses, por ter me amado, ter cuidado de mim, ter cortado o mamão pela manhã, feito a massa à noite e por ter me ensinado a não ter medo da vida", entendi que era a primeira vez que eu dizia essas coisas a ela.

Por que demoramos tanto para dizer o que sentimos em relação às pessoas? Por que dizer quando talvez não tenhamos a chance de fazer tudo outra vez? Estava quase na porta quando a ouvi me chamar. Olhei para ela, que disse:

— Seu cabelo está lindo assim.

Quando saí da UTI, eu chorava um choro fundo e denso, e Ana veio me abraçar.

Fomos todos para a casa de minha irmã, Carlos inclusive. As seis crianças estavam com a gente – quem tem seis filhos, meu Deus? –, e mal cabíamos na van (minha irmã tem uma dessas, claro). Paulo encostou em meu colo e chorou enquanto eu mexia em seu cabelo. No assento de trás, Marcelo, Francisco e Bruna estavam com o olhar triste como eu nunca tinha visto. Antônio e Estela, num assento só deles, pareciam dormir. Chegamos por volta das nove horas e pedimos uma pizza. Carlos e eu abrimos um vinho e brindamos à minha mãe. Carlos e minha mãe, depois de um começo duro de relacionamento, tinham encontrado um lugar de convívio que era de respeito e amor. Ele parecia arrasado naquela noite.

Fomos dormir por volta de uma hora da manhã, depois de colocar os menores na cama. Carlos tinha ido embora e eu fiquei na cama de casal com minha irmã. Acordamos cedo e voltamos para o hospital: todos os netos quiseram ir, e minha irmã achou importante que fossem. A operação começou por volta das dez da manhã e a previsão era de que durasse umas nove horas. Ficamos todos, inclusive Carlos, na sala de espera, fazendo regulares visitas à cafeteria, porque aquelas crianças comem como um exército. Passava das nove da noite quando o cirurgião-chefe apareceu para falar comigo e com minha irmã. Algumas crianças dormiam no sofá, as mais velhas estavam sentadas jogando alguma coisa em seus iPads. O médico estava com as roupas da cirurgia e chegou tirando a máscara, como nos filmes.

— Eu sinto muito. Ela se manteve forte até o final, mas o coração estava muito debilitado. Não conseguimos ressuscitá-la. Ela faleceu às oito e quarenta e seis.

O mundo estava paralisado, e as cenas se passavam em câmera muito lenta. Vi Ana abraçar Carlos, que chorava muito, vi as crianças abraçarem os dois, vi meu celular tocar e o nome de Tereza na tela, vi o cirurgião ir embora da sala de espera, vi duas recepcionistas emocionadas, talvez pela estranha quantidade de crianças naquele espaço, mas fui incapaz de me mexer, de chorar, de mover um músculo. Fui tirada da paralisia, nem sei quanto tempo depois, por Estela, que veio me abraçar chorando.

\* \* \*

Carlos ficou no hospital para cuidar das burocracias e da liberação do corpo, e todos nós fomos embora, porque tinha sido um longo dia e as crianças estavam inconsoláveis. Tereza mandou muitas mensagens, mas eu não consegui responder a nenhuma. Ela, então, começou a mandar mensagens para minha irmã, querendo saber da cirurgia. Receber a notícia de que sua mãe morreu é tão difícil quanto passá-la adiante, mas eu não teria como escapar disso, então o fiz em grande estilo, como minha mãe faria: chamei Tereza pelo Facetime.

Eu talvez nunca tivesse sentido Tereza tão triste como no momento em que dei a ela a notícia. Tentei acalmá-la, mas a distância não me permitia. Desligamos depois de muito tempo, ela querendo saber coisas sobre as quais eu não tinha a menor ideia: velório, enterro, roupas e objetos de minha mãe, quem iria ao apartamento pegar tudo, quando iríamos, como faríamos com o inventário etc. Tereza, quando ficava muito nervosa, saía listando atividades e funções, então eu não dei muita bola. Mas a verdade é que teríamos que cuidar de tudo isso, só que eu não queria pensar em nada.

Ana, Carlos e eu ficamos até muito tarde na mesa da piscina tomando vinho e lembrando histórias que envolviam minha mãe. Eram muitas, todas divertidas, porque quando se vai embora daqui o que deixamos para trás são as boas memórias; as ruins são enterradas junto com o corpo. Rimos e choramos até a madrugada. Paulo, Antônio e Estela, os mais velhos, escutaram as risadas e desceram. Carlos foi buscar cadeiras para que ficássemos juntos à mesa da piscina. Eu gostava do jeito como minha irmã e meu cunhado tratavam as crianças, incentivando-as a experimentar os sentimentos mesmo que fossem os mais tristes, respeitando-as como seres humanos e não caindo na tentação de lidar com elas como se a infância fosse um tipo de debilidade mental ou de incompletude de caráter.

Pouco antes de irmos para a cama, lembrei que minha mãe tinha pedido para falar com Tereza em particular lá da UTI e bateu uma curiosidade tremenda. Era meia-noite em Nova York, três da manhã no Brasil, quando liguei para ela. Por alguns segundos, pensei em não ligar, achando que ela poderia estar com a amante, mas se nem a morte é capaz de colocar as coisas em ordem de relevância para mim imaginei que teria pouca chance de evoluir como pessoa, então respirei fundo e liguei.

— Desculpa ligar a essa hora.

— Não precisa pedir desculpas. Estou muito triste, não consigo parar de chorar — disse ela.

— Não fica assim, meu amor. Era a hora dela, e as pessoas não morrem de fato, você sabe.

— Eu sei, mas vou sentir muita saudade.

— Também vou. Agora a gente vai encontrar outras formas de se comunicar com ela. Ficou mais difícil, mas não é impossível.

Tereza riu. Eu gostava de fazê-la rir, e era uma coisa que eu conseguia com certa facilidade.

— Liguei para saber o que ela falou pra você enquanto estava na UTI.

— Eu ia te contar amanhã. Ela me fez um pedido e me fez prometer que eu cumpriria. Acho que ela sabia que eu seria a única, fora ela, capaz de levar o sonho até o fim. — Tereza adorava ser comparada a minha mãe, e se ninguém o fazia ela mesma tratava de fazer. E continuou. — Ela quer que a gente faça uma festa. Pediu que fosse uma grande festa, com música, de preferência música italiana e Martinho da Vila, você sabe como ela amava Martinho, e que chamássemos todas as pessoas que quiséssemos e que durasse até de madrugada.

— Que coisa mais estranha.

— Estranho? Eu não acho nada estranho. Era óbvio que ela não ia morrer como os outros. Eu já vi um lugar para a festa.

Isso era Tereza em estado clássico: produção agilizada.

— Falei com a Gio — Giovana, a amiga do espaço de eventos que era usado também para aulas de ioga —, e ela vai ceder o espaço sem custo, mas só pode ser daqui a um mês, o que talvez não seja problema. — Não, não era problema. — Eu vou cuidar de tudo daqui mesmo, vocês não precisam se preocupar com nada a não ser em convidar as pessoas. Gio pode ceder o espaço no dia 20 de janeiro. Sei que muita gente viaja nessa data, mas, sendo sua mãe, e uma festa póstuma, garanto que tem gente que vai ficar em São Paulo para ir.

Concordei, mas a verdade é que eu não tinha cabeça para pensar em festa. Ou seja, minha mãe tinha agido certo deixando a missão com Tereza. Desligamos, e durante o café da manhã do dia seguinte, quando estávamos saindo para o velório que Carlos tinha organizado sozinho, dei a notícia da festa. As crianças me olharam com espanto, mas minha irmã não achou nada estranho e disse que convidaria as pessoas.

— Vamos dar uma festa porque a *nonna* morreu? — perguntou Estela.

— Não, vamos dar uma festa porque ela viveu — respondeu Antônio, antes que eu dissesse qualquer coisa.

Eu não tinha avisado ninguém sobre a morte de minha mãe, mas a caminho do velório mandei mensagens para Simone, Paola, Valentina e para a família de Manuela. Liguei também para Arnaldo, contei o que tinha acontecido, o que minha mãe pediu a Tereza e disse que adoraria se ele, Adriana e as crianças pudessem aparecer para a tal festa. Ele disse que minha mãe entendia sobre rituais e que eles iriam sem falta. Lembrei de ligar para Lúcia e agradecer pelos meses na roça antes que eu a visse no velório. Era uma coisa que eu já deveria ter feito, mas que adiei. Ela disse que eu não precisava agradecer e que, no fundo, acabei cuidando da casa para eles. Disse que falaria comigo no velório com mais calma.

Quando chegamos ao velório, Paola já estava lá e chorava muito. Fazia muito tempo que eu não a via e a achei mais bonita e mais gordinha, o que era incomum, porque ela sempre foi magra. A gente se abraçou, ela disse que Peter estava em Alter do Chão e me mandava um beijo e coragem. Simone e Lúcia chegaram cedo; quando olhei em volta, havia no velório umas trinta crianças, amigos de meus sobrinhos que frequentavam as "festas do macarrão" na casa da *nonna* – eram festas famosas, pelo visto.

Lúcia e eu conversamos a respeito da cabana, do terreno e de Arnaldo e Adriana. Ela não tinha ideia de que a história de Muria-Ubi era rica daquele jeito e adorou saber que eu preparava um livro de memórias.

— Fica lá até acabar. Não tem lugar melhor no mundo para parir um livro — disse ela. Eu, na mesma hora, aceitei.

Valentina chegou meio sem jeito e triste por conhecer minha mãe naquela circunstância. Gostei de vê-la ali e fui apresentá-la a Carlos e a minha irmã, depois a Simone e Lúcia.

Minha mãe sempre me disse que o enterro era pior que o velório, porque o velório ainda dá a sensação de que a pessoa está ali, e o enterro joga terra nas ilusões que porventura ainda restem. Eu tinha catorze anos quando fui a um velório pela primeira vez. Era o velório de Luiz Américo, menino que estudava na minha classe e morreu num acidente de carro durante as férias. Minha mãe me disse na época:

— Vá ao velório, mas não vá ao enterro, que é infinitamente mais triste. O enterro sacramenta o fim.

Eu fiz o que ela mandou no caso de Luiz Américo, mas não no dela.

O enterro de minha mãe aconteceu numa tarde quente de dezembro, uma dessas em que, se estivesse viva, ela reclamaria do calor. Havia crianças, pais, meus amigos e os amigos de Ana. Quando o caixão desceu e eu comecei a perder a consciência, não apenas por causa do calor, mas também por causa da emoção, uma das crianças gritou:

— *Ciao, nonna.*

— *Ciao, nooooonna* — ecoaram as outras.

Havia tristeza, mas também havia uma aura de celebração. Cinco dias depois, já no ônibus que me levaria à roça, percebi como tinha sido bonito o enterro de minha mãe. Mais ainda porque na saída Paola me puxou para um canto e contou que estava grávida.

— Pouco mais de três meses — disse, chorando.

A vida, essa festa da qual uns saem e a qual outros chegam, na qual a música não para nunca.

Voltar à cabana foi difícil porque eu já não era a mesma mulher de antes. Não ter mais mãe, eu aprenderia, muda bastante coisa. Não haveria mais telefonemas para saber se eu cheguei bem nem o macarrão com aquele molho de tomate que só ela sabia fazer no jantar, tampouco a pergunta "que voz é essa?" em vez de "alô". Não haveria mais aquele lugar para onde eu sabia que poderia voltar nem o primeiro olhar que foi lançado sobre mim quando cheguei a essa aventura doida aqui na Terra, não haveria mais o olhar dentro em que me reconheci como ser humano, não haveria mais meu primeiro lar, aquele lugar quente e seguro que me abrigou e me nutriu por nove meses.

Três dias depois do enterro, fui com Ana à casa de minha mãe e arrumamos algumas coisas, mas decidimos deixar tudo basicamente como estava, porque o rabino disse que seria bacana esperarmos alguns dias, ou semanas, antes de tirar tudo do lugar. Ele explicou que a alma, antes da última travessia, às vezes volta para o lugar que chamava de lar. Nesse caso, deixar tudo como está passa algum conforto. Além disso, o inventário ainda seria feito, então não havia mesmo por que correr.

Na montanha, Arnaldo e Adriana me esperavam com um javali assado na cerveja e uma garrafa de minha cachaça predileta. Chorei muito ao vê-los, e nos abraçamos como se fôssemos uma família. Disse a Arnaldo que eu me sentia transformada, e ele respondeu:

— Um homem não entra duas vezes no mesmo rio porque no dia seguinte ele já não é o mesmo homem, nem há mais as mesmas águas no rio.

Pensei em Peter, em como ele tinha sido o primeiro a me presentear com essa imagem. Peter e Arnaldo eram bastante parecidos; desejei que eles pudessem se conhecer. Brindamos à vida de minha mãe, e Arnaldo pediu que eu falasse mais dela. Foi o que fiz, com orgulho, sob o testemunho do olhar de Muria-Ubi.

Os dias seguintes foram intensos. Eu experimentava a mesma empolgação em relação ao livro, mas uma saudade enorme de minha mãe. À noite, no deque, eu ficava olhando as estrelas, chorando e desejando que ela estivesse bem nesse lugar para onde todos vão quando saem daqui. No primeiro sábado depois de minha chegada, Adriana fez uma reunião na casa dela, com vizinhos, para que rezássemos o terço em nome da minha mãe. Foi uma cerimônia linda. Aos poucos, a dor deu lugar à saudade, e, menos triste, voltei a produzir.

A festa pela passagem de minha mãe estava marcada para o dia 20 de janeiro, então eu tinha decidido passar o Natal e o Ano-Novo trabalhando no livro. Sem minha mãe, não haveria a festança de Natal de todos os anos, e Ana, que apreciava mais o Yom Kipur, decidiu viajar com as crianças para a fazenda de uma amiga. Ficar sozinha nessas datas não me incomodava. Era, aliás, um fetiche antigo, que eu jamais imaginei ter coragem de realizar. E a bem da verdade não estava sozinha: passaria o Natal com Adriana, Arnaldo, Mel, Larissa e Carolina. Foram dias de introspecção e emoção que eu jamais esquecerei porque misturavam tristeza, excitação, e o entendimento de que havia em mim alguma coisa que estava para sempre transformada. A intuição de que nada voltaria a ser como antes me enchia de ânimo. Ficar sozinha já não me desesperava mais. A criança que um dia eu fui tinha crescido; aliás, havia noites no deque em que eu era capaz de sentir a criança que um dia fui sentada ali ao lado. Não havia mais medo em seu olhar, não havia mais tristeza, havia apenas a emoção de perceber que a vida tinha oferecido para nós duas a chance de seguirmos mais fortes.

\* \* \*

Decidi passar o Ano-Novo sozinha na cabana para trabalhar no livro, que era agora minha maior fonte de prazer. Valentina viajaria para a praia e me convidou para ir; eu agradeci, mas disse que não iria porque precisava de mais tempo de solitude. Dessa vez, eu curtiria meu luto de forma mais madura, ficaria inteira e sem machucar outras pessoas.

Tereza e eu ainda nos falávamos quase todos os dias; ela estava preocupada comigo e em como eu passaria esses dias. Eu tentava deixá-la tranquila mostrando que eu estava triste, mas forte. Ela dizia que me amava e que sentia saudades, mas a distância não me deixava ter certeza de mais nada – nem do que ela sentia por mim nem do que eu sentia por ela. Tinha tanto medo de ela ter deixado de me amar quanto de eu ter deixado de amá-la, apenas não queria mais gastar horas elucubrando a equação, até porque não haveria nada que eu pudesse fazer até nos revermos, o que eu não sabia quando aconteceria. Em seguida, eu pensava em Valentina, em como era bom ficar com ela, fazer amor com ela, conversar sobre a vida com ela. Tereza e Valentina eram mulheres encantadoras, e eu amava as duas.

Passei um Natal lindo, ainda que fosse o primeiro sem minha mãe. Foram dias de sol a pino e de idas à cachoeira com Mel, Larissa e Carolina; o Ano-Novo foi apenas uma noite como outra qualquer, ainda que eu tenha me vestido de branco e, sozinha no deque, brindado a minha mãe e ao que ela me deixou como legado.

A primeira quinzena de janeiro foi de um calor histórico. Mesmo deixando as portas abertas, eu suava e não conseguia dormir direito. Arnaldo e eu fomos comprar ventilador para ver se as noites ficavam menos penosas. Passei a ir à pedra todos os dias. Eu me sentava, pensava, meditava. Ia sempre no mesmo horário, pouco antes do pôr do sol, e ficava ali por mais de uma hora. A pedra dava vista para a estrada e era fácil ver o fusquinha de Arnaldo indo e vindo. Um dia, me preparando para sair da pedra, notei um carro se aproximando. Fiquei de pé, mas não reconheci, deixei para lá e fui embora. Estava quase chegando à cabana quando escutei meu nome e uma voz conhecida. Olhei para trás e vi Tereza.

Por alguns instantes, achei que era delírio, uma aparição, só que ela andou em minha direção e, ainda que a imagem parecesse bastante real, até que o corpo dela estivesse colado ao meu eu ainda não acreditava que Tereza estivesse ali.

Quando nossos corpos se encontraram e, como de costume, produziram algumas faíscas, começamos a chorar e nos abraçamos mais forte. Eram tantas as perguntas que eu tinha a fazer que nenhuma importava. Tereza chorava, me puxava para ela e beijava minha testa, meu cabelo, meus olhos, meu nariz, minhas bochechas, meu pescoço, minhas orelhas e voltava a me apertar. Estávamos chorando, rindo, nos amassando, e assim ficamos por bastante tempo, não sei exatamente quanto. Quando notei, era noite. Sem falar nada, entramos e nos deitamos no sofá, momento em que consegui falar alguma coisa.

— Como assim? — Foi o que saiu de mim.

— Vim buscar você para a festa da *nonna* — disse, rindo e chorando. Tereza era perfeitamente capaz de rir e chorar ao mesmo tempo e, quando isso acontecia, ela ficava ainda mais bonita. Faltavam quatro dias para a festa, e eu não imaginei que ela viesse de Nova York.

— Que bom que você veio, que bom que veio ver onde eu moro hoje, que pôde me reencontrar.

Choramos um pouco mais e nos beijamos deitadas. Fazia seis meses que eu não a via, mas a intimidade era a mesma; nada parecia ter mudado. Era bastante tarde quando conseguimos nos desgrudar. Eu abri um vinho. Tereza repetia que eu estava linda, e eu repetia que ela estava linda. Ela disse que estava com fome e eu fui fazer uma massa. Ao me ver cozinhar para ela, Tereza começou a chorar.

— Como senti saudade disso.

Tantas coisas haviam acontecido desde a separação, tantas transformações, tanta gente que chegou e que partiu, tanto entendimento a respeito de erros e de fraquezas... Ainda assim, nosso amor dava sinais de estar intocado. Enquanto eu preparava o molho, ela me abraçou por trás, disse que me amava e que era a pessoa mais feliz do mundo por estar onde estava. Eu sabia do que ela estava falando, porque sentia a mesma coisa. Comemos falando de minha mãe, da vida na roça e de Muria-Ubi. Fomos nos deitar sem tomar banho e fizemos amor como se tivéssemos nos visto na semana anterior.

A intimidade tem uma beleza própria que é muitas vezes ofuscada pelo véu do cotidiano e, ao se mostrar novamente, é capaz de comover porque revela, talvez da forma mais forte possível, como estamos mais conectados do que podemos supor, e como somos todos parte de uma mesma substância. Tereza e eu passamos quase dez anos dormindo sem roupa, e a sensação de ter meu corpo novamente colado ao dela, de tocá-lo e beijá-lo por inteiro era a mesma da primeira noite. De todos os sons do universo, o de Tereza na cama ainda era o mais belo e poderoso.

No dia seguinte, durante o café da manhã, continuamos a nos agarrar e a rir da situação. Ficamos no sofá antes de sair para uma caminhada pela propriedade e começamos a falar sobre a separação. A seção *mea culpa* começou comigo, que consegui, agora ao vivo, pedir perdão por tê-la abandonado durante meu luto pela morte de Manuela. Enquanto eu falava, Tereza chorava; quando acabei de falar, ela disse que o sofrimento dela foi solitário e muito profundo e que ainda carregava marcas daquele processo. Chorei também e disse que sentia muito, mas que eu precisava me perdoar, porque minha dor também tinha sido colossal e eu não soube como agir na época. Expliquei que agora era claro para mim que ela, achando que o câncer de Simone fosse me jogar outra vez no buraco aberto pela morte de Manuela, tivesse recorrido a alicerces que diminuíssem sua dependência de mim. Ela chorou e me abraçou, e ficamos assim por algum tempo.

Relacionamentos são entidades no tempo e, como tais, mudam todos os dias. Eu passei a entender que não é possível esperar que sejamos amadas para sempre nem que sejamos fonte única de desejos e sonhos da outra pessoa. Entendi que os amores mais puros e sinceros visitam regularmente os quartos escuros nos quais são depositados os detritos do dia a dia, o que acontece porque temos a esperança de jamais precisarmos lidar com eles sem saber que são exatamente eles que vão apodrecendo uma relação saudável e que, por isso, faxinas são necessárias. Entendi que alguns amores foram feitos para atravessar os piores dias.

Buscar explicação em circunstâncias externas para qualquer problema não é o caminho para a solução, pois as respostas estão sempre dentro. E nesse contexto o outro passa a ser o exterior. Não há situação em nossa vida que aconteça sem que participemos dela, sem que, de uma forma ou de outra, nos insiramos nela. Estamos exatamente onde nos colocamos, e olhar para fora em busca de explicações não nos aproxima da verdade, porque a verdade existe apenas dentro.

Reencontrar Tereza sem depender dela emocionalmente e sabendo que, quando ela fosse embora, eu continuaria inteira foi uma sensação poderosa. Apesar da intimidade, ficou evidente que não éramos mais as mesmas pessoas e que aquela fase tinha ficado para trás. Em mim, havia paz e entendimento, e isso me deixou aliviada.

Tudo o que existe está dentro, não fora, incluindo purgatório e paraíso, anjos e demônios, céu e inferno. Vai ver o rabino tem razão quando diz para Ana que tudo vem da luz, de um lugar de bondade, até os problemas mais complicados e os eventos mais trágicos. Vai ver precisamos mesmo demonstrar uma postura de gratidão diante de circunstâncias que nos tiram do eixo e do conforto, porque elas nos jogam na trilha da bem-aventurança, trilha que se revela de forma mais clara durante a dor. Vai ver a umbanda tem razão quando pede que olhemos para a natureza que existe fora e para a natureza que existe dentro da gente, porque somos, antes de tudo, a própria natureza. Vai ver temos mesmo que amar nossos inimigos, porque eles são instrumentos de nosso destino. Vai ver a grande travessia é, como ensinou a ayahuasca, para o próprio interior. Vai ver o pecado original é mesmo, como disse Peter, acreditar que o universo está fora, quando ele na verdade está dentro. Vai ver tudo o que precisamos para encarar essa viagem para dentro é ter coragem. E vai ver é apenas viajando rumo à nossa essência que entendemos quem somos e, assim, enxergamos o mundo com nossos olhos, com os de mais ninguém. Porque esse mundo, esse que só meu olho vê, ou seu olho vê, é o mais belo dos mundos. Vai ver Guimarães Rosa captou tudo em poucas palavras:

> O correr da vida embrulha tudo. A vida é assim: esquenta e esfria, aperta e daí afrouxa, sossega e depois desinquieta. O que ela quer da gente é coragem.

Tereza e eu ficamos três dias no meio do mato. Eu a levei para conhecer Arnaldo, Adriana e as crianças, ela se apegou a Cora e Mila, dirigiu Margarida pelas estradas de terra, adorou a floresta e todos os orixás que lá viviam, fomos ver estrelas, fomos à cachoeira, e ela disse que tinha muito orgulho de tudo o que eu havia feito desde que deixei Nova York. Falamos sobre como foram esses meses, sobre como tínhamos mudado. A sensação era a de que estávamos fazendo uma limpeza na relação e que não queríamos deixar nenhum canto sem ser varrido, a despeito de seguirmos ou não juntas.

Era engraçado olhar para ela com meus novos olhos, que já não dependiam mais dos dela para existir. Era como se eu tivesse purificado meu amor, como se ele não precisasse mais ser refletido no dela para acontecer. Era como se eu não mais tivesse necessidade dela, tampouco do amor dela. E se liberdade é o oposto de necessidade, como sugeriu Kant, era como se eu tivesse libertado meu amor por Tereza. Eu ainda a amava, mas era capaz de ser feliz sem ela. É uma constatação gigantesca essa de que podemos amar sem precisar da pessoa por perto nem, necessariamente, de que a pessoa nos ame de volta. O amor dependente é uma distorção do amor. É uma enorme liberdade amar intransitivamente, e eu fiquei feliz quando entendi que estava livre.

Não me passou pela cabeça perguntar quando ela voltaria a Nova York porque, acho, eu tinha descoberto umas frestas para esse ambiente do "agora eterno" que a ayahuasca me revelou. E nesse agora eterno o que eu sentia por ela era um amor tão limpo de detritos que seria capaz de existir ainda que não fosse correspondido. No dia 19 de janeiro, fomos para São Paulo, onde Tereza tinha preparado a festa.

Chegando, mandei uma mensagem para Valentina explicando que Tereza estava no Brasil e que iria à festa, mas disse que adoraria se ela fosse, que nada tinha mudado em relação à minha vontade de vê-la naquela celebração. Tereza e Valentina ocupavam espaços muito distintos em mim, e eles não eram excludentes.

Tereza e eu chegamos cedo. Na entrada, havia um pôster de minha mãe escrito "*Nonna*". Era uma imagem dela no sofá do apartamento com alguns netos sentados ao lado e outra netinha sentada no colo dela. Fiquei assustada com aquele pôster.

— Ela queria assim — disse Tereza, explicando a imagem. — Queria que soubessem que ela teve várias facetas na vida, que desempenhou vários papéis, mas que o de *nonna* era o que mais a deixava orgulhosa por ser o único em que ela talvez não tenha cometido erros.

Relevei o exagero e entrei. O espaço estava lindo, todo decorado com bandeirinhas do Brasil e da Itália, com um telão em que passavam fotos da minha mãe ao longo da vida. Como Tereza tinha conseguido fazer tudo aquilo de Nova York, era para mim um assombro, ainda que nada nela me surpreendesse tanto.

Os convidados foram chegando, e "Champagne", de Peppino di Capri, bombava no som. Paola entrou com uma barriga enorme e veio me contar que eram gêmeas: Aída e Tereza, em homenagem a "minha" Tereza, que recebeu a notícia chorando. Peter veio logo atrás e notei que os dois usavam um dente pendurado em uma corrente.

— Paola, que coisa mais estranha esse dente no seu pescoço — eu disse.

Antes que ela pudesse responder, Peter começou a contar a história:

— É um ritual antigo. Arranca-se um dente e entrega-se à pessoa amada. No caso, fizemos em nome do reencontro nessa vida. Você viu que o dente tem até a raiz?

Sim, eu tinha visto e era isso que me deixava um pouco aflita porque o dente que estava no pescoço da Paola – o dente de Peter, portanto — era enorme. Disse que teria sido muito difícil deixar de notar.

— Então, é para mostrar que estamos juntos até a raiz — explicou, orgulhoso.

Ia perguntar que ritual era esse, mas me parecia tão óbvio que Peter tinha inventado tudo que apenas ri antes de dizer:

— Não foi você que, na Amazônia, tentou me convencer de que não havia amor eterno?

Agora era ele que ria, mas foi Paola que respondeu, abraçando aquele homem enorme:

— Claro que existe. Nosso amor é eterno neste exato momento. A eternidade pode durar um segundo neste mundo; se a gente souber disso, tudo fica diferente.

Ela tinha alguma razão, como quase sempre.

Apresentei Peter a Tereza. Era impressionante que eu quase não lembrava mais de ele ser tão enorme e tão tatuado. Parecia mais um motoqueiro doido que um xamã, mas eu sabia do universo de coisas interessantes que vivia dentro daquele homem. Gostei de vê-lo e acho que ele também gostou de me ver porque, de repente, me deu um abraço forte, que tirou meus pés do chão. Peter e Paola estavam de partida para a Califórnia, onde ela seria apresentada aos sogros. Depois, de lá, voltariam para fixar residência em Alter do Chão.

Quando Valentina chegou, o ambiente já estava lotado, e muita gente dançava. Nós nos abraçamos, e eu disse que estava feliz em vê-la. De longe, percebi que Tereza observava a gente, mas ela não se aproximou e demorou para se apresentar a Valentina. Fez isso quando eu não estava perto e depois veio me contar que tinha conhecido uma amiga minha chamada Valentina. Tereza deve ter notado alguma coisa, como eu notei a intimidade entre ela e aquela mulher na festa em que quase morri engasgada, mas não me perguntou nada nem mudou de comportamento durante a noite. Acho que nós duas sempre soubemos que, com o afastamento, poderíamos nos apaixonar por outras pessoas; sempre soubemos que nossa separação era um ato que misturava fé e coragem.

A certa altura da festa, vi num canto do salão o rabino conversando com a mãe de santo nova-iorquina de Tereza, que estava no Brasil por um desses acasos da vida, e com Peter. Achei engraçado, mais ainda porque os três pareciam bastante à vontade. Adriana, Arnaldo e as crianças chegaram pouco depois das oito da noite, já tarde para eles, e Arnaldo explicou que Margarida seguiu devagar na estrada. Vê-los ali era um prazer, e Lúcia, na casa de quem eles dormiriam, os recebeu.

*Era uma festa de achados e perdidos*, pensei; ainda assim, era das festas mais animadas de que eu já tinha participado. Na pista, Paola e Tereza se acabavam de dançar e de chorar – e eu nem sabia mais pelo que choravam, talvez nem elas. Simone, já cabeluda e bastante corada, dançava agarrada a Lúcia. Valentina e Peter conversavam e riam. A mãe de santo e o rabino seguiam papeando como amigos de infância. O telão rodava as fotos de minha mãe, e volta e meia eu me via, pequena e frágil como a criança que um dia fui, que dependia do olhar materno para existir. Fiquei me vendo nas imagens.

Eu era uma criança alegre, sorridente, descabelada e jamais poderia esperar que a vida fosse ser daquele jeito. Achava que os dias seriam mais fáceis e que as únicas dores viriam das derrotas do Corinthians. Por outro lado, eu não sabia que a vida poderia ser tão significativa e que seria possível amar tantas pessoas ao mesmo tempo. Muito menos que, para existir, eu precisaria apenas de meu próprio olhar.

A pista chacoalhava a "Serenata rap", de Jovanotti, e Carlos e Ana dançavam com os filhos mais velhos enquanto os pequenos corriam pelo salão. Paulo, ao me ver fora da pista, acenou para que eu fosse dançar com eles. Rindo e chorando, fui para a pista. Aquela foi uma festa diferente, quase estranha, cheia de significado – uma noite linda, dessas que minha mãe adoraria ter vivido.

Qual é o sentido de tudo? Acho que a resposta passa pela noção de que estamos aqui e não sabemos quanto tempo ainda temos juntos. Ter a consciência de que haverá dias bons e dias ruins e de que o segredo é aprender a passar bem pelos dias ruins ajuda. Assim como ajuda entender que viver é compartilhar. No fim, para que escutemos a música das esferas e dancemos sob as estrelas, é preciso apenas que cada um olhe com atenção e afeto para si, ache esse lugar de paz e silêncio que existe em cada um de nós e, nele, entenda que estamos aqui para aprender duas coisas: a aceitar e a amar. Não há muito mais que isso, eu acho.

# Referências

CAMPBELL, Joseph. *O poder do mito*. São Paulo: Palas Athena, 1990, pp. 146, 228, 229.
GIBRAN, Khalil. *O profeta*. São Paulo: Mantra, 2015, p. 133.
LEMINSKI, Paulo. *Catatau*. São Paulo: Iluminuras, 2010, p. 58.
PLATÃO. *O banquete*. Edição bilíngue. São Paulo: Editora 34, 2016, p. 219.
PROUST, Marcel. *Em busca do tempo perdido*. São Paulo: Globo, 2006, pp. 55, 69, 72.
QUEIROZ, Eça de. *As correspondências de Fradique Mendes*. São Paulo: L&PM Pocket, 2011, p. 230.
\_\_\_\_\_. *A cidade e as serras*. São Paulo: SESI, 2016, p. 166.
ROSA, Guimarães. *Grande sertão: veredas*. 19. ed. Rio de Janeiro: Nova Fronteira, 2001, p. 248.
TORDO, João. *As três vidas*. São Paulo: Leya, 2012, p. 150.

**MÚSICAS CITADAS NO LIVRO**

"Aquarela", Toquinho, Vinicius de Moraes, M. Fabrizio, G. Morra; Ariola, 1983.
"Champagne", Peppino di Capri; Splash, 1974.
"Electrolite", Bill Berry, Peter Buck, Mike Mills, Michael Stipe; Warner Bros Records, 1996.
"Imagine", John Lennon; Apple Records, 1971.
"Nuvem de Lágrimas", Paulinho Rezende, Paulo Debétio, Philips, 1990.
"Serenata Rap", Michele Centonze, Lorenzo Jovanotti; Polygram, 1994.
"Thriller", Michael Jackson; Epic, 1982.

# Agradecimentos

Um livro, como a vida, não seria possível sem a solidariedade dos amigos.

Paola Giavina-Bianchi e Ana Sarkovas, amigas que leram, apontaram falhas e discrepâncias, e fizeram comentários importantes. Izabel Cury, que, com a paciência de um Buda, leu a obra mais de uma vez na miúda e indicou mudanças fundamentais. Meus agradecimentos também a Flávia Guimarães, Mariana Brunini, Antonio Sigrist, Renata Rocha, Fernanda Cirenza, Giovana Baggio, Andreia Damasceno, Marcus Baldini e Tatiana Cury, que, solidariamente, toparam ler o manuscrito ainda bastante cru e indicar caminhos possíveis. Ao meu amor Mauricio Svartman, que também foi um dos arquitetos dessa jornada cheia de curvas, lágrimas e prazeres. Um agradecimento especial a Tatiana Isler, que leu, detestou, chorou, reclamou, riu e depois adorou e abençoou. Eternos agradecimentos a Carlos Sarli e Paulo Lima, que me deram a primeira chance de viver da letra. Também a Marcia Pereira, que farejou haver aqui um romance, e editou o texto com respeito, afeto e talento. E a Cassiano Elek Machado, que acreditou na obra desde a primeira frase.

**Acreditamos
nos livros**

Este livro foi composto em Adobe Garamond e Bliss
e impresso pela Gráfica Santa Marta para
a Editora Planeta do Brasil em março de 2024.